L'Autre Société

Jacques Généreux

L'Autre Société

À LA RECHERCHE DU PROGRÈS HUMAIN - 2

Éditions du Seuil

Une première édition de cet ouvrage a été publiée
au Seuil en 2009 sous le titre
Le Socialisme néomoderne ou l'Avenir de la liberté.

ISBN 978-2-7578-2066-7
(ISBN : 978-2-02-098326-6, 1re publication)

Pour Rudy*
et tous les ouvriers morts au travail,
au crépuscule d'un libéralisme
qui a détruit la liberté.

* Ouvrier de la sidérurgie mort d'épuisement à 32 ans, après 21 heures de travail d'affilée : pas dans une dictature, mais en France ; pas au XIXe siècle, mais au XXIe.

1

Nouvelle modernité et socialisme

Introduction générale[1]

Avec *La Dissociété*[2], j'ai engagé une recherche visant à refonder le discours politique et économique sur une anthropologie générale, c'est-à-dire sur ce que toutes les sciences naturelles, humaines et sociales nous apprennent quant au fonctionnement des êtres humains et à la manière dont ils coexistent en société. Ce premier volume était centré sur l'analyse critique du modèle social et du mode de pensée dominants dans les sociétés modernes occidentales à l'aube du XXIe siècle. Il a mis en évidence un processus de dissociation entre les communautés humaines, comme entre les individus qui les composent, et la nature inhumaine de ce processus. « Inhumaine », en ce sens qu'il est contraire à une nécessité biologique propre aux êtres humains : ceux-ci, êtres sociaux par nature (c'est-à-dire dont l'être singulier et la façon d'exister sont constitués dans et par la relation aux autres), ne vivent bien qu'au sein d'un cadre social qui favorise une articulation harmonieuse entre leur désir d'être eux-mêmes et leur désir d'être avec autrui.

---

1. Ce chapitre présente un aperçu général de l'ouvrage; il n'offre donc qu'un exposé très sommaire d'arguments dont le bien-fondé apparaîtra seulement au fil des développements ultérieurs.

2. *La Dissociété. À la recherche du progrès humain - 1*, (2006), 3e éd., Seuil, « Points Essais », 2011.

Cette première étape de ma recherche a aussi montré comment la philosophie politique moderne a trop peu fondé ses développements sur la nature sociale de l'être humain, et comment la culture commune issue de cette erreur anthropologique limitait notre capacité contemporaine à résister, face à l'avènement d'une dissociété inhumaine. À ce stade de l'enquête initiée dans *La Dissociété*, mon propos restait allusif quant aux fondements scientifiques de ma conception de l'être social et il se contentait de définir un modèle alternatif – la « société du progrès humain » – sans préciser la nature et les contours de cette « autre société ». Tels sont donc les deux objets du présent volume.

Il s'agit ici de refonder un modèle de société en accord avec la nature sociale de l'être humain. Ce modèle est donc « socialiste », au sens renouvelé (anthropologique et méthodologique) que je donne à ce terme. Pour dépasser les erreurs passées de la culture politique moderne et pour accomplir pleinement le projet moderne de l'émancipation humaine, je soutiens qu'il est grand temps d'être vraiment socialiste. Et je mesure bien sûr à quel point ce propos liminaire paraît anachronique pour nombre de mes contemporains.

Pour être moderne, ne serait-il pas grand temps de dépasser le socialisme[3] ? Telle semblait être la question posée à la gauche, depuis deux ou trois décennies qui ont vu l'effondrement des régimes communistes, la conversion du monde au capitalisme et au libre-échange, le triomphe

3. On comprendra, ci-après, que je me fais souvent l'avocat du diable. Que les âmes sensibles ne se laissent pas impressionner par l'ardeur avec laquelle je m'emploie à expliciter des arguments qui ne me convainquent pas moi-même. La rigueur du débat exige toujours de saisir pleinement, y compris dans sa passion, la pensée à laquelle on s'affronte.

de l'individualisme et du consumérisme, la « crise de l'État-providence », la « mort des idéologies », etc. Tel est du moins le questionnement de tous ceux qui, à droite ou à gauche, entendent « moderniser » la politique. À la fin du siècle dernier, les « modernisateurs » nous ont d'abord expliqué que, si les *valeurs* de la gauche (la solidarité, l'égalité, etc.) restaient pertinentes, les « vieux » *instruments* politiques de leur mise en œuvre (la redistribution, les services publics, la réglementation des marchés, etc.) étaient désormais obsolètes. Ce discours – caractéristique de ce que l'on appelait alors la « troisième voie » – admettait la pertinence résiduelle du clivage gauche-droite au seul niveau des valeurs, pour conclure à la nécessaire adhésion de tous les esprits raisonnables aux mêmes politiques libérales. La « modernisation » s'entendait alors comme une adaptation des instruments d'action politique au nouvel état du monde défini par la mondialisation du capitalisme et de l'économie de marché. Depuis les années 2000, les modernisateurs ont étendu leur entreprise d'adaptation aux valeurs qu'ils avaient dans un premier temps préservées. Selon eux, après l'évidente inadaptation des *instruments* usuels de la « vieille » gauche, il faudrait désormais se rendre à cette nouvelle évidence : même les *idéaux* d'égalité, de solidarité, de justice sociale – en bref, les idées socialistes – sont naïfs et obsolètes dans un monde peuplé d'individualistes forcenés qui ne chérissent plus guère d'autres valeurs que leur indépendance, leur responsabilité personnelle, leur liberté, leur bien-être, leur identité. Les *valeurs*, autant que les *instruments* de la vieille gauche, seraient donc passées de mode, dépassées, inadaptées « au monde tel qu'il est ». Jouir avidement des biens, des images, des sons, des divertissements, même quand la jouissance reste très inégale, n'est-il pas désormais l'idéal commun qui transcende les clivages sociaux ?

Le temps de la mobilisation de la «classe ouvrière» dans l'«action collective» au nom de la «justice sociale» serait ainsi révolu. Cela n'interdit certes pas la permanence d'une minorité militante toujours mobilisée par la critique du capitalisme qui, au XIXe siècle, façonna la naissance des idées socialistes. Mais n'est-ce pas là aussi un anachronisme folklorique? N'est-il pas évident que, dès la fin du XIXe siècle, la critique initiale du capitalisme était déjà prise de court par les mutations d'un système capable de s'adapter en cheminant aux critiques qu'il suscite[4] ?

Un horizon indépassable?

Marx avait annoncé l'effondrement du capitalisme, miné par des crises économiques récurrentes, la paupérisation des masses prolétaires et l'exacerbation de la lutte des classes. L'histoire lui aurait très vite donné raison si le capitalisme et la société «bourgeoise» étaient restés en l'état où il les observait au milieu du XIXe siècle. Mais, dès la fin du XIXe, les progrès matériels engendrés par le capitalisme et les progrès politiques et sociaux autorisés par le droit bourgeois annonçaient davantage l'intégration future de la classe ouvrière que la révolution prolétarienne. Dans l'euphorie des années 1920, le «fordisme» – un temps compromis par la Grande Guerre – promettait de payer à l'ouvrier américain un salaire qui lui permettrait un jour d'acheter les voitures qu'il construisait. Promesse effectivement tenue dans l'ensemble des pays capitalistes occidentaux durant les «Trente Glorieuses». Et quand bien

4. Le cycle dialectique des critiques du capitalisme et des adaptations de ce dernier pour intégrer et amortir les critiques a été décrit par Luc Boltanski et Ève Chiapello, *Le Nouvel Esprit du capitalisme*, Gallimard, 2002.

même, dans les années 1930, il arriva au capitalisme et à la démocratie bourgeoise de s'effondrer, il apparut que cet effondrement n'ouvrait pas la porte au socialisme et à la libération de la classe ouvrière, mais faisait en revanche le lit du fascisme et du nazisme. On sortit alors de l'horreur totalitaire avec le souci général d'éviter le désordre économique et social qui l'avait engendrée, et bientôt aussi avec la crainte de l'ennemi soviétique. D'où le compromis historique entre toutes les forces politiques autour d'une meilleure régulation du capitalisme et d'un plus juste partage du progrès économique, de manière à préserver ce qui apparaissait d'ores et déjà comme le « moins haïssable des systèmes » (W. Churchill)[5]. À l'ouest du rideau de fer, des socialistes et des communistes participaient à divers gouvernements réformistes ou soutenaient leurs politiques, c'est-à-dire abandonnaient de fait un projet anticapitaliste et révolutionnaire, y compris là où ce dernier restait au programme d'une rhétorique officielle destinée aux militants. Et, pour finir, moins d'un demi-siècle après la guerre, le « moins haïssable des systèmes », le couple démocratie-économie capitaliste, devenait tout simplement le « seul système ». Ainsi, l'histoire n'a pas accouché de l'effondrement annoncé du capitalisme, elle a illustré le dévoiement monstrueux du communisme en régime totalitaire et l'impossibilité finale de construire une société durable contre la liberté individuelle.

Aujourd'hui encore, quand le capitalisme va de crise en crise, creuse les inégalités et survit grâce aux interventions d'un État dressé à son service, la résignation populaire semble l'emporter sur l'aspiration à une quelconque

5. Churchill appliquait cette définition à la démocratie. Par extension, elle décrit assez bien l'état d'esprit d'une gauche officiellement critique du capitalisme mais pour qui le capitalisme de l'Europe occidentale paraissait moins détestable que la planification autoritaire de l'Union soviétique.

révolution. Quand la compétition mondiale instaure un capitalisme plus dur pour les travailleurs, quand le pouvoir s'en prend aux droits sociaux et à l'État-providence, quand la critique anticapitaliste se durcit, le peuple malmené des salariés ne se mobilise pas automatiquement à gauche contre «le système»; il vote au contraire bien souvent pour une droite décidée à briser le compromis social de l'après-guerre et à durcir le système au nom d'une quasi-religion de la concurrence et de la responsabilité individuelle. N'assistons-nous pas là à une «droitisation» des couches populaires? Les socialistes avaient fait le choix de la démocratie, car ils pensaient que, par la force du suffrage universel, le peuple saurait engager la mutation vers une société solidaire fondée sur la coopération, l'association et l'égalité. C'était sans compter avec la mutation du peuple lui-même! Désormais, le suffrage universel soutient les gouvernements qui confortent une «dissociété» fondée sur la compétition, le «chacun pour soi» et l'inégalité. La messe est dite. La contradiction supposée entre la démocratie et le capitalisme a fait long feu. C'est que le *compromis* boiteux entre l'égale liberté politique et la course inégale à l'accumulation des richesses a produit assez de biens et d'individualisme pour se transformer en *alliance* durable. Tant qu'une majorité d'individus pourra s'adonner librement à la jouissance de soi et des biens, elle soutiendra le capitalisme, aussi dur soit-il pour les perdants de la compétition; cette majorité souscrira aussi volontiers à la philosophie de la responsabilité individuelle qui fait supporter aux perdants la faute de leur propre infortune.

Et, de fait, ce qui s'est produit en Europe occidentale n'est-il pas en train de se reproduire à l'Est et en Asie? La frénésie avec laquelle des peuples divers s'adonnent à une société capitaliste extrêmement inégalitaire, après des décennies de planification communiste, ne manifeste-t-elle pas l'universelle adaptation de ce modèle de société aux aspirations de l'humanité? Là-bas comme ici, on peut s'attendre à ce que la montée de l'individualisme et du pouvoir des marchands force la marche vers la démocratie libérale, et que celle-ci, à son tour, soutienne l'essor de la libre compétition et du capitalisme. Les individus de tous les peuples voient leur avenir dans la liberté d'être et de jouir, pas dans la construction collective d'une société solidaire.

Voilà au fond pourquoi l'accouplement de l'économie de marché capitaliste à la démocratie libérale a semblé constituer l'horizon indépassable de l'humanité: c'est cette union du libéralisme économique et du libéralisme politique qui a achevé d'engendrer l'individu libre et responsable de lui-même, qui a libéré l'individu d'une société pesante, au prix éventuel d'une nouvelle société déliée, inégale et violente (la «dissociété»), mais au bénéfice d'une telle jouissance de soi qu'aucun individu ne voudra retrouver les chaînes d'une société où l'égalité et la solidarité priment sur la libre gestion de soi-même. La vraie préoccupation de l'individu moderne ne serait donc plus la *justice* mais l'*ordre* et moins la *solidarité* que la *sécurité*, parce qu'une société inégalitaire de compétition généralisée nourrit l'envie, l'incivilité et la prédation; parce qu'une société consumériste et individualiste n'apprend plus à ses enfants pourquoi et comment transfigurer la frustration du désir personnel en satisfaction d'un impératif moral, ce qui rouvre le champ de bataille des pulsions, autrefois clos par la morale laïque ou la religion. L'individu moderne n'exige donc plus de l'État une providence sociale coûteuse: celle-ci devient incompatible avec son désir de consacrer l'essentiel de son revenu à sa propre jouissance. Il attend en revanche de l'État la mise au pas des fainéants qui plombent les charges sociales et la mise à l'écart des déviants qui menacent sa sécurité.

Dans un pareil contexte, c'est la droite dite «libérale» qui semble être la plus en phase avec le monde contemporain et la plus «réaliste». Émerge alors une gauche soucieuse de s'inscrire aussi dans ce nouvel air du temps, une gauche dite «moderne»[6] et félicitée par la droite pour sa conversion au libéralisme économique et à la philosophie de la responsabilité individuelle. En somme, une gauche moderne parce qu'elle est de droite[7] ! La gauche «moderne» est individualiste et libérale; elle croit que «les idées libérales sont l'avenir du socialisme[8]»; en vérité, elle abolit le clivage gauche-droite, elle est au centre ou nulle part, même quand les nécessités du marketing politique conduisent, ici ou là, à exploiter encore le label «gauche». «Être de gauche» désignerait désormais une sensibilité, une personnalité, un caractère inclinant à se préoccuper des inégalités sociales. Une simple question de *psychologie*, donc, et non plus de *système* politique, économique ou social, puisqu'en cette matière tous les «modernes», de gauche, de droite et d'ailleurs, s'entendraient sur le «fait» que les sociétés de marché occidentales sont les plus «efficaces» et les plus adaptées à l'irrépressible aspiration à l'autonomie individuelle. L'ironie de l'histoire veut que la majorité des socialistes et des sociaux-démocrates européens ait parachevé sa conversion au culte du marché libre au moment où celui-ci prenait la forme la plus insensée, qui a débouché sur la plus grave crise mondiale depuis les années 1930. Cette

---

6. Je mets parfois entre guillemets des mots ordinaires du débat public, tels que «moderne», «libéral», «socialiste», etc., pour indiquer que je cite le discours public vulgaire qui en fait un usage souvent erroné et très éloigné de leur sens convenu dans les sciences humaines et sociales.

7. Le premier parti dénommé «La Gauche moderne» a été créé en France par un ministre d'un gouvernement de droite.

8. Sous-titre du livre de Monique Canto-Sperber, *Les Règles de la liberté*, Plon, Omnibus, 2003.

pseudo-gauche, redoutant le soudain discrédit de son nouveau dogme, tente de s'en démarquer dans l'urgence, mais sans modèle de rechange, à la manière de la droite donc, c'est-à-dire en dénonçant, non pas l'échec de la libre concurrence, mais son dévoiement par de mauvaises pratiques qu'il suffirait de mieux encadrer. L'alternance politique pertinente ne semble donc plus opposer le socialisme au libéralisme, mais un autre libéralisme à l'ultralibéralisme, un bon capitalisme moralisé au mauvais capitalisme débridé. Le débat politique se bornerait désormais à évaluer l'ampleur des soins nécessaires pour panser les inéluctables blessures d'un système désormais universel. La quête d'une « autre société » serait plus que dépassée, sans objet réel, pour la simple et bonne raison qu'il n'y en aurait plus d'autre possible !

En quête de vérité

Alors, décidément, pour être moderne, ne faut-il pas enfin et à l'évidence dépasser le socialisme, lui-même dépassé par les événements ? Poser la question, c'est y répondre ! diront les esprits simples qui oublient toujours de questionner les questions qu'ils se posent. Mais est-ce vraiment la bonne question ?

En réalité, l'essentiel des idées convenues que je viens d'exposer est le produit d'une pensée creuse qui ne pose que les questions adaptées aux réponses qu'elle a choisies avant tout questionnement ! Cet ersatz de pensée repose sur une série de préjugés non débattus dont on peut ébaucher la liste :

– être moderne consiste à s'adapter à l'état du monde ;
– il faut être moderne ;
– la finalité du libéralisme est la liberté et celle du socialisme, l'égalité ou la solidarité ;

– la quête de l'égalité contrarie la liberté, et réciproquement ;

– l'individualisme ne cesse de s'étendre, et il s'oppose nécessairement à l'action et à la solidarité collectives ;

– nous sommes dans des économies de marché ;

– la libre concurrence assure l'usage le plus efficace des ressources ; etc.

Or, justement, tous ces préjugés sont des sottises ou des contresens pour quiconque prend la peine de se poser les questions préalables : Qu'est-ce que la modernité ? Faut-il être moderne ? Qu'est-ce que le socialisme, le libéralisme, l'individualisme ? À quoi aspirent vraiment les individus ? Le monde est-il « tel qu'il est » ou tel qu'on le fait ? D'où viennent les mutations auxquelles nous devrions nous « adapter » ? En quoi consistent-elles ? Sont-elles subies ou choisies ? Qu'est-ce qu'une économie de marché ? Qu'entend-on par efficacité et par progrès ? Etc.

Faute de prendre au sérieux ces questions et les mots employés pour les poser, le débat public n'agite plus qu'une bouillie conceptuelle où l'on appelle « modernes » ceux qui prônent le retour à l'ordre moral prémoderne, où l'on dénomme « idéalistes » ceux qui dénoncent des injustices bien réelles, où se prétendent « réalistes » ceux qui supposent la réalité immuable, où l'on baptise « libéraux » ceux qui veulent soumettre les individus aux lois du marché et où, enfin, les défenseurs de la liberté des travailleurs se disent eux-mêmes « antilibéraux ». Les spécialistes se gaussent ou s'irritent de ces abus de langage quotidiens, mais ils prennent trop peu la peine de donner à leur science des concepts une forme accessible à tous. Je m'emploierai pour ma part à proposer une philosophie politique qui constitue une pédagogie à l'usage du citoyen et qui introduit un minimum de rigueur dans le discours politique. Je m'attacherai aussi, en prolongeant la méthode élaborée dans *La Dissociété*[9], à refonder ce discours politique sur l'état actuel des sciences humaines et sociales. Pour dire les choses le plus clairement possible : je n'exprimerai pas ici d'« opinion » sur le libéralisme ou le socialisme, sur telle ou telle « valeur » politique ; *je me préoccuperai seulement de distinguer le vrai du faux*[10] et de poser les termes rigoureux du débat quand aucune « vérité » ne s'impose à la raison.

Par exemple, pour la science économique contemporaine, il est doublement faux de dire que « nos économies de marché sont les plus efficaces ». *Primo*, il n'existe aucune économie qui fonctionne dans les conditions de ce que la théorie économique considère comme une « économie de marché »[11] et, *secundo*, c'est heureux, puisque cette même théorie a démontré qu'une économie qui fonctionnerait dans de telles conditions serait parfaitement inefficace. À ces mots, les « marchéistes » (que l'on appellera aussi « néolibéraux »[12]) pourront s'étrangler, mais c'est ainsi, c'est une simple réalité. Ils pourront en

9. *La Dissociété*, *op. cit.*

10. Cette exigence de vérité n'implique en rien l'illusion que toute question politique puisse être réglée par un théorème scientifique. Elle opère seulement comme premier critère de tri, nécessaire à une époque qui baigne dans le relativisme, où règnent l'« opinion personnelle » et le droit de « s'exprimer », et où l'absence de repères assurés facilite la manipulation des esprits par la communication de masse. Mais ce tri ne sert qu'à éclairer un débat public, tranché ensuite par des choix politiques démocratiques. Je reviendrai longuement sur cette question un peu plus loin.

11. Au sens strict, dans une économie de marché, l'essentiel des opérations économiques s'effectuerait *via* des contrats librement négociés en permanence entre des acteurs indépendants. Dans la réalité, l'essentiel des opérations est réalisé dans le cadre de relations hiérarchiques au sein d'institutions (des entreprises et des administrations).

12. Dans *La Dissociété*, j'ai proposé de substituer « marchéisme » à « néolibéralisme », car ce dernier est un dévoiement du libéralisme, plus qu'un nouveau libéralisme, et parce que le terme « marchéisme » a l'avantage de désigner directement l'objet de cette idéologie, *i.e.* une

vain citer quelques antiques idéologues du marchéisme couronnés par le « prix Nobel » d'économie (tels Milton Friedman ou George Stigler) : cela ne change rien à un incontestable état de la science contemporaine[13].

Prenons un autre exemple d'erreur conceptuelle, un exemple plus caractéristique de ma méthode, car il porte sur une « valeur » politique : la *responsabilité individuelle*. Si l'on postule l'existence d'un sujet autonome qui se construit tout seul, on ne peut qu'adhérer à la philosophie de la responsabilité individuelle. Si l'on part de ce que les sciences nous enseignent sur la construction du sujet (cf. chap. 2), cette philosophie est fausse, elle est une pure vue de l'esprit, une manipulation destinée à masquer la responsabilité de la société. J'en referai la démonstration plus tard, mais voyons dès à présent en quoi cet exemple est emblématique de ma démarche. On entend souvent dire que le choix des instruments du politique ne relèverait plus d'une idéologie[14] et pourrait être établi « objectivement », par la simple raison et indépendamment des « valeurs » ou des préférences idéologiques des décideurs qui, elles, seraient affaire de philosophie personnelle et indécidables par la science (raison de plus pour disqualifier l'idéologie). C'est là un contresens monumental et une technique de manipulation redoutable. En vérité, il n'existe pour ainsi dire aucun choix politique – y compris parmi les décisions en apparence purement techniques et instrumentales – qui reste sans incidence sur la

société fondée sur la généralisation d'une relation d'échange marchand entre des individus indépendants.

13. Pour un état de la science sur cette question, voir notamment Jacques Sapir, *Quelle économie pour le XXIe siècle ?*, Odile Jacob, 2005.

14. Je prends le terme « idéologie » au sens très général de système de pensée cohérent qui prétend offrir une compréhension de l'être humain, de la société et de son histoire, d'où il déduit ses jugements et ses prescriptions.

répartition des coûts, des avantages, des contraintes, des responsabilités entre les individus, d'une part, et/ou sur la répartition des moyens collectifs entre les différentes sphères de l'action publique, d'autre part. Il s'ensuit que la quasi-totalité des choix dits « instrumentaux » suppose en réalité un choix (ou du moins un préjugé) sur les priorités de la société, sur la « juste » répartition, sur la juste contribution de chacun, etc. C'est la première face de la manipulation, la plus repérable : on vous présente comme purement techniques et rationnels des choix qui reflètent en réalité des préférences idéologiques, *i.e.* une théorie générale sur la nature et la hiérarchie des finalités sociales. Raison de plus pour s'interroger sur la validité des fondements qui soutiennent les « valeurs » politiques ! Ici apparaît la seconde face de la manipulation, plus insidieuse que la première. Les « valeurs » qui fondent implicitement la plupart des choix dits « instrumentaux » sont réputées subjectives, personnelles et donc inaccessibles à la discussion rationnelle et au débat scientifique. Tant et si bien que l'on ne débat plus jamais sérieusement des idéologies, prétendument mortes, mais qui, en réalité, déterminent toujours les politiques publiques.

Une refondation scientifique du discours politique

En résumé, l'air du temps, relativiste quant aux valeurs et rationaliste quant aux instruments, prétend que les préférences idéologiques indémontrables ne sauraient fonder les mesures politiques concrètes, tandis que celles-ci pourraient être déterminées objectivement sans *a priori* idéologique[15]. Je soutiens exactement l'inverse : la plupart des

15. C'est en ce sens qu'il faut entendre la célèbre phrase prononcée par Tony Blair devant les députés français : « Les politiques ne sont

choix politiques sont, au moins implicitement, fondés sur des *a priori* idéologiques ; ce sont donc ces derniers qu'il convient et qu'il est possible de soumettre à un examen scientifique. C'est là un trait majeur de ce que l'on pourrait appeler une « nouvelle modernité socialiste », ou encore un « socialisme néomoderne » : un socialisme qui ne se borne pas à réactiver l'idéal de justice des pionniers, qui ne se limite pas davantage à la première science marxiste de l'histoire, et qui entend s'appuyer sur une anthropologie générale, *i.e.* l'état réel des connaissances sur l'être humain[16]. Cette refondation anthropologique ne dissout pas pour autant le double héritage de la morale et de la science socialistes du XIXe siècle. Nous verrons que, d'une certaine manière, elle réunit ces deux traditions en opérant la synthèse véritable de leurs intuitions. L'idéal humaniste de Jaurès ou de Malon et le matérialisme historique de Marx ou d'Engels sont insuffisants si on les oppose. Ils ouvrent au contraire un nouvel horizon quand on soumet l'humanisme du premier à l'ambition scientifique du second, quand on élargit la science du second grâce à l'état contemporain des savoirs sur le fonctionnement des êtres humains. Le socialisme néomoderne est le discours politique fondé sur une science de la nature humaine[17].

---

pas de droite ou de gauche, il y a les politiques qui marchent et celles qui ne marchent pas. »

16. Ci-après, par « anthropologie générale » ou par « science de l'homme », je désigne l'ensemble des disciplines pourvoyeuses d'informations sur la constitution, le fonctionnement, le développement personnel et collectif des êtres humains. Cela inclut notamment la paléoanthropologie, l'éthologie, la psychiatrie, la psychanalyse, la neurobiologie, la psychologie, la sociologie, l'économie, l'histoire, l'archéologie, l'ethnologie, etc.

17. Je préciserai au chapitre 3 en quel sens précis je prendrai l'expression controversée « nature humaine ». Soulignons ici que je ne prétends pas épuiser le débat sur la nature humaine par une science. Il s'agit seulement de fonder le discours politique sur ce que nous pouvons considérer comme établi par l'état actuel de nos connaissances.

Cette science de l'homme nous enseigne, entre autres choses, que toute personne et toute liberté singulières se construisent dans la relation et la communication avec les autres. Il n'existe rien de tel que des individus indépendants qui construiraient une société; il n'existe que des êtres humains construits dans des relations sociales. J'ai appelé « socialisme méthodologique »[18] la méthode d'analyse des comportements humains et des faits sociaux qui repose sur cette conception sociale de l'être humain. Je prétends établir ici un socialisme qui ne repose pas sur des préférences idéologiques *a priori* (pour l'égalité, la justice, la solidarité, etc.), mais sur une réalité anthropologique qui fonde rigoureusement ces préférences. Cette réalité anthropologique disqualifie les deux autres principales grilles de lecture que sont le *holisme* et l'*individualisme méthodologique*, c'est-à-dire, pour faire simple, d'une part, les discours qui expliquent tout par les déterminismes sociaux en négligeant la liberté et la responsabilité des acteurs; d'autre part, les discours qui expliquent tout à partir des initiatives et des choix individuels en oubliant l'encastrement de ces derniers dans les relations sociales.

La science de l'homme nous met aussi sur la voie d'un *nouveau matérialisme historique*. D'une part, les conditions matérielles de production et d'existence ne sont pas des *infrastructures* déterminant des *superstructures* idéologiques (idées, croyances, conventions sociales, culture, etc.); en réalité, toutes les activités intellectuelles, morales et symboliques des êtres humains sont aussi matérielles et aussi déterminantes que les autres formes matérielles de l'existence. D'autre part, l'histoire réelle de l'humanité n'est pas *d'abord* celle des rapports de force économiques entre classes antagonistes. La constitution

---

18. Cf. *La Dissociété*, *op. cit.*, chap. 4.

biologique et la psychologie des humains se sont forgées (des millions d'années durant) et se sont stabilisées dans le cadre de petites communautés de chasseurs-cueilleurs. Dans ce cadre, l'humanité n'a connu ni le mobile du gain personnel ni le souci premier de la production. La préoccupation matérielle centrale des humains fut de maintenir la cohésion du groupe dont dépendait la survie de chacun. La religion fut l'instrument de l'alliance indéfectible, et l'alliance religieuse entre les groupes humains fut à l'origine de la formation des grandes sociétés traditionnelles voici seulement quelques milliers d'années. Les antagonismes d'intérêts économiques ne devinrent un facteur déterminant (parmi d'autres) que progressivement et au sein des grandes sociétés agricoles puis industrielles; ils sont certes incontournables dans l'analyse d'une société capitaliste moderne, mais ils ne sont qu'un très bref avatar de l'histoire de l'humanité, un *moteur auxiliaire* de l'histoire. Pour le dire très vite, le matérialisme historique du socialisme néomoderne doit mettre au jour un *moteur principal* de l'action humaine, une dialectique du développement des sociétés qui est propre à la nature de l'être humain et non au contexte systémique d'une époque particulière.

Il s'agit donc pour moi de *reconstituer les bases d'un socialisme scientifique*. Dissipons aussitôt le contresens auquel cette affirmation m'exposera assurément. Autant que le relativisme, je récuse le scientisme, *i.e.* la prétention qu'une science de l'homme pourrait tout expliquer, établir des prescriptions politiques indiscutables, prédire l'avenir d'une société comme l'astrophysique sait prédire le retour des comètes, déterminer un « sens de l'histoire » et dessiner « le » meilleur des systèmes. Ce scientisme est en réalité à l'opposé de ce que nous enseigne la science. D'une part, nous le verrons, le nouveau matérialisme historique exclut toute téléologie : l'histoire humaine est contingente, elle n'est soumise à aucune direction nécessaire. D'autre part, un socialisme vraiment scientifique ne prétend en aucun cas justifier scientifiquement un système spécifique, ni même une quelconque mesure politique particulière. Bien au contraire, il conduit le plus souvent à l'indétermination objective des « bonnes » politiques, là où le discours dit « moderne » prétend, lui, que celles-ci consistent à appliquer des lois universelles, notamment celles de l'économie. Car *les sciences de l'être humain et de la société ne nous disent jamais « ce qu'il faut faire ». Elles nous renseignent sur ce que nous sommes*, sur la façon dont nous interagissons les uns avec les autres, sur la construction des rapports sociaux, des conventions et des institutions qui constituent une société. Mais, quand il s'agit de transcrire une grille de lecture et des principes scientifiquement fondés en choix politiques concrets, le décideur se trouve le plus souvent confronté à une variété d'actions possibles entre lesquelles aucune « science » ne peut trancher. De plus, répétons-le, toute action collective implique un partage collectif de coûts et d'avantages que la communauté des citoyens ne peut établir que par la discussion, la négociation et le vote, selon des procédures qu'elle reconnaît comme légitimes.

Autrement dit, fonder votre action sur un principe vrai ne vous conduit pas mathématiquement à « la » bonne solution, car il en existe plusieurs qui présentent un ensemble d'avantages et d'inconvénients et ouvrent l'espace du débat. En revanche, fonder votre action sur un principe faux vous inspirera, presque à coup sûr, une politique inefficace et nuisible. La quête de la *vérité des principes* autorise donc un premier tri qui évite à la société bien des catastrophes. Au-delà de ce tri, la détermination des politiques concrètes relèvera toujours d'un débat et d'une procédure de choix démocratiques. La phase de tri préalable n'en reste pas moins fort utile : j'ai notamment démontré comment les rudiments d'une anthropologie contemporaine établissent la fausseté de la quasi-totalité des hypothèses et des principes qui fondent le discours contemporain de la droite néolibérale et de la droite néo-conservatrice[19]. Ce livre tente d'établir les valeurs et les principes politiques qui passent l'épreuve de ce premier tri et conservent donc leur place dans la boîte à outils d'un responsable politique en quête de vérité.

Vous voilà peut-être effrayé par une telle prétention. L'histoire du XXe siècle nous a en effet prévenus contre les dérives totalitaires où les idéologies nous conduisent, au nom de la vérité. Le socialisme scientifique, non merci! «On a déjà donné», pensez-vous, et payé au prix fort: des dizaines de millions de morts au nom de la science marxiste-léniniste de l'histoire! Et il faudrait naturellement ajouter quelques dizaines de millions de victimes supplémentaires pour les effets directs et les suites du nazisme, et bien d'autres encore pour les vies sacrifiées au nom des religions. Certes, mais assurez-vous d'agiter ces épouvantails uniquement pour chasser les ennemis de la liberté et non pour intimider les chercheurs de vérité.

Le socialisme dont il est ici question est, dès ses origines historiques, une philosophie de l'émancipation qui n'a rien à voir avec le stalinisme, un socialisme démocratique et républicain qui n'a rien à voir avec le socialisme prétendument «réel» qui aurait été expérimenté dans les pays communistes. Ne nous trompons pas de combat. Les horreurs perpétrées par les tyrans justifient le procès de la tyrannie, mais pas celui de la quête de la vérité. La quête de la vérité est un mouvement de la pensée qui n'a jamais fait une seule victime. C'est la volonté d'imposer une vérité qui fait des victimes, et c'est la démocratie qui doit nous prémunir contre pareille volonté. Mais *la démocratie n'est*

19. *Ibid.*, chap. 6 à 9.

pas là pour nous prémunir contre la vérité! Elle exige la libre adhésion et la libre discussion, mais certainement pas le relativisme et l'indigence de la pensée.

Alors, oui, je soutiens qu'il existe un socialisme fondé sur des principes vrais et un néolibéralisme aujourd'hui dominant et fondé sur des principes faux. Cette prétention vous inquiète? Mais quoi, soyons sérieux : vous préféreriez être dérangé par un penseur qui mobilise votre attention pour soutenir des propos qu'il tient pour faux? Ne vous trompez donc pas de peur. Ne vous méfiez pas de ceux qui prétendent détenir *une* vérité. Méfiez-vous de ceux qui refusent de soumettre leur vérité au doute scientifique, au débat et à la libre adhésion. Et redoutez plus encore ceux qui se disent démunis de tout système de pensée et prétendent faire modestement « ce qui est possible », « ce qui marche », comme des aveugles cheminant à tâtons dans un labyrinthe, là où les murs veulent bien les conduire. Le prétendu « pragmatisme »[20] affiché par les pourfendeurs des « *a priori* idéologiques » n'est souvent qu'un écran de fumée occultant une idéologie qui ne supporterait pas la lumière, tant elle manque de fondements.

Ce n'est pas l'idéologie aux prétentions ouvertement scientifiques qui menace la démocratie, c'est l'illusion pseudo-pragmatique entretenue par la droite contemporaine et une partie de la gauche autoproclamée « moderne ».

20. Je précise « prétendu », car la véritable philosophie pragmatique est tout autre chose que le vide doctrinal et l'improvisation empirique habituellement revendiqués par les politiques qui se disent pragmatiques. Le « pragmatisme », terme introduit en philosophie par Charles Peirce en 1878, est une méthode pour clarifier nos idées et éviter les débats dénués d'intérêt pratique. En 1907, William James précise : « [...] La méthode pragmatique vise à interpréter chaque notion en fonction de ses conséquences pratiques. [...] Si aucune différence pratique n'apparaît, c'est que les deux notions sont pratiquement équivalentes et que la discussion est vaine. » William James, *Le Pragmatisme*, Flammarion, « Champs », 2007.

Cette illusion interdit le débat à tous les niveaux. Au niveau des valeurs et des principes, elle refuse de soumettre à un examen rigoureux et au débat ses inéluctables fondations anthropologiques et philosophiques. Au niveau des mesures politiques, elle déploie le mythe de « la seule politique possible » imposée par la « réalité du monde tel qu'il est » et, ce faisant, elle nie la capacité des citoyens à choisir leur destin.

Entendons-nous bien : je ne conteste pas la nécessité de rester clairvoyant sur les « réalités », sur l'état des possibles à un moment donné. Au contraire, je suis un vrai réaliste : je constate que l'histoire de l'humanité est celle d'une réalité mouvante, celle de sociétés transformées par l'action humaine. Je rejette donc seulement le faux réalisme des néolibéraux qui nous présentent quelques réalités choisies par eux comme des données figées pour l'éternité. Cette *tyrannie de la réalité*[21] reconnaît à l'humanité une liberté de penser bien vaine puisqu'elle lui conteste en même temps la liberté d'agir, puisqu'elle lui concède seulement la liberté de marcher en rêvant mais pas celle de choisir le chemin. Vous voilà ainsi libre de penser ce que vous voulez sur la nature humaine, la société, les valeurs, etc. Mais ce droit vous est retiré dans le choix d'une politique économique et sociale, car, en cette matière, il n'y aurait qu'une seule voie possible. Je soutiens quant à moi le contraire. Vous avez le devoir de débattre de toutes les politiques publiques, car, même quand elles résultent de valeurs et de finalités fondées, elles ne sont jamais les seules possibles. En revanche, vous ne pouvez pas penser n'importe quoi quant aux valeurs et aux principes qui inspirent les politiques, car nombre d'entre eux sont incontestablement faux, que cela vous plaise ou non. Mais aucun socialiste n'entend vous contraindre d'adhérer à cette vérité,

21. Voir le beau livre de Mona Cholet, *La Tyrannie de la réalité*, Calmann-Lévy, 2004, Gallimard, rééd. « Folio actuel », 2006.

ce qui n'aurait d'ailleurs aucun sens, l'adhésion étant libre par définition.

D'un côté, vous avez une idéologie masquée et une réalité indiscutable; de l'autre, un système de pensée explicité qui renvoie à la souveraineté des citoyens pour trancher le débat sur sa mise en œuvre pratique. Je vous laisse apprécier laquelle de ces deux démarches est la plus respectueuse de la démocratie.

Refonder le discours politique sur la raison et la connaissance tout en préservant la liberté d'en débattre et la liberté d'adhérer ou non à ce discours: rien n'est plus moderne, au sens historique et philosophique du terme. Mais, alors, pourquoi ai-je qualifié le socialisme scientifique et démocratique exposé dans ce livre de «néomoderne»? En premier lieu, même si au fond cela reste accessoire, il vaut mieux éviter la confusion avec les multiples et éphémères discours de campagne qui entendent par «moderne» un cocktail variable d'inconsistance idéologique, d'imitation de la droite et de lieux communs à la mode. Cette pensée moderne-là passe seulement une brosse à reluire sur des idées assez légères pour suivre l'air du temps. On comprendra donc mon souci d'éviter une proximité, même purement sémantique, avec le florilège des socialismes «modernes». Toutefois, là n'est pas ma préoccupation essentielle. L'essentiel est qu'une anthropologie rigoureuse montre à l'évidence que la modernité, c'est dépassé! Ou, plus exactement, à dépasser.

Le «pseudo-modernisme»

Avant de m'expliquer plus avant sur le qualificatif «néomoderne», et pour retrouver le fil du propos central de ce livre, rappelons à grands traits le discours prétendument « moderne » dont je compte ici prendre le contre-pied :

« Un projet politique doit être moderne, et cela implique l'adaptation permanente de l'action publique à l'évolution du monde. Le libéralisme, parce qu'il privilégie la quête de la liberté et de l'initiative individuelle, propose la philosophie et le mode d'action politique les plus en phase, à la fois avec l'exigence d'adaptation permanente de la société et avec l'aspiration croissante des individus à l'autonomie.

« En revanche, le socialisme classique, parce qu'il est plus soucieux de construire par la loi une société égalitaire et solidaire que de libérer les énergies individuelles, entrave et retarde les adaptations nécessaires, limite la création de richesses, et contrarie ainsi l'aspiration individualiste et consumériste des individus modernes. Ce décalage entre une idéologie héritée du XIXe siècle et les réalités contemporaines explique en bonne part les déboires de la gauche.

« Certains partis travaillistes et sociaux-démocrates, conscients de ce décalage, ont compris la nécessité d'une "troisième voie" entre le socialisme d'antan et le néolibéralisme d'aujourd'hui, et déjà entrepris, en conséquence, leur modernisation. Celle-ci passe par une série de conversions : l'adoption d'une philosophie de la responsabilité individuelle en lieu et place de l'antique logique d'aide sociale ; la reconnaissance de la libre concurrence et du capitalisme comme socle commun et indépassable du système économique ; la priorité à la production compétitive des richesses plutôt qu'à leur redistribution ; le recul de la loi générale au profit des contrats librement négociés entre les acteurs.

« D'autres partis de gauche, et singulièrement le parti socialiste français, ont trop tardé à assumer l'impossibilité d'une rupture avec le système aujourd'hui mondialement répandu, et ont désormais pour seule alternative le déclin ou le rattrapage du processus de modernisation entrepris par leurs homologues anglais, néo-zélandais, allemands, etc. Au terme de ce processus, le “clivage” gauche-droite se trouvera largement aboli et remplacé par l'alternance paisible de “sensibilités” plus ou moins sociales, plus ou moins interventionnistes, dans le cadre d'une philosophie générale et d'un système social communs, alternance comparable à celle qui prévaut aux États-Unis entre démocrates et républicains. »

Telle est la caricature (par définition sommaire, mais néanmoins significative) du discours pseudo-moderniste que j'entends ici évaluer, et que je prétends rejeter, non par inclination personnelle, non par idéalisme, encore moins par nostalgie d'un « grand soir » auquel je n'ai jamais cru, mais parce que l'anthropologie, la sociologie, l'éthologie, la neurobiologie, l'économie, la psychologie, l'histoire, bref, toutes les connaissances mobilisables pour une évaluation rigoureuse d'un tel discours me conduisent immanquablement à l'évidence que celui-ci est faux.

Pour commencer, ce discours, que nous appellerons par commodité le « pseudo-modernisme », n'est même pas « moderne » au sens que l'historien et le philosophe donnent à ce terme. La modernité, loin d'être une mécanique d'adaptation de l'action à la réalité du monde, est un mouvement d'émancipation de l'action humaine repoussant tous les déterminismes étrangers à la volonté des sujets autonomes que sont censés devenir les êtres humains. Rien n'est plus authentiquement moderne que le désir (et parfois l'illusion) de fabriquer le monde, de construire l'histoire; rien n'est plus moderne que l'ambition d'une société qui s'engendre elle-même et façonne son destin. En revanche, rien ne nous renvoie davantage à l'âge prémoderne des sociétés traditionnelles que l'idée d'un ordre naturel des choses, ordre auquel l'action privée ou publique devrait seulement se conformer.

Dépasser la modernité pour en accomplir la promesse

S'agit-il alors pour moi de reconstruire un discours authentiquement moderne? Oui et non.

Oui, car il s'agit de renouer avec la volonté d'émancipation de l'humanité, y compris à l'égard des nouvelles formes d'aliénation engendrées par le mouvement même de la modernité. Oui, car il s'agit aussi de refonder l'idée de progrès en ce temps où le mot «réforme» en vient à désigner tout retour en arrière.

Non, car ce mouvement atteint désormais ses limites; il est enlisé dans les impasses où l'emmènent *les deux erreurs anthropologiques qui structurent la pensée moderne, à savoir: le fantasme de l'homme surnaturel et le mythe de l'individu autonome.*

La première de ces erreurs a détourné la pensée politique moderne d'une science de l'homme. L'homme moderne fut en effet pensé comme un être façonné par sa culture et non plus par la nature; un être distinct des animaux en cela même qu'il pouvait s'affranchir de la nature et même dominer celle-ci, grâce au pouvoir de la raison et de la technique. Le progrès fut alors conçu comme une sortie de la nature, et l'être humain, dans un déni orgueilleux de son animalité, pouvait se croire affranchi de sa propre nature. En quelque sorte, le monde nouveau engendré par le progrès accouchait aussi d'un homme nouveau. Erreur fatale pour toute vraie réflexion sur le progrès. Car, en réalité, l'humanité ne change pas. Les fonctionnements physiques, psychiques et sociaux constitutifs de notre nature (invariants anthropologiques) existent bel et bien et ont été fixés au paléolithique, des dizaines de milliers d'années avant la formation des premières grandes cités. Depuis lors, nos comportements ont évolué pour s'adapter au changement de la société, mais la nature de nos aspirations et des fonctionnements qui concourent à notre existence est restée la même. Si l'idée de progrès social doit avoir un sens pour des humains, elle implique certainement l'idée que *l'organisation de la société doit s'adapter à la nature humaine, et non l'inverse* (qui est par définition impossible). Mais la culture moderne, aveuglée par son fantasme d'un homme surnaturel, a trop œuvré à convaincre les hommes de s'adapter au progrès et n'a pas assez cherché à concevoir un progrès adapté aux hommes. La correction de cette erreur d'aiguillage est aujourd'hui urgente pour relever le défi écologique du XXIe siècle. En effet, *la science de l'homme nous apprend que, pour l'être humain, être social par nature, les liens valent mieux que les biens*, et que les vraies tragédies de notre histoire ont commencé à partir du moment où l'obsession de la production a pris le pas sur celle de l'alliance entre les humains. Nous verrons comment la conception sociale de l'être humain débouche sur une autre idée du progrès : un « progrès humain » tel que la croissance simultanée de la liberté et des liens nous arrache enfin à l'impasse fatale où nous entraîne aujourd'hui la croissance des biens.

Le fantasme d'un homme affranchi de sa propre nature est évidemment corrélé à la seconde erreur anthropologique de la pensée moderne : le mythe de l'individu autonome, de l'être humain autoconstruit par sa raison et sa volonté propres. À partir de ce mythe, la liberté a toujours été plus ou moins conçue comme une indépendance envers autrui et un relâchement des liens sociaux. Or, cette dernière façon de concevoir la liberté est un contresens absolu par rapport au processus effectif de construction d'un sujet singulier. Il est, de nos jours, parfaitement établi que ce dernier se construit dans et par la relation et la communication avec les autres, et se trouve dans l'incapacité de grandir sans elles. Nous savons que la liberté réelle ne se forge pas dans l'indépendance à l'égard d'autrui mais dans l'interdépendance et l'enchaînement de cercles multiples et diversifiés de relations sociales. *Ce n'est pas la destruction des liens qui nous libère, mais leur multiplication.* On sait enfin que, pour grandir en sujet singulier, chaque être a besoin de la présence symbolique d'un autre que soi en soi, d'une *place de l'Autre* qui, tout en imposant une limite à l'expansion de soi, crée l'espace consistant où cette expansion devient possible. L'être seul et sans limites, privé de transcendance, n'est pas libre et autonome, il se noie dans le vide d'un espace infini. Pour le dire en termes plus communs, la liberté ne peut s'apprendre sans une autorité à laquelle elle s'affronte; la conscience de soi ne peut se soutenir sans un autre dont la différence, voire l'opposition, donne consistance à la singularité.

En un mot, *l'être singulier et sa liberté ne se construisent pas contre la société et sans les autres, mais grâce à elle et avec eux*. Faute d'avoir su intégrer cette vérité anthropologique[22], la pensée et la politique modernes n'ont pas pu exploiter la synergie positive entre ce que j'ai appelé les deux « aspirations ontogénétiques[23] » des êtres humains: « être soi, par et pour soi », d'un côté, « être avec, par et pour autrui », de l'autre côté. Les constructions politiques modernes ont dès lors oscillé entre des modèles qui

---

22. J'évoque ici le mouvement général de la société et non le détail historique des pensées et des discours politiques. L'erreur anthropologique dont il est ici question a été reconnue par bien des penseurs libéraux et socialistes du XIXe siècle. Mais cela n'a pas conduit à l'élaboration d'un nouveau système de pensée spécifiquement construit pour tirer toutes les leçons d'une refondation anthropologique.

23. *La Dissociété*, *op. cit.*, chap. 4.

privilégient l'une de ces aspirations au détriment de l'autre (au lieu de les combiner), entre un libéralisme insistant sur l'individuation et un socialisme insistant sur la sociation, entre l'utopie hyperlibérale d'une « dissociété » juxtaposant des individus parfaitement déliés et autonomes et l'utopie hypersocialiste d'une « hypersociété » fusionnant les individus dans une communion indivise.

L'Occident vit, depuis quelques décennies, la fin du cycle politique de la modernité qui a peu à peu installé la figure de l'individu autonome, dans une oscillation permanente entre le souci de l'individu et celui de la société, entre le souci de la liberté et celui de l'égalité, entre le libéralisme et le socialisme. Le XXe siècle nous a conduits aux extrêmes de ce balancement. On a vu l'hypersocialisme communiste construire une société collectiviste contre la liberté, avant que son effondrement laisse libre cours à la généralisation de son contraire, l'hyperlibéralisme qui instrumentalise le culte de la liberté individuelle pour déconstruire la société. Chemin faisant, après la « mort de Dieu », le rejet des idéologies discréditées par une histoire sanglante a achevé de livrer les consciences au vide de l'autonomie. Ce triomphe de l'individu seul maître et responsable de sa pensée et de son destin semble constituer l'achèvement du projet moderne. Mais c'est là une victoire à la Pyrrhus. La société hyperlibérale s'avère être une « dissociété » violente et instable, car elle ne libère vraiment que le capital et la compétition, car elle restaure une pression extrême sur l'individu soumis aux impératifs de la performance, aux aléas de la conjoncture économique et à l'exigence de compétitivité. Après deux siècles d'expansion, le capitalisme tue toujours des ouvriers au travail dans les pays les plus « avancés ». Le prétendu « désengagement » de l'État au profit de l'initiative individuelle masque le pouvoir croissant d'un État privatisé qui restreint les droits et les libertés du plus grand nombre pour le soumettre aux exigences d'une minorité. La prétendue « autorégulation » par la libre concurrence débouche sur la criminalisation de l'économie et les crises à répétition. Par ailleurs, le progrès incontestable de la liberté de penser s'est mué en inconsistance de la pensée qui ne connaît plus de point fixe où accrocher une vérité. Une jeunesse grandie dans le relativisme, le culte de soi et de la marchandise ne sait plus gérer la frustration et ne reconnaît plus aucune autorité. En fait de libération, la culture triomphante de l'individu soi-disant seul maître de lui-même nous a seulement « libérés » des liens sociaux et a seulement vidé la place de l'Autre en nous, sans quoi pourtant aucun être ne peut construire sa liberté.

La dissociété des individus libérés de toute autorité morale transcendante et livrés à la compétition permanente nourrit la violence. Alors, face aux désordres, les néolibéraux ont noué une alliance avec les conservateurs qui engagent le retour vers un ordre prémoderne, mélange de répression policière, d'intégrisme religieux, de contrôle communautaire et d'abrutissement dans le travail. Il n'est pas anodin que cette alliance ait été la plus forte dans le pays où l'alliance du capitalisme et de la démocratie libérale fut aussi la plus continue et la plus poussée : les États-Unis. On a vu là, en effet, comment le mariage de la libre concurrence et de la liberté politique se retourne finalement contre la démocratie et la modernité : la peur du désordre et de la violence justifie toutes sortes d'atteintes aux libertés publiques et aux droits de l'homme. À quoi s'est ajouté le nouvel esprit de croisade d'une chrétienté blanche américaine persuadée de son bon droit à imposer son modèle par la force des armes, même après le fiasco de la croisade contre l'Irak. Le Moyen Âge est de retour[24] !

24. Voir le constat inquiet de la célèbre urbaniste américaine Jane Jacobs, *Dark Age Ahead*, Random House, 2004.

L'hyperlibéralisme peut ainsi devenir foncièrement antilibéral. Et le mouvement même de la modernité, en son achèvement, engendre une réaction antimoderne. Certes, comme l'explique Marcel Gauchet dans un magistral parcours historique de la modernité[25], la tentation du retour en arrière et la restauration conservatrice sont récurrentes et participent d'une dialectique qui n'a, au bout du compte et jusqu'alors, jamais interrompu la dynamique de l'émancipation des individus. Seulement voilà, nous nous trouvons désormais au bout de ce processus et nous avons, en Occident, dépassé le stade où la dialectique individu-société avait encore du grain à moudre pour explorer de nouveaux modèles sociaux et de nouveaux espaces d'expansion de l'autonomie. Le XXe siècle a épuisé l'exploration des trois issues possibles (des trois impasses en vérité) au dilemme d'une société constituée par des individus supposés indépendants les uns des autres : 1) la fusion des individus dans une hypersociété qui assure l'ordre par l'aliénation de l'autonomie individuelle ; 2) la séparation des individus (ou des communautés) dans une dissociété qui tente de remplacer les relations humaines par des relations marchandes ; 3) la synthèse totalitaire qui consiste à instaurer une dissociété temporaire atomisant les individus, pour mieux anéantir ensuite et les individus et la société, fondus dans le seul être résiduel et total, l'État.

Tant qu'il demeure dans le cadre de pensée circonscrit par le mythe de l'individu autonome, l'Occident, que la dialectique moderne a conduit jusqu'à la dissociété, n'a pas d'autre issue que le retour vers une hypersociété collectiviste ou vers le totalitarisme. Alors, personne

---

25. Marcel Gauchet, *L'Avènement de la démocratie*, t. 1. *La Révolution moderne* ; t. 2. *La Crise du libéralisme, 1880-1914* ; t. 3. *À l'épreuve des totalitarismes, 1914-1974*, Gallimard, 2008-2010.

n'étant sérieusement tenté par ces « issues », nous vivons le sentiment d'une fin de l'histoire politique. Pour dépasser les contradictions et les limites de notre modèle social, il n'y a plus d'autre modèle à explorer, et plus de nouveau monde désirable à atteindre. Il ne reste pas davantage d'espace symbolique à conquérir pour l'autonomie d'un individu déjà libéré de toute transcendance, effectivement chargé de trouver en lui seul sa raison d'être et d'agir.

L'individu hypermoderne[26], au bout d'un voyage qui ne tient pas sa promesse, est naturellement tenté de revisiter des étapes antérieures. Une fois parvenu au bout d'un chemin, la seule façon de continuer à marcher, c'est de repartir en arrière. C'est là, pour simplifier à l'extrême, ce qui selon moi distingue les pulsions régressives contemporaines des tentatives de restauration observées au début du XVIIIe et du XIXe siècle. Il ne s'agit plus aujourd'hui d'une pause dialectique préparant une nouvelle avancée de la modernité. Il s'agit plutôt des spasmes destructeurs d'un processus achevé et qui a épuisé son avenir : la « Grande Régression » qui, des années 1980 aux années 2000, a mis la civilisation moderne en marche arrière[27].

Aussi le pseudo-modernisme des politiques a-t-il trente ans de retard sur le mouvement de la pensée qui, depuis les années 1970, débat de la condition « postmoderne », des temps « hypermodernes », des dérives d'une « surmodernité » ou encore de la quête d'une « néomodernité »[28], bref, de la nécessité d'imaginer un autre cadre de pensée et une autre conception du vivre-ensemble que ceux qui

26. Nicole Aubert (dir.), *L'Individu hypermoderne*, Érès, 2004.

27. Voir le troisième opus de la présente série : *La Grande Régression*, Seuil, 2010.

28. Voir notamment : Jean-François Lyotard, *La Condition postmoderne*, Éditions de Minuit, 1979 ; Gilles Lipovetsky, Sébastien Charles et Pierre-Henri Tavoillot, *Les Temps hypermodernes*, Grasset, 2004, LGF, 2006.

ont accompli l'avènement de l'individu et le «désenchantement du monde». Il n'est plus temps d'être moderne, il est grand temps d'inventer une nouvelle modernité. L'enjeu du politique n'est plus de libérer l'individu des liens sociaux et de la transcendance qui lui barrait autrefois le chemin de l'autonomie. Il est, je le montrerai, de dépasser le mythe moderne de l'individu autonome qui barre la route à la construction d'une vraie liberté. Il est de remplacer un laisser-faire qui aliène par des liens qui libèrent. Face à la nouvelle société déliée, déréglée et désenchantée, *l'autre grand défi politique*[29] *du XXIe siècle est de redécouvrir des principes d'ordre et d'autorité qui tiendraient à nouveau les gens ensemble, sans détruire la liberté, sans effacer trois siècles d'émancipation.*

Durant ces trois siècles derniers, le renversement libéral du monde s'est efforcé de construire une société harmonieuse par l'expansion des libertés individuelles et de la production. Cette méthode était fondée sur une erreur anthropologique, puisqu'en réalité ce sont l'intensification et la diversification des liens sociaux qui construisent la liberté d'un être singulier, et ce sont ces liens, et non les biens, qui permettent à chacun de grandir. Certes, tout comme de fausses théories astronomiques ont longtemps conduit les navires à bon port, cette erreur a durablement permis l'arrachement de l'individu à l'obscurantisme, le recul du despotisme, le progrès des connaissances et l'essor de la démocratie que nul ne saurait contester ou regretter. Mais, dès lors que cette voie patine dans l'impasse fabriquée par son succès même, face à l'échec du libéralisme, face à l'impossibilité de vivre libres et ensemble sans morale et sans liens, face à l'impossibilité de consommer toujours plus, le temps est venu de corriger l'erreur moderne pour sauver l'acquis de

29. Il s'ajoute au défi écologique appelant une autre idée du progrès.

la modernité et pour conjurer la tentation d'une grande régression. Le temps est venu de renverser la perspective moderne, d'offrir à la liberté un nouvel avenir en reprenant la quête d'une *construction sociale de la liberté*.

Le renversement socialiste

Une construction sociale de la liberté. Telle a précisément été l'essence originelle du projet socialiste, de Leroux à Blum, en passant par Marx et Jaurès, à savoir : s'appuyer sur les liens sociaux, la communauté politique et l'action collective pour construire la liberté des individus.

Il nous faudra ici dissiper un contresens fréquent sur le rapport entre le socialisme et le libéralisme. Le libéralisme n'est pas la doctrine ou la politique qui vise la liberté en négligeant la cohésion sociale, la justice et le bien commun. Le socialisme n'est pas, à l'inverse, la doctrine ou la politique qui vise une société juste et solidaire en restreignant la liberté individuelle. Ces préjugés courants énoncent à peu près le contraire de ce qui constitue la vraie nature des deux philosophies politiques en question. Les diverses branches du libéralisme[30] ont toujours visé le bien commun et/ou la justice, tout en pensant que le meilleur moyen de les promouvoir consistait le plus souvent à laisser libre cours à l'initiative individuelle. Il s'agit donc bien, pour les libéraux, de *construire la bonne société par la liberté*. De son côté, le socialisme, héritier de la philosophie des Lumières et du libéralisme,

---

30. Soulignons que, pour moi, le libéralisme n'inclut pas l'ultralibéralisme, le néolibéralisme et le libertarisme, qui en constituent des dévoiements pathologiques que, pour cette raison, je propose de regrouper sous le terme clinique de « hyperlibéralisme », sur le modèle de « hypertension ».

reconnaît les progrès accomplis grâce aux libertés politiques et aux droits de l'homme, mais constate l'incapacité de la méthode libérale à accomplir la promesse faite à tous les hommes d'une égale et réelle liberté de mener leur vie. Parce que le droit libéral s'arrête aux portes des entreprises et livre les échanges à la concurrence entre des acteurs inégaux, la société libérale instaure l'inégale liberté, la domination des plus forts et des plus riches, l'aliénation des travailleurs à la merci des détenteurs des moyens de production. Le socialisme n'entend donc pas abolir purement et simplement le libéralisme. Il entend accomplir la promesse bafouée de la Révolution française, celle d'une égale liberté pour tous, en construisant une société solidaire et démocratique, non comme fin en soi, mais comme instrument d'une émancipation complète de l'humanité. Il s'agit, pour les socialistes, de *construire la liberté par la bonne société*.

En cela, le socialisme des origines est, dès le milieu du XIXe siècle, l'ébauche d'un dépassement de la modernité. Plus précisément, le socialisme démocratique et républicain français, avant sa conversion tactique au marxisme tronqué des guesdistes, a constitué l'amorce d'une pensée néomoderne susceptible d'accomplir la promesse moderne de l'émancipation en remettant à l'endroit le rapport entre individus et société. C'est ce retournement de perspective que j'appellerai le « renversement socialiste » : il ne s'agit plus, comme le croyaient les libéraux, de construire la société par la liberté des individus, mais de construire la liberté réelle de tous les individus par la transformation de la société ; l'émancipation ne surgira pas de la simple destruction des liens sociaux anciens, livrant les individus à la fausse liberté de la compétition des intérêts privés ; elle progressera grâce au *remplacement de ces liens qui aliènent par les liens qui libèrent* (les droits sociaux, la fraternité, la solidarité, la libre association). Ce renversement de la pensée, que l'on peut situer au carrefour des années 1830 et des années 1840, a près d'un siècle et demi d'avance sur les découvertes scientifiques qui permettent aujourd'hui de fonder le socialisme méthodologique sur des connaissances et non plus seulement sur des intuitions. Ce « vieux » socialisme est plus que moderne, il est déjà néomoderne, cent cinquante ans avant les premiers émois intellectuels sur les impasses de la modernité; il est, à ce jour encore, en avance sur les « modernisateurs » qui ne savent toujours rien de la science moderne.

Aussi est-on consterné de lire aujourd'hui des « hommes de gauche » qui, au nom d'une modernité en bout de course, veulent « en finir avec le vieux socialisme », au moment même où s'effondre le nouveau libéralisme. Ignares, arrogants et paresseux! Ils n'ont jamais su qui était cet ancêtre, en qui ceux qui savent encore lire et penser reconnaîtront bientôt une pensée du XXIe siècle. L'essentiel de ce qu'ils reprochent au « vieux » (l'étatisme, la crispation doctrinaire, la rhétorique révolutionnaire, etc.) est tout juste ce que le « vieux » refusait énergiquement. C'est que, enfants cossards et politiciens pressés par l'ambition, ils ont ouvert le livre de leur famille à l'avant-dernier chapitre, et n'ont semble-t-il plus ouvert de livres de science depuis leurs « leçons de choses » à l'école primaire. Seule circonstance atténuante pour tant d'ignorance: leurs parents et grands-parents de la famille socialiste ont arraché les premières pages de leur héritage. Depuis un siècle en effet, comme l'a notamment bien montré Vincent Peillon[31], le parti socialiste a fait comme si le socialisme était né en 1905, c'est-à-dire après que la

31. Vincent Peillon, *Pierre Leroux et le socialisme républicain*, Le Bord de l'eau, 2003.

conversion purement tactique à un catéchisme marxiste élémentaire a enfoui les pistes ouvertes par les vrais pères du socialisme.

Reprenons donc le fil de cette histoire oubliée. Je disais que, au moment du renversement qu'ils opèrent dans la pensée libérale moderne, les socialistes ne sont pas loin d'entreprendre la refondation anthropologique dont j'ai évoqué plus haut la nécessité. Mais, à l'inverse de Marx, ceux-ci n'ont pas le projet de construire une science de l'histoire et de la société, pas plus que les libéraux qui, dès le XIXe siècle, ont déjà contesté la conception étriquée de l'individu qui fondait les théories du contrat social et l'utilitarisme. Soucieux de protéger les acquis libéraux de la Révolution française et de la République – sans cesse menacés par les réactionnaires –, attachés à conquérir de nouveaux droits sociaux par le combat démocratique, les socialistes républicains ont moins recherché la cohérence et la perfection doctrinales que l'unité et l'efficacité du mouvement ouvrier. De plus, passionnés de la liberté, ils se méfiaient des pensées systémiques qui prétendent énoncer une vérité définitive et pourraient inspirer une politique autoritaire. Mais, à la fin du XIXe, l'esprit moderne est fasciné par les succès prodigieux de la science et de la technique. Toutes les sciences humaines se mettent à imiter les sciences de la nature pour capter une part de leur prestige. Faute de s'être pliés à cette mode scientiste, les socialistes démocrates et républicains se sont alors trouvés débordés par la force de séduction théorique de la science marxiste de l'histoire. Et, au nom de l'unité, sous l'égide de Jaurès, ils ont finalement accepté une conversion tactique au marxisme vulgaire des guesdistes[32]. Or ce marxisme

32. Jules Guesde (1845-1922) est alors, avec Paul Lafargue (1842-1911), le leader des marxistes français.

économiciste (caricature trompeuse des écrits de Marx) ne laisse aucune place à la réflexion sur les fondements anthropologiques de la politique: les rapports de force entre classes sociales déterminés par les conditions matérielles de la production suffisent à comprendre l'humanité et son histoire! À partir de là, les pistes ouvertes par le premier renversement socialiste furent oubliées. On exagère à peine en disant que, après l'unification du parti socialiste en 1905, la réflexion doctrinale des socialistes français non marxistes est quasi inexistante, si l'on entend par là une quelconque tentative pour construire un système de pensée complet et cohérent autour des bases philosophiques et anthropologiques posées notamment par Pierre Leroux et Jean Jaurès. Cette réflexion sera en revanche plus soutenue en Angleterre et en Italie, avec les divers travaux que l'on peut sommairement regrouper sous la bannière du «socialisme libéral»[33].

À partir des années 1920, après la révolution bolchevique et la scission entre communistes et socialistes, il était possible de reprendre le fil d'une construction théorique d'un socialisme néomoderne, là où le souci de l'unité l'avait momentanément rompu. Nombre de réflexions nouvelles auraient pu nourrir une refondation anthropologique du socialisme: l'ethnologie de Marcel Mauss, la psychologie interactionniste de George Herbert Mead, la sociologie de Norbert Elias, l'anthropologie et la sociologie économique de Karl Polanyi, l'anarchisme conservateur de George Orwell, etc. Les ingrédients ne manquaient donc pas pour renouer avec une pensée fondée sur une conception plus complète et plus juste de l'être humain. Mais, il semble que ce fil ait été plus que rompu et tout simplement perdu. Le cadre

33. Ne pas confondre avec ce qu'on appelle de nos jours le social-libéralisme, qui est à peu près le contraire du socialisme libéral.

de réflexion marxiste resta le seul outil de référence, qu'il se fût agi de le promouvoir ou de s'en démarquer. Le socialisme devenant une force politique susceptible de gouverner, les impératifs de la lutte électorale, les débats sur l'opportunité d'une participation aux gouvernements, le rapport entre réformes et révolution, en somme, des considérations stratégiques, l'emportaient sur la réflexion doctrinale.

Dès lors, faute d'une idéologie de rechange, une vulgate marxiste fit l'affaire de socialistes qui y puisaient un discours convaincant et mobilisateur à l'usage des militants, tout en ayant, pour la plupart, définitivement abandonné l'idée de préparer une quelconque révolution prolétarienne qui remplacerait le capitalisme par la socialisation générale des moyens de production. Les socialistes et sociaux-démocrates européens ont mis plus ou moins de temps pour mettre en concordance leur rhétorique officielle et leur pratique politique effective. Mais tous, y compris le PS français réputé le plus lent en la matière, tous ont de fait choisi la démocratie et la réforme de la société par la loi. Et presque aucun n'a considéré qu'il y avait pour autant urgence à forger une nouvelle doctrine de référence.

La pensée s'endormait ainsi, mais pas la société dont le mouvement finirait par réveiller des socialistes intellectuellement désarmés pour appréhender un monde transfiguré.

L'illusion d'une « troisième voie »

L'œuvre du socialisme au XXe siècle n'a donc pas été doctrinale mais politique. De fait, par le combat démocratique, le socialisme a participé à l'accomplissement du progrès social dans le cadre de ce que l'on appelle à tort mais communément une «économie de marché» capitaliste. À bien des égards, les «Trente Glorieuses» ont pu être interprétées comme la victoire des idées du socialisme démocratique: la régulation de la société par la loi démocratique autorisait alors le progrès social, l'extension simultanée de la cohésion sociale et des libertés individuelles. Victoire dont l'effet pervers fut de dissiper plus avant la nécessité d'une reconstruction idéologique.

Or, dans le même temps, l'achèvement de la modernisation de la société et de la culture, l'ouverture croissante du monde au capitalisme marchand, la consommation de masse, la libération des mœurs, l'essor des moyens de télécommunication et bientôt l'effondrement des pays communistes engendraient une société nouvelle, un capitalisme différent, un environnement international métamorphosé, un bouleversement des rapports de force, bref, un autre monde, où les succès passés de la régulation démocratique seraient compromis, où le balancier de la modernité allait se retourner et donner au mouvement libéral une ultime poussée planétaire. Avec le recul, on perçoit aisément l'ambiguïté complexe de la période des «Trente Glorieuses»: le succès de la social-démocratie est aussi celui du capitalisme libéral, le progrès de la solidarité sociale va de pair avec la montée de l'individualisme, le progrès matériel de la classe ouvrière est aussi celui du consumérisme, etc. Cette phase de compromis et d'équilibre fut aussi le terreau préparant les pathologies de l'hypermodernité, de l'hypercapitalisme et de l'hyperlibéralisme.

Faute d'avoir repris le fil de la réflexion doctrinale – si l'on fait abstraction des vrais marxistes –, les socialistes et sociaux-démocrates n'ont ni vu venir, ni empêché, ni même souvent combattu l'avènement de la dissociété néolibérale. Ils ont été emportés dans le flot d'un nouveau monde, sans compas ni boussole, sans guère d'autres repères que le marxisme tronqué des uns et l'antimarxisme inculte des autres.

C'est dans ce contexte qu'est apparue la volonté de «moderniser» le socialisme. Face au monde nouveau engendré par la mondialisation du capitalisme et par l'effondrement du communisme, la nécessité d'un renouveau doctrinal était en effet patente. Mais la focalisation ancienne du débat sur l'alternative révolution marxiste ou réformisme démocratique aiguilla la quête de ce renouveau vers une impasse: celle de la troisième voie. En effet, après trois quarts de siècle de glaciation de la pensée socialiste, il eût fallu reprendre la quête oubliée d'une synthèse entre le socialisme républicain et la critique marxiste du capitalisme et de l'économie politique libérale. Au lieu de cela, les «modernisateurs» de la gauche européenne firent comme si le socialisme classique se résumait au marxisme-léninisme et présentèrent ce prétendu héritage comme le socle à abattre pour construire de nouvelles fondations. Entre l'étatisme et la planification centrale, d'un côté, et l'ultralibéralisme, de l'autre, il était certes facile de tracer une troisième voie. Mais c'était là un enjeu imaginaire, car cette troisième voie était d'ores et déjà, dans la pratique, le modèle de référence de la gauche européenne, à savoir: la régulation démocratique d'une économie mixte en vue d'une transformation sociale progressive.

Ainsi, la persistance, ici ou là, d'une rhétorique marxiste révolutionnaire de pure façade a servi de prétexte aux théoriciens de la troisième voie pour présenter leur démarche comme l'avènement, enfin assumé, d'un réformisme «pragmatique» visant des progrès concrets. Mais, dans la mesure où la pratique réelle de la «vieille» gauche, tout au long du XXe siècle, était déjà la régulation démocratique d'une économie de marché, il n'existait pas à proprement parler de troisième voie entre celle-ci et la dérégulation généralisée du nouveau capitalisme mondialisé. Si la vieille gauche était inadaptée, sa modernisation passait donc par l'adaptation à la dérégulation généralisée ! Ainsi, sous l'apparence théorique d'un réformisme moderne défaisant un marxisme étatiste imaginaire, les prescriptions de la troisième voie consistaient largement à intégrer dans les politiques de gauche la panoplie complète des politiques néolibérales. Restait à inventer un salmigondis sociologico-philosophique pour démontrer qu'il n'y avait là nulle trahison des idéaux de la gauche, et pour expliquer pourquoi, désormais, les valeurs éternelles de la gauche fondaient les mêmes politiques que les valeurs éternelles de la droite[34] ! Telle fut l'œuvre des théoriciens de la troisième voie. Qu'une telle « œuvre » ait pu connaître un franc succès dans une large partie de la gauche européenne met en lumière une abyssale inconsistance de la pensée qui fut longtemps masquée par l'apparente virulence du débat entre réformistes et révolutionnaires. Il s'agit aujourd'hui, pour les socialistes démocrates, de dépasser ce faux débat tranché depuis un siècle, du fait même de leur adhésion à la démocratie.

Non sans ironie, j'abordais cette introduction en posant la question : « Pour être moderne, ne serait-il pas grand temps de dépasser le socialisme ? » On devine à présent ma réponse assurée : « Pour dépasser la modernité, il est grand temps d'être socialiste. » Il s'agit de reprendre la question laissée en friche après le premier renversement socialiste de la pensée moderne : qu'advient-il de notre conception de l'histoire, de la société, de l'économie, des institutions, etc., quand on abandonne la prémisse erronée

34. Et là, pour le coup, la vraie méthode pragmatique est fort utile : si deux théories politiques ont les mêmes conséquences pratiques, c'est qu'il n'y a en réalité aucune différence pertinente entre ces théories.

de la pensée moderne (l'autonomie des individus comme chemin vers la bonne société), quand on refonde le discours politique sur cette vérité anthropologique : les liens sociaux sont le chemin de la liberté ? J'entends montrer ici que cette piste de recherche est susceptible de fonder un socialisme scientifique qui était à la portée des premiers socialistes et qui aurait dû intégrer l'apport irremplaçable de Marx, au lieu de se désintégrer dans l'adhésion à un marxisme vulgaire que Marx lui-même récusait à la fin de sa vie. Cet autre socialisme a eu ses précurseurs longtemps oubliés et remis en lumière, ces dernières années, par de nombreux travaux[35]. Nous n'aurons pas ici la place de donner à ces derniers l'écho qu'ils méritent car il ne s'agit pas, dans ce livre, de refaire l'histoire de la pensée politique, mais de concevoir une nouvelle façon de penser la politique. Ainsi, les deux prochains chapitres seront consacrés à l'identification des caractéristiques invariantes du fonctionnement psychique et social de l'espèce humaine. Les chapitres suivants détermineront quels principes politiques peuvent être rigoureusement déduits à partir de ces fondements anthropologiques.

Par conséquent, dans ce livre, le terme « socialisme » ne désigne pas un « mode de production » fondé sur l'appropriation collective des moyens de production ; il désigne une doctrine politique fondée sur une conception sociale de l'être humain établie à partir des sciences de l'homme. En cela, ma démarche s'inscrit dans la lignée des premiers socialistes anglais et français pour qui le mot

35. Voir notamment : Serge Audier, *Le Socialisme libéral*, La Découverte, 2006 ; Alain Caillé et Pierre Chanial, « L'autre socialisme. Entre utilitarisme et totalitarisme », *Revue du Mauss*, n° 16, La Découverte-Mauss, 2000 ; Jean-Claude Michéa, *Orwell, anarchiste Tory*, Climats, 2000. Vincent Peillon, *op. cit.* ; Bruno Viard, *Anthologie de Pierre Leroux*, Le Bord de l'eau, 2007 ; Jacques Viard, *Pierre Leroux et les socialistes européens*, Actes Sud, 1992.

« socialisme » désignait une philosophie de l'association humaine qui s'opposait à la philosophie individualiste. Certes, dans la seconde moitié du XIXe siècle, la quasi-totalité des socialistes ont prôné la propriété sociale des grands moyens de production, mais ce n'était pas une raison pertinente pour racornir le sens du terme « socialisme » en le réduisant à la désignation d'un mode de production opposé au mode de production capitaliste. Cette erreur sémantique a conduit à qualifier de « socialisme réel » le régime totalitaire instauré en Union soviétique, au prétexte qu'il était notamment fondé sur la nationalisation d'une bonne part des moyens de production, et en dépit du fait qu'il n'avait rien à voir avec l'idée que Marx, Jaurès, Leroux, Proudhon, entre autres, se faisaient d'une société socialiste.

Répétons-le, le socialisme est d'abord la volonté d'œuvrer à l'égale et pleine liberté de tous les individus grâce à leur association dans une société solidaire où la coopération prime sur la rivalité. Je montrerai que cette construction sociale de la liberté ne dépend pas principalement du mode d'appropriation des moyens de production. Cela, néanmoins, ne remet pas en cause l'essentiel de la critique marxiste du capitalisme, ni la nécessité de sortir du capitalisme.

Les intuitions des socialistes humanistes et/ou chrétiens ne méritaient pas d'être méprisées comme elles le furent, non par Marx, mais par tant de marxistes-léninistes. Le matérialisme de Marx ne justifiait pas l'anticommunisme systématique qui anima jusqu'à nos jours trop de socialistes imprégnés de philosophie chrétienne. Je soutiens que ces deux traditions étaient complémentaires et non antinomiques, que chacune mettait l'accent sur une dimension négligée par l'autre et que seules leur synthèse théorique et leur unité politique ouvrent la voie d'un idéal socialiste scientifiquement fondé et politiquement efficace. Telle fut la voie recherchée par Jaurès et tel est le travail théorique auquel je tente ici de contribuer.

D'aucuns pensent peut-être que, de nos jours, la « théorie » ne sert plus à grand-chose en politique, parce que les individus se méfient des idéologies et attendent surtout des résultats concrets. C'est là une funeste illusion dont s'est toujours gardée la droite. Celle-ci a-t-elle lu Gramsci qui expliquait pourquoi le combat politique était d'abord une bataille culturelle? A-t-elle médité Foucault qui démontrait comment l'exploitation moderne ne reposait plus sur la contrainte des corps mais sur la manipulation des esprits? En tout cas, elle a compris la nécessité et l'efficacité politique de l'idéologie, au point de la dissimuler sous les apparences du bon sens, car on supporte mieux la piqûre quand on nous cache la seringue.

L'expérience récente nous enseigne qu'il ne suffit pas à un gouvernement de gauche d'afficher un bon bilan économique et social pour être reconduit par les électeurs. Il ne suffit pas davantage qu'un gouvernement de droite affiche un bilan désastreux pour qu'il soit défait dans les urnes. Les élections se gagnent et se perdent encore, et peut-être même plus qu'avant, sur *le discours* des politiques, sur l'histoire qu'ils racontent au pays[36]. Plus le monde est complexe et anxiogène, plus les citoyens attendent de leurs responsables politiques un discours qui englobe le monde, l'histoire et leur vie, et leur permette de se projeter dans un avenir qui fait sens, plus ils apprécient un discours qui articule les fins et les moyens, qui fonde l'action publique sur une vérité partageable et non sur les sables mouvants de l'opinion : en somme, ce qu'on appelait autrefois une idéologie, ce que je nommerais un « grand récit », le grand récit qui manque aujourd'hui au socialisme pour sortir de l'inconsistance.

---

36. Voir Christian Salmon, *Storytelling. La Machine à fabriquer des histoires et à formater les esprits*, La Découverte, 2007.

2

Grandir parmi les siens

Les fondements anthropologiques du socialisme - 1

Le politique, c'est l'art du vivre-ensemble. L'objet fondamental d'une philosophie politique ou d'une science politique consiste à expliciter les conditions dans lesquelles des êtres humains constituent une communauté élargie au-delà du rassemblement naturel des parents et des enfants, c'est-à-dire un système de conventions, de règles, d'institutions et de représentations communes qui font d'un groupe humain un ensemble distinct à la fois d'autres groupes humains et de la simple juxtaposition des êtres singuliers qui le constituent.

Tout discours sur la façon de constituer, d'entretenir et de transformer cette *communauté politique* devrait donc commencer par vérifier en quoi consiste précisément cet être humain qu'il s'agit de faire vivre avec ses semblables. Comment un humain devient-il un être singulier, un sujet capable de décision? Qu'est-ce qui motive ses actions et ses relations aux autres? Quelle est l'origine des sociétés humaines? Quelle est la relation entre le développement de la société et celui des êtres singuliers que, par commodité de langage, on peut dénommer les individus[37] ? La personnalité et la liberté

37. Au sens strict de la réalité anthropologique décrite dans ce chapitre, certains considèrent que l'individu n'existe pas. Je n'exclus pas

d'un individu grandissent-elles malgré, contre, ou grâce à la société? La sociabilité est-elle «naturelle»? Etc.

La quête d'un socialisme positif

La réponse apportée à ces questions pose les fondations anthropologiques de tout discours politique. C'est pourquoi le débat préalable sur la «nature humaine» et la formation des sociétés humaines a tenu une place essentielle aux origines de la philosophie politique. Aujourd'hui, en revanche, cela n'intéresse plus grand monde. Toutefois, le fait que, depuis longtemps, responsables et penseurs politiques ne posent plus guère ces questions ne signifie pas que les fondations anthropologiques n'existent plus. Celles-ci sont seulement enfouies, négligées ou refoulées, mais elles constituent toujours le fondement nécessaire de n'importe quelle idée ou proposition politique. En devenant implicites, ces fondations ont échappé au débat politique, et mon propos vise précisément à les sortir de l'oubli pour mettre au jour les erreurs qui entravent le progrès de la pensée moderne, et pour refonder la politique sur une conception plus juste de l'être humain.

Je sais les réserves que suscite cette démarche originale (de nos jours). Mes propres amis politiques n'ont pas manqué de me dire: «les gens veulent du concret, pas des jeux intellectuels» ou encore: «le socialisme, c'est d'abord la révolte contre l'injustice, la critique du capitalisme», etc. Je comprends leur préoccupation;

ici l'usage commun du terme pour simplement distinguer une personne d'une autre personne. Soulignons toutefois que cet usage commode va ici de pair avec le rejet radical de la conception atomistique d'un être existant par lui-même indépendamment de toute relation à autrui.

néanmoins, je pense qu'ils se trompent. Ils confondent *l'enjeu* du politique (la justice, l'amélioration concrète de la condition humaine, la transformation de la société) et *la méthode* pour être à la hauteur de l'enjeu. Ils confondent *le sentiment*, qui fournit l'énergie de l'engagement, et *l'analyse*, qui donne à celui-ci son cap et ses outils. Il ne suffit pas au politique de savoir *contre* quoi il combat, il lui faut surtout expliquer *pour* quoi. Or le socialisme aujourd'hui peine singulièrement à dessiner une destination enviable. Par ailleurs, les fameuses «gens» ne sont pas des machines à calculer trop bêtes pour réfléchir aux principes qui devraient fonder l'action concrète. Tout indique, au contraire, qu'ils sont désormais tellement en manque de principes fondamentaux et de grilles de lecture qu'ils se laissent plus aisément séduire par la consistance idéologique d'un discours que par un quelconque catalogue de mesures concrètes. Et quand ladite consistance fait défaut, ils préfèrent encore s'en remettre à l'«image» des leaders politiques plutôt qu'à la lecture de leurs programmes. Bref, les «gens» résistent à cette «politique des choses[38]», à ces catalogues que les élus substituent aux idées quand ils ne croient plus à la force de leurs propres idées. Dès lors, lorsque des politiciens plus avisés exploitent ce besoin persistant de parole politique pour raconter des mensonges, il ne sert à rien de le déplorer. Il faut seulement être à son tour capable de raconter une histoire vraie.

Que les vrais pragmatiques soient néanmoins rassurés sur un point: si j'attache autant d'importance à la solidité des fondements anthropologiques de la politique, c'est d'abord parce que, selon que ceux-ci sont justes ou faux, cela changera du tout au tout les politiques concrètes. Ce sont donc bien des conséquences pratiques que je vise,

38. Jean-Claude Milner, *La Politique des choses*, Navarin, 2005.

mais j'entends les atteindre en raisonnant à l'endroit, en commençant par le commencement, c'est-à-dire par les fondations. Pour éviter aux «gens» de se laisser séduire par des discours dont la mise en œuvre pratique aura des effets contraires à leurs attentes, il m'importe de leur démontrer en quoi ces discours sont faux. Et pour combler leur soif de sens, de valeurs et d'idées, il m'importe de leur proposer un autre grand récit qui aurait l'avantage d'être vrai.

Que ceux qui sont révoltés par l'inhumanité du capitalisme soient également rassurés. Je sais bien que la révolte contre l'injustice d'une société de marché fonde l'engagement des vrais socialistes. Mais elle ne fonde pas une société de rechange. *Il suffit rarement de désigner ce que l'on refuse pour savoir ce qu'il nous faut vouloir.* Certes, comme le montrait Carl Schmitt[39] dans les années 1920, savoir reconnaître la figure de son ennemi est un élément fort et sans doute nécessaire dans la constitution de l'identité d'un mouvement politique. C'est aujourd'hui encore autour de cette figure que se dessinent les points de repère les plus sûrs. En particulier, pour savoir aujourd'hui qui est socialiste ou non dans un parti socialiste, le moyen le plus sûr consiste à distinguer ceux qui pensent avoir des ennemis à leur gauche et des alliés potentiels à leur droite, et ceux qui estiment n'avoir d'ennemis qu'à leur droite et que des alliés possibles à leur gauche.

Toutefois, si le rassemblement par inimitiés communes a ses vertus pratiques, il peut masquer de sérieuses divergences sur les buts et les moyens de la politique. Alors, le souci de préserver l'unité d'action conduit parfois à l'évitement perpétuel des questions qui fâchent, jusqu'au jour où celles-ci, jamais tranchées, font exploser

39. Carl Schmitt, *La Notion du politique* (1927, 1932), repris dans *La Notion de politique. Théorie du partisan*, Flammarion, 1992.

l'unité que leur étouffement devait préserver. Telle fut justement l'expérience des premiers rassemblements socialistes. Au XIXe siècle, le seul dénominateur commun à tous les mouvements socialistes était la contestation de la propriété privée des moyens de production. L'unité finit donc par se faire au début du XXe, contre l'ennemi commun, le capitalisme, mais au prix d'un voile épais jeté sur la pensée pour masquer une synthèse factice entre des théories et entre des responsables qui soutenaient des conceptions radicalement opposées de l'être humain, de l'histoire humaine, et donc des moyens et des fins de l'action politique. La révolution bolchevique de 1917 suffit dès lors à dynamiter cette union des contraires.

J'entends ici inverser cette funeste méthode, c'est-à-dire, en vérité, procéder à l'endroit : définir le socialisme non par un ennemi, mais par la substance propre de sa conception de l'être humain et de la société. Après quoi, on pourra bien avoir tous les débats du monde sur les instruments de l'action publique; au moins, un rassemblement sur ce socle anthropologique sera-t-il pensé et solide. Car on fait l'unité et la solidité d'une construction sur ses fondations, pas sur son toit.

Ainsi, pour moi, le mot « socialisme » désigne *une théorie politique fondée sur une conception sociale de l'être humain*, à savoir que l'être humain, sa conscience, sa personnalité, ses motivations, ses capacités, etc., se construisent dans et par la relation avec les autres hommes, si bien que chacun est à la fois acteur de la vie des autres et acté par la vie des autres. Cette conception est simultanément à l'opposé de l'individualisme méthodologique et du holisme, parce qu'elle récuse aussi bien tout déterminisme social que tout déterminisme individuel. Il n'y a dans le socialisme méthodologique aucun déterminisme, il n'y a qu'une interaction entre les êtres, d'une part, et entre les êtres et la société qu'ils constituent ensemble, d'autre part. L'histoire de cette interaction est contingente et pour cette raison ouverte à l'action politique qui vise à l'orienter.

L'orienter dans quel but et comment ? Dans *le but d'une égale et réelle liberté pour tous* ; par *la transformation de la société* en sorte que celle-ci renforce les liens solidaires et les possibilités d'association qui étendent la capacité de tous. Le socialisme est donc ici défini par *une méthode d'analyse de la société et par le projet d'une construction sociale de la liberté*. Ce socialisme-là n'est pas un postulat arbitraire, c'est un cadre de raisonnement politique rigoureusement fondé par l'étude des connaissances disponibles sur la façon dont les êtres humains se construisent, grandissent et vivent en société. Ces connaissances constituent les fondements anthropologiques exposés dans ce chapitre et le suivant.

Mon intention est à présent de proposer une identité socialiste en positif, et non en négatif d'un épouvantail libéral ou capitaliste. Certes, le socialisme débouche toujours sur une critique du libéralisme et du capitalisme, mais c'est là pour moi le sous-produit d'une théorie positive construite sur une conception scientifiquement fondée de l'être humain et de la société. Le socialisme néomoderne n'a pas besoin de la critique pour exister : il conduit vers une théorie critique des sociétés capitalistes modernes, mais il naît d'une théorie positive de l'humanité; c'est la solidité de ses fondements anthropologiques qui en font, à la fois, un nouveau paradigme pour les sciences sociales et une lumière projetée sur l'inconsistance des principes guidant aujourd'hui la pensée réputée dominante. Après l'exposé de ces fondements, c'est le discours de la droite néolibérale qui apparaîtra en négatif, comme une image inversée, non seulement du socialisme, mais aussi de la réalité humaine qu'il lui faut nier pour exister.

Je pense, donc nous sommes

Prendre la réalité humaine au sérieux, telle est ici notre seule exigence. Cela paraît élémentaire, mais c'est pourtant ce que la pensée politique moderne a trop souvent évité de faire, parce qu'elle partait en fait d'une conception théologique et non pas anthropologique de l'être humain. En effet, on va le montrer, le « sujet » libre et autonome de la modernité ne peut venir que du Ciel et non d'ici-bas.

« Je pense, donc je suis. » Ce bref théorème posant l'existence du « sujet » cartésien n'est pas sans raison devenu un quasi-dicton populaire. Dans l'océan de l'incertitude, tout être qui doute et s'interroge ne peut douter qu'il doute et il éprouve ainsi la seule certitude universelle : il y a en lui-même quelqu'un qui pense. Ressentir cela est une chose – assez triviale –, l'écrire en est une autre. La sensation de penser est en effet aussi universelle que celle de respirer, toutefois longtemps, pour la masse des hommes, elle n'a pas prêté davantage à conséquence (personne n'a jamais médité sur le thème : « je respire, donc je suis »).

Affirmer « puisque je pense, je suis quelqu'un » et poser ainsi la première pierre d'une théorie du « sujet », c'est tout un programme. C'est d'abord soutenir que l'esprit qui pense est distinct du corps et qu'il est, pour cette raison, le lieu véritable de l'être. « Je respire, donc je suis » ou encore « je bois, donc je suis » ne fait pas sens, dans cette théorie du sujet : ce n'est pas « je » qui respire ou qui boit, c'est le corps qui agit comme celui de n'importe quel animal. C'est donc l'action de penser qui constitue l'être humain, à la condition qu'il ne s'agisse pas là d'une action du corps, mais de celle d'un être incorporel : le sujet pensant. Ce dualisme du corps et de l'esprit est une représentation symbolique de soi qui est essentielle à la conception moderne de l'individu autonome. Le corps est en effet tout entier lié aux corps des autres et soumis à des forces extérieures, il est ce par quoi nous venons d'une mère et d'un père et sommes contraints de grandir et de vivre en société. L'idéal d'autonomie, celui d'un sujet exempt de toute détermination étrangère à sa volonté (de toute hétéronomie), est irréalisable dans un corps; cet idéal n'est accessible qu'à un être immatériel qui ne vient pas du corps de son père et de sa mère, qui ne vient pas « du » monde, mais qui, comme on dit, vient « au » monde avec une consistance qui ne doit rien à autrui, si ce n'est la vie à Dieu.

Affirmer: « Puisque je pense, je suis quelqu'un », c'est aussi se reconnaître comme individu distinct d'autrui, existant en lui-même et par lui-même. Le « je » ne vient pas des autres. L'existence du « je » qui « est » se trouve attestée par l'existence du « je » qui « pense »: en somme, un « je » qui joue un double jeu, qui s'autofonde et n'est donc fondé sur rien, suspendu dans le vide de l'autonomie.

D'où vient ce « je » capable de penser? Accompagne-t-il déjà l'embryon humain sans cerveau ou encore le nouveau-né, avant toute histoire, avant tout rapport à autrui? Si la réponse est « oui », alors, comme pour Descartes et tous ceux qui ont peur du vide, « je » vient de Dieu, ce grand Autre nécessaire pour fonder ce qui ne repose sur rien, pour concevoir une existence qui ne vient de nulle part; voilà la version théologique du « sujet ». Mais si la réponse est « non », alors « je » est construit dans et par la relation aux autres qui vont lui permettre d'advenir et de grandir. Alors, le « je » qui pense n'atteste plus l'existence d'un *être en soi* descendu du Ciel tout fabriqué, mais celle d'un *être par autrui* grandi parmi les siens; il manifeste que « nous » sommes les uns *par* les autres.

Je pense, donc nous sommes! Voilà la version anthropologique du « sujet ». Notons bien que celle-ci n'interdit pas d'adhérer à une version théologique. Croire en une origine surnaturelle de la vie humaine n'interdit pas de se demander comment, une fois sur Terre, la conscience et l'action d'un individu s'inscrivent tout entières dans la relation, la communication et l'interaction avec les autres. Il n'est donc pas nécessaire d'abolir la religion pour s'intéresser à l'anthropologie, et inversement. Enfin, en théorie! Dans la pratique de la philosophie politique moderne, la conservation d'un soubassement théologique a le plus souvent détourné les penseurs (non croyants comme croyants) des plus élémentaires évidences anthropologiques. Même quand cette pensée politique s'affiche comme athée, matérialiste, voire antireligieuse, elle fait comme si «je» venait de lui seul, et non de son père, de sa mère, de ses éducateurs, de son histoire concrète avec tous ceux qui l'ont conduit de l'hétéronomie absolue du nouveau-né vers la relative autonomie de l'âge adulte. Or, faire comme si «je» ne venait pas des autres, mais d'un «ailleurs» inconnu, revient à se contenter de la version théologique de l'être: nous sommes les enfants de Dieu, nous venons de Lui et nous retournons à Lui. Ici, remplacez Dieu par «moi», et vous aurez la version hypermoderne et athée de l'individu, si comiquement exprimée par l'humoriste Pierre Dac: «Il y a trois grandes questions: qui sommes-nous, d'où venons-nous, où allons-nous? Eh bien, moi je suis moi, je viens de chez moi et j'y retourne.» D'un point de vue essentiel, ces deux versions de l'être n'en font qu'une; elles effacent absolument tout ce que notre être doit réellement à tous les autres.

Une singulière alliance s'est ainsi établie entre la théologie et une pensée moderne prétendument rationaliste pour concevoir un individu préexistant à toute relation avec les autres. Saisir d'où vient effectivement «je» est dès lors resté la question aveugle de la modernité, la question refoulée par la pensée politique moderne, comme si la réponse ne prêtait pas à conséquence, mais en réalité parce que justement elle change tout.

Si la modernité peut être pensée avec Marcel Gauchet comme une longue sortie de la religion, elle n'en reste donc pas moins, de bout en bout, imprégnée d'une forme de pensée théologique[40]. En postulant la préexistence d'un sujet autonome, sans se demander comment un nourrisson devient ou non un tel sujet, la pensée moderne a fait l'impasse sur la science de l'homme, et constitué l'individu dont elle parle en donnée exogène tombée du Ciel. Cette façon de nous penser nous-mêmes est devenue tellement commune que le plus militant des rationalistes peut ignorer le fondement religieux de son discours. Ainsi, tout individu hypermoderne et athée, qui se conçoit comme seule source de son être et de sa pensée, en un sens croit en Dieu sans le savoir, puisqu'il croit en un être autofondé qui ne vient pas d'autrui, puisque, en fait, il se prend pour Dieu.

La pensée néomoderne, dont je veux esquisser ici les traits, entend restaurer l'anthropologie, non pas contre la théologie, mais pour ouvrir les yeux d'une pensée aveugle. Les croyants n'ont rien à redouter de l'anthropologie, c'est-à-dire d'une science de l'homme qui considère *les faits* constituant le développement d'une personne humaine. Car l'anthropologie n'a rien à dire sur l'existence ou non d'un Être en soi qui serait à l'origine du monde et

40. La pensée moderne s'efforçait déjà de ravir aux Églises le monopole de la direction des hommes et des sociétés ici-bas. Mais du moins évitait-elle les foudres d'une Église encore puissante en ne lui contestant pas le monopole du discours sur les origines et l'essence de l'humanité. C'est là au fond un grand service rendu par le dualisme cartésien. Le partage du territoire humain entre corps et âme autorisait les savants à régner en maîtres sur le monde réel, *i.e.* celui des corps, pour peu qu'ils abandonnent les âmes et le Ciel à la théologie. Ce qui évidemment constituait une bonne affaire pour les agnostiques assurés d'avoir gagné la maîtrise du réel en échange de rien du tout.

de la vie. De son côté, la théologie n'a rien à nous dire sur la question de savoir en quoi les gènes, l'éducation et l'histoire concrète d'un individu interviennent dans la construction de sa personnalité et de ses comportements. La théologie nous parle de la foi, l'anthropologie nous parle des faits humains. Le croyant, pas plus que l'agnostique, ne peut nier les faits. Il ne devrait pas davantage en avoir peur. En effet, si, comme il le croit, la vie et l'âme humaines viennent de Dieu, comment une quelconque réalité humaine pourrait-elle porter ombrage au Dieu dont elle procède? Le créationniste qui refuse l'évidence de l'évolution des espèces et s'accroche au mythe d'un Adam engendré dans l'instant de la création du monde n'est pas un croyant : il ne croit pas que la réalité humaine effective puisse procéder de Dieu; il préfère concevoir une humanité imaginaire compatible avec son idée de Dieu; c'est en fait en lui-même qu'il croit, en son idée ou en celle de sa famille et de sa communauté; il n'a pas la « foi », c'est-à-dire la confiance en Dieu qui le conduirait à accueillir tout fait nouveau contredisant son idée de Dieu comme une invitation à corriger son idée, mais certainement pas à décider, à la place de Dieu lui-même, comment l'humanité aurait dû advenir. Le refus de la connaissance n'est pas une manifestation de la foi, c'est une maladie de la pensée qui révèle une fragilité de l'être face au bouleversement des repères qui construisent son identité.

Ce n'est donc certainement pas la religion qu'il s'agit ici de combattre, mais la bêtise, l'ignorance et l'obscurantisme qui conduisent à la religion athée des temps hypermodernes, cette religion de soi, foncièrement commune au fondamentalisme religieux et au cynisme néolibéral, qui ferme la porte à l'intelligence des relations humaines, qui facilite aujourd'hui l'alliance de faux chrétiens et de faux libéraux afin de défendre leurs seuls intérêts au nom de fausses théories de l'individu et de la société.

Il est donc grand temps de lever le voile d'ignorance jeté sur ce que nous sommes. Nous allons à présent découvrir (entre autres choses) pourquoi l'être humain n'est pas l'atome indépendant d'autrui sans lequel toute l'économie politique néolibérale s'effondre; pourquoi il n'est pas davantage le sujet autoconstruit sur quoi repose la philosophie néolibérale de la responsabilité individuelle; comment un être humain devient «je» et comment «je» devient quelqu'un; comment la personnalité se construit dans la socialité; comment, enfin, l'autonomie s'acquiert grâce à l'attachement, et la liberté, grâce à l'expansion des liens. Le lecteur, éventuellement pris au dépourvu par ma démarche anthropologique, devra s'armer d'un peu de patience; il pourra avoir momentanément l'impression que je m'éloigne du sujet, dès lors que je ne parle plus ni de politique ni du socialisme. Il nous faut bien commencer par traiter pour elle-même la question de l'être humain. Mais, chemin faisant et bien sûr à l'arrivée, nous déduirons de cet apparent détour nombre de conclusions précises pour la construction scientifique d'un discours politique[41].

La construction sociale de la personnalité

À sa naissance, l'humain est l'être le plus inachevé du monde vivant. En effet, au fil d'une évolution singulière, la taille croissante du cerveau humain est devenue incompatible avec celle du bassin de la femme. Dès lors, l'accouchement du bébé a dû intervenir au bout de neuf mois, c'est-à-dire environ le tiers du temps nécessaire à une gestation équivalente à celle des autres primates. Aussi, à part respirer, boire et crier, le nouveau-né ne sait quasiment rien

41. Pour une réflexion sur les diverses approches du «sujet» voir: Vincent de Gaulejac, *Qui est «je». Sociologie clinique du sujet*, Seuil, 2009.

faire, car toute fonction physique ou psychique exige des connexions synaptiques[42] entre les neurones, connexions dont la plupart n'interviendront qu'après la naissance. La neurobiologie et l'éthologie nous apprennent que le développement optimal de ces connexions dépend des stimulations exercées par l'environnement du nourrisson et plus particulièrement de l'interaction entre celui-ci et sa mère. Au-delà des premiers mois de la vie, les relations avec les autres adultes et enfants jouent à leur tour un rôle déterminant. On sait qu'un enfant tout juste alimenté, sans communication avec autrui, ne peut ni marcher ni parler, et que la qualité de la relation mère-enfant agit sur la taille de l'enfant. Au-delà des capacités physiques de l'enfant, ce sont aussi les compétences cognitives, les facultés de raisonner, de maîtriser des concepts abstraits, de lire et d'écrire qui sont façonnées par l'intensité et la nature des relations nouées avec l'entourage. Celles-ci déterminent enfin, on y reviendra longuement, l'ensemble des aptitudes sociales. Ainsi, conclut l'éthologue Boris Cyrulnik : « C'est bien l'environnement qui pétrit la masse cérébrale et donne forme à ce qui, sans lui, ne serait qu'un amas informe non circuité. C'est sous l'effet des interactions précoces que le cerveau acquiert une manière d'être sensible au monde et d'y réagir[43]. »

Voilà pourquoi on peut parler d'un « cerveau social ». L'être humain est un être social, bien au-delà de ce

---

42. Les synapses sont les points de contact aux terminaisons des axones qui assurent la liaison entre les cellules neuronales. La synaptogénèse commence durant le 5e mois de gestation mais, pour l'essentiel, elle est réalisée après la naissance, en particulier durant les premières années de la vie (au rythme de 200 000 neurones connectés par heure). Voir Julien Cohen-Sohal et Bernard Golse (dir.), *Au début de la vie psychologique. Le Développement du petit enfant*, Odile Jacob, 1999.

43. Boris Cyrulnik, *De chair et d'âme*, Odile Jacob poches, 2006, p. 30.

qu'entendaient les philosophes libéraux en parlant d'« animal social ». Ce n'est pas seulement, comme ils le comprenaient, que l'homme a toujours vécu en société parce qu'il a besoin des autres *pour vivre*. C'est encore et surtout parce qu'il a besoin des autres *pour être*. Il n'est à proprement parler pas grand-chose à sa naissance, même s'il n'est pas qu'une page blanche à remplir ; il devient quelqu'un de particulier dans et par la relation aux autres. Cette évidence interdit de raisonner en postulant l'existence d'un individu autonome au sens strict du terme, *i.e.* dont la conduite serait déterminée par des règles qu'il se donne à lui-même hors de toute détermination extérieure. Cet individu autonome n'existe pas. L'être humain naît et grandit grâce à et dans l'hétéronomie la plus complète, *presque* entièrement façonné par son interaction avec un environnement qu'il n'a pas choisi.

Presque : la nuance est importante. Il existe en effet des facteurs génétiques innés. La psychologie du développement distingue ainsi le « tempérament » constitué par les prédispositions innées[44] et la « personnalité » résultant de l'interaction de l'individu avec son environnement. Helen Bee et Denise Boyd rapportent que « les chercheurs en génétique comportementale ont mis en évidence l'influence des gènes sur certaines dimensions du tempérament, notamment sur l'émotivité [...], le niveau d'activité [...] et la sociabilité [...][45] ». On connaît par ailleurs l'existence d'une composante héréditaire dans certaines affections (schizophrénie, alcoolisme, agressivité, anxiété, etc.). On a aussi identifié une inégalité

44. Les prédispositions du tempérament ne sont pas nécessairement génétiques ; elles peuvent résulter de la sensibilité du fœtus à l'activité, la consommation, la santé ou l'état psychique de la mère.

45. Helen Bee et Denise Boyd, *Les Âges de la vie. Psychologie du développement humain*, Éditions du renouveau pédagogique, 3e éd., 2008, p. 6. Adaptation française de *Lifespan Development*, Pearson Education, 4e éd., 2006.

génétique dans notre capacité à « alimenter » notre cerveau en sérotonine. Ce neurotransmetteur facilite la transmission synaptique ; un gros transporteur de sérotonine aura des réactions plus vives et mieux adaptées aux variations de son environnement ; il s'ensuit des effets positifs sur l'humeur, la motricité, la rapidité d'apprentissage, la sociabilité, etc. En deux mots, le niveau de transport de sérotonine dans l'organisme serait un déterminant génétique de la *vulnérabilité* (faible capacité à surmonter les événements pénibles ou traumatisants) ou de la *résilience* (capacité à surmonter les difficultés et les traumas).

Néanmoins, rien ne permet d'établir une quelconque prédestination génétique du tempérament et des comportements. Et ce, en raison même de la multitude des déterminants génétiques, comme l'explique Boris Cyrulnik : « L'analyse des étapes chimiques intermédiaires permet d'affirmer qu'il est impossible qu'un comportement soit codé par un gène. Entre un gène et un comportement, mille déterminants de nature différente convergent pour renforcer ou fragiliser l'étape suivante du développement. [...] Il est possible qu'une anomalie génétiquement codée puisse ne pas s'exprimer, si d'autres gènes introduisent une sécrétion de substances protectrices[46]. »

En outre, les nombreuses études[47] qui établissent l'influence de prédispositions innées montrent que cette influence résulte toujours d'une interaction entre le tempérament et les multiples facteurs constituant l'environnement de l'enfant. Le modèle interactionniste le plus connu, celui de Frances Horowitz[48], associe les

46. *De chair et d'âme*, *op. cit.*, p. 31-32.

47. On trouvera une revue de la littérature dans *Les Âges de la vie*, *op. cit.*

48. Frances D. Horowitz, *Exploring developmental theories. Toward a structural behavioral model of development*, Hillsdale, New Jersey, Erlbaum, 1987.

«résultats développementaux» (quotient intellectuel, sociabilité, etc.) au tempérament et au «milieu» de l'enfant; le tempérament est apprécié par divers critères permettant de situer l'enfant sur une échelle qui va de la grande vulnérabilité à la forte résilience; une autre série de critères (affection de la mère, niveau de vie du foyer, qualité de la scolarisation, etc.) sert à évaluer le milieu et à préciser dans quelle mesure celui-ci est «non facilitant» ou «facilitant». En recourant à ce cadre d'analyse, de nombreuses enquêtes démontrent que milieu et tempérament se renforcent mutuellement (pour le meilleur et pour le pire) quand ils agissent dans le même sens, et qu'ils se compensent quand ils agissent en sens inverse. En clair, les «défauts» innés du tempérament sont aggravés par un milieu non facilitant, tandis qu'ils seront d'autant plus corrigés que le milieu est facilitant. Inversement, des prédispositions favorables peuvent être gâchées par un milieu très peu facilitant ou venir renforcer l'effet déjà favorable d'un milieu facilitant.

L'analyse des interactions entre tempérament, environnement et comportements est une source d'information très documentée en ce qui concerne la propension des individus à la sociabilité ou aux actes antisociaux. Comme on l'a déjà signalé, des facteurs génétiques peuvent intervenir dans la faculté à réguler les émotions ou dans les capacités cognitives, deux éléments clés dans la gestion de l'agressivité et des conflits avec autrui. Mais il n'y a pas de gène du délinquant, ni de gène du criminel ou du tueur en série. Le développement de comportements violents et antisociaux à tout âge peut être favorisé par des prédispositions innées, mais celles-ci ne sont ni nécessaires ni suffisantes. Lesdits comportements sont presque toujours associés à une combinaison de facteurs d'environnement perturbant le développement de l'enfant[49] :

– attachement insécurisant[50] avec la mère;

– absence de l'un des deux parents;

– conflits entre les parents ou divorce (surtout quand ces perturbations interviennent avant la puberté);

– pauvreté, avec tous les handicaps sociaux qui lui sont liés (problèmes de logement, de chômage, d'accès au soutien scolaire, aux soins et aux activités de loisirs, concentration de populations cumulant les mêmes handicaps, faible niveau d'éducation des parents, etc.);

– parents trop autoritaires ou négligents[51] ;

– agression sexuelle;

– fréquence des châtiments corporels.

La bonne nouvelle, c'est que la plupart des enfants qui cumulent plusieurs de ces handicaps ne deviennent pas des criminels, car, on le verra, il suffit souvent de quelques bonnes relations compensatrices pour soutenir un degré acceptable de sociabilité. La mauvaise nouvelle, c'est que ces handicaps peuvent s'engendrer et se renforcer mutuellement. Typiquement, un bébé au tempérament «difficile» (moins souriant, plus agité, plus criard) provoque une attitude plus distante, voire plus violente de la mère; privé d'un attachement sécurisant à sa mère, le bébé est alors de plus en plus difficile et devient un enfant distant ou agressif avec les autres enfants; pour cette raison, à l'âge scolaire, l'enfant sera plus souvent rejeté par ses pairs et s'associera avec d'autres enfants agressifs qui s'entraînent mutuellement à un comportement

---

49. Les références des études sur l'agressivité sont disponibles dans *Les Âges de la vie*, *op. cit.*, chap. 6.

50. La notion d'attachement sera plus amplement étudiée dans la section intitulée «La construction sociale de la liberté», p. 80.

51. Les différents modèles parentaux sont définis plus loin dans la section intitulée «Le don de la loi», p. 99.

antisocial; le retard des capacités cognitives (lié à l'attachement insécurisant) peut de surcroît limiter sa faculté d'empathie, c'est-à-dire de compréhension des émotions et intentions d'autrui (le défaut d'empathie entretient l'agressivité et affaiblit le sentiment de culpabilité face à la souffrance d'autrui). Tel est le cercle vicieux de la répulsion entre l'individu et son milieu: l'autodéfense spontanée du milieu renforce les comportements antisociaux qu'il tente de repousser.

Un individu amendable

Néanmoins, revenons-y, rien n'est jamais perdu: même quand son histoire a très mal commencé, un être humain est toujours amendable et réparable.

Les prédispositions génétiques existent, mais aucun comportement n'est codé à l'avance par les gènes. Autrement dit, l'individu n'est pas une page blanche au moment de sa conception, mais il n'est pas davantage une page écrite; il est comparable à un paquet de mots avec lesquels on va devoir écrire une histoire: cette contrainte de départ ne détermine en rien l'histoire; celle-ci dépendra de toutes les personnes avec qui l'enfant va agencer des phrases et de tous les mots nouveaux offerts par son environnement.

La plasticité du cerveau joue ici un rôle essentiel. Le cerveau est comparable à un muscle: il se développe en fonction des exercices qui vont le stimuler. Ce façonnage par les stimulations externes est particulièrement actif durant les premières années de la vie, au moment où le circuitage des neurones est le plus intense. En raison de la surabondance initiale de connexions synaptiques, une lésion physiologique ou un défaut de stimulation d'une fonction peuvent être réparés par le cerveau; celui-ci, à condition d'être à nouveau correctement stimulé, peut se reconstruire en employant le stock oisif de connexions. Ainsi, quand un bébé est d'abord maintenu dans un état dommageable d'isolement et de carence affective, il pourra être « réparé » si intervient enfin une figure d'attachement avec laquelle s'établit la communication nécessaire à son développement. Si des parents s'entêtent, des mois durant, à rester tendres et calmes avec leur bébé fuyant, agité et braillard, celui-ci finira par s'apaiser et deviendra un petit souriant et affectueux. En rompant le cercle vicieux de la répulsion, on peut changer l'empreinte qui dans le cerveau prédispose à certaines réactions : on creuse une nouvelle empreinte, un nouveau chemin privilégié.

Au fil de l'âge toutefois, le cerveau devient moins malléable : en fait, il émonde les connexions inutilisées, si bien qu'au-delà de l'adolescence (où se produit un regain de la synaptogénèse) la plasticité du cerveau s'amenuise et, avec elle, la capacité de l'adulte à réparer des lésions ou à rectifier des traits de sa personnalité. Mais cette capacité ne disparaît jamais complètement ; on sait en effet que nous continuons à fabriquer des neurones et des connexions tout au long de notre vie, quoique à un rythme nettement moins soutenu à l'âge adulte. On peut donc affirmer à la fois que l'enfance et l'adolescence jouent un rôle essentiel dans la formation de la personnalité d'un individu et que rien n'est alors définitivement figé pour le reste de son âge. Presque tout ce qui a été détruit, endommagé ou compromis par de mauvaises relations initiales avec un milieu peu aidant, voire traumatisant, peut être réparé (ou du moins arrangé) plus tard par de nouvelles et de meilleures relations. Le processus sera seulement plus lent pour un adulte et il exigera plus de disponibilité et d'engagement des autres adultes investis dans les relations réparatrices.

Voilà pourquoi il vaut toujours mieux intervenir avant l'âge adulte, au moment où le cerveau et la personnalité sont les plus malléables. D'autant que l'on sait déceler assez tôt les indices d'un développement perturbé, de même que le risque d'apparition de comportements antisociaux. Les signes d'attachement insécurisant sont repérables à la crèche ou à l'école maternelle, tout comme une agressivité caractérielle. Or de nombreuses enquêtes montrent que ces indices prédisent assez bien les comportements violents à l'âge adulte. Il ne s'agit bien évidemment pas ici d'isoler et de stigmatiser des enfants difficiles (dont la plupart seront des adultes normalement sociables). Cette réaction pourrait aggraver les choses. Il s'agit en revanche d'apporter à tous les enfants l'affection, l'attention et les soins nécessaires à leur développement quand ceux-ci font défaut. Il s'agit aussi de corriger ce qui peut l'être dans les facteurs handicapants de l'environnement social (logement, pauvreté, parent isolé, etc.). On peut toujours déplorer la difficulté d'une société à mobiliser les moyens nécessaires pour venir au secours de ses enfants en difficulté. Mais ne pas trouver les moyens, c'est abandonner ces enfants. On peut à la limite entendre toutes les excuses sur la rareté des moyens, mais certainement pas le mensonge qui masque cet abandon derrière une fatalité génétique de la déviance et qui n'ouvre dès lors qu'une seule voie: l'isolement des déviants pour nous en protéger.

Ce qui est vrai pour les enfants l'est aussi pour les adultes. Même s'ils sont moins malléables que les enfants, les adultes criminels sont encore le plus souvent amendables par le contact avec d'autres adultes déterminés à combler les lacunes d'une éducation ratée. Un exemple parmi tant d'autres: au Wyoming (États-Unis), on transforme des criminels dangereux en bons citoyens en leur apprenant le dressage des chevaux[52] ! Et dans les rapports quotidiens avec des inconnus, un minimum de compréhension des comportements asociaux suffit parfois à arranger les choses. Protester fermement contre une personne qui vous hurle dessus parce que vous l'avez involontairement bousculée est contre-productif. Sa réaction indique en effet un handicap cognitif, une difficulté manifeste à comprendre une situation et les intentions d'autrui. La seule chose à faire est de s'expliquer et de comprendre que l'autre s'est vraiment senti agressé. Et pour commencer, parlez à voix basse à celui qui vous hurle à la figure : presque automatiquement, il baisse le ton.

Voilà qui nous conduit à explorer maintenant une cause supplémentaire de notre possibilité d'amendement par la relation aux autres : nous sommes des êtres parlants et la parole a sur nous des effets aussi marqués, et parfois plus forts, que n'importe quelle action physique.

Le poids des mots

Tout le monde fait l'expérience quasi quotidienne du poids des mots, du poids des représentations suscitées en nous par les mots. Un seul mot de travers d'un collègue peut nous stresser une journée entière, un mot déplacé d'un être cher nous plonge dans la détresse, et même une simple réplique d'un acteur jouant la comédie nous arrache des larmes.

Le fait est que, même si les grands singes peuvent apprendre la signification de quelques dizaines de mots à

52. Dans un pénitencier spécial : la Wyoming Honor Farm de Riverton.

force d'entraînement, l'être humain est le seul « être parlant ». Il s'ensuit que toutes nos expériences, toutes nos émotions s'inscrivent dans notre mémoire sous la forme de représentations auxquelles sont associés des mots. Dès lors, quand les êtres dialoguent, ce n'est pas seulement l'information première contenue dans les mots qui se trouve échangée. C'est encore ce que Bateson et Ruesch[53] appelaient le « métamessage », ce non-dit que nous percevons tous et qui nous renseigne sur les sentiments, les intentions, l'humeur, les doutes, la joie ou l'agacement de notre interlocuteur. C'est aussi le non-dit qui échappe à la conscience des interlocuteurs quand leur dialogue réveille à leur insu l'empreinte d'émotions anciennes dont ils ne perçoivent plus le fil qui les relie aux mots.

Ce poids des mots et des représentations est attesté par la neurobiologie. En effet, grâce à la neuro-imagerie, on peut visualiser en couleurs les zones précises du cerveau qui sont « allumées » en réaction à une stimulation quelconque. On a pu ainsi vérifier qu'une caresse verbale allume la même zone qu'une caresse physique, ou encore qu'un simple récit produit des effets physiologiques très tangibles. Ainsi, dans les expériences sur le traitement des névralgies, on peut constater qu'« il suffit d'induire une croyance par un récit [...] pour voir que cette stimulation alerte en priorité l'aire préfontale qui inhibe les voies de la douleur et se connecte directement à la partie postérieure de l'aire cingulaire, celle dont la stimulation déclenche une sensation de bien-être et parfois d'euphorie[54] ». La neuro-imagerie met aussi en évidence l'empathie d'un couple d'amoureux. Si l'on soumet à un léger choc électrique un seul des deux amoureux, c'est la

53. Gregory Bateson et Jurgen Ruesch, *Communication. The Social Matrix of Psychiatry*, W.W. Norton & Company, 1951. Traduction française : *Communication et Société*, Seuil, 1988.

54. *De chair et d'âme*, *op. cit.*, p. 181.

même zone de la douleur qui s'allume dans le cerveau des deux. Et le cerveau de la femme s'allume pareillement si l'on se contente de lui montrer un chiffre indiquant l'intensité du choc qu'est censé subir son amoureux : elle réagit comme si elle avait reçu un choc électrique. Ainsi, conclut Cyrulnik qui raconte cette expérience : « Que la douleur soit perçue ou représentée, qu'elle passe par les voies neurochimiques ou par la perception d'un mot, c'est la même zone cérébrale qui, altérée, provoque une émotion ressentie dans le corps[55]. » Force inouïe des mots qui déclenchent des représentations (une idée, une croyance) qui, à leur tour, mettent en marche la chimie de la douleur ou du bien-être.

Les mots et la parole des autres allument notre cerveau. Mais quand un état d'âme mélancolique vient à nous ôter le désir de parler à autrui, le cerveau s'éteint : « Un isolement affectif éteint les deux lobes préfontaux aussi fatalement qu'une altération organique de ces deux lobes éteint tout état d'âme[56]. » Dans une certaine mesure, la parole peut donc guérir ou rendre malade. Les découvertes de la neurobiologie jettent ainsi un pont entre la psychiatrie, les psychothérapies et la psychanalyse. Si la force des représentations véhiculées par les mots ne suffit pas à réparer ou à compenser les lésions neurologiques ou les douleurs les plus graves, elle n'en est pas moins active et pour le moins complémentaire. Le fait de se raconter à un psychothérapeute, d'élaborer des théories sur sa propre histoire, de ramener à la conscience des représentations refoulées, tout cela a des effets réels attestés par la biologie.

---

55. *Ibid.*, p. 180.
56. *Ibid.*, p. 115.

Le poids des idées

L'ensemble de ces découvertes, dont nous ne pouvons ici évoquer qu'un infime échantillon, nous conduit à reconsidérer le vieux et faux débat entre le matérialisme et l'idéalisme. Est-ce l'existence matérielle qui détermine la conscience des hommes, comme l'écrivait Marx, ou l'inverse, comme le suggérait l'idéalisme allemand qui était la cible de Marx dans *L'Idéologie allemande*? La réalité est que cette question n'a pas de sens, car la conscience est une composante tout aussi matérielle de l'existence humaine que les conditions de travail et de production. Non seulement les idées, les croyances et les mots ont une existence physique pas moins tangible que les biens dits « matériels », mais encore l'effet desdits biens sur notre existence dépend en partie des représentations symboliques que nous leur attachons.

La force des représentations et des discours qui les mettent en scène est à ce point démontrée qu'il est insensé de soutenir le matérialisme vulgaire au nom duquel certains prétendent mépriser l'idéologie et les « grands récits » politiques. En réalité, si les hommes peuvent mourir pour des idées, c'est qu'ils en vivent, au sens le plus physique du terme. Et, par voie de conséquence, quand ils ne peuvent plus mourir pour des idées, c'est qu'ils sont moins vivants. Un « citoyen » qui ne s'intéresserait vraiment plus qu'au « pouvoir d'achat » promis par le discours politique ne serait pas loin de l'agonie psychique : le cerveau serait quasi éteint faute d'être encore stimulé par le bouillonnement incessant des représentations qui font la vie d'un être humain. L'animal n'a pas besoin d'un cerveau pour se préoccuper seulement de sa pitance quotidienne. Si le cerveau humain s'est à ce point développé, comme nous l'enseigne la paléoanthropologie, ce n'est pas pour assurer la survie biologique ; c'est surtout en raison d'une évolution marquée par la complexité croissante des interactions sociales, de la communication (langage) et des représentations symboliques : synergie poursuivie durant des millions d'années entre la stimulation sociale de l'organe cérébral et l'extension des activités stimulantes rendue possible par le développement de cet organe. Si le cerveau issu d'une telle évolution devait soudain s'occuper seulement de résoudre des problèmes pratiques que peut très bien résoudre un protozoaire[57], il s'étiolerait rapidement avant de s'éteindre.

Voilà pourquoi – n'en déplaise aux matérialistes amateurs qui ignorent de quelle matière nous sommes réellement constitués – les choses ne peuvent demeurer pour nous seulement ce qu'elles sont ; elles sont le support d'une activité incessante de représentation et d'interaction avec les représentations d'autrui, activité indispensable sous peine de mort psychique. Un électeur ne peut donc s'empêcher de juger un discours politique à l'aune de mille autres choses que, par exemple, le pouvoir d'achat de son salaire. Et, même quand il considère la question de son salaire, celle-ci met en jeu bien davantage que la quantité de biens qu'il pourra acheter ; elle mobilise une multitude de représentations relatives à la reconnaissance sociale, à l'estime de soi, à la justice ou l'injustice de sa condition, au salaire de son père, à la réussite de sa vie, etc. Le discours politique qui suscite l'attention est donc toujours un discours qui ordonne des représentations en un récit qui fait sens et au travers duquel l'électeur peut valider ou contester une idée de lui-même, une conception de la vie en société, une théorie de la justice, une peur, une projection dans l'avenir, etc.

57. Protozoaire : organisme vivant unicellulaire.

L'ennui est bien évidemment que les caresses verbales du discours politique peuvent déclencher la chimie du bien-être, de l'empathie et de la confiance même si elles sont composées d'erreurs ou de mensonges que l'électeur ne sait pas identifier comme tels. L'ordonnancement des idées en système convaincant (l'idéologie) peut donc aussi bien servir la manipulation et l'obscurcissement des esprits que leur émancipation et leur éclairage. Mais il faut être idiot ou bien mal intentionné pour déduire de cette évidence autre chose que la nécessité de remplacer des idéologies fausses et nuisibles par de moins fausses et de plus favorables au progrès humain.

Il serait tout aussi insensé de croire qu'il suffit de dire la vérité pour que soudain les esprits s'y convertissent par l'effet magique de la raison. La neurobiologie nous a en effet aussi appris que Descartes avait tort de séparer la raison (l'esprit) des émotions (le corps). Comme l'a notamment expliqué Antonio Damasio[58], le cerveau rationnel est en synergie avec le cerveau des émotions, nos pensées sont aussi des émotions. Une erreur de connaissance ou de raisonnement ne peut donc être effacée d'un simple coup de brosse comme le ferait un instituteur au tableau noir. Nous faisons d'ailleurs tous l'expérience d'idées que nous reconnaissons comme fausses et qui gardent néanmoins pour nous une certaine force d'attraction. La facilité avec laquelle on peut se débarrasser d'une erreur dépend donc du complexe de représentations et d'émotions plus ou moins anciennes, conscientes ou inconscientes, auquel elle est attachée comme l'arbre à ses racines. La biologie des représentations évoquée plus haut nous confirme que le deuil

58. Antonio R. Damasio, *Descartes's Error. Emotion, Reason, and the Human Brain*, 1994. Traduction française : *L'Erreur de Descartes. La raison des émotions*, Odile Jacob, 1995.

d'une idée ou d'une croyance bien ancrées est un parcours aussi difficile que le deuil d'une personne aimée; il est même plus problématique, dans la mesure où la mort de l'être aimé nous contraint à gérer l'évidence de son absence; en revanche, faire le deuil d'une croyance, c'est s'arracher d'un entrelacs de représentations toujours vivantes, héritées des êtres chers ou admirés qui nous les ont transmises et autour desquelles, notamment, s'est organisé notre «modèle interne[59]», *i.e.* une idée de nous-même et une grille de lecture du monde. On n'*efface* pas une croyance, on la *quitte*. Combattre les idées fausses ne consiste donc pas à passer la vérité comme on passe le sel. C'est une tâche impérieuse et imposante d'éducation qui suppose, d'une part, une fine compréhension de tout ce dont l'individu doit se séparer pour quitter l'erreur et, d'autre part, la capacité d'offrir à celui-ci un autre modèle porteur de sens et de résonance avec ses aspirations.

Or, justement, la difficulté de mon entreprise tient à ce que les vérités anthropologiques rappelées jusqu'ici mettent à mal une croyance contemporaine bien ancrée, un «modèle interne» fort répandu, le modèle de l'individu autonome qui conquiert sa liberté en échappant à toute transcendance et à toute dépendance à l'égard d'autrui. À ce point de mon exposé, surgit en effet la question de la liberté. Si nous naissons dans l'hétéronomie la plus complète, si nous grandissons par l'interaction entre des dispositions innées et notre environnement, si ce dernier est façonné par les adultes qui habitent notre enfance et par la société où nous déployons le reste de

59. Nous étendons ici à l'adulte le concept de «modèle interne» employé par la psychologie du développement de l'enfant pour désigner le «système intériorisé d'interprétations et de significations que l'individu se construit à partir de ses expériences» (*Les Âges de la vie*, *op. cit.*, p. 9).

notre existence, comment pouvons-nous construire notre liberté? N'est-ce pas à l'évidence en coupant des liens, en gagnant notre indépendance à l'égard des autres? Cette «évidence» est celle de la raison abstraite et simpliste. La vérité anthropologique est plus subtile. Grandir, ce n'est pas couper des liens, c'est se distinguer, se singulariser, s'éloigner, mais sans se délier, en choisissant ses appartenances, ses conformismes, ses cercles de relations. C'est en fait, on va le voir, nouer de plus en plus de liens!

La construction sociale de la liberté

On entend habituellement par «liberté» à la fois ce que l'individu a le droit de faire (liberté juridique ou formelle) et ce que l'individu a la capacité de faire (liberté réelle). Si la première est par définition une construction sociale, la seconde est – dans la perspective moderne et libérale – souvent conçue comme une construction personnelle: une fois doté de droits et d'interdits formels identiques, le champ des possibles ouvert à chaque individu résulterait de sa volonté, de ses efforts, de ses choix, etc. On connaît bien le débat qui s'ensuit sur l'opposition entre libertés formelles et libertés réelles. De tout temps pour la gauche, la liberté réelle a été indissociable d'une égalité réelle non seulement des droits de l'homme et des libertés publiques, mais aussi des droits sociaux et de la distribution des richesses et des pouvoirs. Aussi surprenant que cela puisse paraître pour qui n'aurait pas encore compris la nature de ma démarche, je ne reviendrai pas ici sur ce débat. Ce débat est pertinent mais il est tranché, sauf pour les simples d'esprit. Il est en effet trivial de souligner qu'un enfant pauvre est moins libre de partir en vacances qu'un enfant riche. Non moins trivial de dire que la liberté réelle d'expression d'un salarié est plus faible que celle du patron à qui il s'adresse et qui détient le pouvoir de le mettre au chômage. Pour que chacun jouisse d'une égale liberté réelle de mener sa vie, il faudrait donc assurer une parfaite égalité d'accès aux pouvoirs et aux richesses, non seulement au départ de la vie (égalité des chances), mais encore tout au long de la vie, pour éviter que quiconque, par une plus grande réussite, acquière un pouvoir sur autrui. Que la condition sociale détermine ainsi la liberté réelle est donc une évidence. Celle-ci mérite certes notre attention, tant l'inégalité des libertés réelles reste la règle des sociétés prétendument « libérales », mais, puisque c'est une évidence, elle n'appelle ici aucune démonstration supplémentaire, et c'est donc à une autre problématique que je fais référence en évoquant une construction sociale de la liberté.

La problématique est la suivante. Est-ce que l'être grandit et accède à une plus grande capacité de mener sa vie en se déliant d'autrui ou en se liant davantage ? Est-ce qu'il se développe grâce à lui seul ou grâce aux autres ? Est-ce que l'autodétermination des individus et le relâchement des normes sociales qui entravent leur libre initiative conduisent vers la bonne société des citoyens égaux et vivant en harmonie (perspective libérale) ? Ou bien, au contraire, est-ce l'essor des liens sociaux, des normes collectives, bref, d'un cadre social adapté, qui mène vers la liberté des êtres singuliers (perspective socialiste) ? Pour le dire encore plus vite, est-ce la libération des individus qui construit la société, ou bien la société qui construit la liberté des individus ? Dans ce chapitre consacré aux fondements anthropologiques du discours politique, je cherche donc en quoi ce que nous savons sur l'être humain nous éclaire sur ces questions et sur la conception même de la liberté.

Pour commencer, notons que l'idée de liberté émerge assez tardivement dans le développement d'un être humain. Le nouveau-né, assurément, ne peut concevoir l'idée de liberté puisqu'il n'a pas la pleine conscience de soi avant les derniers mois de sa deuxième année[60]. La conscience de soi ne suffit d'ailleurs pas à susciter l'idée de liberté, qui ne prend vraiment corps qu'à la puberté. Dans tout le temps de l'enfance où s'établissent les traits essentiels de sa personnalité, ce n'est donc pas l'individu qui définit et construit sa liberté : ce sont les conditions dans lesquelles il grandit. On peut parler de « construction sociale de la liberté » dans ce premier sens trivial : celle-ci n'est pas une idée ou une aspiration autodéterminée par l'individu, mais le résultat d'un apprentissage social. Toutefois, ce que j'entends surtout par « construction sociale » est moins trivial. Il s'agit de soutenir que la capacité de l'individu à mener sa vie : *primo*, ne résulte pas d'une indépendance conquise par l'adolescent, puis par l'adulte, mais d'une interdépendance élargie ; *secundo*, ne surgit pas d'une rupture des liens, mais d'un attachement réussi et d'un réseau élargi de liens sociaux. Autrement dit : *on ne se libère pas en se déliant, on est libéré par les liens. Ce sont l'intensité, la diversité et la qualité des liens sociaux qui fondent la liberté réelle d'un être humain.*

Les liens qui libèrent

On trouvera la première confirmation de cette thèse dans la façon dont l'enfant développe ou non ses capacités à être lui-même, à s'aventurer loin de sa mère, à explorer le monde. Cette question est l'un des principaux objets des théories de l'attachement et de leurs nombreuses

60. Le « moi subjectif », ou conscience d'une existence propre, se forme entre le 3e et le 12e mois. Le « moi objectif », ou conscience d'être un objet dans le monde, apparaît autour du 21e mois, quand l'enfant comprend que c'est lui-même qu'il voit dans un miroir.

confirmations empiriques développées à partir des travaux du psychiatre anglais John Bowlby et de la psychologue américaine Mary Ainsworth[61]. L'attachement premier est le lien affectif intense que noue le jeune enfant avec sa mère ou, à défaut, avec la personne qui s'occupe de lui. La relation avec la figure d'attachement constitue pour l'enfant la « base de sécurité » à partir de quoi il peut s'aventurer à découvrir le reste du monde. Si la figure d'attachement est suffisamment disponible, réceptive, et si elle réagit de façon appropriée aux signaux émis par l'enfant, celui-ci développe ce qu'on appelle un « attachement sécurisant » : en cas de stress, il cherche refuge et se trouve rapidement apaisé auprès de la figure d'attachement ; il n'hésite pas à s'en détacher pour faire autre chose quand il se sent bien. Mais environ un tiers des enfants manifestent un « attachement insécurisant » : ils ne sont pas apaisés par la présence de la figure d'attachement, même s'ils peuvent être angoissés par son absence.

La qualité de l'attachement a des effets à long terme amplement documentés. « Des douzaines d'études ont établi que, [...], les nourrissons classés comme ayant un attachement sécurisant deviennent des enfants plus sociables, [...], moins agressifs et moins turbulents, plus enclins à l'empathie, [...] réclamant moins d'attention de la part de leurs enseignants et se montrant moins dépendants d'eux[62]. »

La liberté réelle de l'enfant – c'est-à-dire l'étendue des capacités qui lui sont offertes, l'accès à une relative autonomie, la possibilité de développer des amitiés nouvelles – n'est donc pas le résultat inné d'une nature

61. John Bowlby, *Attachment and Loss*, New York, Basic Books, 3 vol., 1969, 1973, 1980. Mary D.S. Ainsworth, « Attachment and dependency : a comparison », *in* Jacob L. Gewirtz (éd.), *Attachment and Dependency*, Washington, DC, V.H. Winston, p. 97-138.

62. *Les Âges de la vie*, *op. cit.*, p. 111.

autonome, mais celui d'un lien intense établi avec une figure d'attachement. *L'opposition simpliste entre l'indépendance et la dépendance n'a donc guère de sens.* La sécurité psychique de l'enfant est totalement dépendante de sa figure d'attachement. Et c'est en même temps cette dépendance qui lui donne l'indépendance nécessaire pour tourner son regard et sa vie vers d'autres figures. De même, il nous faut rejeter l'opposition entre quête de la sécurité et prise de risque, entre recherche de la tranquillité et goût de l'initiative. L'enfant qui prend des initiatives, qui se risque le plus à explorer le monde, ne se moque pas de la sécurité : il a la sécurité absolue que lui procure la certitude du lien avec sa figure d'attachement. Privez-le de sa base de sécurité et il ne prendra aucun risque, à moins qu'il ne se mette en danger pour attirer l'attention de la figure d'attachement défaillante et pour manifester paradoxalement son besoin de sécurité. On saisit, au passage, le contresens des politiques de l'emploi qui tendent à réduire les protections juridiques des salariés et des chômeurs pour les inciter à assumer des risques (la mobilité, la flexibilité, etc.). On y reviendra plus loin, mais soulignons dès à présent ce que nous enseignent la psychologie et la biologie de l'attachement. Faire peur à quelqu'un ne le rend jamais moins peureux. En revanche, lui garantir qu'en cas d'échec, d'erreur, de malchance, un autre est toujours là pour lui garantir une place parmi les siens et les moyens de repartir à l'assaut du monde, voilà le meilleur moyen de stimuler son sens de l'initiative et sa capacité à assumer des risques.

C'est la solidité du lien social qui libère l'individu, c'est la sécurité que ce lien procure qui stimule la quête d'autonomie, le sens de l'initiative et l'envie de se risquer dans l'inconnu. À condition, toutefois, que le lien soit comme un fil d'Ariane infini qui permet de toujours retrouver son chemin, mais n'impose aucune limite au voyage. Si le lien est trop court, à peine plus long que le cordon ombilical, c'est une chaîne de prison, pas une corde de vie. Une mère qui ne supporte pas l'éloignement de son enfant ne va pas lui offrir un attachement sécurisant, mais un attachement étouffant qui limitera sa capacité à découvrir le monde et à nouer des liens avec les autres. Notre espace de liberté ne se construit donc ni dans la fusion ni dans la séparation, mais dans la relation maintenue qui permet un aller-retour permanent entre le havre de sécurité, où nous amarre le lien, et le reste du monde, où nous porte le besoin de grandir.

La biologie de l'attachement donne la clé de cet équilibre nécessaire à l'enfant. Dans la gestion de tout besoin, notre organisme sécrète des substances d'alerte (source de déplaisir) en cas de manque ou de stress, et une décharge de substances de récompense (source de plaisir) au moment de la satisfaction. Si l'organisme reste en état de manque ou de stress permanent, il sera intoxiqué par des substances dont l'action n'est saine qu'à condition d'être éphémère. Mais l'organisme encourt tout autant l'overdose quand la satisfaction du besoin n'est pas assez rapidement interrompue; le plaisir fait alors rapidement place au dégoût, à la douleur et, dans les cas extrêmes, à la mort. Il en va de même dans la gestion du stress et des bienfaits liés à la séparation ou aux retrouvailles avec la figure d'attachement. «Les dosages neurobiologiques révèlent que le simple fait des retrouvailles entraîne, chez un enfant auparavant isolé, une décharge d'opioïdes dont les circuits limbiques et la face inférieure du lobe frontal sont les récepteurs privilégiés. Une présence affective constante non seulement supprime le plaisir des retrouvailles, mais, comme pour l'eau à satiété, finit par provoquer un dégoût[63].»

63. *De chair et d'âme*, *op. cit.*, p. 58.

Dans la relation qui contente sans intoxiquer, tout est donc une question de dosage. Un fil d'Ariane infini, disais-je, en sorte que la sûreté du lien ne soit pas une entrave à l'exploration du monde. L'image ne vaut en vérité que pour les tout débuts de l'existence, au moment où la relation à une figure d'attachement singulière est primordiale. Assez vite, l'être humain remplace ce *fil* d'Ariane par un *filet*, c'est-à-dire un réseau de liens divers tissés avec le père, les grands-parents, les oncles et les tantes, les frères et sœurs, les éducateurs, les voisins, les commerçants du quartier, les camarades d'école et, plus tard, ses propres enfants, les collègues de travail, les relations professionnelles, etc. Or, comme chacun sait, on avance plus aisément sur un filet que sur un fil, et un filet est toujours plus solide et fiable qu'un seul fil. Certes, au fur et à mesure que se multiplient nos relations, nombre d'entre elles sont ténues et sporadiques ; on peut donc assez rarement compter sur une seule d'entre elles ou sur quelques-unes pour nous tirer d'un mauvais pas ou d'une détresse psychique ; notre filet social est tissé de liens faibles. Mais, pour reprendre le titre d'un article célèbre du sociologue Mark Granovetter, c'est leur nombre, leur diversité et le réseau dense qu'ils constituent qui fait « la force des liens faibles[64] ».

Quelques fils trop minces peuvent bien lâcher, le filet tient. La solidité psychique d'un être dont l'identité, l'estime de soi, le sentiment d'exister, etc., sont soutenus par la reconnaissance d'une multitude d'autres regards renforce sa capacité à affronter les difficultés de l'existence.

64. Mark Granovetter, *Sociologie économique*, trad. fr., Seuil, 2008. L'emprunt se limite ici à l'expression qui vise un objet différent. Granovetter parle de l'efficacité économique et sociale des relations ténues mais nombreuses ; je m'intéresse ici à une efficacité ontogénétique et psychique des liens multiples, *i.e.* leur contribution à la constitution de l'être et à l'équilibre psychologique de celui-ci.

Mais, tout le monde le sait, le premier bénéfice d'un vaste tissu social est qu'il nous permet de concilier notre besoin d'attachement, de reconnaissance, d'attention et notre besoin de liberté. Une question de dosage, là encore. Il nous faut des liens forts pérennisant ou reconstruisant un attachement sécurisant. Il nous faut aussi des liens faibles multipliant à petite dose les bienfaits du lien sans l'engagement et la disponibilité qu'exigent les liens forts. La biologie nous aide ici à saisir l'intérêt de la multiplication des liens faibles. Le plaisir chimique des retrouvailles se transforme vite en intoxication chimique de la présence permanente. C'est la solitude qui nous procure le désir de la compagnie ; c'est le contentement qui éteint le désir et nous pousse à désirer autre chose, à raviver le manque, et ainsi de suite. C'est donc l'alternance de séparation et de retrouvaille, de manque et de satisfaction du besoin, qui est bienfaitrice. Si nous avons pu faire l'apprentissage harmonieux de ce bienfait, il est probable que nous chercherons à en multiplier les occasions. Mais on ne peut pas multiplier les liens forts d'attachement ; on ne peut pas davantage passer ses journées, comme un bébé, à s'éloigner de sa figure d'attachement puis à revenir vers elle. En revanche, la répétition et le renouvellement des liens faibles reproduisent ce tango incessant de l'isolement et de la compagnie.

Ce que ne nous dit pas forcément la biologie, mais que nous indiquent à coup sûr la sociologie, la psychologie et avant tout l'expérience universelle, c'est que nous échappons au risque d'étouffement dans des liens trop étroits, non pas en brisant ceux-ci, mais en nouant davantage de liens avec d'autres personnes : *ce sont les autres qui nous donnent la liberté*. La capacité à construire un filet social est l'une des premières manifestations d'un attachement sécurisant initial qui a permis l'apprentissage de la liberté. Mais ce filet social pourra aussi bien être le substitut réparateur d'un attachement primitif insécurisant ; la plupart des enfants initialement privés de leur base de sécurité feront néanmoins l'apprentissage des liens qui sécurisent et qui libèrent, grâce au réseau de relations tissé avec d'autres enfants et d'autres adultes. Pour eux aussi, la liberté n'est pas d'abord une conquête de l'individu, c'est un don d'autrui.

Que signifie la liberté d'un être humain?

La liberté est un don d'autrui. Mais don de quoi au juste? Don du lien qui permet de grandir, du savoir-faire qui autorise l'individu à soutenir sa singularité en s'appuyant sur un monde commun. C'est là, j'en conviens, une façon déroutante de définir la liberté pour un esprit moderne. En effet, je pars de la vie effective d'un *être humain concret* pour me demander ce que « liberté » peut bien signifier pour lui, tandis que la pensée politique moderne a imaginé un *individu théorique* pour construire une théorie de la liberté. Entre ces deux démarches, il y a trois siècles d'histoire qui ont bouleversé les conditions dans lesquelles nous nous posons la question de la liberté.

Je reviendrai plus tard sur les raisons, les erreurs et les conséquences de la conception moderne de la liberté. Il suffit ici de souligner que cette conception est née dans un contexte de combat contre l'oppression politique et religieuse. L'idée de liberté comme le concept d'individu autonome ont alors été des outils de lutte contre les liens sociaux qui étouffaient les consciences et les vies individuelles. Pour être efficaces, ces outils de combat ont dû être assez simples et radicaux. On a donc élaboré la fiction d'un individu autonome exempt de tout déterminisme social, indépendant des autres et seul maître de son destin. Tout ce que nous découvrons ici nous montre à quel point il s'agit là d'une fiction. Mais cette fiction avait son utilité et sa nécessité dans le contexte d'une société traditionnelle où l'idée même d'individualité effleurait à peine la majorité des consciences. Quand vous voulez sortir les masses de leur prison, vous ne leur faites pas un cours d'anthropologie sur la construction de la personnalité par les liens; vous leur dites que la liberté consiste à briser des chaînes[65]. Mais, comme ce combat moderne pour l'émancipation des volontés individuelles a duré à peu près trois siècles, les fictions inventées pour soutenir cette juste cause sont devenues des préjugés ordinaires de notre culture. Voilà pourquoi nous ne sommes pas spontanément choqués si l'on nous décrit la liberté comme une rupture ou un relâchement des liens. Pourtant, cela ne veut rien dire pour un Terrien.

Que peut bien en effet signifier la «liberté par la rupture des liens» pour un être qui est constitué par ces mêmes liens? Autant dire que notre liberté consiste à nous débarrasser de nos bras pour n'avoir plus à les supporter, ou de notre tête pour n'être plus obligés de penser! N'oublions pas que la liberté n'est pas un *fait*, mais une *représentation*, une idée censée exprimer un ensemble d'aspirations manifestées par les comportements humains. Poser un concept abstrait de liberté à partir de quoi on entend guider ces comportements, c'est penser à l'envers. Pensons à l'endroit. Partons des faits avérés sur la manière dont grandit un être humain pour concevoir une idée de liberté signifiante pour celui-ci.

Les faits avérés recensés par la biologie, la psychologie et l'éthologie humaines mettent en évidence un être qui cherche avidement à communiquer et à nouer des liens

---

65. Je ne prétends pas que les penseurs modernes ont délibérément construit une fiction à des fins de propagande. Ils croyaient à leur erreur. Je dis simplement que la simplicité lumineuse de leur erreur a grandement facilité sa propagation.

avec les autres, tout simplement pour se sentir bien, et parce que la taille et la chimie de son cerveau le poussent à élargir sans cesse l'espace concret et symbolique dans lequel il peut grandir. Quand il se détache d'un être particulier, ce n'est pas le détachement qu'il recherche, c'est, d'une part, la possibilité de s'attacher à autre chose ou à quelqu'un d'autre, et c'est, d'autre part, à sortir de l'ennui et de l'intoxication du contentement pour recréer le stimulus du manque et le plaisir des retrouvailles. *Le petit d'homme ne veut pas la liberté, il veut grandir et être aimé. Ce sont les parents qui lui offrent ou non la liberté de grandir et d'être aimé par d'autres qu'eux-mêmes.* Et tous les parents savent que la première expérience tangible d'un «désir de liberté» chez leur enfant est le désir de rejoindre quelqu'un d'autre. Quand l'adolescent s'éloigne de ses parents, ce n'est pas l'éloignement qu'il vise[66], c'est le plaisir de se retrouver avec ses copains et ses copines; et quand il se détourne de ses camarades, c'est parce qu'il est amoureux. Et ainsi de suite…

La vie d'un humain est faite d'allers et retours de l'un à l'autre, de l'autre à l'un, et si la ronde des liens s'arrête, si l'humain devient un «individu» pour de bon, un tout en soi qui ne doit ni ne demande rien à personne, il s'effondre sur lui-même dans la dépression. Nous sommes, depuis la gestation prénatale jusqu'à notre mort, constitués par des liens, et la seule manière prouvée dont nous survivons au-delà du trépas est encore le lien symbolique qu'entretient avec nous la conscience des vivants. Dès lors, *être soi-même, c'est nécessairement être avec les autres*, mais d'une façon qui ne nous étouffe pas, qui ne nous engourdisse pas dans le collage forcé, dans la fusion avec qui

66. Il est à ce sujet établi que l'attachement des enfants à leurs parents ne faiblit pas à l'adolescence, sauf parfois et temporairement au milieu de cette période.

que ce soit, bref qui ne nous empêche pas de grandir, de nous déployer dans un espace plus étendu, c'est-à-dire en réalité d'être avec d'autres autres. Chacun peut vouloir être soi-même, mais puisque ce « soi » est biologiquement et symboliquement construit dans et par la relation aux autres, personne ne peut « être » sans les autres. Être soi-même, c'est trouver le chemin de liens qui épanouissent l'être, qui offrent la base de sécurité nécessaire à la découverte de l'inconnu, qui ouvrent l'espace de l'existence au lieu de le clore.

Tout cela, nous en avons la connaissance intime, sauf si notre histoire ne nous a pas permis l'apprentissage des liens qui libèrent. Quand cet apprentissage a eu lieu, notre désir de liberté n'est pas tant une revendication d'autonomie, de détachement, d'indépendance, que le désir de nous lier avec qui nous voulons, de choisir nos interdépendances, sans être enfermés dans nos propres choix. Nous savons que l'individu autoconstruit, qui ne doit rien à personne et ne connaît que sa propre loi, est un mythe dont la quête ne nous conduirait pas vers la liberté mais vers la désolation de la solitude et de l'insignifiance. En nous apprenant la possibilité d'aimer et d'être aimés sans être empêchés d'explorer le monde et d'autres relations, ceux qui nous ont éduqués nous ont appris *la possibilité d'être et de grandir sans détruire les liens qui nous constituent, et c'est cela pour finir qui constitue la liberté d'un être humain*.

Toutefois, l'apprentissage de la liberté humaine ne se réduit pas à cette possibilité. Aussi étendu que soit l'espace d'existence ouvert par l'extension et la diversité des liens, les contraintes matérielles et la présence des autres imposent des limites à l'être qui veut grandir. Si le petit d'homme s'avance dans la vie sans apprendre comment s'accommoder et jouir de la limite, il ne prend pas le chemin d'une vie libérée des contraintes, mais celui d'une existence intoxiquée par l'anxiété, la frustration et l'inaptitude sociale. C'est pourquoi le don de la liberté est aussi le don de la loi. Un apprentissage de la loi est d'autant plus nécessaire à l'exercice de la liberté que, contrairement à ce qui se passe dans les autres espèces animales, la régulation de l'agressivité humaine est plus sociale que biologique.

Altérité et agressivité

Hormis au tout début de l'existence, la relation à l'autre n'est pas faite que de l'alternance de séparations et de retrouvailles ; elle implique aussi le choc de l'altérité radicale, c'est-à-dire de la confrontation à l'existence réelle du vraiment « autre » : celui qui peut ne pas m'aimer, l'étranger, l'inconnu, celui qui veut occuper l'espace que j'occupe, saisir l'objet que je tiens, détourner de moi le regard de ma figure d'attachement, contredire ce que je dis ; en un mot : l'autre dont l'existence est concurrente de la mienne.

Dans les autres espèces animales et végétales, la compétition pour l'existence s'est trouvée régulée par une sélection naturelle retenant les formes de coexistence qui tirent le meilleur parti de l'écosystème ; il s'ensuit que, pour une large part, la régulation de l'agressivité est génétiquement codée. Jean-Marie Pelt a minutieusement décrit ce processus évolutif[67] et ce qu'il nous apprend sur la composante « naturelle » de l'agressivité. En premier lieu, l'agressivité n'est pas un instinct d'agression ! Ce n'est pas l'instinct du prédateur, c'est l'instinct

67. Voir, en particulier, Jean-Marie Pelt, *La Loi de la jungle. L'agressivité chez les plantes, les animaux, les humains*, Fayard, 2003, rééd. Le Livre de poche, 2006.

de survie de la proie, l'instinct de défense du territoire et de la progéniture. En second lieu, cette agressivité trouve plus d'occasions à s'exercer contre des semblables qu'à l'encontre d'autres espèces qui ne convoitent pas le même territoire, la même nourriture, les mêmes femelles. Quand un animal dévore sa proie, il n'éprouve aucune agressivité, il se nourrit, un point c'est tout. Entre congénères qui vivent ensemble, en revanche, l'agressivité peut surgir à tout moment puisque l'individu est sans cesse en présence d'autres individus qui veulent manger la même chose que lui et s'accoupler avec les mêmes partenaires que lui. La cohésion et la survie d'une communauté animale sont donc constamment menacées par cette propension à vouloir la même chose que l'autre, par la « rivalité mimétique », pour reprendre les termes de René Girard[68]. Aussi la sélection naturelle n'a-t-elle retenu que les espèces capables de contenir cette rivalité. Jean-Marie Pelt montre que plus les animaux sont dotés d'armes naturelles puissantes (comme les grands prédateurs par exemple), plus l'évolution a inscrit dans leur patrimoine héréditaire des mécanismes de dérivation et de retenue de l'agressivité. Mais tel n'est pas le cas chez les humains.

L'espèce humaine n'a pas évolué en s'adaptant à un écosystème particulier et n'a pas eu à défendre un territoire fixe face à des envahisseurs potentiels. Pour des raisons dont l'exposé dépasserait trop le champ de ce livre[69], l'espèce humaine est dépourvue d'atouts spécialement adaptés à un quelconque environnement, mais cela est compensé par une intensification des aptitudes sociales et cognitives. Ces aptitudes ont permis aux humains de

68. René Girard, *La Violence et le Sacré*, Pluriel, 1972.
69. On se reportera au chapitre 9 de *La Dissociété* et aux références bibliographiques qui y sont mentionnées.

prospérer dans presque tous les écosystèmes sur la planète. Au fil de cette évolution, la famille des hominidés se distingue par la disparition des atouts physiques pour la lutte individuelle (force musculaire, griffes, vitesse, regard indétectable, etc.) et le développement d'atouts pour la communication et la coopération. Ce qui a deux conséquences contraires.

D'un côté, comme le souligne Jean-Marie Pelt, l'absence d'armes naturelles redoutables a rendu inutile la mise en place de processus automatiques de contrôle et de détournement de l'agressivité : « Sans doute parce qu'il est omnivore, la nature a privé l'homme des armes qu'utilisent les carnivores pour attaquer, déchirer la nourriture ou se défendre : la griffe et la dent. [...] L'homme est donc biologiquement désarmé, [...], mais en même temps – ceci explique peut-être cela – dépourvu des puissants mécanismes d'inhibition de l'agressivité que la nature a mis en œuvre chez les carnivores [...][70]. »

D'un autre côté, la spécialisation de l'évolution dans la communication et la cohésion sociale entre congénères a nécessairement laissé une empreinte biologique, que l'on a pu notamment déceler dans les mécanismes de l'attachement et de l'empathie. Toutefois, nous y reviendrons plus loin, *l'essentiel de la constitution génétique de l'homme moderne s'est effectué dans le cadre de très petites communautés nomades* : quelques dizaines de personnes qui n'avaient quasiment jamais la nécessité de défendre un territoire. Si donc notre biologie a disposé de quelques millions d'années pour développer une chimie de l'empathie et de la coopération avec nos proches, avec les membres familiers d'une petite communauté, elle n'a pas eu le temps d'inscrire en nous des prédispositions équivalentes dans nos relations avec l'inconnu, l'étranger,

70. *La Loi de la jungle*, *op. cit.*, p. 179.

l'autre radical avec qui on n'a pas grandi. Le primatologue Frans de Waal va même jusqu'à dire: «Du fait de notre modèle évolutionniste, il nous est difficile de nous identifier aux individus extérieurs à notre groupe. Nous avons été conçus pour haïr nos ennemis, pour ne tenir aucun compte des besoins des gens que nous connaissons à peine, et pour nous méfier de qui ne nous ressemble pas[71].» En résumé, pour reprendre la distinction d'Alain Caillé, l'évolution nous a préparés à la socialité primaire (avec les proches), mais pas à la socialité secondaire (avec les inconnus)[72]. Nous sommes à peu près prédisposés à réguler la compétition au sein de petits groupes familiers, mais sans doute pas à gérer la rivalité et le partage du territoire avec des milliers d'inconnus.

Compétition ludique et rivalité mimétique

Dans les relations directes et de proximité, il existe une forme de régulation naturelle de la compétition, parce que la chimie de l'empathie et de l'attachement équilibre celle du combat pour l'existence. Il y a bien une neurochimie de la compétition (à base notamment de dopamine, d'adrénaline et d'endorphine) qui diffuse dans l'organisme des récompenses en cas de victoire et des punitions en cas de défaite: l'excitation, le tonus et une moindre sensibilité à la douleur montent au fur et à mesure qu'un individu se sent proche de la victoire, jusqu'au feu d'artifice chimique qui enivre finalement le gagnant (l'inverse se produit pour le malheureux qui court à la défaite). Ce qui peut passer pour un instinct

71. Frans de Waal, *Le Singe en nous*, Fayard, 2006, p. 294. Traduction française de *Our Inner Ape*, Riverhead Books, New York, 2005.

72. Alain Caillé, *Anthropologie du don. Le tiers paradigme*, Desclée de Brouwer, 2000, rééd. La Découverte, 2007.

de compétition est assurément le résultat d'une évolution préparant l'individu à se défendre contre un autre animal. Mais l'usage premier de cet instinct se développe entre pairs de la même espèce, dans les jeux et les chamailleries où s'affrontent les petits[73].

Là s'apprend la différence entre la compétition et la guerre; dans ce contexte familial peu menaçant, le plus souvent sous le regard protecteur de la figure d'attachement, l'adversaire n'est pas un ennemi mais un allié dans la quête répétée de l'excitation du jeu et du plaisir de la réussite. L'adversaire sert à fixer un défi nécessaire à l'enivrement du succès. L'attrait de la victoire n'existe par ailleurs qu'en raison de l'expérience du désarroi de la défaite. Alors, tout comme l'alternance présence-séparation est nécessaire au bonheur de la relation avec la figure d'attachement, l'alternance succès-échec fait le bonheur du jeu. Ainsi, un instinct qui prépare l'individu à tuer l'ennemi pour ne pas être tué le conduit aussi à expérimenter et à goûter de plus en plus l'intérêt d'une compétition où le but n'est plus d'éliminer l'adversaire, mais de nouer avec lui une relation durable. Il s'agit, en effet, non seulement de préserver l'adversaire sans qui le jeu s'arrête, mais de concevoir le jeu en sorte que chacun garde des raisons d'espérer battre l'autre et conserve l'envie de jouer. Si le chat tue tout le temps la souris, on ne peut plus jouer au chat et à la souris. Si c'est toujours le même qui a le ballon, toujours le même qui gagne, les

73. Soulignons à quel point l'expérience du jeu et de la compétition avec ses pairs est la plus développée chez les humains. Et ce, pas seulement en raison de la complexité des relations sociales ou parce que cette expérience se joue aussi dans un espace symbolique surdimensionné (du fait de la taille du cerveau et de l'usage du langage). Outre tout cela, en effet, l'enfance humaine est démesurément longue, rapportée à celle des autres espèces. Chez les premiers humains, compte tenu de l'espérance de vie, elle représentait en moyenne au moins la moitié de l'existence!

autres cesseront de jouer et dès lors personne ne gagnera puisque tout le monde perdra le bonheur du jeu. *Dans la compétition humaine, et pour le bien-être des compétiteurs, il faut donc que l'objet convoité circule entre eux.* La possession de l'objet, comme la présence de la figure d'attachement, ne procure qu'un plaisir intense et éphémère, qui cède la place à l'ennui ou au dégoût si n'est pas recréée la perte de l'objet qui stimulera le désir de sa reconquête.

On mesure au passage l'étendue du contresens commis par ceux qui voient dans cet instinct de compétition une justification « naturelle » de la libre concurrence pour la possession des biens. Dans la ronde du jeu humain, le bien ne vaut que si on le remet au pot commun. Il ne faut toutefois pas commettre le contresens inverse en interprétant les jeux enfantins et les matchs amicaux comme l'évidence d'une régulation naturelle de l'agressivité. Le plus souvent, la compétition ludique des enfants n'est possible et bénéfique que si des adultes ont mis en place des règles du jeu.

Le bébé acquiert le sens de la propriété des objets au moment où il prend conscience de sa singularité. La conscience du « moi » déclenche celle du « c'est à moi ». L'agressivité défensive sera dès lors mobilisée dès l'intrusion d'un autre enfant susceptible de désirer le même objet. Or, comme le rappelle René Girard, le comportement enfantin offre la première et la plus flagrante preuve d'une propension à « l'imitation acquisitive » : « Mettez un certain nombre de jouets, tous identiques, dans une pièce vide, en compagnie du même nombre d'enfants : il y a de fortes chances que la distribution ne se fasse pas sans querelles[74]. » En fait, ce type d'expérience révèle

---

74. René Girard, *Des choses cachées depuis la fondation du monde*, Grasset & Fasquelle, 1978, rééd. Le Livre de poche, p. 19.

presque invariablement le même scénario : à l'issue d'une querelle générale, les enfants dominants accaparent les jouets, quelques dominés se partagent les restes et les plus timorés n'ont rien du tout. Apparaît alors, éventuellement, un premier mécanisme de régulation de l'agressivité générale : au lieu de se coaliser pour éliminer le chef de bande, les enfants déchargent leur agressivité contre le ou les plus faibles, ceux qui sont incapables de se défendre. Le mimétisme d'acquisition se transforme en mimétisme d'agression : si quelqu'un commence à se « soulager » en tapant sur le plus faible, d'autres vont vouloir faire la même chose ; au lieu de converger vers l'objet accaparé par le plus fort, ils vont se diriger vers le plus faible pour se débarrasser de la rancœur qui les empoisonne. Hélas, toutes les cours de récréation du monde sont peuplées de ces boucs émissaires, ces « souffre-douleur » qui, bien malgré eux, servent d'exutoire à l'agressivité et empêchent ainsi la bataille générale et permanente.

Alors, pour passer de la rivalité mimétique à la compétition ludique, il faut l'intervention des adultes. Ces derniers introduisent des interdits et des rites qui vont guider les enfants vers une autre régulation de l'agressivité et les initier au bonheur du jeu : prohibition des atteintes corporelles, « c'est chacun son tour », tirage au sort, constitution d'équipes, etc. Nombre de jeux collectifs peuvent être lus comme des rites : ils organisent la répétition de la bataille rangée pour un même objet (le ballon par exemple) et libèrent ainsi l'agressivité, mais dans un cadre ritualisé et dont l'issue n'est plus le déchaînement contre les perdants, mais un trophée symbolique pour les gagnants (la victoire), trophée éphémère et aussitôt remis en jeu par la perspective d'une revanche.

Le don de la loi

Ainsi donc, en ce qui concerne la régulation de la confrontation à autrui et de l'agressivité, on ne peut pas compter seulement sur nos prédispositions biologiques. On l'a vu, l'évolution a fait de nous des êtres dont le cerveau et les comportements sont principalement façonnés par l'histoire post-natale de nos relations à autrui, c'est-à-dire par l'éducation et l'environnement social. Puisque les comportements agressifs et antisociaux ne sont pas génétiquement codés, leur régulation n'est pas davantage un don de la nature, mais là encore un don d'autrui. L'être humain ne sait pas à la naissance comment se défendre face à la frustration, comment ne pas y reconnaître une agression, une menace qui met son organisme en ordre de bataille pour sa défense; il ignore comment réagir au manque autrement que par la prédation de l'objet manquant, comment surmonter la peur de l'étranger, du concurrent. Un tel savoir-faire n'est accessible que par l'apprentissage de la relation et des normes sociales.

Cet apprentissage a deux dimensions connexes. C'est d'abord une sorte d'entraînement à la frustration, au manque, au « non » opposé par autrui, à travers lequel l'enfant : 1) apprend à mobiliser ses ressources psychiques pour faire face, à négocier et à déployer ainsi des habiletés sociales ; 2) découvre les voies qui l'autorisent à tirer le meilleur parti de ses relations; 3) gagne en assurance en sachant ce que l'on attend de lui ; 4) comprend qu'une opposition n'est pas forcément une agression et qu'elle l'oblige à s'intéresser au point de vue de l'autre.

À travers cet apprentissage, et c'est là sa deuxième dimension, l'individu intériorise progressivement des normes générales et légitimes qui l'aideront tout particulièrement à effectuer le saut important de la socialité primaire vers la socialité secondaire. Car une chose est d'avoir appris à contrôler ses pulsions pour vivre en harmonie avec ses proches, mais c'en est une tout autre d'accepter une contrainte imposée par l'existence d'inconnus avec qui on ne cherche pas à entretenir une relation directe. Il faut pour cela que les règles de conduite soient devenues impersonnelles et générales et, pour certaines d'entre elles, des routines comportementales dont la politesse est la plus évidente illustration.

Pour vivre en société, les êtres grandis dans des familles et des groupes humains différents doivent d'abord intérioriser une idée commune du bien et du mal, de ce qui se fait et ne se fait pas en société. Mais cela ne suffit pas à trancher toutes les différences d'appréciation quant à l'application pratique de cette idée aux multiples questions soulevées par le vivre-ensemble et la gestion des affaires collectives. Il faut donc que l'apprentissage effectué dans la socialité primaire prépare les esprits à se soumettre à des règles concernant non seulement les relations directes avec des inconnus, mais aussi l'organisation de la vie collective, de la production, des échanges, de l'exercice des pouvoirs, etc. Autrement dit, l'individu doit faire une place, non seulement aux autres, mais encore à un « Autre » abstrait, dont l'autorité légitime justifie la prééminence de ses règles sur les désirs personnels ou les arrangements privés que l'on peut passer avec « les autres ».

Cette place de l'Autre est le siège de ce que l'on appelle communément la conscience morale; elle pourra être occupée selon les individus et leur âge, selon les époques et les cultures, par l'autorité du père et celle des autres adultes référents, une morale laïque, la volonté divine, des lois de la tradition, voire une idéologie politique; il semble en tout état de cause qu'elle doive être occupée par quelqu'un ou quelque chose afin de préserver la sécurité psychique de tout être humain. Dans *La Perversion ordinaire*[75], le psychanalyste Jean-Pierre Lebrun a magistralement illustré les troubles individuels et les désordres sociaux engendrés par l'intrusion du vide en cette place de l'Autre. Si Lebrun se fonde sur un cadre d'analyse bien particulier (le paradigme lacanien de l'être parlant[76]), notons que des conclusions identiques sont énoncées par les pédopsychiatres ou éthologues qui ne partagent pas tous les théories de Lacan. Tout indique qu'un enfant sans règles claires et fermes à respecter ne gagne pas la liberté et l'autonomie, mais l'angoisse face à un monde sans repères, la peur des autres, l'incapacité à gérer la frustration, un mal-être qui peut le conduire à « avoir la haine », c'est-à-dire à être envahi par une agressivité sans fin et sans objet puisqu'il n'a jamais su à quel adversaire il devait s'affronter, ni quelle limite il devait dépasser.

Faire le don de la loi, c'est offrir les bornes qui délimitent des parcours et apprennent ainsi comment on construit un chemin plutôt qu'un espace vide ; c'est offrir cette sécurité fondamentale de savoir qu'entre les êtres tout n'est pas possible, tout n'est pas permis, et que cet interdit même est ce qui permet de faire et de vivre plus de choses ensemble que si tout était autorisé ; c'est, en un mot, offrir la limite qui étend l'espace de la liberté réelle. Mais comment y parvenir ? Les études sur le développement de l'enfant nous donnent ici des indications précises sur le modèle parental le plus susceptible d'effectuer ce don précieux.

---

75. Jean-Pierre Lebrun, *La Perversion ordinaire. Vivre ensemble sans autrui*, Denoël, 2007.

76. Pour Lacan, c'est le langage et le fait que notre inconscient soit « structuré comme un langage » qui creusent entre nous et les choses, entre nous et les autres, une distance, une béance, un vide anxiogène où se situe précisément la place de l'Autre. Lebrun, dans l'ouvrage précité, propose un exposé particulièrement didactique de cette approche.

Comment apprend-on la loi?

Nous nous appuierons ici sur l'un des modèles les plus reconnus en psychologie du développement, celui de Diana Baumrind[77]. Elle définit tout d'abord quatre traits susceptibles de caractériser les rapports parents-enfants: la chaleur et l'affection dispensées par les parents; la clarté et la constance d'application des règles qui encadrent les enfants; les attentes ou exigences des parents; la communication avec les enfants. En croisant ces critères par paire (affection et communication, d'une part; encadrement et attentes, d'autre part), on peut définir quatre modèles parentaux:

– le modèle «démocratique»: beaucoup d'encadrement et d'attentes, beaucoup d'affection et de communication;

– le modèle «autoritaire»: beaucoup d'encadrement et d'attentes, peu d'affection et de communication;

– le modèle «permissif»: peu d'encadrement et d'attentes, beaucoup d'affection et de communication;

– le modèle «négligent»: peu d'encadrement et d'attentes, peu d'affection et de communication[78].

Ce cadre d'analyse a servi de référence à diverses études sur le comportement des enfants. On n'est pas surpris d'y apprendre que l'absence d'encadrement par des parents permissifs ou négligents favorise l'agressivité, et inversement. Mais le plus intéressant tient justement au croisement du critère d'encadrement avec ceux de

77. Diana Baumrind, «Socialization and instrumental competence in young children», *in* W.W. Hartup (éd.), *The Young Childs: Review of Research*, National Association for the Education of Young Children, 1972, vol. 2, p. 202-224. Ce modèle est aussi présenté dans *Les Âges de la vie*, *op. cit.*

78. Diana Baumrind a défini les trois premiers styles parentaux, le quatrième a été introduit en 1983 par Eleanor Maccoby et John Martin.

l'affection et de la communication. C'est quand l'affection et la communication font défaut (modèle négligent) que la faiblesse d'encadrement stimule le plus l'agressivité impulsive et les comportements antisociaux. Inversement, quand la haute exigence des parents (encadrement et attentes) va de pair avec l'affection et la communication (modèle démocratique), on obtient les meilleurs résultats à la fois en termes de développement personnel des enfants (réussite scolaire, estime de soi, maturité, etc.) et en matière de sociabilité. Le style autoritaire donne de piètres résultats : « En général, les enfants élevés par des parents au style autoritaire [...] ont de moins bons résultats scolaires, une plus faible estime de soi et de moins bonnes habiletés sociales avec leurs pairs [...]. Certains sont renfermés ; d'autres sont très agressifs ou donnent des signes indiquant qu'ils ont du mal à se maîtriser[79]. »

Le don précieux de la loi ne passe donc pas par la dureté et la répression de l'être. C'est une erreur grossière de croire que l'intériorisation d'une norme suppose un simple dressage mécanique à base de punitions, dans lequel l'individu doit se soumettre seulement parce que « c'est comme ça et pas autrement ! ». On n'apprend pas la loi par la seule peur de la punition ni en renforçant les punitions au fur et à mesure des transgressions. Nombre d'études indiquent à ce propos qu'une punition violente ou humiliante peut avoir exactement l'effet inverse à celui qui est visé : l'enfant se sent victime et non pas coupable de quoi que ce soit ; son attention étant submergée par sa propre douleur, il va se souvenir longtemps de celle-ci et oublier très vite la faute qui l'a provoquée ; en prenant ses parents pour modèles, l'enfant peut intérioriser l'idée que la violence est une façon ordinaire et légitime de réagir en cas de conflit avec autrui.

---

79. *Les Âges de la vie*, *op. cit.*, p. 158.

Le don de la loi suppose donc de la fermeté dans l'application des règles, mais, parce que nous sommes des êtres construits par nos liens d'attachement, cette fermeté n'est constructive que dans une relation soutenue par l'affection et la communication. La fermeté sans violences apprend à l'enfant que l'on peut se faire respecter sans violence, que la loi n'est pas là pour faire mal, mais au contraire pour éviter de se faire du mal et pour mieux vivre ensemble. Alors, paradoxalement, s'installe l'autorité que l'autoritarisme ne permet pas, le dressage auquel ne parvient pas l'empilement des châtiments.

Toutefois, si le modèle parental joue un rôle essentiel, il ne fait pas tout et ne peut se soutenir seul indépendamment de l'environnement social. Un apprentissage réussi de l'autorité légitime dans la famille facilite la tâche des enseignants dont le travail éducatif viendra à son tour renforcer la légitimité de l'autorité parentale. Les normes sociales ainsi acquises dans l'enfance préparent le jeune adulte à comprendre et à accepter l'autorité des normes politiques démocratiques. Idéalement, un enfant élevé dans une famille « démocratique » aura la chance de grandir avec des enseignants démocrates, puis dans une société de citoyens solidaires, c'est-à-dire qu'à chaque étape de son développement il rencontrera des règles et des exigences dont la légitimité repose sur la qualité du vivre-ensemble et dont l'apprentissage se fait dans l'affection des siens et par l'explication.

Dans la réalité, bien sûr, les modèles en vigueur au sein des différents cercles sociaux pourront entrer en contradiction : parfois les modèles de l'école et de la société pourront réparer les dégâts d'un modèle parental défaillant, et parfois des enfants « bien élevés » seront perturbés ou démolis dans une école et/ou une société délégitimant l'autorité et la loi par un modèle permissif ou autoritaire, ou encore négligent. Dans le pire des cas, tous les cercles sociaux de la société se renforceront mutuellement pour instaurer un modèle pervers. Ainsi, une société permissive et négligente, où la culture commune énonce qu'aucune vérité ne vaut plus qu'une autre, que l'individu doit se débrouiller seul pour mener sa vie et se battre en permanence pour mériter sa place, une telle société favorisera un comportement permissif ou négligent chez de jeunes parents grandis sans repères. Les enfants de ces parents déboussolés arriveront à l'école sans comprendre l'autorité des enseignants et les normes de la socialité avec leurs pairs; les enseignants, confrontés à des élèves difficiles et baignant eux-mêmes dans la même culture que les parents, auront bien du mal à restaurer une loi en laquelle plus personne ne semble croire.

On voit ici que notre réflexion sur la construction sociale de la personnalité, de la sociabilité et de la liberté doit examiner plus avant l'interaction entre les différents cercles sociaux où se déroule la vie humaine. D'une part, tous ces cercles font système, constituent une société plus ou moins étendue, plus ou moins complexe. D'autre part, les perspectives et les conditions d'épanouissement d'un individu dépendent du système social ainsi constitué. D'où la nécessité de traiter à présent de l'interaction entre le développement personnel d'un être humain et le développement de la société.

3

Grandir en société

Les fondements anthropologiques du socialisme - 2

On ne grandit pas uniquement parmi les siens. Vient très vite le temps où, pour grandir, il faut d'une certaine manière vivre avec tous les autres membres d'une société. Si l'individu construit sa liberté par les liens et par l'apprentissage de la loi, on peut supposer que son épanouissement personnel sera plus aisé dans une grande société qui, d'une part, permet d'étendre et de diversifier les liens et, d'autre part, complète et soutient l'éducation parentale par de nombreuses institutions et normes collectives. Les choses ne sont évidemment pas si simples. Certes, nous pourrons dans un premier temps établir les effets positifs de la taille et de la diversité d'une société sur le développement d'un être singulier. Mais cela nous conduira aussi à faire la distinction entre le *développement* et le *progrès* d'une société. L'extension du nombre et de la diversité des relations sociales possibles (développement), caractéristique d'une grande société, n'implique pas en soi une extension simultanée de la liberté des individus et de leur cohésion sociale (progrès). Il se pourrait au contraire que l'avènement d'une grande société soit problématique pour une espèce humaine qui a forgé sa façon d'être avec et de s'allier à autrui dans le cadre social de toutes petites communautés de chasseurs-cueilleurs.

Développement personnel et développement des sociétés

Une première relation fonctionnelle entre individu et société s'impose comme une évidence : le développement de l'être singulier est, toutes choses étant égales par ailleurs, une fonction croissante de la taille et de la diversité de la société, *i.e.* du nombre de relations potentielles avec autrui, et de la variété de ces relations.

Il est en effet tout d'abord évident qu'une monade pure (un individu existant par lui seul), une relation de soi à soi, ne dispose d'aucun espace de développement de soi. Mais une dyade (tête-à-tête fermé entre deux individus) ne dispose pas d'un espace beaucoup plus étendu. On a compris plus haut que l'enfermement de l'enfant dans une relation unique avec sa mère, même aimante, est une catastrophe pour son développement. C'est là un cas particulier d'un modèle plus général de la relation qu'il nous faut à présent expliciter.

Dans une dyade absolue moi↔toi, fermée au reste du monde, l'impossibilité d'échapper à la relation ne peut conduire qu'à l'intoxication engourdissante de l'attachement ininterrompu, ou à la violence destructrice d'un affrontement permanent, ou encore à l'alternance de ces deux états extrêmes. Si les deux membres de cette dyade ont la possibilité d'échapper momentanément à la relation en s'isolant, ils peuvent éventuellement survivre, mais pas se développer, puisqu'il n'y a rien d'autre à faire que d'être ensemble et personne d'autre avec qui entrer en relation.

On l'a expliqué, pour tirer durablement un bénéfice de la relation d'attachement entre deux êtres, en alternant séparations et retrouvailles, il faut avoir la possibilité d'entrer en relation avec des tiers. La relation à deux ne peut donc être supportable et bénéfique que dans la mesure où elle devient une relation à trois, une triade qui met en scène un tiers :

le tiers
↗↙ ↖↘
moi ⇆ toi

La relation proprement humaine n'est pas un tête-à-tête, c'est au minimum un cercle, une circulation qui permet d'échapper à l'anesthésie ou à la violence du tête-à-tête permanent et qui entretient le goût et le bienfait des tête-à-tête temporaires. On peut avec Georg Simmel[80] considérer que c'est à partir de la triade seulement que commencent la relation sociale et l'objet d'une sociologie. Dans toute relation sociale, chaque partenaire du moi est à la fois un « toi » qui procure le bienfait du lien et un tiers qui libère du face-à-face avec un autre « toi ». Ainsi grandit l'être humain, d'abord au sein du cercle familial constitué par une succession de triades mettant en relation les parents, les frères et sœurs, les grands-parents, les oncles, les tantes et les cousins. Le développement se poursuit par l'essor d'un autre cercle social constitué par les ami(e)s, lui-même enchâssé dans le cercle plus large des relations scolaires (la classe, les enseignants, les surveillants). Vient ensuite le cercle du voisinage, puis le cercle des relations professionnelles et extra-professionnelles (associations, loisirs, sports, etc.). La circulation de l'être dans ces multiples relations interpersonnelles le conduit aussi au sentiment d'appartenance à des cercles de relations impersonnelles : j'appartiens à une ville, une région, un pays, une ethnie,

---

80. Georg Simmel, *Soziologie*, Leipzig, Duncker und Humblot, 1908. Traduction française : *Sociologie. Étude sur les formes de la socialisation*, PUF, 1999.

une classe sociale; je partage des valeurs, une langue, une culture, des problèmes ou des intérêts avec des inconnus; mon histoire prend racine dans celle de générations passées et donne naissance à celle des générations à venir, etc. Les relations sociales deviennent alors symboliques, fondées sur la sensation d'un monde commun et d'une interdépendance avec des êtres que l'on ne rencontrera jamais en face à face. Ces relations symboliques sont d'un grand profit pour un être dont la vie psychique est faite de représentations, et qui trouve là un espace de déploiement potentiellement infini et peu exigeant en retour: je ne risque pas l'étouffement et l'intoxication par tous ces autres abstraits dont je n'ai pas à supporter la présence physique, mais qui n'en soutiennent pas moins mon sentiment d'exister et le sens de cette existence.

Ainsi, le développement complet d'un être humain passe par l'articulation d'une succession de cercles sociaux, c'est-à-dire une imbrication de communautés humaines concrètes ou symboliques. Cela commence par la relation mère-enfant et cela conduit jusqu'au sentiment d'appartenance à l'humanité. Le premier bénéfice de ce processus est qu'*en assumant l'interdépendance avec une multitude d'individus et de cercles sociaux, l'être gagne son indépendance à l'égard de chacun d'entre eux*. Comme je l'ai plus amplement démontré et illustré dans *La Dissociété*[81], le moi solide, relativement autonome, celui qui est capable de se désolidariser d'un groupe particulier (sa famille, ses collègues, ses amis, son Église, etc.) pour soutenir une idée singulière, un choix différent, ce n'est pas le moi indépendant des autres, c'est le moi soutenu par un

81. Dans le chapitre 10, où j'ai notamment étudié la capacité des individus à résister à une autorité, à désobéir à un ordre, pour choisir ce qui leur semble juste.

lien étendu avec tellement d'autres qu'il ne redoute pas l'opposition, le désaccord, le reproche, voire l'abandon de quelques autres. Là encore, *c'est l'extension des liens qui étend la liberté.*

Le second bénéfice d'un vaste réseau social a d'abord été souligné par Georg Simmel[82] en 1908. Il montre que plus les cercles sociaux sont nombreux, plus le croisement des cercles auxquels participe un individu compose un ensemble spécifique à celui-ci, une façon bien à lui d'être au monde qui le constitue en individu singulier. En clair, par exemple, les cadres supérieurs de la finance ne sont pas tous mariés, ceux qui sont mariés n'ont pas tous des enfants, ceux qui en ont ne partagent pas tous le même voisinage, ceux qui habitent la même rue n'ont pas la même religion, ne pratiquent pas les mêmes sports, ne sont pas membres des mêmes associations, ne fréquentent pas le même café, etc. Chaque individu se retrouve ainsi à une intersection unique de multiples cercles sociaux. L'extension et la diversification du milieu social permettraient donc la singularisation croissante de chaque personne.

Réévaluons cette hypothèse sociologique dans le cadre de notre perspective anthropologique du développement humain. La conscience de soi commence, dès les premiers mois de la vie, par la certitude d'être distinct des autres. Nous ne percevons bien que les différences, si bien que le sentiment d'exister, d'être soi, tire toujours profit de la possibilité de se distinguer, de se différencier. Dans le même temps, rien n'indique chez l'être humain un souci permanent de ne pas faire comme les autres, contrairement à ce qu'insinue le discours à la mode sur la montée constante de l'individualisme. La première expérience du bien-être, ne l'oublions pas, est la fusion érotique du nourrisson avec

82. *Soziologie*, *op. cit.*

sa mère. Alors, si grandir consiste en effet à reconnaître sa propre altérité et à nouer des relations avec de vrais autres (pas des clones de nous-mêmes), nous n'en restons pas moins fascinés par le plaisir orgiaque de la fusion avec nos semblables. D'ailleurs, comme Michel Maffelosi[83] a eu le mérite de le souligner, même dans la société hypermoderne, réputée hyperindividualiste, les phénomènes de bande, de mode et autres manifestations collectives indiquent parfois davantage une « tribalisation » qu'une individualisation des comportements.

Nous avons donc, à la fois, besoin de nous différencier, d'être assurés d'une unicité qui soutient notre sentiment d'exister, et besoin de nous fondre avec nos semblables dans les passions partagées, les chants à l'unisson et les gestes synchronisés. Or, c'est précisément la satisfaction simultanée de ces aspirations contradictoires que procure l'articulation d'un réseau étendu de cercles sociaux diversifiés. Nous échappons à la monotonie d'un cercle particulier (la famille, par exemple) en nous fondant dans la monotonie d'un autre cercle (la bande de copains du club de foot). « Monotonie », car l'intégration à un groupe quelconque suppose plus la conformation à une identité collective que la singularisation. Mais en appartenant à des dizaines de cercles aux couleurs différentes, nous vivons dans une palette multicolore unique qui compose une identité singulière[84]. Parce que nous n'apprenons la vie qu'à travers les autres, notre manière d'être nous-même est toujours une certaine façon d'être comme un autre.

83. Michel Maffelosi, *Le Temps des tribus*, La Table ronde, 3e éd., 2000.

84. L'usage courant et très ambigu du terme « identité » mérite ici d'être souligné. Alors qu'il désigne *stricto sensu* le sentiment de la permanence de soi, nous le confondons avec la liste de nos appartenances, *i.e.* non pas de ce qui nous distingue des autres mais de ce que nous avons de commun avec eux.

Mais en étant successivement et en alternance, non pas comme un seul autre, mais comme des dizaines d'autres qui ne sont pas identiques, nous finissons tous par être différents les uns des autres. *C'est la multiplication de nos conformismes qui constitue notre originalité.*

Développement de la société et progrès humain

On peut résumer ainsi la relation fonctionnelle entre développement personnel et développement de la société : les aspirations qui interviennent dans chaque relation singulière sont potentiellement contradictoires et le deviendraient assurément si nous devions toutes les satisfaire dans une seule relation ; il nous faut donc étendre le nombre et la variété de nos cercles sociaux, pour la simple et bonne raison que l'on ne peut atteindre en même temps des objectifs différents avec un seul et même instrument. Il existe en effet une tension évidente entre nos aspirations « ontogénétiques », *i.e.* celles qui, on l'a vu, participent à la construction de notre être (ontogenèse), à savoir : être soi et par soi *vs* être avec et par les autres ; être différent *vs* être pareil ; s'isoler sans être abandonné ; se libérer des autres sans se délier, etc. En réalité, il s'agit là, chaque fois, des deux faces d'un seul et même désir d'être, dont chacune rend l'autre possible et désirable. Mais il sera parfois compliqué ou impossible de jouir de ces deux faces dans un espace de relations trop restreint : je ne peux être à la fois avec et sans la même personne, pareil et différent de la même personne. On échappe donc au conflit potentiel des aspirations par la multiplication et la diversification des cercles de relations. Aussi, tant que l'espace possible des relations interpersonnelles et des relations symboliques s'étend, le désir d'être pousse l'humain à se déployer dans cet espace. Dans un même environnement social, chacun aura une capacité de déploiement différente selon que son histoire (plus spécialement avant l'âge adulte) lui a donné le goût et les moyens psychiques de l'exploration du monde, ou au contraire l'a privé du savoir-faire nécessaire pour grandir. Mais, à capacité personnelle donnée, un individu ne disposera pas du même potentiel d'expansion selon l'étendue et la diversité de la société dans laquelle il grandit. La possibilité d'un progrès pour l'être singulier dépend donc de son histoire propre et du degré de développement de la société. Pour éviter toute ambiguïté, il nous faut ici préciser ce que nous entendons par « progrès » et par « développement ».

Ce qui précède permet de considérer que *le désir d'être de tout humain, indissociable de son désir d'être avec les autres, le pousse à grandir en s'appuyant sur des liens nouveaux et diversifiés pour être à la fois plus libre et plus sécurisé par ses attachements.* Une évolution de la société qui permet une telle extension sera donc ici qualifiée de « développement » dans un sens objectif et descriptif et sans jugement de valeur (*i.e.* cela n'implique pas l'idée que cette société est « meilleure » que celle qui la précède). *L'expression « développement de la société » décrit donc un phénomène : l'extension de l'espace social par la multiplication et la diversification des liens sociaux, concrets ou symboliques.* Le « développement » de la société (phénomène) se distingue du « progrès humain » (finalité). L'extension du potentiel de développement simultané de la liberté et de l'association des êtres humains n'implique en rien la réalisation effective de ce développement personnel ni que celui-ci soit également accessible à tous. L'exploitation de ce potentiel peut en outre être contrariée par une société qui ne vise pas la conciliation harmonieuse des aspirations ontogénétiques mais leur opposition radicale. En reprenant la typologie établie dans *La Dissociété*, on peut en effet distinguer trois types de sociétés, selon la manière dont elles organisent le rapport entre les deux aspirations fondamentales : « être soi » et « être avec ».

1) La « société de progrès humain » tend à assurer à chacun une égale capacité à concilier au mieux ces deux aspirations, *i.e.* à favoriser l'épanouissement de la liberté dans et par l'association et la coopération avec autrui.

2) L'« hypersociété » privilégie la fusion collective des êtres dans un ensemble social qui exacerbe l'aspiration à « être avec » et réprime l'aspiration à « être soi ».

3) La « dissociété » mutile le désir d'« être avec » pour promouvoir l'épanouissement de soi par la dissociation d'avec autrui et la rivalité généralisée entre les êtres[85].

Le développement de la société, au sens défini plus haut, est compatible avec ces trois modèles sociaux ; il constitue un potentiel important de progrès humain (en élargissant l'espace social ouvert aux relations humaines), mais il n'implique pas ce progrès. Si le développement de la société n'est pas une condition suffisante au progrès, en est-il une condition nécessaire ? Rien ne permet de l'affirmer *a priori* : le progrès humain pourrait être intensif et pas seulement extensif, *i.e.* réalisable dans une petite communauté fermée et pas uniquement grâce à l'élargissement continu de la société.

Nous ne saurons peut-être jamais répondre à cette question, dans la mesure où il nous faudrait pour cela apprécier la vie personnelle des humains au cours des millions d'années où ils ont vécu en communautés étroites et sans développement. Dans l'ordre des primates, la famille des

85. Je laisse ici de côté la quatrième option de ma typologie, le système totalitaire. Celui-ci combine la mutilation de l'être propre à la dissociété et celle propre à l'hypersociété, si bien qu'il anéantit à la fois l'individu et la société. Il ne constitue donc pas un type de « société » à proprement parler (cf. *La Dissociété*, *op. cit.*, chap. 4).

hominidés s'est distinguée, voilà environ 12 millions d'années, en passant d'une vie arboricole à l'exploration de la savane aux abords des forêts. Selon le célèbre préhistorien et paléontologue Richard Leakey, la vie en petits groupes de chasseurs-cueilleurs « remonte plus vraisemblablement, *grosso modo*, à 5 millions d'années, et va de pair avec l'émergence de nos ancêtres directs[86] ». De l'*homo habilis* (5 à 3 millions d'années) à l'*homo sapiens* (200 000 ans), en passant par l'*homo erectus* (1,5 million d'années)[87], les humains ont vécu en petits groupes (quelques dizaines de personnes), établissant des camps fixes mais temporaires pour partager la nourriture. Ce mode d'existence a caractérisé l'humanité jusqu'à il y a environ 10 000 ans avec la généralisation de l'agriculture (révolution néolithique). La compréhension de la vie des chasseurs-cueilleurs est cruciale parce que, poursuit Leakey : « [...] C'est néanmoins dans ce modèle social, plus que dans tout autre comportement, qu'il faut chercher des indices de caractères humains fondamentaux. [...] Au cours des 10 000 ans qui suivirent l'abandon quasi total de la vie de chasseur, il n'y a pas eu de changements biologiques significatifs, le laps de temps étant trop bref. L'humain en nous provient, pour une large part, de l'habitude que nous avons contractée de rechercher et de partager des aliments végétaux et animaux[88]. »

Mais l'histoire écrite ne concerne que les sociétés en développement : les sociétés agricoles traditionnelles (des cités antiques à la Renaissance) et les sociétés industrielles modernes. Il nous reste toutefois la possibilité d'observer les sociétés dites « primitives » et restées jusqu'à nos

86. Richard E. Leakey et Roger Lewin, *Les Origines de l'homme* (1977), Flammarion, 1985, p. 150.

87. Pour une chronologie plus détaillée, voir Pascal Picq, *Les Origines de l'homme. L'Odyssée de l'espèce*, Seuil, « Points Sciences », 2005.

88. *Les Origines de l'homme*, *op. cit.*, p. 150.

jours en dehors du processus de développement vers une grande société. Évitons ici l'ethnocentrisme qui a si souvent poussé les Occidentaux à considérer ces dernières comme des sociétés figées et hors du progrès. En premier lieu, ces sociétés ne sont en rien figées : elles ont une histoire au moins cinq cents fois plus longue que celle de la société moderne[89], une histoire qui a seulement suivi une autre voie que celle du développement. En second lieu, n'importe quel ethnologue comparant la qualité de vie d'un chasseur vivant aujourd'hui dans une tribu « primitive » à celle de nombreux habitants des cités modernes a bien des raisons de douter que le « développement » d'une grande société garantisse un progrès humain, *i.e.* une plus grande liberté réelle combinée avec une meilleure association des humains.

Toutefois, l'enjeu véritable n'est pas de savoir dans quelle mesure les sociétés primitives sont un espace de progrès humain, puisque celles-ci ne peuvent être un modèle praticable pour des sociétés composées de dizaines ou de centaines de millions de personnes. En revanche, ces sociétés nous renseignent sur les modalités du vivre-ensemble dans des petites communautés sans développement notable et qui représentent le cadre social dans lequel s'est effectuée l'évolution naturelle qui a engendré l'*homo sapiens*. Puisque l'essentiel de la biologie et des comportements caractéristiques de notre espèce s'est forgé dans ce cadre, l'ethnologie des sociétés premières nous apprend quelque chose sur ce que nous sommes aujourd'hui. En outre, elle nous aide à comprendre pourquoi l'extension de la société ne constitue pas automatiquement un progrès humain. Il se pourrait

89. En considérant que la société moderne a deux siècles d'histoire, et que les premiers groupes d'*homo sapiens* établissant des lieux fixes de rassemblement remontent à une époque située entre 100 000 et 75 000 ans.

bien en effet que le développement constitue une mutation compliquée pour des êtres forgés dans et prédisposés à la vie en petites communautés.

L'origine rituelle des sociétés humaines

Les premiers hommes ont grandi dans un espace social très restreint : un groupe de chasseurs-cueilleurs de quelques dizaines de personnes. Dans cet espace, où tout le monde se connaît et vit ensemble, le groupe constitue presque le seul cercle social au sens strict. Le petit d'homme grandit dans une famille étendue au-delà du père, de la mère et des frères et sœurs de sang ; cette famille ne constitue pas un cercle fermé, un « foyer » susceptible de mener une vie intime, hors du regard et des interventions des autres membres du groupe. En un sens, l'enfant accède ainsi très tôt à un espace social plus étendu que celui d'un bébé élevé dans une grande ville moderne ; mais, d'un autre côté, cette extension immédiate vient presque aussitôt buter sur l'espace étroit et clos de sa communauté. Les tâches spécifiques susceptibles de fonder une identité singulière sont limitées (la chasse, la cueillette, le soin des petits, les activités rituelles, la fabrication d'outils) et n'entraînent d'ailleurs pas une division du travail aussi stricte que dans les modèles sociaux ultérieurs. Dans ce cadre, il n'est donc pas vraiment possible de multiplier et de diversifier les cercles de relations sociales.

Cependant, la croissance continue des capacités cérébrales d'abstraction et de représentation a permis aux premiers humains de développer un espace de relations symboliques toujours plus complexe : des relations avec les ancêtres disparus, attestées par le développement du culte des morts ; des relations avec les esprits prêtés aux autres espèces vivantes et aux éléments naturels. Le passé immémorial et l'univers insondable, en ouvrant un espace infini de liens symboliques et d'histoires à se raconter, ont libéré les cerveaux humains de l'implacable finitude des relations entre quelques dizaines de personnes condamnées à vivre entre elles en permanence et pour toujours. En ce sens, aussi curieusement que cela puisse résonner dans un esprit moderne, le culte des morts, l'animisme, le totémisme et la religion ont été les instruments primitifs de l'émancipation.

Les rites religieux ont aussi et surtout répondu à une autre nécessité engendrée par la promiscuité des premières communautés humaines : la régulation de l'agressivité inhérente à la rivalité mimétique. On peut imaginer que nombre de groupes d'hominidés se sont éteints, au fil de l'évolution, à la suite de batailles incessantes pour la meilleure nourriture ou le meilleur partenaire sexuel. On n'en sait rien, à vrai dire. Une seule chose est certaine, la violence mimétique est une réalité universelle dans toutes les espèces animales, et seules ont survécu les espèces qui ont jugulé cette violence. On a déjà signalé que, dans l'espèce humaine, la régulation de l'agressivité n'est pas génétique, mais sociale : c'est l'institution de règles, de rites et d'institutions qui a dû compenser l'absence de freins automatiques à l'agressivité déclenchée par la compétition acquisitive. Le tout premier des rites assurant cette fonction chez les hominidés est la pratique du rassemblement pour le partage de la nourriture. Ce rite est d'une grande utilité sociale : il permet une première division des tâches entre les hommes qui chassent et les femmes qui consacrent plus de temps à l'éducation des enfants, il institue une interdépendance et une coopération accrue qui stimulent les habiletés sociales et les facultés de communication.

Mais on sait bien que la supériorité pratique d'un modèle de coopération ne le met pas à l'abri d'un déchaînement de compétition violente. Par exemple, le fait qu'aucun des footballeurs n'y trouve un intérêt pratique n'empêche pas toujours l'explosion d'une bataille rangée entre les joueurs, obligeant à interrompre un match. C'est pourquoi on leur impose des règles strictes de comportement, et des sanctions en cas de violences. Mais cela ne garantit jamais à 100 % la paix sur un terrain de football. Il ne suffit donc pas de mobiliser le calcul rationnel des avantages et des inconvénients (des récompenses et des punitions) pour se mettre à l'abri de tout déchaînement destructeur de l'agressivité. L'utilité sociale d'un interdit ne suffit pas à le rendre inviolable; il faut pour cela que chaque individu ait intériorisé l'interdit comme un ordre énoncé par une puissance sacrée, intouchable et incontestable. On peut penser, à la suite de Freud[90] et de Girard, que telle est la fonction sociale remplie par les premiers rites religieux: ancrer des interdits transcendants dans la conscience de tous les membres du groupe pour garantir une alliance indéfectible. Car, à l'inverse des joueurs de football, qui ne risquent pas leur vie si leurs violences entraînent la dissolution de leur club, les premiers humains mettaient vraiment leur vie en jeu en laissant se déchaîner la violence mimétique. Par définition, les groupes qui ont survécu et permis la perpétuation de l'espèce humaine sont ceux

90. Selon Freud, dans *Totem et Tabou*, la horde primitive a institué les rites religieux pour juguler la rivalité meurtrière entre mâles pour la possession des femelles. Celle-ci entraîne le meurtre collectif du « père » (le mâle dominant) et livre ensuite la communauté au plus grand désastre. Les survivants, reconnaissant alors le pouvoir pacificateur du père assassiné, le vénèrent comme un dieu et se soumettent à ses interdits. Cette interprétation œdipienne convainc peu les anthropologues, mais l'intuition fondamentale de Freud reste la bonne: la religion a répondu au besoin d'une autorité transcendante pour relier les premiers groupes humains en dépit de la rivalité destructrice de leurs désirs. C'est la piste suivie par René Girard, mais de façon plus convaincante, car il interprète la rivalité dans le cadre plus universel de la pulsion mimétique.

qui ont amené leurs membres, d'une manière ou d'une autre, à considérer les interdits salvateurs comme sacrés. L'ordre spontané introduit par les mâles dominants n'y suffisait pas, parce que notre évolution, en nous privant de la griffe et de la dent, comme disait Pelt, nous a privés aussi de freins automatiques à l'agressivité. Les mâles dominants, en accaparant les femelles et les meilleurs morceaux de viande, produisent le même résultat que les bébés dominants dans nos crèches et les caïds dans nos cours de récréation : ils intensifient la compétition mimétique et l'agressivité, et, quand celle-ci atteint son paroxysme, elle se déverse bien souvent sur des victimes innocentes, des boucs émissaires.

L'expérience répétée de cette crise mimétique grave, laissant quelques cadavres sur le campement, a pu inspirer aux premières communautés humaines non seulement l'effroi face au pouvoir destructeur de leur agressivité, mais aussi la solution du problème. En effet, la crise mimétique peut avoir un dénouement heureux quand, au lieu de s'entretuer, les individus en colère se « défoulent » sur un bouc émissaire : miraculeusement déchargés de l'agressivité qui les possédait, les hommes peuvent faire la paix. Le bouc émissaire semble alors doté d'un pouvoir extraordinaire et devient l'objet d'une reconnaissance infinie qui peut se muer en culte : il est le sauveur, il détient la puissance magique d'instaurer la paix. L'expérience répétée de crises de violence mimétique et de la propriété magique du bouc émissaire a ainsi, selon Girard, conduit les premières communautés humaines à sacraliser la victime salvatrice en divinité et à instituer des interdits énoncés par cette divinité en vue d'éviter la répétition de la crise mimétique. Et pour mieux conjurer le danger, surtout quand les choses vont mal, quand des tensions font redouter une nouvelle crise mimétique, des rites mettent en scène la répétition de cette crise : ils organisent le déchaînement de la folie collective et reproduisent son issue magique – le sacrifice d'une victime innocente. Au fil du temps, plus une société s'éloigne de la crise originelle et de sa violence bien réelle, plus les rites sont adoucis, édulcorés : les sacrifices humains sont remplacés par des sacrifices d'animaux, puis par des offrandes de nourriture, etc.

La lecture anthropologique des origines de la religion est plus convaincante que leur explication populaire par l'angoisse existentielle face au mystère de la vie et de la mort. Que les premiers humains se soient posé de multiples questions sur l'univers et la vie ne fait guère de doute, en raison même de la taille et du fonctionnement du cerveau humain. Mais aucune de ces grandes questions ne peut expliquer pourquoi ils en sont venus à interdire la consommation de certaines viandes, à prohiber l'inceste, à sacrifier des enfants, etc. En revanche, tous les interdits et tous les rites religieux ont un sens quand on comprend que la fonction première de la religion est, comme l'indique l'étymologie même du terme (*religere* en latin), de *relier* les humains entre eux. La première angoisse existentielle des humains, dont la survie dépendait absolument de la cohésion de quelques dizaines de personnes, a bien évidemment été la peur d'une dissolution de leur groupe par la violence qui surgissait dès que deux mâles se disputaient une femelle ou un bout de viande. Le besoin de religion a donc été d'abord le besoin d'une alliance indissoluble entre les humains. Mais cette alliance a engendré des sous-produits involontaires et bénéfiques qui ont renforcé l'attrait pour les rites religieux. Pour le cerveau humain et son besoin insatiable de représentations et de stimulations, la pensée religieuse ouvrait un espace nouveau et infini de développement, et elle devint l'instrument d'explication des mystères. Par ailleurs, la pratique de rites religieux a pu constituer un signe de reconnaissance à l'occasion de rencontres fortuites entre groupes. Constater qu'un groupe de chasseurs cueilleurs inconnu pratiquait certains rites donnait l'assurance qu'il s'agissait d'un groupe «civilisé», *i.e.* capable de contrôler l'agressivité et avec lequel, par conséquent, un voisinage temporaire était envisageable. À partir de là, on peut penser que les premiers rapprochements durables entre divers groupes humains se sont faits autour de rites communs. Puisque c'est la religion qui assurait l'alliance au sein de chaque groupe, on imagine que c'est par la religion que les humains ont pu concevoir l'alliance avec des étrangers.

Non seulement on peut l'imaginer, mais on le sait. En effet, les rites sociaux et religieux, inventés par les hommes pour vivre dans un espace de relations plus sûr et plus étendu, ont peu à peu suscité la constitution de communautés humaines élargies: des tribus nomades, composées de plusieurs groupes de chasseurs, se réunissant épisodiquement pour de grandes chasses ou des cérémonies communes; puis, peu à peu, des tribus établissant des campements fixes sur les lieux de rassemblement, et, enfin, des communautés sédentarisées. Contrairement à la fable moderne en vogue jusqu'au milieu du XXe siècle, les premiers villages, les premières villes – antichambres des civilisations de l'Antiquité – ne sont pas apparus en réponse à une contrainte écologique rendant nécessaires l'élevage, l'agriculture et, à cette fin, le regroupement sédentaire des tribus nomades. Comme l'ont bien établi une multitude de travaux archéologiques[91], les tout premiers regroupements sédentaires précèdent l'extension de l'agriculture de plusieurs

---

91. Jacques Cauvin, *Naissance des divinités, naissance de l'agriculture. La révolution des symboles au néolithique,* Flammarion, «Champs», 1998.

dizaines de milliers d'années; ils coïncident avec l'« explosion symbolique » repérée par la paléoanthropologie : voici environ 75 000 à 50 000 ans, surgissent à foison les peintures rupestres, les statuettes, les objets rituels, etc. Il y a 12 000 à 10 000 ans, la révolution néolithique (généralisation de l'agriculture) est ainsi l'aboutissement d'une longue pratique de rassemblements périodiques, non pas pour produire mieux et plus de subsistances, mais pour accomplir des rites sociaux et religieux. Grâce aux travaux recensés par Marshall Sahlins, nous savons que l'âge de pierre est un âge d'abondance[92]. Au commencement du néolithique et de la civilisation, on ne trouve donc pas la disette et l'affrontement des tribus affamées qui finissent, après un sage calcul rationnel, par s'unir pour constituer des sociétés pacifiées dont l'union fait la force productive. Non, « au commencement était le rite », pour reprendre le titre français de l'œuvre testament de l'anthropologue anglais Arthur Maurice Hocart[93]. Dans la préface de cet ouvrage, Lucien Scubla nous rappelle que les découvertes archéologiques récentes évoquées plus haut ont confirmé une hypothèse déjà étayée par des travaux anciens : « Dès 1862, Fustel de Coulanges avait mis en évidence les fondements rituels de la cité antique, [...]. Quelques décennies plus tard [1896], Hahn avait montré que l'usage économique des animaux domestiques était un effet secondaire de leur usage rituel [...], peu de temps plus tard [1924], Mauss établissait que les échanges économiques devaient être interprétés à la lumière des échanges cérémoniels, et Laum

---

92. Marshall Sahlins, *Âge de pierre, âge d'abondance. L'économie des sociétés primitives,* Gallimard, 1976. Traduit de *Stone Age Economics*, Aldine-Atherton, 1972.

93. Arthur Maurice Hocart, *Au commencement était le rite. De l'origine des sociétés humaines*, La Découverte-Mauss, 2005. Traduit de *Social Origins* (écrit à la fin des années 1930), Watts & Co, 1954.

que la monnaie, en Grèce antique au moins, était d'origine sacrificielle[94]. »

Ainsi donc, quand l'expansion continue de la population a accru la fréquence des rencontres entre groupes humains, ce n'est pas la guerre pour les ressources qui a prédominé. C'est au contraire la pacification des relations par leur ritualisation. Et cela est en parfaite cohérence avec nos conclusions précédentes sur le développement humain par la diversification des cercles sociaux. Des êtres élevés et confinés dans une communauté étroite ont éprouvé, comme aujourd'hui encore le tout petit enfant, la peur de l'étranger, de l'inconnu, du différent, et, dans le même temps, l'appel à grandir et à être encore plus intensément que constitue la possibilité d'élargir et de diversifier ses relations. Alors, les groupes humains ont instauré le tabou de l'inceste, non pour éviter les effets d'une consanguinité dont l'évolution s'est accommodée durant des millions d'années, mais, comme nous l'a appris Claude Lévi-Strauss, pour sceller, à travers l'exogamie et l'échange des femmes, une alliance durable. Cela n'a évidemment pas empêché les rencontres qui se terminent mal et le cycle interminable de la vengeance, où le crime qui venge un premier crime est un nouvel appel à la vengeance. Mais, à un stade antérieur à la constitution des premières grandes cités antiques, les groupes humains ont su rompre ce cycle destructeur (précisément par les rites religieux, et aussi, nous allons y venir, par le rite du don).

Une autre fable moderne, toujours vivace dans la culture néolibérale contemporaine, voudrait que l'histoire générale des sociétés humaines soit celle de la guerre permanente finalement surmontée par l'intensification des échanges et la substitution de la guerre économique à la guerre tout court. Or il n'existe aucun indice d'une

94. *Ibid.*, p. 22-23.

lutte incessante entre les tribus primitives[95]. Comme le rappelle Frans de Waal: «Les groupes de chasseurs-cueilleurs actuels coexistent en paix la majeure partie du temps. Il en allait probablement de même, et plus encore, dans le cas de nos ancêtres, qui vivaient sur une planète dotée de vastes espaces et relativement dénuée de besoins de compétition. Ils connurent certainement de longues périodes d'harmonie entre les divers groupes, coupées seulement de courts entractes d'affrontements[96].»

Cette harmonie durable est-elle le résultat d'un calcul rationnel qui conduisit les humains à tirer profit des «gains de l'échange» en instaurant des relations commerciales? Certainement pas. L'ethnologie nous renseigne précisément sur ce qui régit les relations entre les petites communautés de chasseurs-cueilleurs restées à l'écart de la modernité. Celles-ci n'établissent pas entre elles des relations commerciales (sauf accessoirement). Comme le démontre Marcel Mauss au début des années 1920[97], elles instaurent *la triple obligation de donner, de rendre et de recevoir.* Leurs relations sont ponctuées par une chaîne ininterrompue de dons et de contre-dons. L'essentiel est ici de comprendre qu'un contre-don n'est jamais considéré comme la contrepartie du don, car ce n'est pas le commerce qui est visé, mais l'entretien d'une alliance. Dans le commerce, on entre en relation pour effectuer un échange; donc la relation se limite à et s'éteint dans l'échange. Mais si l'on fait ce qui s'apparente à des échanges pour nouer une relation, il en va tout autrement: le but n'est pas le commerce des biens, mais la

95. Il n'y a pas non plus d'évidence que le progrès mondial des idées et des politiques néolibérales entraîne un recul de la violence dans le monde.

96. *Le Singe en nous*, *op. cit.*, p. 295.

97. Marcel Mauss, *Essai sur le don* (1923-1924), *in* Marcel Mauss, *Sociologie et Anthropologie*, PUF, 2003.

permanence de l'alliance entre les êtres. Donner, c'est alors satisfaire à l'obligation de donner, comme manière d'être au monde en relation avec les autres. Mais c'est dans le même temps obliger l'autre à recevoir, c'est-à-dire non seulement à accepter la relation, mais encore à se retrouver dans la situation de celui qui doit quelque chose à autrui. Car le débiteur ne peut pas répondre aussitôt à un don par un don équivalent qui serait considéré comme une offense, un refus de la relation, c'est-à-dire en réalité presque une déclaration de guerre. Le don accepté scelle l'alliance parce qu'il vaut acceptation d'une dette et de l'obligation de rendre. Cette dernière, à son tour, n'est pas une obligation de rembourser la dette, mais le devoir d'effectuer plus tard, et sous une forme ritualisée, un don qui oblige l'autre à recevoir et à rendre. *Le cycle ininterrompu du don institue et ritualise la dette perpétuelle entre les humains*, c'est-à-dire l'impossibilité de s'estimer définitivement quitte vis-à-vis d'autrui et de rompre ainsi la ronde des interdépendances.

La force de la chose donnée

Mark Anspach a montré comment les rites du don réciproque ont pu émerger d'une ritualisation des sacrifices offerts pour rompre le cycle de la vengeance[98]. Ainsi, avant la paix imposée par la force du roi ou de l'État, avant la paix par le commerce, les premières sociétés humaines ont installé la paix par le don qui entretient la dette mutuelle entre les êtres. Il n'est pas anodin de relever que, dans l'histoire réelle, les vraies guerres sont associées à l'émergence des grandes cités et des premières

98. Mark Rogin Anspach, *À charge de revanche. Figures élémentaires de la réciprocité*, Seuil, 2002.

civilisations. *La grande société n'a donc pas mis un terme à l'affrontement meurtrier des tribus; elle a, au contraire, rompu la paix quasi perpétuelle instaurée par le cycle du don réciproque.*

Voilà une bonne raison de mieux saisir la nature de cette relation particulière rompue par le développement de la société. Dans l'*Essai sur le don* de Mauss, on repère trois dimensions essentielles de cette relation : la *magie* de la chose donnée, le rôle du *tiers* et la logique de l'*honneur.*

La dimension magique apparaît à Mauss quand il saisit ce qui, chez les Maoris, peut bien les forcer à rendre un don, s'il s'agit vraiment d'un don et non d'un échange. Ce qui oblige à rendre, c'est l'esprit de la chose donnée. « Ce qui, dans le cadeau reçu, échangé, oblige, c'est que la chose reçue n'est pas inerte. Même abandonnée par le donateur, elle est encore quelque chose de lui. Par elle, il a prise sur le bénéficiaire, comme par elle, propriétaire, il a prise sur le voleur. [...] car accepter quelque chose de quelqu'un, c'est accepter quelque chose de son essence spirituelle, de son âme; la conservation de cette chose serait dangereuse et mortelle, non seulement parce qu'elle serait illicite, mais aussi parce que cette chose qui vient de la personne [donne] prise magique et religieuse sur vous[99]. »

L'essence du don réciproque ne tient donc pas dans les choses données, mais dans le fait que ce sont en réalité les êtres qui se donnent les uns aux autres, et scellent ainsi leur alliance. Mais celle-ci ne peut être constituée une fois pour toutes, en un seul don réciproque, car ce qui est donné à l'autre, soi-même, ne peut bien évidemment pas être gardé, mais seulement et indéfiniment rendu et redonné. Je ne peux garder en moi l'être d'autrui, sans cesser d'être moi-même. Je ne peux soutenir cette prise

99. *Essai sur le don*, *op. cit.*, p. 159-161.

d'autrui sur moi que momentanément et pour lui dire, en acceptant de me soumettre à son désir, que j'accepte l'alliance et renonce à le considérer comme un ennemi. Mais sauf à se muer en esclavage, l'alliance suppose que je rende la chose donnée et plus qu'elle, car en me donnant ainsi à l'autre, c'est lui qui, à son tour, accepte que j'aie prise sur lui. Dans les sociétés organisées sur le cycle du don, celui qui ne peut pas rendre le don et au-delà devient l'esclave de l'autre, au propre comme au figuré. *Pour que la relation constitue et reste une alliance, il est impératif que les biens qui en sont le support circulent en permanence.* Comme le ballon entre les enfants qui jouent ensemble.

L'explication du don réciproque par la force mystérieuse des esprits habitant les choses données est spécifique à la pensée magique des sociétés primitives. Le cerveau des êtres parlants les force à habiller tout phénomène de représentations symboliques et de mots qui lui donnent un sens, une interprétation. À l'âge de la neurochimie et de l'éthologie, on donne aux faits humains une interprétation scientifique. À l'âge du mystère, tous les faits sans cause évidente ont pour les humains un sens magique ou religieux. L'interprétation change, mais pas la réalité anthropologique qui la suscite. Le discours magique qui habille le rituel du don dans les sociétés premières ne doit pas nous masquer qu'il s'agit là d'une composante universelle du comportement humain qui opère donc aujourd'hui comme toujours.

Cette permanence est par exemple évidente dans nos relations de proximité. Non seulement entre amis comme au sein de la famille, nous faisons assaut de dons et contre-dons, et souvent de façon ritualisée à l'occasion des fêtes, mais en outre, nous savons bien que nos cadeaux emportent avec eux une part de nous-mêmes. Nous savons qu'en offrant une chose à quelqu'un nous lui demandons de nous faire une place en lui et que, dans le même mouvement, nous lui rendons la place qu'il a en nous, en sorte qu'il puisse à nouveau la reprendre en se donnant… et ainsi de suite. Nous connaissons aussi la gêne des cadeaux trop importants par rapport à ce que nous pourrons rendre, c'est-à-dire en réalité par rapport à la place que nous voulons bien faire à quelqu'un et à celle que nous désirons occuper en lui. Et, pour les mêmes raisons, nous pouvons redouter l'affection de ceux qui prétendent n'exister que par et pour nous. Car se donner en s'abandonnant soi-même à l'autre, en lui interdisant de nous rendre à nous-même, c'est l'envahir. En exigeant qu'il nous garde totalement, nous tentons de le posséder, nous visons une fusion qui, en détruisant notre singularité, anéantit aussi la sienne et lui interdit d'exister pour quelqu'un d'autre.

Mauss, en dévoilant le mode opératoire du don réciproque dans les sociétés primitives, a en fait mis en lumière une manière d'être universelle dans l'espèce humaine[100]. Ce qu'il ne pouvait pas connaître, et que nous comprenons aujourd'hui, c'est le rapport entre cette institution culturelle (le cycle du don), constituée pour ordonner la relation entre les groupes humains, et la constitution à la fois biologique et sociale d'un être singulier. Ce qui est institué dans le cycle du don est en effet la transposition de l'expérience intime de tout humain dans la construction de ses liens d'attachement à autrui, comme dans l'apprentissage

---

100. La modestie de Mauss, l'état embryonnaire des sciences de l'homme et de la société et le cloisonnement des disciplines ont longtemps fait obstacle à la compréhension de cette dimension universelle. À partir des années 1970, toutefois, Alain Caillé et Jean-Jacques Godbout, notamment, ont montré que la logique du don constituait un invariant anthropologique sur quoi on peut fonder un paradigme méthodologique en sciences sociales qui dépasse le champ ethnologique. Voir, à ce propos, Alain Caillé, *Anthropologie du don. Le tiers paradigme*, *op. cit.*

de la compétition avec ses pairs. L'attachement scelle une alliance sécurisante entre l'individu et sa figure d'attachement, si et seulement si ce qui est donné (la présence, l'attention, l'affection, les câlins, etc.) n'est pas gardé et peut être rendu pour être donné à nouveau. Le bébé ne peut avoir envie de retourner vers sa mère et en retirer du bien-être que s'il ne *garde* pas sa mère, s'en éloigne, revient vers elle qui le laisse se *rendre* à elle. Dans la construction de cette relation, l'enfant et la mère sont normalement soutenus par la chimie du cerveau qui nous dissuade de garder trop longtemps un objet d'attachement, sous peine d'intoxication (dégoût, ennui, engourdissement), et nous pousse à le rendre pour éprouver le plaisir de l'attendre et celui, plus grand encore, de le recevoir à nouveau. L'amour de la mère est comme l'esprit du *hau*, cet esprit de la forêt qui pour les Maoris est dans les biens donnés : il faut le rendre avant que celui qui le garde ne subisse quelque maléfice, il faut le rendre pour préserver et perpétuer la relation. Il est comme le ballon que se disputent les enfants : ceux-ci croient peut-être tous courir après le ballon, mais en vérité avoir ce ballon pour eux seuls ne présenterait aucun intérêt et leur attirerait la rancœur de tous les autres. La joie de toucher le ballon n'est vive que parce qu'elle est éphémère, parce que le ballon circule. Comme l'air qui devient irrespirable quand il ne circule plus, *tout ce qui met en relation les humains doit circuler entre eux pour leur éviter l'empoisonnement*. Que dit-on d'ailleurs à celui ou celle dont la présence devient envahissante : « j'ai besoin d'air », « tu m'empoisonnes » !

Quand le don ne circule plus entre la mère et l'enfant, quand il est remplacé par l'étouffement maternel, ou la négligence, voire la maltraitance, l'enfant n'apprend pas la « magie » de l'alliance. Manifestement, les enfants de nos lointains ancêtres, eux, l'avaient apprise. Les petits des premiers groupes humains grandissaient avec d'autres enfants et plusieurs adultes pour prendre soin d'eux et pallier la défaillance éventuelle d'une figure d'attachement. Dans ce monde sans orphelins, sans enfants abandonnés et sans possibilité de maltraitance cachée, il est plausible de supposer que l'attachement sécurisant ait largement dominé. Voilà peut-être la ressource inconsciente, commune à tous les premiers humains, où ceux-ci ont puisé l'idée de faire circuler entre groupes étrangers les dons qui circulaient déjà si bien au sein de leur communauté.

Pour résumer, la première dimension du don nous apprend ce qui circule réellement entre nous – et pourquoi – dans ce type de réciprocité: c'est notre être lui-même et celui d'autrui; c'est l'existence que nous partageons, parce qu'en la faisant circuler nous existons chacun davantage. Cette triple obligation de donner, de recevoir et de rendre la vie est la relation humaine première, celle qui unit les proches dans une alliance *pour être*, pour grandir. Avec les inconnus, les anciens ennemis, ceux dont on n'a apparemment pas besoin pour exister, il s'agit de sceller une alliance *pour la paix*. Il semble que les premiers humains, encore à l'abri de la rivalité pour l'espace et les ressources, aient tout naturellement conclu cette alliance pour la paix en reproduisant les modalités d'une alliance pour être. Traiter l'étranger comme un proche, le faire entrer dans la ronde de la coexistence était la façon la plus radicale, et peut-être la seule, de garantir la paix. Ce faisant, les humains gagnaient plus que la paix, ils créaient un nouveau cercle social, un espace élargi pour l'expansion de l'être. Néanmoins, l'étranger restait un étranger avec lequel la confiance relevait d'un pari: poser les lances et s'offrir désarmé à l'inconnu pour qu'à son tour il pose les lances et entre dans la ronde des dons. Le pari de la confiance reste aléatoire entre étrangers: ils ne peuvent compter sur l'empathie naturelle et la biologie de l'attachement qui soutiennent un tel pari entre proches. Aussi, l'alliance par le don ne saurait consister en une série aléatoire d'arrangements entre individus; elle tient parce qu'elle est la loi, l'institution d'un groupe qui assure à chacun que tous les autres entreront dans la ronde de la confiance réciproque, sauf à s'exclure de la communauté.

La force de la relation

C'est ici qu'intervient *la deuxième dimension du don: le rôle du tiers.* Dans le cycle décrit par Mauss, personne ne donne, ne reçoit ou ne rend à sa seule convenance, dans une sorte d'arrangement de gré à gré entre le donateur et le donataire. Il s'agit toujours d'un rituel codifié, d'une institution sociale. Il s'ensuit qu'en réalité celui qui donne ne donne pas à celui qui, éventuellement, reçoit le don: il donne à l'institution, à la société; comme on dit encore aujourd'hui, «il sacrifie à la tradition». Il est d'ailleurs fréquent que le rituel du don évite soigneusement le face-à-face entre le donateur et le donataire: on jette les offrandes à terre avec détachement, on les remet par-derrière, dans le dos du donataire, on donne à l'un pour qu'il donne à un autre, etc. Comme l'ont déjà montré de nombreux commentateurs, le don s'adresse en fait à un tiers dont l'existence est indispensable. Sans ce tiers, en effet, la relation de réciprocité se dénature aisément en simple échange entre deux individus, et perd sa vertu d'alliance entre les communautés. Cette dimension est liée à la précédente, à savoir la force de la chose donnée, l'esprit qui l'habite et qui veut revenir là où on l'a pris. Voilà le tiers: cet esprit, cette force propre de la relation qui agit indépendamment de la volonté du donateur et du donataire. Les acteurs sont comme agis par une force qui les dépasse. Ainsi, écrit Mark Anspach:

« Un tiers transcendant émerge à chaque fois, même si ce tiers n'est rien d'autre que la relation elle-même qui s'impose comme acteur à part entière[101]. » Nous retrouvons ici ce que nous avons déjà signalé dans le processus de développement d'un être singulier : la relation à autrui n'est supportable et ne soutient la croissance de l'enfant qu'en présence d'un tiers qui permet la circulation de l'être. Nous touchons bien là à un invariant anthropologique qui autorise à parler, avec Lucien Scubla, d'un « paradigme du tiers[102] ». Nous avons déjà rencontré cette nécessité du tiers dans notre développement sur la place de l'Autre, siège de l'autorité légitime, transcendante à l'individu, et sans quoi il se perd dans le vide d'une autonomie infinie.

Là encore, on peut établir un rapport entre les modalités de coexistence entre proches et les modalités de l'alliance entre étrangers. La nécessité et l'expérience premières du tiers se situent dans la construction de la personnalité de l'individu au milieu de la communauté des adultes et des enfants avec qui il grandit. Il s'agit alors de profiter du lien à autrui sans s'y étouffer : cela exige une relation circulaire qui évite le face-à-face toxique ; il me faut toujours un autre vers qui aller pour échapper à celui avec qui je suis et avoir envie de retourner vers lui. À force d'allers et retours rassurants, *c'est peu à peu la relation elle-même qui devient objet d'attachement* parce qu'elle est agréable : je n'aime pas seulement la figure d'attachement, j'aime ce qui circule entre nous (parce que ça circule justement !), j'aime l'amour en quelque sorte et cela me conduit à faire des choses, non plus seulement

101. *À charge de revanche. Figures élémentaires de la réciprocité*, *op. cit.*, p. 5.

102. Lucien Scubla, « Jamais deux sans trois ? Réflexions sur les structures élémentaires de la réciprocité », in *Logiques de la réciprocité*, Cahiers du CREA, n° 6, 1985.

et directement pour l'autre, mais aussi pour la relation. Cette «mise en tiers» de la relation présente un triple avantage existentiel:

– elle installe une distance avec l'autre qui préserve mon intimité, comme celle de l'autre et, par là même, la consistance et l'intérêt de la relation;

– elle facilite le don de soi sans abandon de soi: chacun ne se donne pas à un autre (avec ce que cela comporte d'anéantissement de soi, de soumission), mais à la relation qui, en retour, lui rend bien plus que ce qu'il a donné;

– elle aide à grandir en s'élançant dans de nouveaux cercles sociaux: si la relation a un intérêt en soi, indépendamment des personnes, j'hésite moins à nouer des relations avec des personnes nouvelles et moins proches.

C'est aussi par une mise en tiers de la relation que s'institue la place de l'Autre, l'autorité légitime qui peut guider les choix, définir les limites. L'autorité se construit, non parce qu'un enfant se trouve soumis à l'ordre d'un autre (son père, sa mère) – ce qui est en réalité une situation très angoissante pour un humain –, mais quand l'ordre est compris comme *une loi fondée sur autre chose que la seule volonté d'un autre particulier*. C'est bien ce que, dans le meilleur des cas, les parents essaient d'apprendre à leurs enfants: il faut faire ceci ou ne pas faire cela, non parce que moi (ton père ou ta mère) je le veux, mais parce que c'est ainsi dans la société où l'on vit, c'est ce qui permet de respecter autrui et de s'en faire respecter, c'est ce que Dieu veut, ou la tradition, etc. L'enfant peut alors, toujours dans le meilleur des cas, comprendre qu'en obéissant il ne renonce pas à exister face à une volonté qui veut l'écraser, mais donne quelque chose à un tiers protecteur qui en retour lui procure la sécurité d'être reconnu parmi les siens. Ainsi se remplit la place de l'Autre, ce tiers qui accompagnera et guidera l'individu quand ses proches ne seront plus là pour le soutenir.

Il est encore une autre fonction du tiers, qui est liée à *la troisième dimension du don: la logique de l'honneur.* Le fait de donner au tiers (le groupe, l'institution, la relation, etc.) évite ou atténue l'humiliation qu'il y a à recevoir le don d'un étranger sans lui rendre aussitôt l'équivalent. Car le don est un défi lancé à l'autre. Celui qui s'avance désarmé face à l'étranger pour lui offrir un cadeau dit en substance: «Je suis plus fort et plus courageux que toi qui tiens ta lance à la main; auras-tu autant de courage que moi?» Et, pour relever ce défi et ne pas perdre la face, il ne suffira pas de faire la même chose, il faudra faire davantage en donnant plus encore, comme pour dire: «C'est moi qui suis plus fort que toi; pourras-tu t'élever à ma hauteur?» Mauss a particulièrement souligné cette logique de l'honneur qui fait aussi du cycle du don un processus de compétition pour la reconnaissance sociale: «Concurrence, rivalité, recherche de la grandeur et de l'intérêt, tels sont les motifs divers qui sous-tendent tous ces actes[103].» Le rang social et la valeur se mesurent à ce que l'on donne; ils se mesurent aussi au dédain affiché pour ce que l'on donne, car celui-ci atteste que notre être vaut bien plus que la chose donnée: «Le donateur affecte une modestie exagérée: après avoir amené solennellement, et à son de conque, son présent, il s'excuse de ne donner que ses restes et jette au pied du rival et partenaire la chose donnée[104].» Et nous-mêmes, dans les grandes cités modernes, après avoir éteint les lumières, allumé des bougies et chanté, en procession solennelle, «joyeux anniversaire», nous nous excusons de la modestie de nos présents: «Ce n'est rien, ce n'est pas grand-chose...» Façon de rappeler que le présent n'est que le support d'un don bien plus précieux, le don

103. *Essai sur le don*, *op. cit.*, p. 187.
104. *Ibid.*, p. 177.

de nous-mêmes dont nous espérons la reconnaissance par autrui.

Là encore, soulignons la différence et le rapport entre les liens d'attachement et les autres liens sociaux. Dans les premiers, ce que nous échangeons à travers les présents c'est de l'affection. Et c'est pourquoi seule la chose *donnée* est dédaignée pour manifester que notre affection vaut plus qu'elle. À l'opposé, la chose *reçue* est exagérément valorisée par le donataire : à notre « ce n'est rien » répond un « non, c'est trop ». Le présent entre amis, amants et parents, entre ceux dont la coexistence est plus évidemment nécessaire et précieuse, exige en retour la reconnaissance immédiate de la haute valeur de l'affection offerte par le donateur. En revanche, entre étrangers et rivaux, on affecte plus souvent du mépris ou de l'indifférence pour la chose reçue ; celle-ci est mieux acceptée si elle vient du groupe, de l'institution (bref, du tiers) et non d'une personne particulière (de nos jours, la prestation sociale est mieux reçue que l'aumône). C'est qu'il ne s'agit pas ici d'échanger de l'affection mais d'éviter la guerre. Entre inconnus, la compétition pour l'existence est plus vive et non tempérée par l'attachement ; les dons et contre-dons sont alors le support d'une rivalité pour la reconnaissance sociale et pour la manifestation de son rang.

Entre communautés, entre étrangers, la rivalité par le don est donc aussi une compétition pour le pouvoir sur autrui, pour la prééminence. Dans les sociétés primitives, le pouvoir est de fait réparti en fonction de la richesse, puisque celui qui est plus riche peut donner plus et s'en trouve plus grand, tandis que celui qui donne moins est rabaissé à un rang subalterne. Mais dans la compétition pour l'attachement comme dans la rivalité pour la grandeur et le pouvoir, aussi différentes soient-elles, c'est un même fond universel de la motivation humaine qui s'affirme. Construit dans le lien et la relation à autrui, l'être singulier ne peut être davantage et grandir que par la reconnaissance d'autrui, par sa capacité à occuper une place en lui.

Une économie humaine

Pour chacune des trois dimensions du don (la magie de la chose donnée, le rôle du tiers et la logique de l'honneur), on est aussitôt frappé, comme le fut Mauss lui-même, par le mélange dissonant d'extrême distance et d'absolue proximité entre notre société contemporaine et les sociétés premières. Distance entre la logique du don et celle de la maximisation du profit monétaire, entre la circulation nécessaire des biens et leur accumulation privative, etc. Mais proximité de tous les humains dans leur manière d'être entre eux (échange des présents, logique de l'honneur, avidité de reconnaissance sociale, besoin d'un tiers transcendant, etc.).

Ainsi semblent se dessiner les traits d'une *économie humaine*, *i.e.* une organisation de la production et de la distribution des biens nécessaires à la vie, qui ne constitue pas une sphère autonome de la société, mais se trouve entièrement façonnée par la nature sociale de l'être humain. C'est Karl Polanyi qui a le mieux souligné cette caractéristique des économies primitives. En 1944 (vingt ans après l'*Essai sur le don*), dans *La Grande Transformation*, Karl Polanyi montre que, jusqu'à l'avènement de la société industrielle au XIXe siècle, l'économie suit encore un modèle primitif en ce sens qu'elle est d'abord le support des relations sociales. C'est en effet seulement avec la transformation du travail et de la monnaie en marchandises, et avec l'extension du mobile du gain, que le « marché » commence à prendre sa signification et son importance contemporaines. Avant cela, et quasiment depuis la révolution néolithique, il existait bien des échanges marchands et des lieux d'échanges qu'on pouvait qualifier de marchés, mais jamais rien de tel qu'une économie principalement déterminée par le mobile du gain et par la fixation des prix sur les marchés.

En fait, explique Polanyi, bien que les sociétés traditionnelles, au cours des 10 000 dernières années, instituent la monnaie et le commerce marchand, leur économie fonctionne encore largement selon les principes des sociétés primitives. En premier lieu, l'économie n'est jamais une sphère d'activité autonome : elle est « encastrée » dans la société, elle n'est qu'un support des liens de réciprocité qui unissent les membres de cette société. En deuxième lieu, les mécanismes de marchés concernent surtout le commerce extérieur, le commerce lointain ; les relations économiques de proximité restent dominées par des relations de réciprocité générale, par le partage et la redistribution. Enfin, et surtout, le mobile du gain marchand reste marginal. Tant que l'économie est encastrée dans une société qui garantit à chacun une vie décente pourvu qu'il remplisse ses obligations envers elle, l'intérêt économique individuel ne présente précisément guère d'intérêt. Et c'est ainsi depuis la nuit des temps dans les communautés humaines, comme l'explique Polanyi à propos des sociétés tribales : « L'intérêt économique de l'individu l'emporte rarement, car la communauté évite à tous ses membres de mourir de faim, sauf si la catastrophe l'accable elle-même, auquel cas c'est encore collectivement, et non individuellement, que les intérêts sont menacés. D'autre part, le maintien des liens sociaux est essentiel. D'abord parce qu'en n'observant pas le code admis de l'honneur ou de la générosité, l'individu se coupe de la communauté et devient un paria ; ensuite, parce que toutes les obligations sociales sont à long terme réciproques, et qu'en les observant, l'individu sert également au mieux ses intérêts "donnant-donnant"[105]. »

Si le mobile du gain devient important dans l'économie de marché moderne, c'est que cette dernière rompt le lien social autrefois indissoluble entre l'individu et la société. Quand on ferme l'accès des terrains communaux aux paysans pauvres, ceux-ci ne peuvent survivre que s'ils trouvent à « vendre » leur travail sur un « marché du travail ». Quand un « marché monétaire » permet de gagner de l'argent avec de l'argent, et d'accéder ainsi aux biens sans satisfaire à aucune obligation sociale, la quête du maximum d'argent devient un mobile évident. Ainsi, l'histoire nous apprend que le mobile du gain marchand n'a jamais été un mobile « naturel » de l'être humain. Ce mobile est un avatar très récent de l'aventure humaine, directement engendré par une série de transformations institutionnelles qui font dépendre la survie des individus de leur capacité à gagner de l'argent.

L'ennui majeur de cette transformation est qu'elle ne s'applique pas à des robots inanimés qu'il suffirait de reprogrammer pour fonctionner dans un nouvel environnement. Elle s'impose à des humains incapables de se reprogrammer en êtres asociaux qui ne dépendraient plus de leurs liens pour être eux-mêmes. Après des millions d'années de rites inventés pour éviter la rivalité mimétique (la lutte pour l'appropriation des mêmes biens) – parce que rien n'est plus important pour un humain que de préserver ses liens sociaux –, voici l'humanité livrée à la compétition permanente pour l'argent. On pourra faire une longue liste des avantages non négligeables associés à ce nouveau système : cela n'effacera pas le fait que le prix à payer pour ces avantages est l'imposition de

105. Karl Polanyi, *La Grande Transformation. Aux origines politiques et économiques de notre temps* (1944), Gallimard, 1983, p. 75.

relations inhumaines (*i.e* contraires à notre nature). *Le défi pour une économie humaine est d'imaginer comment nous pourrions préserver les avantages d'une économie monétaire moderne en restaurant l'humanité des relations économiques.*

Il faut préciser ici ce que j'entends par « relations inhumaines ». On sait, ô combien !, que les humains peuvent s'adonner à la compétition marchande la plus virulente, mais tout comme ils peuvent s'adonner à la dépression, à la servitude volontaire, à la violence, bref à toutes sortes d'états et de comportements qui manifestent un fonctionnement pathologique et non le fonctionnement habituel d'un individu qui a grandi et vit dans un environnement adapté au développement personnel. Et, en disant cela, je ne condamne pas la compétition en soi. D'une part, on a vu plus haut dans quelles conditions la compétition peut constituer un élément favorable au développement personnel comme à la cohésion sociale. D'autre part, mon discours n'est pas moral. Je pose seulement un constat anthropologique : le fait que les humains s'adonnent à un comportement quelconque n'est jamais la preuve que celui-ci est le plus adapté à leur nature. Car la nature de l'être humain résilient est précisément de s'adapter à n'importe quel modèle contre nature afin de moins souffrir du stress nourri par ce modèle. Ce n'est pas parce que les êtres humains savent bien faire la guerre qu'au fond ils ne préfèrent pas vivre en paix !

Un système quelconque qui s'efforce d'assurer la conciliation entre les aspirations ontogénétiques de tout individu (« être soi » et « être avec ») est « humain » : il s'efforce d'épouser le mouvement même de la vie humaine qui est de concilier le besoin d'attachement à autrui et le besoin d'épanouissement de soi, qui est d'éviter la souffrance psychique liée à tout déséquilibre, à toute dissociation de ces deux aspirations. Un système qui introduit une tension systématique et permanente entre ces aspirations est selon moi « inhumain ». Je suis ici en bonne compagnie. Polanyi nous rappelle en effet que, voici presque 2 500 ans, Aristote avait compris que l'apparition d'une production en vue de l'accumulation de richesses était contre-nature : « En dénonçant le principe d'une production en vue du gain "comme non naturelle à l'homme", comme sans bornes et sans limites, Aristote mettait en fait le doigt sur le point crucial : le divorce entre un mobile économique séparé et les relations sociales auxquelles ces limitations étaient inhérentes[106]. »

Les preuves contemporaines de la tension entre l'intensification de la compétition marchande et la nature humaine sont légion[107] : stress, dépression, harcèlement, suicide sont autant de pathologies de la compétition exacerbée désormais recensées dans des centaines d'enquêtes et rapports de médecins, de sociologues ou de psychiatres. Ces tensions, ces pathologies indiquent que notre nature d'être social, qui existe d'abord par la qualité de sa relation à autrui et par la reconnaissance sociale, n'est pas effaçable par un système qui veut s'en affranchir. Nous fonctionnons toujours selon les principes d'une psychologie forgée dans les communautés de chasseurs-cueilleurs régies par le cycle du don.

Alors, certes, aujourd'hui, dans une société de marché, la logique du don ne régit manifestement plus les relations économiques et sociales. Mais elle reste essentielle partout où l'échange marchand n'est pas encore institutionnalisé, en particulier dans les relations familiales ou amicales, et sur les lieux de travail, dans les relations privées entre collègues. Il est par ailleurs évident que des logiques primitives restent actives même dans les

106. *Ibid.*, p. 85.
107. Cf. *La Dissociété*, *op. cit.*, chap. 4 et 10.

motivations qui sous-tendent la compétition économique moderne. Il ne faut pas gratter longtemps le mobile de l'argent pour deviner celui de l'honneur. Pourquoi diable les traders et autres PDG déjà multimillionnaires se battent-ils pour gagner un million de plus, un million parfaitement superflu en termes de bien-être matériel, si ce n'est parce que la nature réelle de leur compétition consiste en une rivalité pour la grandeur, pour l'existence aux yeux d'autrui?

L'hypothèse qui paraît ici la plus rigoureusement fondée est que *notre fonctionnement psychique et notre manière d'être parmi les nôtres et en société constituent des invariants anthropologiques. En passant de la société primitive de chasseurs-cueilleurs à la société sédentaire traditionnelle puis à la société moderne, ce n'est donc pas la nature humaine qui a changé, mais la culture et les institutions façonnant la société et régulant les comportements.* Tandis que les sociétés premières ont adopté des cultures et des institutions plus directement liées au fonctionnement biologique et psychologique des humains, les sociétés développées depuis quelques milliers d'années ont peu à peu distendu ce lien entre nature et culture humaines. D'ailleurs, comme le soulignait Foucault dans *Les Mots et les Choses*[108], c'est seulement dans ces dernières sociétés qu'est apparu le concept de «nature» et sa distinction d'avec la «culture». Mais cette distinction n'a viré au divorce qu'avec l'essor de l'économie de marché moderne. Il a donc fallu encore 10 000 ans, après l'abandon de la vie de chasseurs-cueilleurs, pour rompre vraiment le lien entre nature et culture humaines. C'est dire si l'être social fait de la résistance! Certes, l'économie moderne ne pourra pas revenir à l'âge de pierre, à l'économie des chasseurs-cueilleurs. Mais nous devons

108. Michel Foucault, *Les Mots et les Choses*, Gallimard, 1967.

affronter cette évidence que *notre façon d'être s'est stabilisée à l'âge de pierre et que, si nous pouvons souffrir (dans tous les sens du terme) un système contraire à notre humanité, nous ne pourrons jamais cesser d'être des humains. Ce n'est donc pas nous qui changerons dans le siècle qui s'ouvre, mais le système, inéluctablement*. Pour que ce changement n'emprunte pas la voie de réactions incontrôlables, mais celle d'un projet de société soutenable, il est urgent de recenser les traits invariants de notre humanité auxquels une société humaine devra par définition s'adapter.

Je vais donc à présent, dans un premier bilan de mon enquête anthropologique, lister les éléments de cette nature humaine susceptible d'être accompagnée ou contrariée par le développement de la société. Ce qui suppose, au préalable, de préciser dans quelle mesure les connaissances recensées jusqu'ici autorisent à parler d'une « nature humaine ».

Nature et culture humaines

S'il existe des invariants anthropologiques, on peut se risquer à parler d'une « nature » humaine, sous trois conditions : 1) nous laissons de côté le débat philosophique ou métaphysique sur la nature humaine (l'origine de la vie, l'existence de l'âme, le sens de la vie humaine, etc.); 2) cette nature n'est pas seulement biologique (génétique), elle est biologique et sociale (ou relationnelle), comme l'a notamment montré notre discussion sur la formation de la personnalité; 3) « nature » ne désigne pas l'inné par rapport à un acquis qui serait culturel : notre nature, on l'a vu, est précisément d'être construits dans une histoire de relations et de communications qui interagissent avec nos prédispositions.

Par « nature humaine », on entend donc *des fonctionnements de l'être humain, invariants dans leur mécanisme mais d'une variété infinie dans leurs manifestations*, parce que celles-ci résultent de l'interaction complexe de multiples facteurs (génétiques, familiaux, culturels, institutionnels, etc.), dans le contexte singulier d'une histoire personnelle unique, elle-même encastrée dans une histoire collective particulière. Par exemple, le mécanisme de l'attachement entre mère et enfant est, en ce sens, « naturel ». Mais le type d'attachement qui prévaudra dans une famille, à un moment donné et dans une société donnée, n'est pas naturel : c'est le produit d'une histoire et d'une culture singulières. Autre exemple, la propension des humains à utiliser des objets comme support de leur relation est naturelle. L'usage d'un objet transitionnel comme substitut à la présence de la figure d'attachement est universel, les dons et contre-dons de présents sont universels. En revanche, l'échange marchand n'a rien de naturel, c'est un usage des biens spécifique à des époques données et à des sociétés particulières.

On doit aussi préciser le rapport entre nature et culture. On dit parfois qu'en l'absence d'évolution génétique de l'*homo sapiens*, toute évolution humaine est, probablement depuis plusieurs dizaines de milliers d'années, uniquement culturelle. Cette opposition simple entre nature et culture fait sens à condition de limiter le concept de nature humaine à notre patrimoine génétique. En revanche, si l'on entend par nature les invariances du fonctionnement humain (qui ne sont pas seulement déterminées par les gènes), le rapport entre nature et culture est plus complexe. Dans la mesure où l'invariant anthropologique par excellence est le poids déterminant des relations à autrui dans la construction d'un être humain, on peut soutenir qu'il est dans notre nature d'être des animaux « culturels », c'est-à-dire très largement influencés par la culture (*i.e.* l'ensemble des comportements, des idées, des croyances, des productions, caractéristiques du milieu humain dans lequel nous grandissons). Ainsi sommes-nous par nature des êtres culturels!

On est donc tenté de dépasser le clivage trop simple entre culture et nature, s'il s'agit de souligner qu'aucune des manifestations de la vie humaine n'est soit culturelle, soit naturelle, mais qu'elle est toujours l'effet d'une interaction nature-culture. Cela dit, la distinction entre les deux concepts demeure, en ce sens que l'interaction en question peut affecter les *manifestations* de la vie humaine, mais pas un certain nombre de *fonctionnements* d'un être humain dont nous disons pour cette raison qu'ils constituent sa nature. La culture peut ainsi modifier les règles prévalentes dans l'éducation d'un enfant et, du même coup, les comportements présents et à venir de celui-ci; mais elle ne peut rien changer au fait qu'un enfant accepte mieux et profite plus de l'autorité dans le cadre d'un attachement sécurisant que dans un cadre violent ou négligent. La culture peut encore nous faire croire que le mérite personnel se mesure au temps de travail et à la richesse ou, au contraire, au temps consacré aux activités bénévoles et à la pauvreté; mais, dans ces deux options, c'est une seule et même passion des humains pour la reconnaissance par autrui qui les conduira à se conformer à la culture dominante.

Puisque je soutiens qu'un discours politique visant le progrès humain doit se fonder sur ce que nous savons des invariants anthropologiques composant la nature humaine, je dois, avant de recenser ces invariants, répondre à une objection évidente: n'est-il pas aussi souvent nécessaire, au nom du progrès humain, de contrarier la nature humaine? Ainsi, dira-t-on, l'humanité se distingue de l'animalité précisément parce que la culture réprime des pulsions naturelles qui conduisent au meurtre, au viol, à la prédation, etc. Mais cette objection repose sur le postulat faux que ces diverses formes de violence sont dans la nature humaine. Or, tous les savoirs sur l'être humain recensés dans ce chapitre et le précédent nous montrent le contraire. Tout indique, par exemple, qu'un enfant grandi dans une relation normale avec sa mère et son entourage sera sociable et horrifié par les violences envers ses semblables. Et le modèle social qui, durant des millions d'années, a fourni le cadre de l'évolution humaine s'est caractérisé par l'extension de la coopération et de la solidarité, par la régulation de l'agressivité, par la substitution de la religion à la compétition mimétique.

L'erreur de l'objection en débat est de confondre nature humaine et pulsions génétiquement déterminées. Or, répétons-le, la nature humaine est un ensemble de fonctionnements construits dans la relation à autrui et dont l'effet premier est de réguler les pulsions, particulièrement quand celles-ci menacent la cohésion du groupe. Et rappelons aussi le résultat incontesté de l'éthologie humaine : aucun comportement, criminel ou non, n'est génétiquement codé. Par conséquent, réprimer le crime, ce n'est pas contrarier la nature, c'est au contraire le mouvement le plus naturel du monde dans l'éducation humaine. La violence antisociale est toujours une pathologie liée à une éducation défectueuse, éventuellement renforcée par une pathologie sociale (*i.e.* un modèle social qui aggrave les facteurs de comportement antisocial au lieu de les combattre). Par ailleurs, si la rivalité mimétique décryptée par René Girard fait bien partie des invariants anthropologiques, ses modalités variées de régulation, tant au sein d'un petit groupe humain qu'entre des communautés étrangères (par le jeu, les sacrifices rituels, la religion, etc.), montrent que, jusqu'à une époque récente, elle a surtout suscité le renforcement et la ritualisation de l'alliance entre les hommes.

Le fait est que la coopération intracommunautaire et la paix intercommunautaire ont largement prédominé au-delà même de l'époque où se sont fixées les caractéristiques de notre espèce, l'*homo sapiens sapiens*. C'est en effet à partir du développement de grandes cités et de grandes civilisations que la violence intérieure et la guerre sont devenues des traits ordinaires des sociétés humaines. La violence n'est donc pas dans la nature d'une espèce qui a vécu pacifiquement des millions d'années durant, mais l'effet d'une politique de développement des sociétés qui n'a pas su ou pas pu s'inspirer de cette nature. Ceux qui, aujourd'hui encore, accusent la prétendue violence naturelle des humains et le gène de la délinquance cherchent précisément à dédouaner la société de sa responsabilité, à occulter les causes sociales de la violence, pour justifier la construction de prisons et la réduction des dépenses sociales.

En bref, l'objection à ma prétention de fonder une politique respectueuse de la nature humaine repose sur la prétention de fonder cette politique sur une conception fausse de la nature humaine, cette conception typiquement moderne qui voit dans l'être humain un individu naturellement dissocié d'autrui, égoïste et prédateur. Cette objection écartée, nous pouvons enfin dresser un bilan des invariants anthropologiques mis au jour jusqu'à ce point de notre enquête.

Bilan résumé des fondements anthropologiques

Afin de pouvoir nous y référer aisément dans le reste de l'ouvrage, nous numérotons les résultats résumés ci-après (avec un «F» pour «fondements» suivi d'un numéro d'ordre).

F1. *L'humain est un être social, i.e.* dont la conscience, les capacités physiques et cognitives, la sociabilité, la personnalité, la vulnérabilité, la résilience, les manières de sentir et de penser, etc., se construisent et évoluent dans et par la relation et la communication avec les autres.

F2. *Aucun comportement n'est génétiquement codé.* Hormis bien sûr quelques cas graves d'anomalie neurologique, l'effet de toute prédisposition dépend de son interaction avec le milieu familial, la condition sociale, le milieu scolaire, l'environnement culturel, etc.

F3. *Deux aspirations indissociables: «être soi», «être avec» autrui.* La biologie de l'attachement conduit tout individu à chercher une alternance et un équilibre entre le plaisir d'être soi-même, être singulier explorant les possibilités offertes par son environnement, et le plaisir d'être avec et uni à d'autres. Un développement perturbé et/ou une pression du milieu peuvent conduire l'individu au basculement pathologique vers l'une seulement des deux faces de son désir d'être: l'obsession de soi (repli, narcissisme, sentiment de toute-puissance du moi, etc.) ou bien, à l'opposé, l'obsession du lien (fantasme d'unité fusionnelle, amour possessif, hantise du conflit, etc.).

F4. *Nature de la liberté humaine.* L'enfant ne cherche pas à être «libre» mais à grandir (être soi à la conquête du monde extérieur) sans perdre la sécurité et le bonheur des liens (grandir avec les siens). *Le droit et la possibilité de grandir selon ses vues, sans devoir pour cela détruire les liens qui le constituent, représentent la liberté réelle pour un humain.* Avant d'être une conquête de l'individu, cette liberté est toujours un don d'autrui, un don de la société dans laquelle grandit l'individu.

F5. *La liberté réelle est construite par les liens.* L'individu échappe au risque d'étouffement psychique dans des liens particuliers, non pas en détruisant ces liens, mais en nouant d'autres liens. L'attachement sécurisant à autrui ne détruit pas la liberté, il la crée, en ce sens qu'il donne le courage et le goût de l'exploration du monde et des autres relations possibles. L'expérience de cette sécurité stimulante incite l'individu à multiplier et à diversifier ses liens sociaux dans différents cercles de relations. Le sous-produit involontaire de ce processus est un moi solide d'autant plus libre et autonome, par rapport à un être ou un cercle social particulier, qu'il est soutenu par ses liens avec une multitude d'êtres et de cercles sociaux.

F6. *Singularité et conformisme.* Le sentiment d'exister d'un être social est simultanément soutenu par le sentiment de sa singularité (et donc de ses différences) et par le fait que d'autres le reconnaissent comme leur semblable. L'être social tend donc à affirmer sa singularité par les multiples façons qu'il choisit pour être semblable aux autres, dans des cercles sociaux diversifiés. Le conformisme communautaire apparaît comme un penchant naturel, attesté par la clique d'adolescents, la bande de copains, les modes collectives, les fiertés de clocher, la permanence des sous-cultures locales dans les grandes sociétés, etc. Ce penchant, loin d'être en soi un obstacle à l'individuation, peut être son instrument, dans la mesure où l'individu articule à sa guise un ensemble varié d'appartenances, une multiplicité de conformismes. La variante pathologique de ce penchant est l'enfermement communautaire, qui exclut la diversité des appartenances et pervertit l'amour du semblable en haine du dissemblable.

F7. *Pas d'initiative sans sécurité.* La capacité d'un individu à prendre des initiatives et des risques est une fonction directe du sentiment de sécurité procuré par ses liens.

F8. *Souffrance psychique et résilience.* Tout événement traumatisant ou toute situation durablement contraire aux aspirations de l'être peuvent engendrer un débordement de la conscience par les émotions et un stress excessif qui plongent l'individu dans un état de détresse grave. Mais la plupart des individus sont normalement *résilients*, *i.e.* ils mobilisent spontanément des ressources pour surmonter et éviter la souffrance psychique, voire transformer en source de bien-être la situation susceptible de causer cette souffrance. Par conséquent, l'absence de résistance ou la collaboration volontaire à un système quelconque ne manifestent pas toujours la conformité de ce système aux aspirations des individus; elles peuvent tout autant constituer un mécanisme de défense contre la souffrance psychique engendrée par ce système. Si l'offre politique disponible n'ouvre aucune voie crédible de résistance collective à un système social inhumain, la plupart des individus préféreront la réaction résiliente à la mobilisation politique pour la transformation du système.

F9. *Malléabilité de l'être.* L'empreinte laissée dans le cerveau par des expériences et des relations inadéquates peut être atténuée ou remplacée par une nouvelle empreinte, particulièrement durant l'enfance et l'adolescence. Il s'ensuit que presque tout ce que de mauvaises relations ont «abîmé» dans la construction d'une personnalité peut être réparé ou amendé par de nouvelles et meilleures relations. Corollaire: le simple regroupement des enfants difficiles ou des délinquants tend à aggraver les méfaits d'une histoire déjà problématique, en pérennisant ou renforçant des relations inadéquates.

F10. *Le poids des mots et des représentations.* L'être humain est particulièrement sensible aux paroles et aux représentations qu'elles suscitent. Le discours et les idées constituent donc un instrument remarquable d'influence sur l'état et le comportement des individus (pour le meilleur comme pour le pire).

F11. *La force des communautés symboliques* (corollaire de F5 et F10). La propension de l'individu à étendre son espace de socialisation le conduit à éprouver un sentiment d'appartenance à des cercles de relations symboliques (à son pays, à l'humanité, à son ethnie, à sa culture régionale, à sa communauté religieuse, etc.). Il est démontré que ces liens symboliques peuvent être aussi forts et aussi douloureux à dénouer que les liens directs noués avec des proches.

F12. *Empathie et mimétisme.* Les humains sont biologiquement prédisposés à l'empathie, *i.e.* pour comprendre et ressentir ce que font, pensent et ressentent les autres. Cette prédisposition peut être stimulée ou inhibée par l'histoire relationnelle de l'individu. La faculté d'empathie intervient probablement dans la pulsion mimétique (désir de faire et d'être comme autrui). Le mimétisme a deux effets contradictoires : il renforce l'association humaine (plaisir d'être ensemble pour faire la même chose); il déclenche une compétition agressive (désir de posséder la même chose, ou « rivalité mimétique »).

F13. *Agressivité et comportements antisociaux.* L'agressivité est un instinct de défense et non de prédation ; au sein d'une même espèce, elle est stimulée par la rivalité mimétique; la plupart des espèces ont développé des mécanismes de dérivation et d'inhibition de l'agressivité. Chez les humains, la régulation de l'agressivité n'est pas génétique, mais sociale: elle consiste en rites et habitudes transmis par l'éducation. Les comportements violents et antisociaux manifestent donc une défaillance dans l'apprentissage de la limite et de la loi; ils peuvent aussi résulter ou être aggravés par une défaillance de la culture, des conventions et des institutions énonçant et légitimant les interdits.

F14. *Autorité d'un tiers et transcendance.* La nécessité de la loi va au-delà de l'indispensable régulation de la rivalité. La reconnaissance d'un tiers dont l'autorité transcende la volonté individuelle est aussi une nécessité psychique. Quand tout est possible, quand rien n'est vrai ou faux, l'enfant n'a pas une liberté infinie, mais une angoisse infinie face à un monde vide de repères, où il ne peut compter que sur lui, alors même qu'il attend encore tout des autres. Il n'y a pas de liberté réelle sans la reconnaissance d'une autorité légitime qui, non seulement pose des repères, mais apprend aussi à gérer le manque et la frustration. Il faut donc que le siège de l'autorité légitime dans la conscience – la «place de l'Autre» – soit occupé par quelqu'un en qui l'enfant peut avoir confiance (la mère, le père, Dieu, etc.). *L'émancipation de l'individu ne peut donc consister à vider cette place de l'Autre, ce qui le livre seulement à l'angoisse et à l'indétermination; elle ne peut consister qu'à le laisser grandir en sorte qu'il devienne capable de choisir ce qu'il met à cette place* (une morale laïque, une idéologie politique, une loi religieuse).

F15. *L'éducation démocratique.* Le don de la loi, de l'autorité légitime, nécessaire au développement de l'individu, s'effectue au mieux dans un cadre où la clarté des règles sociales va de pair avec un attachement sécurisant, une attente forte des parents et une intense communication entre enfants et parents ou éducateurs. Une punition n'est utile à l'individu comme à la société que si elle est comprise, donnée sans haine et sans violence, et ouverte sur une possibilité d'amendement. La violence physique ou morale n'a jamais de vertus éducatives; elle favorise le rejet de la loi et les comportements antisociaux.

F16. *Bienfaits et méfaits de la compétition dans l'enfance.* Dérivé d'un instinct de lutte pour la survie, le plaisir de la compétition peut, à travers le jeu entre pairs, favoriser la régulation de l'agressivité et constituer un moyen de concilier l'affirmation de soi et le plaisir d'être avec les autres. Ce bienfait existentiel et social suppose toutefois que l'objet de la compétition circule entre les compétiteurs dans un cadre où chacun à son tour peut espérer la victoire. Il exige en outre que la performance attendue des compétiteurs soit adaptée à leurs capacités. Un climat de compétition permanente et d'exigences démesurées, dans lequel certains enfants sont systématiquement perdants, entraîne chez ces derniers un déficit d'estime de soi et un excès de frustration qui augmentent la probabilité d'un comportement antisocial (renfermement et/ou agressivité).

F17. *Bienfaits et méfaits de la compétition hors du cercle familial ou amical.* La compétition est ici d'abord une compétition pour la reconnaissance, pour la grandeur, pour la prééminence, quel que soit l'objet concret qui se trouve en jeu. Cela implique notamment que *l'appât d'un gain matériel n'est pas un ingrédient naturellement nécessaire à l'émulation par la compétition*; l'intérêt matériel (ou financier) est seulement l'un des habillages culturels et contingents de l'intérêt universel pour la reconnaissance. Par ailleurs, la compétition entre étrangers n'étant pas tempérée par l'attachement et le plaisir spontané d'être ensemble (propres à la compétition ludique entre proches), elle est potentiellement plus violente et tourne aisément à la guerre, en l'absence de conventions et d'institutions sociales (dont le rituel du don est une illustration remarquable). Là encore, *les vertus sociales de la compétition pour la reconnaissance et la grandeur supposent la circulation et non l'accumulation des objets qui leur servent de support.* Autrement dit, dans la compétition socialement bénéfique, les gagnants ne gardent que la grandeur (la reconnaissance sociale de leur mérite) et rendent les biens supports de la compétition.

F18. *L'inhumanité du face-à-face.* Dans le fonctionnement psychique de l'individu comme dans les relations d'attachement ou de compétition avec les autres, tout semble indiquer *un rapport nécessaire à un tiers*, l'impossibilité du face-à-face pur : la place de l'Autre indispensable à notre équilibre psychique, la triade nécessaire pour constituer une relation sociale, l'institution médiatrice indispensable au cycle du don, etc. Chacun fait très simplement l'expérience quotidienne de la répulsion pour le face-à-face : dès que nous sommes contraints à la proximité physique immédiate avec des étrangers (dans un ascenseur, un bus, une rame de métro, etc.), nous évitons le regard des autres, nous retenons notre respiration, nous faisons tout pour nous « effacer » justement. Nous savons par ailleurs que la transgression de cette règle d'effacement sera perçue par autrui comme une intrusion menaçante, et, chez les individus dont le développement personnel n'a pas assuré une régulation normale de l'agressivité, un simple regard peut déclencher l'attaque. Le face-à-face, c'est littéralement l'affrontement (le front à front) et ce n'est pas pour rien si ce mot désigne une lutte et non un geste amical. La répulsion pour le face-à-face a quelque chose à voir avec l'instinct animal qui déclenche le stress et l'agressivité la plus violente quand il n'y a pas d'issue, pas de voie ouverte pour la fuite. Le tiers réel ou symbolique, dans une relation, sert ainsi d'abord à offrir à chacun cet espace d'évasion, sans quoi il sera, selon sa chimie spécifique, soit tétanisé dans la soumission à l'autre ou simplement étouffé, soit poussé à l'agression. Dans une société qui attache de plus en plus d'importance à l'individualisation des relations économiques, aux accords de gré à gré entre individus, entre patron et salariés, etc., il n'est pas vain de méditer le fait que deux humains ne peuvent soutenir bien longtemps un face-à-face.

F19. *L'économie humaine.* Toute l'évolution de l'espèce humaine s'est réalisée dans un cadre économique régi par la réciprocité, le partage et la redistribution collective des biens. Dans ce cadre primitif, les échanges de biens ne sont pas du troc, du commerce. Il s'agit d'un système ritualisé de dons et contre-dons qui instaure une dette perpétuelle entre les individus. *Les biens ne constituent jamais l'objet véritable des échanges; ils sont le support des relations sociales et de la coexistence* au sens le plus fort du terme (échange symbolique des êtres qui se donnent et se rendent les uns aux autres); ils mettent en jeu *une rivalité pour l'honneur et non pour l'accumulation des biens. Le mobile de l'intérêt économique est alors inexistant.* L'éventuel effet positif des échanges sur la prospérité générale n'est pas leur raison d'être; c'est l'effet externe positif d'un système voué à la cohésion sociale et à la paix. Des dizaines de milliers d'années après la stabilisation biologique de l'espèce humaine moderne, les sociétés traditionnelles restaient dominées par les règles de l'économie primitive. Celle-ci dessine les traits essentiels d'une « économie humaine » : une économie qui inscrit la production et la distribution des biens dans les instruments de l'alliance entre les humains, c'est-à-dire, plus profondément, qui épouse le mouvement même de la vie humaine, à savoir : associer les deux faces du désir d'être (être avec, être soi). *En dissociant l'intérêt économique personnel de l'intérêt pour les liens sociaux, l'émergence d'une économie de marché dominée par le mobile du gain constitue une rupture majeure avec l'économie humaine.* Cette nouvelle économie non humaine est contrainte de se réformer en permanence parce qu'elle contrarie des fonctionnements de l'être humain invariants depuis l'âge de pierre.

F20. *Origine et objet des sociétés humaines.* Le cadre social de l'évolution des hominidés vers l'espèce humaine moderne a été celui d'une petite communauté nomade de chasseurs-cueilleurs partageant leur nourriture. Le développement de sociétés plus larges n'est pas l'effet d'un contrat rationnel entre des groupes d'individus unissant leurs moyens pour produire plus ou assurer leur sécurité. Il résulte de la propension multimillénaire des humains à se rassembler pour des rites sociaux et religieux. La religion a constitué l'instrument de l'alliance entre les membres de la communauté primitive : en soumettant chaque individu à une autorité transcendante, elle rendait inviolables les interdits nécessaires à la régulation de la rivalité mimétique. L'extension ultérieure de ce mode d'alliance aux relations entre communautés a engendré des rassemblements humains plus étendus autour de lieux de culte fixes, à partir desquels ont émergé les premières sociétés sédentaires, puis les premières civilisations antiques.

Ici s'arrête la quête des invariants anthropologiques dont nous cherchions à constituer l'inventaire pertinent pour l'analyse politique. Après l'âge de pierre, en effet, nous entrons dans celui des sociétés agricoles traditionnelles puis celui des sociétés industrielles modernes, c'est-à-dire dans l'actualité immédiate de l'espèce humaine[109], dans un temps trop court pour qu'une quelconque transformation sociale, culturelle ou environnementale n'ait inscrit son empreinte au point d'en faire un trait invariant de notre humanité.

Nous voici dès lors conduit vers le questionnement qui devrait sous-tendre toute philosophie politique. L'avènement de grandes sociétés traditionnelles, d'où naîtront les sociétés modernes, pose en lui-même un défi anthropologique: *il manifeste la nature sociale d'un être humain forgée dans de toutes petites communautés; mais, dans le même temps, en seulement quelques milliers d'années, il projette les humains dans un cadre de vie et de coexistence radicalement différent de celui dans lequel s'est construite leur manière d'être soi et d'être avec les autres*. Car, avec la sédentarisation, l'agriculture et la construction de cités rassemblant une population étendue, apparaissent une foule de pratiques et de questions nouvelles: le partage du territoire entre ses occupants, le stockage et la protection des biens, la propriété, la division croissante du travail, la coordination des tâches, les différences de condition, la gestion des nuisances collectives, la cohabitation avec des

109. Ramenons les 5 millions d'années d'existence de l'espèce humaine à l'échelle d'une année. Nous sommes aujourd'hui le 31 décembre à minuit; les premières communautés humaines de chasseurs-cueilleurs sont apparues le 1er janvier de cette année, les premières sociétés agricoles traditionnelles ont vu le jour ce matin vers 7 heures et la société industrielle moderne existe depuis une vingtaine de minutes!

inconnus, la coexistence entre agriculteurs et éleveurs, le développement des échanges, l'usage d'une monnaie comme intermédiaire dans les échanges, l'accumulation de richesses, les inégalités de fortunes, la fréquence des conflits, le maintien de l'ordre, la défense contre d'autres sociétés en quête de territoire, l'extension d'un pouvoir politique, etc.

Ainsi, durant des millions d'années, les humains ont déployé des rites pour rester indéfectiblement liés (pour se *religere*) et, à partir du moment où ce mouvement même engendre de grands rassemblements humains, celui-ci met aussi en route des mécanismes nouveaux et puissants de déliaison. Il a fallu alors sans cesse renforcer les instruments de pression sociale sur les individus pour maintenir une alliance menacée et autrefois soutenue par la nécessité de vivre et même de survivre avec les siens. *L'alliance fut de moins en moins biologique et de plus en plus politique*. Mais comment une alliance politique pourrait-elle continuer à épouser le mouvement de la vie humaine, à faire de ces nouveaux liens des liens aussi épanouissants pour chacun que l'étaient les sentiments naturels d'attachement pour les siens? Comment la loi ne deviendrait-elle pas inéluctablement l'aliénation de la vie personnelle, aliénation rendue nécessaire par une association humaine désormais trop nombreuse?

Tout le reste de l'histoire humaine peut être lu comme la quête perpétuelle d'une issue à ce dilemme primitif, qui est aussi le dilemme de toute vie singulière.

4

De la nature humaine aux principes politiques

Une vue d'ensemble

Avant de décider «ce qu'il faut faire», toute théorie politique a besoin de savoir à qui (quels individus) et à quoi (quelle société) elle a affaire, et dans quels buts on doit agir. C'est pourquoi une philosophie politique repose toujours (explicitement ou implicitement) sur la réponse à quatre questions clés qui se présentent dans cet ordre: 1) Qui sommes-nous? 2) Quels mobiles guident nos relations avec autrui? 3) Pourquoi et comment se constituent les sociétés humaines? 4) Quelle(s) finalité(s) collective(s) peut-on et doit-on assigner à la politique? Les deux chapitres précédents ont puisé dans les sciences de l'homme les éléments de connaissance qui éclairent la réponse aux trois premières questions. Il nous reste à traduire ces fondements anthropologiques en principes politiques et à élaborer des finalités collectives cohérentes avec ces principes. Nous poursuivons donc la construction de notre édifice à l'endroit, des fondations vers le toit.

Quoiqu'il s'agisse là de la seule façon rigoureuse de penser, peu d'auteurs (et encore moins de responsables politiques) explicitent les conceptions de l'humanité et de la société qui fondent leurs doctrines. Le discours politique nous vend une maison, pas ses fondations ni les plans d'architecte! Alors, bien souvent, les doctrines nous sont seulement présentées par la fin, c'est-à-dire par les biens publics qu'elles visent en priorité (question 4): le maximum d'*utilité* pour l'utilitarisme, la *justice naturelle* pour la philosophie du droit naturel, le maximum de *liberté* individuelle pour l'ultralibéralisme, la *solidarité* ou l'*égalité* pour le socialisme, etc. Mais, à ne considérer ainsi que leurs points d'arrivée, on reste incapable d'évaluer les théories politiques. En effet, personne ne peut trancher *a priori* la question de savoir s'il vaut mieux donner la priorité à l'égalité, à l'utilité générale ou au libre-arbitre individuel[110]. Le choix politique est alors un processus obscur, une affaire de sentiment personnel, de tradition, d'intérêt cynique, bref de tout ce que l'on voudra sauf de raison.

À l'opposé de cette démarche, je montrerai dans les quatre chapitres suivants comment les conclusions d'une doctrine politique sont l'aboutissement d'une *suite logique* fondée sur une certaine conception du fonctionnement humain. Dès lors, en comparant cette conception fondatrice à la réalité anthropologique, nous sommes en mesure de savoir si la doctrine en question est fausse ou non[111], c'est-à-dire incompatible ou compatible avec ce que nous connaissons sur l'être humain. Nous n'avons en cela aucun mérite supplémentaire à celui des penseurs qui ont posé les bases des grandes doctrines politiques modernes. Ces dernières ont été élaborées entre le milieu du XVIIe et la fin du XIXe siècle, en un temps où l'on ignorait à peu près tout des connaissances recensées dans les chapitres précédents. Mais, désormais, la somme de résultats accumulés

---

110. L'arbitrage est d'autant plus impossible que, selon l'idée qu'on s'en fait, ces diverses finalités ne sont pas indépendantes les unes des autres. On peut soutenir, par exemple, que le maximum d'utilité résulte d'une égale liberté pour tous.

111. NB. La fausseté est tout ce que nous pouvons démontrer. La vérité d'une théorie n'est jamais définitivement établie; elle est l'état d'une théorie qui n'est pas infirmée par les faits connus à ce jour.

par les sciences de l'homme nous interdit de penser encore le politique comme si nous n'avions rien appris sur l'humanité. C'est en ce premier sens qu'il nous faut *dépasser la modernité pour en accomplir la promesse.* Les penseurs modernes, trois siècles durant, ont lutté contre l'obscurantisme et pour le règne de la raison, en appliquant les savoirs de leur temps. Si nous devons aller plus loin et dépasser les erreurs des « modernes », c'est toujours dans et grâce à l'esprit de vérité qu'ils nous ont légué. Par « vérité », j'entends ce qui est compatible avec l'état actuel de nos connaissances, et en aucun cas des propositions incontestables. Je prétends chercher la vérité et me prononcer en son nom, mais je n'ai jamais ici l'assurance de la détenir. Le doute est la vertu première de celui qui cherche la vérité ; la certitude est le signe même de l'obscurantisme.

Dans cet esprit, je cherche quelle *vérité socialiste* émerge lorsque, à la lumière de l'anthropologie, on répond aux quatre questions clés d'une philosophie politique (chacune de ces questions fera l'objet d'un chapitre).

Puisqu'il s'agit d'une refondation anthropologique, ce travail pose les bases principielles à partir desquelles devrait s'ouvrir le débat sur les mesures et les instruments politiques ; ce n'est donc pas un « programme ». Rappelons que *notre projet d'un nouveau socialisme scientifique vise ici à trier le faux et le non-faux* (plutôt que le vrai) et que ce tri rigoureux est surtout possible au niveau des principes. La diversité des solutions concrètes pour mettre en œuvre un principe juste renvoie en effet le détail des « mesures » politiques au débat démocratique.

Afin de souligner l'articulation logique des questions et des réponses, je donne ci-après un aperçu sommaire des arguments qui seront démontrés par la suite.

Pour commencer, la conception initiale de l'être humain commande la réponse à toutes les questions majeures de la philosophie politique. La réponse à la première question (Qui sommes-nous?) permet déjà de déterminer si l'individu est autonome ou pas, s'il est responsable de ce qu'il devient et si, en conséquence, les inégalités de condition sont un effet de la liberté des individus ou bien une injustice sociale. Ici se dévoile la première vérité socialiste. Puisque l'individu est un être social constitué par ses relations à autrui, il n'est pas un atome humain indépendant des autres et seul responsable de sa vie. *La liberté et la responsabilité ne constituent donc pas la condition naturelle des individus; elles sont un projet et un effet de la société*. La société est ainsi toujours responsable de ce que deviennent les individus, y compris de leur degré de responsabilité personnelle. Il s'ensuit que les inégalités de condition ne sont pas seulement imputables au libre choix des individus : elles sont toujours des *inégalités sociales*. Si ces inégalités sont explicables (par leurs déterminants sociaux), elles n'en demeurent pas moins *injustes* du point de vue de la morale universelle, qui reconnaît à chaque humain une égale valeur.

La réponse à la question « Qui sommes-nous ? » (chap. 5) entraîne ensuite la réponse à la question des mobiles qui animent nos comportements envers autrui (2e question, chap. 6). Les hommes sont-ils naturellement bons, méchants, altruistes, égoïstes, sociables? On comprend le rôle central que cette interrogation a pu jouer dans la philosophie politique. L'attitude des individus envers autrui commande en effet les conditions dans lesquelles ils peuvent constituer une société harmonieuse (3e question, chap. 7). Ici, la vérité socialiste, fondée sur la nature sociale de l'être humain, établit que les spéculations sur la bonté et la méchanceté naturelles n'ont guère d'intérêt. *Car les mobiles humains sont toujours multiples et masquent, de ce fait, le véritable moteur qui les met tous en action*. Ce moteur premier de la vie humaine, c'est le souci d'exister en cherchant l'équilibre psychique entre les deux faces du désir d'être : être soi-même, être avec autrui. Tout être humain cherche à exister et, en ce sens, est mû par l'intérêt personnel. Mais « l'intérêt personnel » d'un être social consiste bien souvent à entretenir les meilleures relations possibles avec les autres. *Pour l'être humain, le souci de soi est indissociable du souci d'autrui*, puisque nul ne peut être ailleurs que dans les relations à autrui. Chercher à savoir lequel de ces deux soucis l'emporte dans la nature humaine n'a donc pas de sens. Savoir si les intérêts personnels sont convergents ou non et comment le système social agit sur la conciliation ou la confrontation de ces intérêts, voilà la recherche pertinente pour le politique.

Or, précisément, l'anthropologie nous apprend que l'intérêt existentiel des êtres sociaux consiste le plus souvent à coopérer et à partager avec les autres. Le moteur principal de la vie humaine conduit les individus à être plus performants et plus heureux lorsque le contexte social permet l'épanouissement individuel dans la coopération avec autrui. En revanche, une compétition sans freins et sans coopération entre les acteurs est une calamité tant pour l'efficience économique que pour le bien-être individuel. Nous verrons que la « bonne concurrence » exclut la « libre concurrence » et que les inégalités économiques stimulent parfois l'activité humaine à la condition d'être largement gommées par la redistribution.

Dès lors surgit une question qui ne cessera plus de se poser. Pourquoi certaines des sociétés les plus modernes préfèrent-elles un système inhumain fondé sur une compétition plus dure, plus individuelle et plus dérégulée que celle qu'exigerait un système humain et performant ? C'est qu'une société réelle n'est pas une construction abstraite vouée à la réalisation d'un quelconque projet rationnel. Une société humaine est un processus historique d'interaction générale auquel chaque être singulier à la fois contribue et doit s'adapter. Les humains ne sont précisément pas les atomes indépendants qui, soit par la délibération, soit par la magie d'un système d'échanges, pourraient en continu sélectionner les solutions les plus conformes à leur intérêt collectif. Les humains réels naissent et grandissent dans une société déjà là, avec sa culture, son système économique, ses rapports de force et ses inégalités. La grande affaire de tout un chacun n'est pas de choisir la société idéale dans un imaginaire rayon des sociétés disponibles ; elle est de vivre ici et maintenant, là où il est, avec des gens et dans un monde qu'il n'a pas choisi. Or la farouche nécessité pour les humains de vivre bien avec leurs semblables rend les sociétés humaines très vulnérables à l'erreur. Un système parfaitement inefficient, fonctionnant au seul profit d'une minorité, peut parfaitement s'installer même sans recourir à la force pour l'imposer à la majorité qui en fait les frais. L'existence théorique d'un système social à la fois plus humain et plus efficace ne suffit pas à imposer celui-ci dans la réalité. Car *les humains sont des être résilients et malléables au point d'adopter une culture contre nature* s'ils croient que tel est le prix à payer pour faire société.

Ainsi le problème de l'humanité ne réside certainement pas dans une quelconque pulsion prédatrice entre les individus ; il tient au contraire au besoin naturel d'être inclus et reconnu dans son groupe, besoin puissant au point de mener les individus vers à peu près n'importe quelle manière d'être ! Cette réalité anthropologique nous commande d'aborder la troisième question (conception de la société) avec une optique exactement inverse à celle de la philosophie politique classique. Celle-ci s'est demandé comment faire vivre ensemble des *individus autonomes*, en préservant leur *liberté naturelle* et sans que cela ne dégénère en affrontement généralisé ou ne conduise au règne absolu d'un maître assurant l'ordre public. Ce dilemme est sans issue, car il pose une fausse question, une question inverse à celle qui est soulevée par la réalité anthropologique. Dans le monde réel, la question n'est pas de savoir comment des individus indépendants peuvent «convenir» de vivre ensemble (pour la bonne raison que ces individus indépendants n'existent pas; il n'y a que des êtres sociaux élevés en société); la vraie question est de savoir comment une société d'individus grandis dans l'hétéronomie peut engendrer la liberté personnelle. *Le problème politique majeur n'est pas d'introduire un ordre social sans détruire la liberté naturelle; il est d'introduire de la liberté dans l'ordre social naturel.*

Pour des humains, «faire société» n'a en soi rien d'un défi. La capacité des individus à vivre en société est garantie par leur quête naturelle d'un équilibre entre leur besoin d'autonomie et leur besoin d'union à autrui. Pour un être social, *la société n'est pas un contrat facultatif d'échange de services, c'est le lieu inéluctable et le moyen même de l'existence*. La société comme ses institutions constituent dès lors un *bien en soi*, et non un *mal nécessaire*, c'est-à-dire concrètement que la loi et l'État ne sont pas seulement des outils inévitables mais coûteux dont l'usage devrait être en permanence réduit au minimum strictement indispensable. En nous délivrant de la conception classique de la société comme contrat utilitaire entre des individus rationnels, la vérité anthropologique nous obligera aussi à reconsidérer le rapport entre *droits et obligations*. Là encore, la vérité souffle contre l'air du temps. Nous verrons en effet que, *dans une société humaine, les droits ne sont pas la contrepartie d'une obligation,* comme c'est le cas dans une société contractuelle.

Enfin, la réalité anthropologique impose d'intégrer le fait qu'une société est constituée par l'interaction entre des communautés (familiales, culturelles ou d'intérêts) et pas seulement entre des individus. Selon que la société favorise ou contrarie les liens intracommunautaires et les liens entre communautés, on identifie quatre dynamiques: la *dissociété individualiste* qui réprime ces deux types de liens; la *dissociété communautarisée* qui soutient les liens intracommunautaires pour mieux séparer les communautés; *l'hypersociété* qui dissout les liens intracommunautaires pour fondre les êtres singuliers dans un tout social homogène; la *société de progrès humain* qui s'efforce de soutenir et de concilier tous les liens sociaux. Cette dernière voie est celle du socialisme: elle ne construit pas la communauté politique en détruisant les appartenances singulières, elle n'abolit ni la diversité des identités ni la conflictualité inhérente à cette diversité; elle préserve au contraire une humanité pleine, c'est-à-dire contradictoire, tendue entre l'être soi et l'être avec, et, comme le mouvement même de la vie, s'appuie sur cette contradiction pour engendrer la dialectique positive des liens qui libèrent.

La façon dont on conçoit la constitution d'une société pacifiée oriente directement la façon de répondre à la dernière question: celle des finalités sociales prioritaires (chap. 8). En cette matière, la perspective moderne et libérale, obsédée par la difficulté à faire vivre ensemble des individus autonomes, a orienté le débat sur de fausses pistes: soit vers le choix d'une prééminence entre individu et société, soit vers le mythe d'un progrès matériel qui dissiperait dans l'abondance tout conflit entre les humains. Telle est l'ultime erreur d'aiguillage de la modernité, conséquence logique et inéluctable d'une suite de bifurcations déclenchée par une seule et même erreur de départ: l'idée d'un individu préexistant par lui-même avant toute relation sociale.

La réalité anthropologique nous montrera ici que l'erreur de la modernité libérale est d'avoir pris ce fantasme d'autonomie individuelle comme *point de départ*; *a contrario*, la vérité socialiste consiste à renverser la perspective libérale en prenant un idéal d'autonomie des êtres humains comme la *visée finale* d'une construction sociale. Pour le socialisme néomoderne en effet, conformément à ce que nous apprend la science de l'homme, le vrai problème des êtres sociaux n'est certainement pas de faire société : ils n'ont quasiment jamais fait que cela durant plusieurs centaines de milliers d'années. Les humains sont très doués pour la société, mais nettement moins pour la liberté. Les individus naissent parfaitement aliénés. La liberté – son goût comme son exercice – est l'effet d'un apprentissage social, c'est un don d'autrui. La liberté individuelle ne peut donc constituer le point de départ ou le moyen de construction d'une « bonne société », elle ne peut qu'en constituer le résultat, la visée.

La visée d'une société néomoderne, désormais informée sur la nature humaine, semble ici s'imposer : assurer à chacun la possibilité de concilier ses deux aspirations (être soi, être avec), assurer un développement de la société qui offre à chacun une égale capacité à déployer une liberté vraiment humaine, c'est-à-dire une liberté qui ne mutilerait pas l'être en le dissociant d'autrui, une liberté qui serait construite par la multiplication et la diversification des liens sociaux. C'est là ce que j'appelle le *progrès humain*. Ce projet d'émancipation – qui fut aussi celui du premier socialisme républicain, de Leroux à Jaurès, et celui de Marx – implique une révision radicale des finalités politiques courantes telles que la *justice*, la *croissance* ou le *développement*. Je montrerai pourquoi l'« égalité des chances », tant prisée par la gauche « moderne », est une vision perverse de la justice, pourquoi le « développement durable » nous détourne d'un progrès que nous devrions évaluer par la qualité de la vie et des liens sociaux, et par l'extension des capacités personnelles. Ce « progrès humain » donne son vrai sens à la visée écologique et débarrasse la gauche du *productivisme*, ce péché originel commun au socialisme et au libéralisme modernes.

Ce *nouveau progressisme* exige la subordination des moyens aux fins. Le pseudo-réalisme contemporain prétend adapter les humains aux contraintes d'une économie mondialisée – aveu implicite d'une incompatibilité entre celle-ci et ceux-là! Mais si l'économie est inhumaine, c'est l'économie et non l'humanité qui doit s'adapter. Voilà ce que commande le vrai réalisme, et, au terme de mon enquête, je pourrai décrire les grands principes aisément applicables qui définissent les contours d'une *économie humaine*. Il apparaîtra notamment que le financement de l'économie et la distribution de revenus doivent redevenir des biens publics dont l'organisation relève de délibérations démocratiques. La question clé est alors de savoir comment restaurer la souveraineté politique nationale nécessaire au progrès humain. Il faut d'abord sortir de l'actuelle foire aux bulletins de vote pour construire une *démocratie effective* des citoyens. Il faut ensuite organiser un *nouvel internationalisme*, *i.e.* la coopération des peuples souverains, seule manière réaliste d'éviter l'affrontement des nationalismes où nous conduit inéluctablement la mondialisation libérale.

5

Qui sommes-nous?

Principes politiques I. Liberté, égalité, responsabilité

Dans ce chapitre et les suivants, je vais exposer le détail des principes d'un socialisme néomoderne, principes déduits des fondements anthropologiques établis dans les deux chapitres précédents. Pour chacune des quatre questions clés de la philosophie politique, je commence par donner une réponse essentielle qui peut être considérée comme un *axiome* fondamental d'un socialisme scientifique. Cette réponse sera suivie d'une série de corollaires. Les axiomes répondant à chaque question sont numérotés de 1 à 4 et leurs corollaires sur le modèle 1-a, 1-b, …, 2-a, 2-b, etc.

L'argumentaire de ce chapitre, on s'en excuse, commence par une répétition sur la nature sociale de l'être humain. Si nous devons encore et encore, au risque évident de la lourdeur, reformuler ce résultat de la biologie et de l'éthologie, c'est que nous touchons là à l'évidence anthropologique la plus vigoureusement rejetée par notre culture hypermoderne. *Notre culture est désormais individualiste, mais notre nature est et demeure socialiste*[112]. Les sociétés hypermodernes cultivent le fantasme d'un individu en soi,

112. Cela ne signifie bien évidemment pas que nous soyons naturellement portés à soutenir les programmes des partis socialistes (dont la « nature socialiste » reste d'ailleurs parfois à démontrer); cela renvoie seulement à la nature sociale de l'être humain.

préexistant à la société, d'un être souverain qui ne vient de nulle part, ne doit rien à personne et décide seul qui il est et où il va. Ce fantasme est puissant : il procure assez de jouissance narcissique pour susciter la résistance au discours, réaliste mais importun, qui rappelle à chacun qu'il vient du ventre de sa mère et que cela a tout de même quelques conséquences. Un *socialisme* rigoureux est précisément la théorie qui tire toutes les conséquences méthodologiques et politiques de la nature *sociale* de l'être humain. On ne peut donc pas, de toute façon, éviter de reposer ce premier pilier du raisonnement, car c'est celui qui détermine tous les autres.

Axiome 1. La constitution de l'être. *L'être humain singulier advient et grandit dans et par la relation aux autres* (F1, F2, F3, F6, F9, F10, F12)[113].

Un humain conçu comme individu indépendant d'autrui (*préexistant* à la famille et à la société dans lesquelles il grandit) est une pure fiction pour la science, comme pour le sens commun. Cette hypothèse peut certes constituer un postulat théologique (existence d'une âme indépendante du corps et donnée par Dieu), mais elle n'a pas sa place dans une science de l'homme. La réalité connue est que tout être humain devient ce qu'il est *dans* et *par* la relation aux autres; il n'est donc pas un « individu social » qui décide rationnellement d'entrer en relation avec autrui, mais un « être social » par nature: ses fonctions biologiques, le fonctionnement de son cerveau, sa manière d'être et de réagir au monde se construisent dans l'histoire de ses relations aux autres, principalement durant l'enfance et

113. Rappel: les indices entre parenthèses renvoient aux fondements anthropologiques résumés à la fin du chapitre 3 et numérotés de F1 à F20.

l'adolescence. De cette nature sociale de l'être humain découle tout d'abord une *méthodologie socialiste.*

1-a. Socialisme méthodologique. *La seule méthode réaliste pour analyser l'action des êtres singuliers et la société humaine est de considérer l'une et l'autre comme la manifestation de leur interaction conjointe. Cet interactionnisme social constitue le socialisme méthodologique, qui englobe toute méthodologie fondée sur la conception sociale de l'être humain.*

Le socialisme méthodologique n'est pas un déterminisme social. Il repose au contraire sur le constat d'une *interaction dynamique et contingente entre milieu, prédispositions et initiatives des individus*: ce qui advient est l'effet d'une histoire; rien n'arrive par hasard pur (il y a toujours des facteurs déterminants); rien n'arrive par nécessité pure (une altération quelconque dans le jeu complexe des facteurs déterminants aurait pu faire bifurquer l'histoire dans une autre direction). Cette méthode d'analyse s'applique à la vie d'un individu comme à celle d'une société. Une société est constituée par l'interaction dynamique, d'une part, entre les êtres humains, d'autre part, entre chacun des êtres humains et le système que leur interaction même constitue.

Dans ce cadre de réflexivité générale, chaque être particulier se trouve à la fois acteur de la vie des autres, et acté par la vie des autres. Comme l'expliquait déjà Norbert Elias[114], *il ne sert donc à rien d'opposer le rôle déterminant de l'action individuelle (individualisme) au rôle déterminant de la société (holisme)*; individu et société vont ensemble dans une *ronde* complexe et en mouvement perpétuel. En dépit de cette complexité et de ce changement,

114. Norbert Elias, *La Société des individus* (1930), Pocket, 1997.

on peut énoncer des interprétations durables, grâce à l'identification des fonctionnements humains permanents (*invariants anthropologiques*) : c'est la société qui change dans le temps, par la nature humaine, au sens où nous avons défini cette dernière (cf. *supra* chap. 3). Par conséquent, *le seul objet possible d'une politique est la transformation de la société et non pas celle de l'humanité.* Avant d'agir sur la société, il faut découvrir la *signification* de la ronde des interactions sociales, pour comprendre la *direction* qu'elle emprunte et les conditions de son éventuelle bifurcation dans une autre direction. L'histoire d'une société comme celle d'un individu a toujours un sens (dans les deux acceptions du terme : signification et direction). Mais il s'agit d'un sens mouvant, et non prédéterminé. *C'est la nature sociale de l'être humain qui rend son histoire contingente, et c'est la nature contingente des sociétés humaines qui ouvre un espace à la liberté de l'humanité comme à l'action politique.*

Voilà qui mène directement au point suivant de notre argumentaire et qui répond à la question suivante : s'il existe une liberté *collective* de l'humanité face à son histoire, y a-t-il un espace pour une liberté et une autonomie *individuelles* ?

1-b. Autonomie et liberté. *L'émancipation (*i.e. *l'avènement de la liberté et de l'autonomie des êtres singuliers) est un projet vide de sens si l'on entend par là l'indépendance à l'égard d'autrui et l'autodétermination stricte des préférences et des actions individuelles. L'émancipation est un projet éducatif et politique qui tend à étendre la capacité d'action, de décision et de jugement de l'individu* (F4, F5).

Les humains naissent dans l'aliénation et l'hétéronomie les plus complètes. Puisqu'un être social est d'abord façonné par l'histoire singulière de sa relation aux autres, il est évidemment absurde de postuler une liberté (choix des actes) et une autonomie (choix des normes) innées. Personne ne «choisit» sa famille, sa langue maternelle, la société dans laquelle il grandit, la culture et les traditions qui lui sont transmises, la personnalité de ses professeurs, le divorce de ses parents, bref, l'ensemble des facteurs qui participent à la formation de sa personnalité et de ses capacités à décider ou à agir. Et, contrairement au dicton très moderne, on ne choisit pas tellement plus nos amis que nos frères et sœurs, puisque ce «choix» dépend de notre personnalité et de notre histoire.

Que peut donc bien vouloir dire le mot «liberté» pour un être social? Cela ne veut jamais dire que l'individu peut être et agir en toute indépendance à l'égard d'autrui: cette «indépendance» est un fantasme moderne; elle est en réalité exclue par notre constitution biologique et psychique, qui est toujours sociale. En revanche, *la liberté d'un être en interdépendance naturelle avec autrui* peut signifier que ses propres décisions ne se prennent pas sous la pression manifeste des autres individus (menace, chantage, usage de la force, contrainte légale, etc.); c'est le premier degré de la liberté, *la faculté formelle de choisir*, le fait de ne pas être matériellement empêché, entravé. Le degré supérieur de la liberté est *la capacité réelle à mettre en œuvre des choix*. Celle-ci inclut la faculté de comprendre et de reconsidérer les déterminants historiques (familiaux, culturels, religieux, etc.) de ses préférences, en sorte que le choix ne résulte pas d'un automatisme socialement déterminé, mais de *la décision d'un être social et conscient de l'être.*

Le «sujet» auteur de sa vie, cher à la pensée moderne, n'existe donc pas en soi. Son avènement éventuel est le fruit d'une volonté d'être par soi-même, volonté dont l'existence dépend d'un environnement social qui peut encourager ou contrarier son émergence. Car tout être commence sa vie comme « sujet » au sens premier et prémoderne du terme : celui qui est en dessous, entièrement soumis et sous la coupe d'autrui. L'autre versant du sujet, celui qui choisit, qui décide, qui prend le contrôle de sa trajectoire, n'existerait pas sans et reste à jamais empreint par la substance du sujet fabriqué par sa famille et la société. Le « je » vient toujours du « nous », il ne naît point d'une déliaison, mais d'une mutation des liens qui commencent toujours par assujettir en liens qui libèrent, qui créent un espace consistant pour des choix singuliers, tandis que la déliaison n'engendre que le vide de la désolation. Et quand le « je » émerge enfin, il reste un double « je » : celui qui veut être lui-même et celui qui veut être avec autrui, celui qui cherche une identité singulière et celui qui s'identifie à l'autre, celui qui se détache pour explorer l'ailleurs d'une relation, et celui qui veut rester attaché à ceux dont il se détache. Et ces deux « je », sans être réductibles l'un à l'autre, sont néanmoins indissociables, car ils sont les deux temps du moteur même de la vie humaine. L'un sans l'autre ne constitue pas un sujet libre, mais un moteur arrêté, une vie morte, pétrifiée dans la désolation narcissique ou dans l'engourdissement fusionnel.

Quant à l'autonomie : au sens strict et absolu du terme, elle n'existe pas. Personne ne fixe à partir de lui seul sa norme (*nomia*) de pensée et de comportement. Dès lors, pour un être humain grandi dans l'hétéronomie, l'autonomie ne fait sens qu'en tant que projet ou aspiration. Ce projet peut viser seulement une *autonomie relative* qui permet à l'individu d'exercer sa volonté dans l'usage de normes qui lui viennent toujours des autres et de la société. En ce sens, il s'agit d'une « aut(r)onomie », comme le propose le psychanalyste Jean-Pierre Lebrun[115].

115. *La Perversion ordinaire*, *op. cit.*

Sans normes offertes par les parents et la société, le sujet ne se construit pas et, au lieu d'éprouver un sentiment de liberté, il éprouve la frustration permanente d'un être qui doit accomplir la tâche impossible d'être en lui-même sa propre source de sens; il souffre d'une incapacité chronique à gérer le manque ou la contrainte.

L'autonomie comme la liberté sont ainsi des dons d'autrui, des dons de la société, bien avant de constituer des aspirations individuelles. Par lui-même, l'individu aspire à l'existence, aspire à grandir avec les autres en évitant la souffrance autant que faire se peut; seuls l'éducation, la culture et le cadre social peuvent lui donner et le goût et les moyens de l'émancipation. Dès lors, si la liberté et l'autonomie sont toujours le fruit d'une construction sociale, la société reste à jamais coresponsable de ce que devient et accomplit tout être singulier grandi en son sein.

1-c. Responsabilité. *La responsabilité individuelle n'existe pas en soi; elle est à la mesure des efforts déployés par la société pour offrir à l'individu la liberté de grandir et l'autonomie relative. Chacun est, avec la société, coresponsable de lui-même et d'autrui.*

Il va de soi qu'un individu ne peut être tenu pour seul responsable de ses actes que dans le cas où ceux-ci manifestent uniquement sa volonté indépendante de toutes formes de contrainte et de détermination extérieure. Or, on vient de le voir, une telle volonté parfaitement autonome est inconcevable. Il s'ensuit qu'aucun être humain ne sera jamais seul responsable de ce qu'il devient et de ce qu'il fait. La responsabilité est tout aussi relative que l'est l'autonomie; elle est, comme cette dernière, un don de la société; elle est enfin toujours une *coresponsabilité* partagée avec la société. Il s'ensuit que l'individu n'est pas seulement coresponsable de lui-même; il est aussi coresponsable du devenir d'autrui.

L'usage courant, de nos jours, charge le terme « responsabilité » d'un sens moral, comme s'il désignait en premier lieu une *obligation* incombant à l'individu. Mais, au sens strict, comme l'indique la terminaison du mot lui-même (-abilité), il s'agit d'une *capacité*. L'individu responsable est celui qui est en capacité de répondre de ses actes, parce qu'il est doté de toutes les capacités nécessaires pour contrôler et choisir ses actes. Un individu qui, tout au long de son enfance, n'a pas été en situation d'apprendre à contrôler l'agressivité n'est pas en capacité de « choisir » les comportements socialement adaptés autant qu'un enfant « bien élevé ». Aucune société ne peut exiger de ses membres des comportements qu'elle ne leur apprend pas. *A fortiori*, s'agissant notamment de la rivalité prédatrice, une société ne peut déplorer l'extension de pulsions qu'elle ne cesse d'encourager en dénigrant la coopération et la solidarité au profit de l'intérêt privé et de la performance individuelle.

La responsabilité n'est pas une *obligation*, c'est un *fait*, c'est un état du sujet agissant qui est à l'exacte mesure de son autonomie. Un être libre est, de ce fait, responsable. Alors, si l'on veut absolument donner un sens moral à la responsabilité, disons plus justement qu'elle est un *droit* : le droit de grandir, de quitter l'hétéronomie et l'irresponsabilité absolues du nouveau-né pour progresser vers la condition de sujet singulier, capable de juger et de contrôler son action

1-d. Inégalités sociales. *Si l'être humain est un être social, toutes les inégalités sont sociales. Si tous les humains ont la même valeur, alors toutes les inégalités sociales sont injustes.*

On accuse souvent le socialisme classique d'être un «égalitarisme», et l'on entend par cette expression la volonté d'abolir les différences de situation et de condition entre les individus (c'est le fameux «nivellement» des individus). Cette accusation est un contresens, et aussi un procédé rhétorique éculé consistant à caricaturer le discours d'un adversaire pour le transformer en épouvantail. Le contresens consiste à assimiler l'abolition des *inégalités* à l'abolition des *différences*. Soyons sérieux: le socialisme ne prétend bien évidemment pas qu'au nom de l'égalité tout le monde doit avoir la même voiture ou que tous les coiffeurs doivent couper les cheveux avec les mêmes ciseaux! *La différence n'est pas en soi une inégalité.*

Une différence qui reflèterait seulement la volonté et le choix d'individus différents n'est pas une inégalité: c'est l'expression de la personnalité et de la liberté. Par «inégalité», il faut plutôt entendre *une inégale capacité de choisir et d'agir qui ne résulte pas elle-même de la volonté*. Prenons un exemple concret. Le fait que, à capacités égales, certains prennent leurs vacances au bord de la mer et d'autres à la campagne, manifeste simplement la diversité des goûts. Le fait que certains n'aient pas les moyens financiers de partir en vacances parce qu'ils consacrent leurs moyens à autre chose, ou parce qu'ils ne veulent pas travailler pour acquérir ces moyens, ne constitue toujours pas une inégalité, mais un effet de la liberté. L'inégalité apparaît enfin quand deux salariés, également désireux de se détendre au bord de la mer, travaillent autant l'un que l'autre mais n'ont pas le même salaire et, par conséquent, pas la même capacité réelle de choisir leurs vacances. *À volonté et effort identiques, capacité différente: voilà l'inégalité.*

La conception sociale de l'être humain entraîne que les inégalités sont sociales, *i.e.* imputables à la société et non à la libre détermination des individus. La société n'est pas une collection d'individus parfaitement autonomes entre lesquels toute différence refléterait toujours des choix libres et souverains. Les différences de parcours et de condition manifestent certes, et en partie, des choix individuels; mais elles adviennent toujours dans le cadre d'une histoire et de capacités personnelles socialement construites.

Pour mieux répondre aux objections que soulève toujours cette conception sociale de l'inégalité, reprenons notre exemple des deux salaires inégaux. Au point où nous avons laissé le raisonnement, on nous objectera peut-être que nos deux salariés ont, depuis leur naissance, fait des choix différents en matière de travail scolaire, d'études et de formation, etc., et qu'en conséquence la diversité actuelle de leurs salaires n'est pas une inégalité « sociale » (imputable à la société), mais l'effet de ces choix passés, l'effet de leur liberté, en somme : une « inégalité choisie ». Cette objection cumule deux erreurs.

En premier lieu, rien n'autorise à soutenir que tous les choix passés dont nous parlons reflètent uniquement la libre volonté des individus. Tout ce que l'on sait sur la construction sociale de l'individu interdit de penser que la réussite scolaire et la trajectoire professionnelle sont seulement une affaire de goût personnel. Rappelons, entre autres faits, que les résultats scolaires des adolescents sont, toutes choses égales par ailleurs, corrélés avec la qualité de leur « attachement » dans la petite enfance ! Certes, tous les parcours ne sont pas préréglés indépendamment de toute volonté individuelle. De nombreux individus ont la chance d'avoir plus ou moins choisi leur formation et leur profession, et donc aussi la condition sociale qui en résulte. Mais il s'agit justement là d'une *chance* donnée par une histoire singulière dans un milieu singulier, une chance que tout le monde n'a pas reçue. Poser en principe que toute situation professionnelle résulte d'un parcours construit par l'individu en toute autonomie et responsabilité serait parfaitement saugrenu.

En second lieu – et quand bien même tous les individus deviendraient ouvrier ou cadre par le seul effet de leur libre-arbitre –, *le simple fait que l'heure de travail d'un ouvrier soit moins rémunérée que celle d'un cadre est une inégalité*, *i.e.* une différence de capacité indépendante de la volonté des individus. On nous objectera ici que cette inégalité reflète les différences de qualifications, de responsabilités, d'offre et de demande sur le marché, bref, qu'elle a des raisons d'être. Je n'en disconviens pas, même si une multitude d'études économétriques indiquent que les inégalités salariales reflètent surtout des conventions sociales arbitraires, et assez peu les caractéristiques objectives des salariés et des tâches[116]. Il reste que toutes les «raisons» invoquées renvoient à un système social particulier qui consiste à mieux rémunérer certaines responsabilités, certains diplômes, ou simplement à s'en remettre à la loi de l'offre et de la demande. L'inégalité reste sociale, elle n'est pas une simple différence exprimant la liberté des individus.

Alors, ceux qui veulent à toute force nier la nature sociale des inégalités expliqueront que le système social en question est «naturel», entendant par là que nous n'avons pas le choix d'une autre façon de déterminer les rémunérations – sauf à revenir à l'âge de pierre, en supprimant les paiements monétaires, ou à adopter la planification centrale des salaires «à la soviétique». Notez que si l'âge de pierre et la planification soviétique ont bien existé dans l'histoire, cela prouve que la fixation des salaires par les entreprises ou par un marché du travail

116. Cf. Thomas Piketty, *L'Économie des inégalités*, La Découverte, 6e éd., 2008.

n'a rien de « naturel »[117]. Notez aussi qu'à l'intérieur même du système capitaliste, l'étendue des inégalités salariales varie du simple au triple entre les seuls pays occidentaux, et bien davantage lorsqu'on compare différentes époques dans un même pays. C'est donc bien là une affaire de choix de société, une convention sociale variable dans le temps, selon les régions et les cultures.

Le seul cas où l'on peut comprendre l'usage du terme « inégalité naturelle » est celui des différences de capacités liées à un handicap physique ou mental. Mais, là encore, si l'inégalité de capacité est naturelle, l'inégalité des conditions d'existence résultant du handicap est une inégalité sociale : elle dépend du sort que la société est disposée à réserver aux handicapés, c'est-à-dire de l'effort de solidarité qu'elle engage au nom d'une certaine idée de la justice sociale. Toutes les inégalités, même d'*origine* naturelle, sont donc *finalement* sociales.

Si d'aucuns mettent tant d'énergie rhétorique à nier, contre l'évidence, l'inégalité sociale, c'est que celle-ci est instinctivement dérangeante pour une conscience humaine. L'intolérance à l'inégalité de traitement est observable chez les tout jeunes enfants. Un être social dont l'équilibre psychique s'appuie sur le regard et la reconnaissance des autres ne peut tolérer d'avoir aux yeux de ceux-ci moins d'importance que quiconque ; il sait bien que celui qui cherche à avoir quoi que ce soit de plus qu'autrui cherche en vérité à être plus grand, plus reconnu, plus important, à avoir ainsi prise sur les autres. Voilà pourquoi, consciemment ou non, nous avons l'intime conviction que tout être humain mérite *a priori* d'être traité comme tout autre être humain ; si tel n'est pas le cas, nous perdons une garantie nécessaire au

117. Pour le cas où j'aurais des lecteurs distraits, je dois souligner ici que je n'ai pas dit, ni même suggéré, qu'il faudrait revenir à l'âge de pierre ou prendre la planification soviétique comme modèle !

respect de notre propre dignité. Conformément à cette intuition commune, et à de rares exceptions près, toutes les philosophies politiques postulent l'égalité naturelle des êtres humains. Tous les penseurs, sauf les racistes, estiment que les êtres humains ont tous une égale valeur. À partir de là, *toute différence qui ne vient ni de la nature, ni du libre choix des individus, mais de leur vie en société, est une injustice, une injustice sociale.*

La morale universelle est ainsi égalitaire. C'est pourquoi nous éprouvons le besoin de « justifier » toute inégalité, de lui trouver une explication, une nécessité qui nous délivre de toute responsabilité dans la persistance d'une situation que nous pressentons comme une atteinte à notre égale dignité d'êtres humains. Cette propension à la justification est naturelle : nous déployons automatiquement des mécanismes de protection contre le moindre malaise psychique. Cette résilience naturelle nous cache la vérité, ou la maquille pour nous la rendre supportable ; mais elle ne la dissout pas pour autant. Cela dit, sur le sujet qui nous intéresse ici, un être normalement résilient est capable de penser et d'affronter la vérité.

Je vous invite donc ici à penser, au lieu de détourner le regard des vérités qui dérangent. Posez-vous sérieusement cette question : si deux humains ont la même valeur et les mêmes droits, pourquoi leur même effort de travail ne mérite-t-il pas la même récompense ? Si vous ne pouvez démontrer que cette inégalité est tout aussi naturelle et inéluctable que la diversité des climats, ou bien qu'elle résulte d'une suite de libres choix effectués par les individus concernés, alors vous êtes logiquement contraint de convenir qu'elle est injuste. Vous pourrez toujours trouver des raisons à cette inégalité, car il y en a. Vous pourrez même argumenter de façon convaincante sur l'impossibilité de concevoir un système économique moderne dans lequel il n'y aurait pas d'inégalités. Mais vous ne pourrez jamais soutenir que ces inégalités sont justes. Vous pouvez, à la limite, excuser l'injustice par la nécessité, mais pas la nier. Cette lucidité préservée a une conséquence pratique : *la réduction constante des inégalités est une finalité obligée de toute politique humaine, car même s'il arrive à l'inégalité d'être nécessaire, elle ne constitue pas pour autant un « bien », elle reste un « mal » nécessaire et, par conséquent, tout ce qui permet le recul de cette fâcheuse nécessité constitue un progrès humain.*

Historiquement, le mouvement socialiste est né de ce regard lucide jeté sur l'injustice de l'inégalité sociale; il s'est distingué en imputant à la société la responsabilité de cette injustice et donc aussi la charge de la lutte contre les inégalités. Mais cette lutte soulève une difficulté dont le traitement jouera un rôle essentiel dans le clivage des mouvements socialistes. La voici : comment mener le combat contre les inégalités si les humains aiment autant l'inégalité quand ils en bénéficient qu'ils la détestent quand ils en font les frais ? Est-on condamné à la guerre civile perpétuelle des gagnants et des perdants (lutte des classes) ? Ou peut-on convaincre la masse des humains (y compris les bénéficiaires de l'inégalité) d'adhérer à un système plus égalitaire (voie du socialisme démocratique) ?

Trancher cette question suppose de répondre à ce qui est en réalité une objection libérale à la conception sociale de l'être humain : les individus sont le plus souvent égoïstes et mus par un instinct de compétition; pour ces individus, les inégalités sociales sont le stimulant nécessaire et la juste récompense de leurs efforts; ils se mobilisent donc pour avoir plus que les autres et non pas juste autant que les perdants; abolir les inégalités reviendrait à supprimer l'incitation au travail, à l'effort, etc. L'issue de ce débat dépend de la réponse à la deuxième question clé d'une philosophie politique, celle des mobiles de l'action humaine en société.

6

Quels mobiles guident nos relations avec autrui?

Principes politiques II. Intérêt interpersonnel, coopération et redistribution

Dans le chapitre 3, nous avons découvert un être humain dialectique, mû par des aspirations de sens opposés, mais dont l'opposition constitue le moteur même de la vie. Il s'ensuit d'emblée qu'il est tout à fait vain de construire une doctrine politique sur la prévalence d'un mobile humain à sens unique (la bonté ou la méchanceté, l'égoïsme ou l'altruisme, etc.). En dépit de cette évidence accessible par la simple expérience quotidienne de l'existence, les doctrines politiques modernes ont trop longtemps opposé des conceptions simplistes et mutilantes des mobiles animant l'individu en société. Les unes, exagérant la propension naturelle des humains à l'association et à la coopération, dérivent vers l'utopie d'une communauté politique fusionnelle. Les autres, exagérant le désir d'autonomie et la rivalité des égoïsmes, dérivent vers l'utopie libertaire, ou vers l'utopie d'une libre concurrence susceptible de produire l'abondance qui éteindra les conflits d'intérêts.

Ces deux dérives ont en commun un secret fantasme de pureté et de simplicité de la nature humaine, qui manifeste peut-être l'angoisse de leurs penseurs face à leur propre complexité. Mais en refusant d'intégrer la complexité humaine, elles rendent la marche des individus et des sociétés bien plus compliquée. Selon la part d'humanité qu'elles amputent, elles conçoivent un humain qui boite de la jambe gauche ou de la jambe droite, alors qu'un être humain ne marche bien qu'en boitant sur ses deux jambes (pour reprendre une belle image de Boris Cyrulnik[118]).

Je vais montrer ici qu'en rétablissant le moteur complexe de l'action humaine, on évite bien des faux débats récurrents sur le mobile de l'intérêt personnel ou sur l'alternative compétition-coopération, et bien des idées fausses sur l'utilité économique des inégalités ou sur les méfaits supposés de la redistribution.

Axiome 2. Le moteur central de l'action humaine. *Dans sa relation à autrui, l'être humain est mû par la dialectique interne de deux aspirations indissociables: le besoin d'être lui-même (*i.e. *de grandir, de se distinguer, d'agir selon ses désirs propres, d'être seul, etc.) et le besoin d'être avec autrui (*i.e. *d'être aimé, reconnu et admiré, d'être conforme, de se fondre dans une action commune, etc.)* (F3, F5, F6, F7).

La motivation fondamentale de la relation à autrui est donc existentielle. L'individu a besoin des autres pour être lui-même; la chimie de son cerveau le pousse à fuir alternativement l'angoisse de l'abandon et l'étouffement dans la promiscuité. Autrement dit, en termes positifs, l'individu alterne la quête d'apaisement et de sécurité dans l'union avec des proches, et la recherche d'excitation et de nouveauté dans la confrontation à des inconnus. On peut encore dire que l'individu oscille entre deux fantasmes opposés: la fusion avec autrui et l'autonomie parfaite. L'individu vit ainsi une dialectique interne, et son bien-être psychique dépend de sa capacité à assurer une

118. *De chair et d'âme, op. cit.*

synthèse permanente, un équilibre dynamique entre ses deux penchants. La recherche de cet équilibre constitue *le moteur de l'être humain* dans ses relations à autrui; moteur à deux temps (être soi, être avec) dont le régime de croisière suppose que chaque temps vienne à son tour à la fois compenser l'autre et le rendre à nouveau nécessaire.

Quand l'être humain trouve cet équilibre, ses deux aspirations ne sont plus ressenties comme contradictoires; elles entrent en synergie positive: être bien avec les autres étend la liberté d'être soi-même, et jouir de cette liberté nourrit la reconnaissance envers autrui et le désir de préserver les relations; se conformer aux normes imposées dans des cercles sociaux divers et choisis devient une expression de l'autonomie et de la singularité, etc. Au contraire, l'émergence et la persistance d'une *contradiction interne* des aspirations sont une source de stress et d'anxiété que l'individu cherche spontanément à tarir.

L'individu a plus ou moins d'aisance à réussir sa synthèse interne, selon que sa petite enfance, son éducation, la culture ambiante, le système politique économique et social, son univers professionnel, etc., concourent à l'apprentissage et à la promotion d'un équilibre entre le besoin d'être soi et le besoin d'être avec autrui. L'apparition comme la résolution d'une contradiction interne entre les aspirations de l'individu dépendent donc largement de l'environnement social. Une société qui encourage à la fois l'épanouissement personnel, la solidarité, la compétition ludique, la coopération, la sécurité collective, l'initiative personnelle, la diversité et l'ouverture des cercles sociaux, etc., cette société-là a toutes les chances de soutenir l'individu dans sa quête d'un équilibre entre les deux faces de son désir d'exister. En revanche, une société qui ne soutient qu'un seul temps du moteur de la vie humaine exacerbe la contradiction interne de l'individu et expose ce dernier à une souffrance psychique permanente, souffrance à la mesure des efforts qu'il doit désormais déployer pour faire tourner son moteur entravé. Par exemple, une *hypersociété* mutile le désir d'être soi-même, le désir d'autonomie, au profit d'une association forcée au tout social, au mouvement collectif. À l'inverse, une *dissociété* mutile le besoin d'association aux autres, au profit de l'épanouissement de soi dans l'isolement ou la rivalité permanente. Dans ces deux cas types, l'individu en quête d'un équilibre interne entre les aspirations humaines vit dans une société qui promeut et organise le déséquilibre entre celles-ci ; pour vivre en harmonie avec la société, il doit renoncer à vivre en paix avec lui-même.

Alors, pour éviter la souffrance psychique nourrie par un système qui menace son équilibre interne, un individu résilient cherchera le plus souvent à s'adapter aux exigences pourtant contre nature de la société (F8). Il aura recours à divers mécanismes d'évitement, de refoulement ou d'identification pour nier ou atténuer la contradiction interne exacerbée par son environnement[119].

Il est donc ici essentiel de comprendre qu'il y a autant de comportements sociaux observables qu'il y a de systèmes sociaux avec lesquels les individus doivent composer pour vivre en bonne santé psychique. Selon le contexte social, les mêmes personnes pourront être des coopérateurs à la solidarité exemplaire ou des compétiteurs impitoyables. L'observation de ces deux comportements possibles n'autorise donc personne à déduire l'existence chez l'humain d'une « bonté naturelle » ou d'une « passion innée pour la rivalité ». La multiplicité

119. Le chapitre 10 de *La Dissociété* explique plus longuement les mécanismes de la soumission volontaire à un contexte social inhumain.

des mobiles apparents des humains en société masque l'unicité du moteur fondamental de l'action humaine, *i.e.* la quête de l'équilibre psychique interne décrite ci-dessus. Cette conclusion nous mène immédiatement à un premier corollaire.

2-a. Souci de soi et souci d'autrui. *L'individu n'est «naturellement» ni égoïste, ni altruiste, ni sociable, ni a-sociable, ni bon, ni méchant; il peut être tout cela à la fois, ou en alternance, en raison de sa quête d'un équilibre entre ses aspirations. Parmi toutes ces manières d'être avec autrui, l'émergence d'un penchant dominant est socialement construite et donc réversible* (F12, F13).

La vie humaine est régie par un moteur dont le fonctionnement vise à articuler des mobiles de sens opposés (singularité et conformité, compagnie et solitude, souci de soi et souci d'autrui, etc.). Ces mobiles sont complémentaires et non pas substituables. À environnement constant, la chimie de notre cerveau nous incite à alterner ces mobiles en sorte que leur opposition équilibrée soutienne en réalité un même mouvement. Par conséquent, la prééminence permanente d'un mobile sur son mobile complémentaire est un effet combiné de l'environnement social et des réactions de l'individu pour atténuer la tension psychique engendrée par cet environnement.

Il est donc insensé de justifier un système social quelconque par la prétendue prévalence naturelle d'un mobile humain particulier. Car c'est là une inversion de la causalité. Si les individus s'entretuent allégrement en temps de guerre, est-on pour autant fondé à justifier la guerre sur la propension naturelle des humains à s'entretuer? Bien sûr que non! C'est parce que leurs sociétés sont en guerre et les a armés que deux étrangers se tirent l'un sur l'autre, et non l'inverse. Notre nature ne détermine la prévalence d'aucune motivation unique, elle nous prédispose au contraire à rechercher la complémentarité de mobiles apparemment contradictoires. C'est un contexte social spécifique qui peut pousser les individus à la fixation déséquilibrante sur un mobile dominant. Si un système social prétend respecter la nature humaine, il doit en réalité éviter la fixation sur un penchant spécifique, et favoriser la synergie des mobiles, c'est-à-dire créer un cadre culturel et institutionnel dans lequel chacun peut également trouver sa manière d'être lui-même *avec* les autres, et non pas *contre* eux ou *sous* leur domination. Ce faisant, le système social accompagne le mouvement même de la vie, réduit le stress et l'anxiété des individus, et aide ceux-ci à grandir en harmonie avec les autres.

Une philosophie politique avisée ne doit pas isoler un mobile dominant de l'action humaine pour fonder une conception du système social; elle doit au contraire redouter les systèmes sociaux schizophréniques conçus autour de la prévalence prétendument « naturelle » de tel ou tel comportement humain. Si le politique se mêle de dire sur quel penchant humain doit reposer la société, il se prépare immanquablement à organiser la mutilation des autres penchants qui pourtant ne font qu'un avec celui qu'il entend privilégier. Las, la philosophie politique s'est largement fourvoyée dans ce travers dangereux. Comme nous le rappelait Carl Schmitt, la plupart des grandes doctrines politiques peuvent se distinguer selon qu'elles supposent un homme naturellement bon ou naturellement mauvais[120]. Hélas, oui! Mais je dirais pour ma part que ce n'est pas là ce qui les distingue, mais que c'est au contraire ce qui les réunit dans une même erreur, dans une même famille de pensée moderne qui a installé le mythe de l'*individu indépendant d'autrui*. On

120. Voir *La Notion de politique*, *op. cit.*, p. 101.

en revient toujours à cet axiome premier qui constitue la vraie ligne de partage entre les *théologies* politiques et les *sciences* politiques (*i.e.* entre la version théologique du sujet et sa version anthropologique). Si les individus ont une forme surnaturelle d'existence et constituent dès leur naissance des *sujets* indépendants d'autrui (des centres de décision autonomes), alors une stricte distinction entre le souci de soi et le souci des autres a un sens ; le souci d'autrui ne va pas de soi, il implique un choix délibéré de la part d'un individu qui n'a pas besoin des autres pour être lui-même.

En revanche, si l'on s'en tient à la science de l'homme comme à l'expérience la plus universelle, on sait alors que l'individu naît, grandit et vit dans et par la relation aux autres et que tout son être est biologiquement et psychologiquement en interdépendance constante avec celui d'autrui (affection, envie, amour, jalousie, empathie, rancœur, sympathie, mimétisme, reconnaissance, etc.). Dès lors, puisque être soi et être avec ne sont que les deux temps d'un même moteur existentiel qui « marche à la relation », il est tout simplement insensé d'opposer le souci de soi et le souci d'autrui. Quand un individu s'occupe d'un autre, il satisfait dans le même temps une aspiration personnelle, il s'occupe aussi de lui-même, il existe avec et grâce à l'autre.

Est-ce à dire que, comme le pensaient La Rochefoucauld et Mandeville[121], l'altruisme n'existe pas, ou plutôt n'est qu'une variante maquillée de l'égoïsme ? Selon eux, en effet, il n'y a pas de don sans contrepartie, ni d'action pour autrui sans calcul d'un intérêt bien compris. La vérité est que, en tant que *concepts moraux*, l'altruisme et l'égoïsme n'existent que conjointement : si l'un n'a pas

121. Je présente ce débat classique et ses sources plus en détail in *La Dissociété*, *op. cit.*, chap. 6.

de sens, l'autre n'en a pas non plus. Si le souci exclusif de soi est un comportement aussi universel que le prétendent les fossoyeurs de l'altruisme authentique, alors il s'agit d'un mouvement naturel de l'existence qui ne peut pas recevoir davantage de qualification morale que le fait de respirer. Si l'animal humain n'a pas la faculté d'opter pour un comportement altruiste, ce qu'il fait sans l'avoir choisi n'appelle aucun jugement éthique : ce n'est ni égoïste, ni bien, ni mal, c'est ainsi, un point c'est tout.

Dans la vie concrète, la distinction entre égoïsme et altruisme fait sens, dans la mesure où nous avons souvent le choix entre ce que nous percevons comme notre intérêt privé et ce qui nous semble (ou non) être la « bonne » action envers autrui. Mais si, du coup, ces deux concepts font sens en tant que qualificatifs éthiques, leur usage est problématique dans une analyse rigoureuse des comportements. Les critères éthiques servent en effet à déterminer le jugement non ambigu d'une action. Pour disposer d'une valeur prescriptive, la morale doit être en mesure de nous dire que tel acte est *soit* égoïste, *soit* altruiste. Or, ce que nous savons de la nature humaine et du moteur central de la vie humaine nous donne à voir des comportements dont l'ambivalence est la propriété même.

Dans la réalité humaine, le souci de soi et le souci d'autrui sont indissociables ; il s'ensuit que les concepts dissociés et antinomiques d'altruisme et d'égoïsme sont peu adaptés à la description de cette réalité. Ainsi, l'altruisme authentique semble bien exister effectivement : l'être humain est capable de donner sans compter, de rendre service sans espérer un service en retour, etc. Nous en faisons l'expérience quotidienne dans les relations amicales ou dans l'action collective (pour les militants). Mais, dans le même temps, cette manière particulière de nous soucier d'autrui n'est pas une façon de nous oublier nous-mêmes ou de nous négliger, bien au contraire. L'ami, le parent, le militant, etc., jouissent du don de soi sans calcul: ils existent ainsi plus intensément que dans le repli sur une jouissance solitaire de soi-même. Le don de soi peut être exempt de tout calcul hypocrite (et donc, en un sens, altruiste), mais il n'est jamais dénué d'intérêt personnel (il est donc, en un sens, égoïste): il répond en effet au *désir d'être* de l'individu.

L'enfant qui réserve son argent de poche pour offrir un cadeau à ses parents peut le faire par amour, et non dans l'idée de «négocier» quoi que ce soit en échange. Le militant de base qui sacrifie ses loisirs à l'action politique ou syndicale peut le faire sincèrement dans l'intérêt général. Mais ni cet enfant ni ce militant ne sont totalement désintéressés, en ce sens qu'ils portent le plus grand intérêt à leur relation à autrui. Ils n'ont pas besoin d'attendre une contrepartie en retour de leur action; c'est l'action elle-même qui les comble de la satisfaction d'exister. En choisissant d'agir pour le bien d'autrui, ils choisissent aussi ce qu'il y a de mieux pour leur propre bien-être. Personne, dans le sens commun, ne dira pour autant que ce sont des égoïstes qui cachent bien leur jeu. Mais personne non plus ne jugera qu'ils font preuve d'une abnégation héroïque. En réalité, nous estimons ces comportements comme relativement normaux, car il est précisément dans notre nature de mêler le souci de soi et celui d'autrui dans un même mouvement qui nous fait «co-exister» avec autrui.

Si nous acceptons volontiers la condamnation de l'égoïsme comme norme morale, c'est précisément en raison de notre conviction intime qu'un souci de soi déconnecté du souci d'autrui est «a-normal». Cette anomalie peut être chronique chez un être dont le développement personnel n'a pas permis l'apprentissage des liens qui libèrent et du don qui comble le donateur, un être de ce fait moins doué pour la relation, plus méfiant à l'égard d'autrui et dès lors plus anxieux de prendre soin de lui-même et d'accumuler des jouissances privées pour se sentir exister. Chez cet être-là, l'égoïsme est une stratégie de défense dans un univers hostile, une pathologie sociale liée à un apprentissage défaillant de la relation. Ce défaut d'apprentissage pourra aussi bien engendrer un altruisme pathologique : une peur chronique du détachement d'autrui qui nourrit un souci d'autrui obsessionnel et pousse l'être à réprimer le souci de soi comme un penchant coupable et destructeur de la relation. L'oubli de soi et l'oubli des autres (ou encore l'égoïsme absolu et l'altruisme absolu) sont les deux symptômes opposés d'une même dissociation intérieure entre les deux faces du désir d'exister. L'être humain grandit mieux quand il parvient à maintenir un équilibre dynamique entre l'attachement à autrui et le détachement d'autrui ; il s'occupe mieux des autres quand il ne méprise pas son propre bien-être ; il prend mieux soin de lui en s'occupant des autres qu'en se privant des bienfaits de la relation.

Une philosophie politique fondée sur la réalité humaine, et non sur des catégories morales abstraites, se doit de recourir à cette conception unifiée (et non dissociée) de l'être humain. Hélas, la philosophie politique moderne a trop souvent promu une conception contre nature, une conception pathologique de l'humain, en voulant à toute force postuler ou recommander un être égoïste *ou bien* altruiste. Quand la pensée oscille ainsi entre l'oubli des autres et l'oubli de soi, c'est parce qu'elle oublie la société : elle oublie l'interdépendance première des humains grandis en société – dont l'effet est précisément que le souci de soi et celui d'autrui sont indissociables – et qu'en conséquence il est insensé de choisir l'un ou l'autre comme point de départ ou comme point d'arrivée d'une doctrine politique.

Cette erreur anthropologique fréquente dans la pensée moderne est responsable d'une erreur d'aiguillage du débat récurrent sur *le mobile de l'intérêt personnel.*

2-b. Le mobile de l'intérêt personnel. *L'être humain cherche toujours son «intérêt», en ce sens qu'il cherche à exister en combinant au mieux les composantes de son désir d'être. Puisque le souci de soi et le souci d'autrui sont indissociables, toute théorie concevant le mobile de l'intérêt personnel comme un égoïsme antinomique du souci des autres est dénuée de signification. La quête d'existence et d'équilibre psychique peut conduire l'individu vers toutes les manières d'être avec autrui. La question pertinente n'est donc pas de savoir si l'individu cherche ou non son intérêt, mais en quoi consiste réellement ce dernier et dans quelles conditions il est convergent ou non avec l'intérêt d'autrui.*

Ce que nous savons sur le fonctionnement interne de l'être humain (axiome 2) implique que celui-ci est mû par une combinaison de mobiles apparemment opposés mais en réalité complémentaires dans la satisfaction d'une pulsion vitale: le désir d'exister tout simplement. Ainsi, en un sens quasi trivial, quoi que l'individu *semble* chercher, il est toujours en quête de son intérêt: il fait ce qu'il peut pour exister en usant des facultés acquises au cours de son développement. Cette quête de l'intérêt personnel pourra conduire les uns à sacrifier leur vie pour autrui et les autres à tuer leurs semblables pour un peu d'argent; elle conduira les individus, selon chaque histoire singulière, vers mille et une manières d'être avec autrui, de l'égoïsme absolu à l'altruisme absolu, de l'agressivité permanente à la soumission totale, en passant le plus souvent par une myriade de combinaisons plus sereines et plus ambivalentes qui soutiennent leur équilibre psychique.

Quel que soit le comportement observé d'un individu, on peut donc toujours dire que celui-ci est motivé par l'intérêt personnel. Mais, dans la mesure ou l'« intérêt personnel » dont nous parlons se confond avec l'existence même, on n'affirme là qu'une gigantesque tautologie du genre : un être vivant vit ! Et c'est au fond à une évidence de ce genre que pensent la plupart de ceux qui nient l'existence de l'altruisme authentique (sans comprendre qu'ils nient, par là même, l'existence de l'égoïsme). N'est-il pas évident en effet qu'un individu *non contraint* accomplit un acte parce qu'il désire l'accomplir ? Tant qu'un acte est libre, il est destiné à satisfaire les souhaits de l'individu.

L'intérêt personnel commande-t-il donc toute la vie humaine ? Oui, si l'on entend par là qu'un être humain (pour autant qu'il est libre) fait ce qu'il fait parce qu'il le veut bien, car sinon il ferait autre chose ! Mais encore une fois, c'est là une simple tautologie qui n'autorise en rien les déductions des tenants de la psychologie égoïste et qui, du coup, ne mérite pas l'attention démesurée que lui ont accordée les détracteurs de cette psychologie. Un être qui cherche à assurer sa propre existence pourra, on l'a vu, adopter toutes sortes de comportements. Si vous voulez dire que tous ces comportements sont égoïstes, au prétexte qu'ils sont dans l'intérêt existentiel de l'individu, comprenez à quel point cela est à la fois inutile et ridicule. Nous aurions donc les égoïstes qui escroquent les vieilles dames pour arrondir leurs fins de mois, les égoïstes qui sacrifient leur vie pour sauver des personnes en danger, les égoïstes qui abandonnent leurs vieux parents dans un mouroir, les égoïstes qui dorment des années dans le salon pour donner leur chambre à leurs vieux parents, etc. Nous pourrions tout aussi bien dire que tous ces comportements sont altruistes (car ils ne sont jamais que différentes façons de s'occuper d'autrui), et nous ne serions pas plus avancés.

Une catégorie quelconque se dissout par définition si elle vient à désigner la totalité: l'égoïsme ne désigne plus aucun comportement particulier s'il devient le qualificatif universel des actes humains. Il vaut mieux réserver ce dernier sort au concept d'intérêt et préserver ainsi le sens commun de l'égoïsme – comme négligence délibérée du bien-être d'autrui –, et celui de l'altruisme – comme faculté d'endurer un coût personnel en vue du bien d'autrui. Même si l'on convient alors que ces deux attitudes sont également dans l'intérêt existentiel de l'individu, *elles n'en demeurent pas moins des modalités distinctes de l'existence* et, par conséquent, des catégories pertinentes, notamment pour le débat éthique.

La question de savoir si l'individu cherche son intérêt ou non est un faux débat, ou une simple querelle sémantique, puisque la réponse dépend uniquement de la façon dont on définit l'intérêt. Si l'on décide que l'intérêt personnel c'est le *souci de soi exclusif*, alors cet intérêt se confond avec l'égoïsme; alors, aussi, l'existence d'un altruisme conçu comme *sacrifice de soi pour autrui* constitue une réfutation de la théorie de l'intérêt personnel. Ainsi se trouvent posés les termes d'un débat sans fin, parce que c'est un débat sans fondement. En effet, on l'a vu, il est impossible de dissocier le souci de soi et le souci d'autrui; «souci de soi exclusif» ou encore «sacrifice de soi pour autrui» sont donc des expressions parfaitement *abstraites* qui s'appliquent à un «soi» fantasmatique (un «soi» qui ne dépendrait pas d'autrui). Dans la *réalité* humaine, le souci de soi et celui d'autrui s'entremêlent dans toutes les manières d'être; l'égoïsme, surtout s'il devient un trait dominant de la personnalité, peut refléter un développement perturbé du souci d'autrui; à l'opposé, un altruisme obsessionnel peut révéler une évolution pathologique du souci de soi.

Ce qui devient ici compliqué, ce n'est pas la nature humaine, c'est la rhétorique abstraite des philosophes qui veulent appliquer à des aspirations humaines conjointes et indissociables (être soi, être avec) des concepts disjoints et antinomiques (égoïsme, altruisme), des philosophes qui confondent la morale humaine et l'explication du vivant, le discours éthique et le discours scientifique.

La nature humaine n'est pas *compliquée* – le moteur central du comportement humain est aisément identifiable –, mais elle est extrêmement *complexe* : un écheveau inextricable de facteurs personnels, familiaux, culturels et sociaux compose des histoires singulières uniques et des manières d'être radicalement différentes, non seulement entre les individus, mais entre les moments particuliers de chaque histoire individuelle. Si l'on ne veut pas ajouter l'inutile complication du discours à la complexité de l'humanité, il faut soigneusement éviter de lui appliquer des concepts simplistes. La manière la plus judicieuse d'aborder la question de l'intérêt personnel consiste ainsi à accepter la complexité humaine. L'intérêt d'un être humain ne se ramène jamais à un mobile élémentaire quelconque et invariable. Il convient donc tout à la fois de concevoir que : 1) l'individu *cherche* toujours son intérêt en tant qu'être social qui veut exister et grandir parmi les autres ; 2) la quête de cet intérêt existentiel peut engendrer toutes les manières d'être avec autrui ; 3) les manières d'être socialement construites dans l'histoire singulière de chaque individu sont malléables par l'éducation, la culture, les institutions et les conventions (notamment morales) ; 4) par conséquent, un développement personnel perturbé et/ou un système social perverti peu(ven)t orienter la *recherche* de l'intérêt personnel sur des voies en réalité contraires à la *réalisation* objective de celui-ci.

Ainsi, non seulement la quête de l'intérêt « personnel » ne ramène pas à l'égoïsme (qualification morale d'une façon particulière de se soucier de son intérêt), mais en outre ses modalités sont, comme la personnalité, socialement construites, c'est-à-dire élaborées dans et par la relation avec les autres et les institutions sociales. Cette dernière propriété implique notamment que les « préférences » des individus sont interdépendantes: la manière dont chacun conçoit et ressent ce qui lui procure du bien-être ou de la peine dépend de ce que font, conçoivent et ressentent tous les autres. La sympathie, la jalousie, l'empathie, l'attachement, le désir de reconnaissance, le mimétisme, bref, toutes les manifestations de cette interdépendance subjective font que *l'intérêt personnel est en réalité un intérêt interpersonnel.*

L'individu ne peut être pensé comme une « machine à jouir » qui trie en permanence dans les options possibles celles qui maximisent son plaisir sans se soucier du plaisir ou du déplaisir des autres « machines ». La neurochimie et l'éthologie des êtres sociaux nous ont donné à voir une tout autre réalité humaine: le bien-être individuel n'est pas une *affaire privée*, c'est en réalité un *bien public*, c'est-à-dire un effet externe positif coproduit par un ensemble d'individus en interaction. On comprend bien que le bonheur de l'affection ou de la camaraderie est un *bien collectif*: il est produit par tous les protagonistes et également consommé par tous; il ne peut faire l'objet d'une appropriation privée (un seul des deux amants ne peut pas disposer pour lui seul du bonheur d'être aimé). De la même manière nous coproduisons une « ambiance pourrie » sur notre lieu de travail ou, au contraire, une atmosphère conviviale; nous coproduisons la confiance rassurante dans l'avenir ou la certitude déprimante de notre déclin, etc. De la naissance à la mort, notre bien-être est principalement l'effet de la qualité de nos relations directes ou symboliques avec tous les autres qui composent avec nous une société et une histoire communes. Voilà qui rend bien illusoire un quelconque calcul de maximisation d'un intérêt « strictement personnel». Dans les relations humaines, le meilleur «calcul» est souvent de ne pas compter, et ce pour une simple et bonne raison qui fait la magie de tous les biens publics: *quoi que chacun soit en mesure de donner pour la production d'un bien public, il recevra la totalité du bien produit par tous!* Ainsi, vous payez une cotisation sociale ridicule par rapport au coût éventuel de votre traitement si vous veniez à tomber gravement malade: en versant votre infime contribution au système de protection sociale, vous recevez en échange le droit de disposer des cotisations de tous les autres pour vous sauver la vie. Ainsi encore, vous ne bénéficiez pas des services publics en proportion de vos impôts; vous payez en fait une somme dérisoire pour jouir de la totalité des services rendus par une défense nationale, un réseau routier, des hôpitaux, des forces de l'ordre, un système judiciaire, un système éducatif, etc. Il en va de même du bonheur produit par les relations interpersonnelles, où l'on reçoit toujours plus que ce que l'on donne: vous ne recevez pas une moitié du bonheur de l'amitié coproduite avec votre ami, mais la totalité.

Quand l'équilibre psychique, la sécurité affective et matérielle, la qualité de vie, la santé, bref, tout ce qui peut être «utile» à l'existence et au développement d'un individu est à ce point dépendant d'une association et d'une relation réussies avec ses semblables, il est saugrenu d'assimiler la recherche de l'intérêt personnel à une compétition solitaire. *Dans un système humain réel où le bien-être de chacun dépend de celui de tous les autres, l'intérêt objectif des humains consiste à coopérer en vue d'optimiser un bien en réalité commun* (ce qui, nous allons le voir, n'implique pas qu'ils coopèrent effectivement).

L'erreur des théories utilitaristes fondées sur une psychologie égoïste n'est donc pas dans le postulat que l'individu cherche toujours son intérêt, il est dans une conception fallacieuse de cet intérêt qui oublie le *fait* que celui-ci est inextricablement lié à l'intérêt d'autrui. Si les individus réels étaient les «maximisateurs» rationnels d'utilité décrits par la science économique utilitariste, alors ils devraient presque toujours préférer la coopération solidaire avec autrui, plutôt que la rivalité. Au lieu de cela, la «science» économique néolibérale prédit que la concurrence parfaite entre les individus engendre le maximum d'utilité pour tous! Nous reviendrons sur cette ineptie et ses conséquences à la section suivante. Insistons pour l'instant sur l'origine de cette erreur. En focalisant le débat entre utilitaristes et anti-utilitaristes sur l'acceptation ou le rejet du mobile de l'*intérêt personnel* (ou, ce qui revient au même, de l'*utilité individuelle*), on entre dans une querelle largement sémantique et on détourne l'attention du vrai débat. L'erreur des utilitaristes n'est ni dans le concept d'utilité (ou d'intérêt) ni dans le postulat que tout humain cherche le maximum d'utilité. «Utilité» (comme «intérêt») n'est qu'un mot assez vague que l'on peut concevoir de façon assez large pour l'appliquer à toutes les formes de motivations humaines; c'est une simple dénomination (ou tautologie) qui ne justifie ni les lauriers ni les foudres qu'elle a pu attirer à ses promoteurs. *La véritable erreur de l'utilitarisme des économistes n'est donc pas dans le principe d'utilité, elle est dans l'individualisme méthodologique*, qui postule l'indépendance stricte des préférences et transforme les humains en machines à consommer des biens, en atomes mus par une pulsion de jouissance totalement indépendante de la jouissance des autres atomes. Cet individualisme interdit de comprendre ce qui est vraiment «utile» à l'humain, être social qui existe par et pour la relation à autrui (y compris quand il se comporte en égoïste), et pour qui la jouissance procurée par les liens est toujours supérieure à celle que procurent les biens.

En revanche, comme on va le voir, le socialisme méthodologique permet de comprendre à la fois pourquoi la coopération est plus rationnelle que la rivalité systématique, et dans quelles circonstances les humains peuvent ou sont au contraire incapables de mettre en place cette coopération rationnelle.

2-c. Coopération, compétition solidaire, efficacité[122] et rationalité. *D'un point de vue objectif, les êtres sociaux sont toujours collectivement plus efficaces par la coopération (ou la compétition solidaire) que par la compétition solitaire. Néanmoins, l'option apparemment irrationnelle pour la compétition peut l'emporter chez des individus rationnels, en l'absence de communication, de régulation sociale et de confiance réciproque. C'est donc largement un contexte socialement construit, et non la nature humaine, qui détermine l'arbitrage entre la coopération et la compétition.*

Pour des atomes indépendants les uns des autres et mus seulement par leur pulsion propre de jouissance, la rivalité n'est pas un problème, elle est plutôt leur manière d'être constitutive. En revanche, pour des êtres sociaux dont le bien-être dépend principalement de la qualité des relations à autrui, la compétition économique *systématique* avec les autres individus rivaux nourrit une contradiction interne stressante (F4) : il s'agit d'être soi *contre* autrui, de prendre la place d'autrui ; c'est une relation de face-à-face, d'affrontement (F18). Chaque individu doit alors consacrer une part de son énergie à la gestion de son stress, à sa protection personnelle, à la dissimulation ou à l'altération

122. Nous prenons ici « efficacité » au sens économique usuel du terme : maximisation du résultat escompté d'une action pour l'usage d'une quantité donnée de moyens (ou minimisation des moyens engagés pour un résultat donné).

des informations pertinentes pour ses rivaux, etc. Un groupe d'individus solidaires fait l'économie de cette dépense d'énergie improductive, maintient ses membres en meilleure santé psychique et physique et atteint plus vite le résultat escompté qu'une collection d'individus rivaux.

On sait par ailleurs (F7) que les facultés individuelles d'initiative et de mobilité comme la capacité à assumer le risque sont d'autant plus fortes que l'individu dispose d'un haut degré de sécurité affective et sociale, *i.e.* la certitude du lien indéfectible avec les autres et du soutien solidaire de ses semblables en cas d'échec ou de difficultés. Des travailleurs privés de cette assurance, convaincus que leurs collègues sont des rivaux et non des soutiens potentiels, persuadés qu'une sous-performance les expose à l'exclusion, ces travailleurs tétanisés par la peur prennent peu d'initiatives, ne font pas circuler l'information sur les problèmes qu'ils rencontrent, résistent aux changements, etc. Un cadre de coopération solidaire a les effets inverses et améliore la productivité et la réactivité des entreprises.

Pour ces deux premières raisons (stress et insécurité), et tant du point de vue du bien-être des individus que de celui de l'efficacité économique, *les vertus éventuelles de la concurrence sont attachées à la compétition entre les entreprises et non à la compétition entre les individus.* Autrement dit, comme dans tout jeu collectif, la « bonne » concurrence se fait *entre* des équipes solidaires, pas *à l'intérieur* des équipes. Certes, la compétition interne à une équipe de travail produit parfois une émulation réciproque favorable au résultat collectif. Mais cette émulation positive est possible seulement dans le cadre de ce que j'appelle la *compétition solidaire*, à savoir : une concurrence organisée et limitée entre des acteurs qui ont un fort sentiment d'appartenance commune (à une région, à une profession, etc.), qui coopèrent dans la poursuite d'objectifs communs, qui se soutiennent mutuellement en cas de difficultés et qui partagent une proportion non négligeable des gains obtenus pour les vainqueurs; comme dans la compétition ludique, la concurrence ne vise pas l'élimination des rivaux mais participe en réalité à la perpétuation et à l'approfondissement d'une relation. C'est le type de concurrence interne qui prévaut parfois dans une équipe sportive.

En fait, la principale vertu économique et psychique de la compétition *externe* (entre des organisations) est qu'elle *renforce* les liens et donc la *coopération interne* (entre les individus membres des organisations). On ne saurait en déduire pour autant la nécessité de maximiser l'intensité de cette concurrence externe. D'une part, l'expérience contemporaine montre que la libération de la concurrence maximale entre organisations entraîne une exacerbation sans précédent de la compétition interne entre les individus. D'autre part, et surtout, la compétition entre les organisations, comme celle qui oppose des individus, n'échappe pas à l'irrationalité économique consubstantielle à la rivalité.

En effet, plusieurs acteurs quelconques (individus ou organisations) sont toujours plus efficaces quand ils prennent leurs décisions d'un commun accord que lorsqu'ils tentent, chacun de leur côté, de maximiser leurs propres gains; en fait, la coopération évite les coûts de la compétition et permet d'exploiter un éventuel intérêt commun. Ce résultat a été plus formellement établi par la théorie des jeux grâce au concept d'*équilibre de Nash*[123].

123. En 1951, John Nash démontre que, dans une situation d'interaction stratégique entre *n* acteurs rationnels (l'action optimale de chaque acteur doit tenir compte des actions possibles pour tous les autres acteurs), il existe une solution d'équilibre stable telle que chaque acteur dispose d'une stratégie dominante, *i.e.* un choix qui maximise son utilité quels que soient les choix effectués par les autres.

Un cas emblématique d'équilibre de Nash est particulièrement pertinent pour le débat politique; il s'agit de l'équilibre sous-optimal qui résulte des choix individuels rationnels dans les situations du type «dilemme du prisonnier»: le bien-être de deux individus dépend de l'effet conjoint de leurs choix effectués séparément (en l'espèce, avouer ou nier un crime); si ces individus avaient la possibilité de négocier une décision commune, ils choisiraient la meilleure des solutions (en l'espèce, nier le crime); mais, quand ils ne peuvent communiquer et raisonnent en atomes rationnels, ils ont chacun une même «stratégie dominante» qui consiste à décider le contraire de ce qu'ils seraient convenus s'ils avaient pu se concerter (en l'espèce, les deux prisonniers avouent chacun de leur côté; moyennant quoi, ils écopent tous deux de la plus lourde peine). *Le théorème de Nash établit que, même s'il existe une solution collective préférable pour tous, la compétition entre des individus rationnels fait converger les choix vers la pire des solutions pour tous.*

Une parabole simpliste mais éclairante nous montre aisément pourquoi la coopération est souvent plus rationnelle que la rivalité. Dans un monde sans police et sans lois, imaginons un ensemble de compétiteurs de force équivalente, égoïstes, sans liens sociaux et qui doivent se partager un gâteau. En pareille situation, on comprend vite l'irrationalité d'un combat au corps à corps qui n'apportera à chacun rien de plus que ce qu'il pourrait avoir aussitôt sans se battre, à savoir une part égale à celle des autres. Puisque les compétiteurs sont égaux, aucun ne peut espérer emporter une part vraiment supérieure à celle des autres. Au mieux, la lutte permettra à chacun d'obtenir sa part; au pire, le gâteau sera réduit en charpie inconsommable. La coopération (*i.e.* un partage égalitaire du gâteau) permet à tous d'obtenir ce qu'ils peuvent raisonnablement espérer, sans en passer par les coûts et les risques de la lutte. Si les compétiteurs sont inégaux, il n'y a pas à proprement parler de « compétition » : le dominant s'empare vite du gâteau et laisse les miettes aux dominés. Et, là encore, comme en cas de jeu égal, la quasi-totalité des individus préféreraient bien évidemment la coopération à la lutte. Mais si les compétiteurs sont tous des étrangers les uns pour les autres, dans l'impossibilité de communiquer, ou encore pleins de défiance réciproque, bref, s'ils sont des *individus dissociés*, ils ont intérêt à se jeter sur le gâteau, et ce, que les autres défendent chèrement leur part ou non. La rivalité solitaire engendre un effet externe (ou « externalité ») négatif : chacun, en croyant défendre son intérêt, participe à une réduction générale du bien-être. Inversement, la coopération, si elle était possible, entraînerait un effet externe positif : les économies externes constituées par la suppression des coûts et des risques de la lutte pour la plus grosse part.

Dans le monde réel de l'économie, les entrepreneurs connaissent parfaitement l'avantage comparatif de la coopération. S'ils pouvaient s'entendre avec leurs concurrents pour organiser en commun des programmes de recherche et de formation du personnel, des campagnes de communication, des services juridiques et de recouvrement, etc., ils réduiraient considérablement leurs coûts, qui sont pour une bonne part des *coûts de la concurrence*. Si les concurrents s'entendaient pour ajuster le volume global de production à la taille de leur marché, au lieu de tous surproduire en espérant prendre une part du marché aux autres, ils éviteraient le gaspillage des facteurs de production et l'excès d'offre (qui tire le prix de marché vers le bas). De même, au lieu de chercher, chacun pour soi, à obtenir le meilleur prix auprès de leurs divers fournisseurs, des entrepreneurs concurrents auraient intérêt à centraliser leurs achats pour accroître leur pouvoir de négociation. Bref, et c'est là un paradoxe bien connu de la théorie pure des marchés: sur un marché parfaitement concurrentiel, les entreprises maximiseraient leurs profits si elles créaient un «cartel», c'est-à-dire une organisation collective qui supprime la concurrence et permet à un ensemble de producteurs d'agir conjointement, comme s'ils constituaient une seule et même entreprise (un monopole).

Ainsi, l'intérêt bien compris des compétiteurs est souvent de s'entendre, et c'est bien pourquoi tous les pays capitalistes ont dû déployer des règlementations pour «protéger» la concurrence contre cet insatiable appétit de coopération. Par conséquent, dans le monde réel, quand la rivalité solitaire l'emporte sur la coopération solidaire, ce n'est pas qu'elle présente en soi un quelconque avantage économique, c'est seulement que les compétiteurs ne se font pas assez confiance pour conclure des accords durables et ne sont pas en mesure de se surveiller mutuellement. Et c'est là un autre résultat bien connu de la science économique: le *théorème de Coase*[124], qui impute aux «coûts de transaction» l'éventuelle inefficience d'un marché réunissant des acteurs rationnels. En effet, *si des choix individuels non concertés devaient engendrer des effets externes négatifs (ou empêcher des effets externes positifs), et si les coûts de transaction sont nuls, alors des individus rationnels décideront de négocier pour mettre en œuvre la solution coopérative la plus efficiente.* L'intérêt du théorème de Coase est de poser clairement les termes de la question suivante: pourquoi les individus se font-ils de la concurrence et jouent-ils «chacun pour soi», quand ils auraient intérêt à coopérer? La réponse de Coase est quasi triviale: si cela ne coûte rien de négocier et

124. Ronald Coase, «The problem of social cost», *Journal of Law and Economics*, vol. 3, oct. 1960. Traduit et commenté *in* Jacques Généreux, *L'Économie politique. Analyse économique des choix publics et de la vie politique*, Larousse, 1996.

d'appliquer des contrats et si les individus sont rationnels, ils ne laisseront pas passer une opportunité d'améliorer leur bien-être; par conséquent, si la solution coopérative ne se met pas en place spontanément, cela ne peut avoir que deux types de causes: 1) des coûts de transaction qui dépassent les avantages attendus; 2) des comportements en réalité irrationnels. La théorie économique orthodoxe, fondée sur le postulat de rationalité individuelle, n'a évidemment exploré que la première de ces deux pistes. C'est là une lacune que nous comblerons un peu plus loin. Pour le moment, contentons-nous de la première piste qui est déjà riche d'enseignements.

Le dilemme du prisonnier, qui piège des individus rationnels dans l'irrationalité de la rivalité et qui leur interdit de partager les gains potentiels de la coopération, vient donc, en premier lieu, des coûts de transaction. On pense ici aussitôt au problème posé par le nombre de personnes concernées: il peut être trop élevé pour organiser une négociation dont le coût resterait inférieur à l'avantage escompté. Mais là n'est pas la difficulté majeure, car on peut toujours recourir à la désignation de «représentants» pour ramener le nombre de «négociateurs» à un niveau raisonnable. Une loi concernant des millions de citoyens est discutée entre quelques dizaines de députés dans une commission parlementaire; des accords affectant des milliers de producteurs se négocient entre quelques représentants élus dans des organisations professionnelles, etc.

Le nombre d'individus (et l'organisation matérielle des négociations) n'est donc pas un obstacle déterminant à la coopération efficace. La véritable difficulté, pour chaque protagoniste, est de s'assurer de la sincère et réelle coopération des autres. La coopération est toujours compliquée à maintenir entre des rivaux dissociés, parce que chaque compétiteur est tenté de jouer le «passager clandestin», c'est-à-dire de profiter des bienfaits de la coopération sans assumer sa part des charges et des obligations collectives. Si les autres respectent les règles du jeu, le tricheur a un réel avantage; du coup, chacun est incité à tricher, s'il peut éviter de se faire prendre. Les gains associés à la coopération ne valent donc d'être recherchés que si l'on est à peu près sûr que les autres joueront vraiment le jeu coopératif; sinon, on s'expose seulement à être la «bonne poire», le «gentil» qui se fait exploiter par les «méchants».

Un exemple non économique nous permettra ici de montrer la portée plus générale du dilemme du prisonnier et du théorème de Nash. Ainsi, en cas d'incendie dans une salle de spectacle ne disposant que d'une issue de secours, chacun *sait* que l'attitude optimale consiste à marcher calmement pour éviter une ruée générale qui entravera la fuite du plus grand nombre et entraînera un nombre maximum de victimes. Cette solution optimale suppose toutefois que chacun *adopte* une attitude coopérative (*i.e.* respecte la règle de comportement conforme à l'intérêt collectif). Si les individus sont des atomes dissociés qui tentent de maximiser leur propre gain sans tenir compte du gain collectif, ils raisonneront ainsi: «Si tout le monde reste calme, j'ai intérêt à courir pour passer devant les autres et maximiser mes chances de survie; si tout le monde se met à courir vers l'issue de secours, j'ai intérêt à courir plus vite qu'eux.» Quoi que fassent les autres, l'individu dissocié a une stratégie dominante – se ruer vers la sortie – et il suppose que les autres raisonneront comme lui et qu'ils vont donc se précipiter vers l'unique issue de secours. La rivalité des individus rationnels a ainsi toutes les chances d'entraîner une ruée meurtrière. Cette histoire simple est la métaphore parfaite d'une multitude de catastrophes plus ou moins graves provoquées par la rationalité des acteurs placés en situation de rivalité dissociée: les épargnants qui provoquent la faillite de leur caisse d'épargne en voulant tous retirer leurs dépôts, les exploitants d'une ressource qui la détruisent à défaut de s'entendre sur une exploitation durable, etc.

Poursuivons donc l'analyse de notre exemple en gardant à l'esprit qu'il s'agit de l'expression métaphorique d'une dimension universelle des relations humaines, à savoir: *l'effet pervers de la défiance qui interdit l'accès à la coopération efficace.* La catastrophe collective (la ruée dans le cinéma en feu) ne résulte pas de l'ignorance (chacun sait qu'une évacuation dans le calme et la discipline maximiserait ses chances de survie); elle ne manifeste pas davantage une erreur de raisonnement des individus (chacun adopte la seule attitude raisonnable compte tenu du comportement probable des autres). La catastrophe est la conséquence de la dissociation et de la défiance.

Des individus dont le bien-être n'est pas lié à celui d'autrui et/ou qui s'attendent à ce que les autres adoptent une attitude agressive (non coopérative) n'ont pas d'autre choix raisonnable que de se faire la guerre. L'efficacité supérieure pourtant évidente de la coopération ne suffit donc pas à l'imposer comme stratégie préférée. La mise en œuvre de la coopération efficiente dépend de la nature des liens sociaux et des institutions sociales, comme l'exemple de l'incendie permet encore de le démontrer. Ainsi, une famille unie ou une équipe de rugbymen réagira de façon ordonnée et solidaire face à un incendie: les liens d'attachement et/ou une longue pratique de l'action en commun installent la confiance dans la loyauté d'autrui envers le groupe, et chacun tient plus à préserver sa réputation de loyauté auprès de ses proches qu'auprès de parfaits inconnus. Est-ce à dire que la coopération efficiente ne peut se mettre en place qu'entre parents ou entre bons camarades, dans la seule socialité primaire?

Non, cela veut seulement dire que cette coopération ne s'installe pas spontanément en l'absence de confiance et de sécurité collective. Par conséquent, quand des liens primaires ne prédisposent pas les individus à la coopération, on peut mettre en place des *infrastructures*, des *institutions* et une *culture* qui incitent et/ou contraignent les individus à coopérer.

Commençons par les *infrastructures*. Dans le cas du cinéma en feu, il suffirait de construire une issue de secours pour chaque rangée de fauteuils pour que des individus rationnels parfaitement déliés se comportent comme une équipe soudée qui évacue dans l'ordre. On sait que l'agressivité est maximale quand un animal se sent coincé dans une impasse, sans possibilité de fuite face à une menace ou à un prédateur (F13). Si l'on veut susciter un comportement coopératif, il faut donc commencer par rassurer l'individu sur sa propre sécurité, lui laisser des issues: une porte de sortie sans déshonneur dans une négociation, une assurance contre l'échec éventuel du projet collectif auquel on lui demande de coopérer loyalement, etc. Les portes de secours du cinéma sont ici la métaphore des infrastructures sociales, c'est-à-dire du système économique et social dans lequel se déroule l'action individuelle. On l'a vu avec Polanyi[125], la poursuite solitaire d'un intérêt économique déconnecté de l'intérêt général ne présente en réalité pas d'intérêt dans le cadre des sociétés premières où le bien-être matériel de l'individu est au mieux garanti par sa communauté. À l'opposé, dans une société où la sécurité de l'individu dépend essentiellement de sa performance personnelle, il est impossible d'installer la loyauté de chacun envers une communauté d'inconnus qui ne vous assure de rien en retour.

125. *Supra*, chap. 3, p. 138-139.

La sécurité et la confiance nécessaires à la coopération peuvent aussi être assurées par des *institutions* sociales, *i.e.* des lois et des conventions que la société se charge de faire respecter (les pompiers ou les agents de sécurité chargés de faire respecter les consignes d'évacuation du cinéma) ; en deux mots, la police et la justice qui imposent des règles et sanctionnent les tricheurs. La simple présence du « représentant » de l'ordre peut garantir la solution coopérative, non par la peur qu'il inspire aux rivaux potentiels mais par l'assurance qu'un éventuel tricheur sera identifié et sanctionné ; chacun peut alors opter pour le jeu coopératif sans redouter d'être la « bonne poire ». On retrouve ici le rôle déjà souligné du « tiers » dans toute relation. L'« agent de sécurité » incarne la société comme tiers transcendant les relations et capable de délivrer les individus du dilemme du prisonnier.

Enfin, la confiance nécessaire à la coopération efficace pourra être installée grâce à l'*éducation* et à la *culture* (F10). Les cinémas en feu seraient plus souvent évacués dans le calme si chaque projection était précédée par un petit film décrivant les conséquences dramatiques d'une ruée sauvage vers la sortie et la fin heureuse d'une évacuation selon les règles. Et, là encore, ce n'est pas tant l'information sur la bonne solution qui joue le rôle majeur. En réalité, même sans ce type de campagne de communication, tout le monde sait bien comment, en théorie, il faudrait évacuer le cinéma. Mais chacun doute que tous les autres en aient une aussi claire conscience que lui-même, ou soient eux-mêmes rassurés sur la clairvoyance d'autrui. Le partage routinier d'une information préalable est efficace, non parce qu'il développe une connaissance *nouvelle*, mais parce qu'il rend cette connaissance *commune* : il la transforme en culture ordinaire d'une population assurée que chacun pense la même chose sur la question et sait bien qu'il sera méprisé par tous s'il venait à ne pas se comporter comme l'exige le sens commun.

Le dilemme du prisonnier n'est donc pas une fatalité. Selon les circonstances, les moyens disponibles et la nature du problème à résoudre, on peut toujours s'efforcer de concevoir la combinaison d'infrastructures, de règles, d'institutions, de communication et d'éducation qui a le plus de chances d'instaurer une coopération efficace. Le dilemme du prisonnier est en réalité installé ou évité par la société. Les individus en eux-mêmes ne sont ni des coopérateurs innés ni des compétiteurs invétérés. Ce sont des êtres tellement interdépendants qu'ils auraient le plus souvent un intérêt objectif à coopérer; mais ils ne se trouvent pas toujours dans le contexte de confiance et de sécurité nécessaire pour mettre en œuvre cet intérêt commun.

La marge de manœuvre et d'influence du politique est donc ici très large. Même en partant du contexte actuel de défiance et d'insécurité – contexte fabriqué par trois décennies de dérégulation des marchés et de propagande néolibérale –, le politique peut toujours déconstruire le culte de la rivalité et reconstruire une culture de la coopération efficace. On peut en effet escompter qu'un tel renversement du discours politique rencontrerait un large soutien dans la société. Non seulement l'immense majorité des individus a objectivement intérêt à la renaissance d'une culture de la coopération, mais, en outre, le fantasme du progrès général garanti par le déchaînement de la libre concurrence s'est dissipé dans la réalité sordide de la guerre économique et des crises récurrentes du capitalisme dérégulé.

Toutefois, cette dernière conclusion pourrait être compromise ou nuancée, quand on explore la deuxième piste évoquée plus haut, à savoir que la généralisation d'une logique inefficace de compétition solitaire peut aussi refléter l'irrationalité économique des acteurs. Les individus pourraient ainsi avoir une préférence pour la rivalité en soi, indépendamment de son efficacité, une sorte de goût irrationnel pour la compétition, en somme, une nature guerrière sur laquelle les transformations politiques et sociales n'auraient que peu de prise. En fait, même si le goût pour la compétition en soi existe bel et bien, la prise en compte d'une éventuelle irrationalité économique rend souvent le comportement coopératif encore plus plausible que si les individus se comportaient effectivement en *homo oeconomicus* rationnels ; c'est ce que je vais démontrer à présent.

La science économique orthodoxe pose l'hypothèse d'une « rationalité forte » : l'individu sait identifier et classer toutes les opportunités et sélectionner le comportement qui maximise son utilité (*i.e.* son bien-être). Ce postulat a d'abord été contesté par Herbert Simon, en 1943[126]. Selon lui, l'imperfection de l'information disponible et des capacités de traitement de cette information interdit le calcul permanent du maximum d'utilité. Il est donc plus réaliste de parler d'une « rationalité limitée » (ou « procédurale ») : l'individu, compte tenu de ses capacités effectives d'évaluation des choix possibles, se contente de rechercher une solution « satisfaisante ». Depuis lors, de nombreuses études de psychologie expérimentale ont établi que les humains ne se comportent pas toujours comme des machines à calculer un gain maximal. En 1953, Maurice Allais a montré que, dans des jeux simples de loterie, la grande majorité des joueurs préfère des gains certains à des gains incertains dont l'espérance mathématique est pourtant nettement

---

126. Herbert Simon, *Administrative Behavior*, Macmillan, 1947 (édition d'une thèse de doctorat de 1943). Traduction française : *Administration et processus de décision*, Economica, 1983.

plus élevée. L'individu ne cherche donc pas toujours le gain maximum mais s'efforce le plus souvent de limiter le stress et l'angoisse liés à l'incertitude. Dans cette lignée, les travaux de Daniel Kahneman, Amos Tversky et Vernon Smith[127] ont montré que la psychologie effectivement à l'œuvre dans les choix économiques individuels, et dans les situations de dilemme du prisonnier, est guidée par un ensemble de considérations bien plus complexe que le simple calcul mécanique et sans faille d'une espérance d'utilité: les individus deviennent irrationnels face à l'incertitude, ils souffrent plus d'une perte qu'ils ne jouissent d'un gain équivalent, ils peuvent s'entêter dans un choix erroné pour ne pas se désavouer eux-mêmes, ils sont prêts à partager des gains avec d'autres joueurs pour acquérir une bonne réputation et, bien souvent, ils partagent les gains même si personne ne sait rien de leur comportement, etc. Bref, la psychologie économique expérimentale nous apprend une première chose: l'irrationalité des individus les conduit vers des comportements moins égocentriques et plus coopératifs que ne le suppose l'individualisme méthodologique de la science économique standard. Nash prédisait que la rationalité individuelle conduisait vers l'irrationalité collective; la psychologie économique démontre qu'en pratique ce paradoxe est souvent évité parce que l'irrationalité des individus facilite la mise en œuvre d'une solution coopérative efficace. Cette propension à éviter le dilemme du prisonnier et les catastrophes associées au jeu non coopératif est confirmée par la longue préhistoire de l'évolution humaine. Durant des centaines de milliers d'années, les sociétés premières de chasseurs-cueilleurs

127. Travaux couronnés par le « prix en l'honneur d'Alfred Nobel » décerné par la Banque royale de Suède en 2002. (NB. L'académie Nobel ne décerne pas de prix en économie.)

furent confrontées au dilemme du prisonnier chaque fois qu'elles se rencontraient. Chaque groupe ayant intérêt à une attaque préventive pour se protéger contre l'attaque préventive de l'autre groupe, la rationalité individualiste aurait dû dégénérer en guerre perpétuelle. Or, entre ces sociétés, la paix est la règle, et la guerre, l'exception. Les humains, êtres sociaux longuement initiés à la synergie positive des liens sociaux à l'intérieur de leur groupe, ont le plus souvent tenté de transposer à leur relation avec les étrangers la logique d'alliance qui prévalait entre proches membres d'une même communauté. C'est donc, là encore et clairement, l'avènement de grandes sociétés qui a rendu la coopération plus compliquée en dehors des premiers cercles sociaux (socialité première). Autrement dit, c'est la société, et non pas la nature humaine, qui engendre le dilemme du prisonnier.

Ainsi, l'évolution humaine et la psychologie expérimentale nous autorisent, semble-t-il, à conclure que, fort heureusement, les humains ne se comportent pas en agents économiques rationnels (au sens orthodoxe) et que cette irrationalité individuelle ouvre la voie à la rationalité collective, c'est-à-dire aux solutions coopératives. Mais, dans cette conclusion, le terme « irrationalité » ne fait sens que rapporté à la définition économique orthodoxe de la rationalité. Or, au vu de ce que nous savons sur les comportements humains effectifs, cette définition n'a aucune pertinence : elle décrit le raisonnement d'un atome humain abstrait dissocié des autres atomes, et non le raisonnement d'un être social construit dans et par ses liens et ses relations avec autrui. On l'a montré, l'interdépendance entre les humains n'est pas seulement objective, elle est plus encore subjective et symbolique. Pour un être humain, le comportement le plus rationnel, celui qui optimise durablement son bien-être, peut consister à se soucier davantage de sa réputation, du bien-être collectif, de la conformité de ses actes à son «modèle interne» ou encore du jugement de ses ancêtres, que du calcul d'un quelconque gain objectif et mesurable. Le concept de «rationalité limitée» ne suffit évidemment pas à prendre en compte cette réalité anthropologique, car il ne met en cause que la capacité à calculer correctement un maximum d'utilité individuelle. Or, nous l'avons montré, l'utilité (ou l'intérêt) individuelle n'existe pas au sens strict pour un être social; elle (il) est un bien collectif coproduit par l'interaction objective et subjective des individus, bien collectif qui ne peut par définition faire l'objet d'aucun calcul individuel. La rationalité conçue comme un calcul, fût-il «limité», est donc un concept vide de sens quand on l'applique au moteur complexe de l'action humaine qui vise à soutenir l'existence de l'être parmi et avec les autres.

Il est dès lors absurde de déclarer des individus «irrationnels», au prétexte qu'ils se comportent comme des êtres humains et non comme les machines à calculer imaginées par la science économique orthodoxe. La rationalité réelle des humains, c'est-à-dire leur capacité à identifier et à rechercher ce qui est bon pour leur existence, est assurément plus étendue que ne le supposent les hypothèses de rationalité forte ou limitée, et ce précisément parce qu'elle repose sur un processus bien plus complexe qu'une arithmétique élémentaire des «gains» et des «coûts» objectifs. On doit parler, à propos des humains, d'une «rationalité complexe» qui met en jeu toutes les dimensions du désir d'exister, active des processus conscients et inconscients, mobilise conjointement des raisonnements, des calculs et des émotions, s'inscrit dans une histoire personnelle et dans une culture collective. Cette rationalité complexe – qui en fin de compte se ramène à la quête de l'intérêt existentiel décrite plus haut – peut conduire divers individus vers des manières d'être différentes quand ils sont pourtant confrontés au même problème objectif; elle peut mener un consommateur ou un entrepreneur à se comporter tantôt en calculateur solitaire de coûts et de gains monétaires, tantôt en coopérateur qui fait primer la cohésion de son groupe sur toute considération de rentabilité, tantôt en rival obstiné qui épuise ses ressources dans une compétition perdue d'avance, etc. Bref, ce que l'on qualifie un peu vite d'*irrationalité économique* (l'erreur dans le calcul de l'intérêt individuel) est le plus souvent la manifestation d'une *rationalité humaine* en quête d'existence et non pas d'un gain économique maximum.

Le débat sur le concept de rationalité, comme celui évoqué précédemment sur le mobile de l'intérêt, n'est donc peut-être qu'une affaire de définition des termes, ce qui constitue un enjeu mineur. Et, là encore, comme dans le débat précédent, l'important est de savoir ce qui est vraiment dans l'intérêt des êtres humains et dans quelles circonstances ceux-ci optent pour des comportements qui vont dans le sens ou à contresens de cet intérêt véritable. Or, à cet égard, l'exploration du débat sur la rationalité des comportements confirme jusqu'ici nos premières conclusions : l'intérêt des êtres humains réside le plus souvent dans la coopération; ils sont susceptibles de rechercher cette coopération au prix d'une perte matérielle ou financière parce qu'ils sont motivés par un gain existentiel qui dépend d'autres facteurs (réputation, honneur, affection, etc.); ils sont moins capables d'évaluer correctement leur intérêt quand ils sont fragilisés (pertes importantes) ou quand ils ont peur (incertitude). On est donc conforté dans l'idée qu'un cadre social solidaire et sécurisant est de nature à orienter les choix vers les solutions solidaire les plus efficaces.

Cela dit, l'interdépendance subjective entre les êtres sociaux peut aussi stimuler une passion pour la compétition en elle-même. En effet, on l'a déjà expliqué, cette intersubjectivité nourrit une rivalité mimétique, une compétition pour l'honneur, pour la reconnaissance. La théorie économique standard oublie cette dimension, elle suppose que les individus maximisent leurs gains monétaires ou matériels, elle ignore le fait que ces gains ne sont souvent que l'instrument d'une quête primordiale pour la grandeur, pour être le plus fort. Or cette logique de l'honneur peut parfois motiver un comportement qui minimise l'espérance de gain au lieu de la maximiser: une faible probabilité d'être le premier (celui qui empoche le gain maximal au détriment des autres compétiteurs) peut être préférée à une quasi-certitude d'obtenir un gain confortable grâce à la coopération. On pourra qualifier ce comportement d'irrationnel si l'on se réfère à la conception économique orthodoxe de la rationalité; on le jugera rationnel si l'on intègre la logique de l'honneur dans une conception plus complexe de la rationalité; toutefois, l'essentiel n'est évidemment pas dans la qualification d'un tel comportement mais dans la compréhension de ce qu'il met en jeu et de ses conséquences.

Le compétiteur en quête de prééminence veut remporter «le gâteau» en son entier; peu lui importe le fait que la lutte risque fort d'entraîner la destruction du gâteau; il suit une logique du «tout ou rien», éventuellement conscient que le «rien» est plus probable que le «tout», exactement comme un athlète qui concourt évidemment pour la première place, et non pour avoir «une» place. Dans sa simplicité, la parabole du gâteau a le mérite de souligner la seule chose qui puisse réellement *motiver* la compétition, à savoir le monopole ou la domination et non l'espérance mathématique des gains. Se battre, à égalité des chances, pour avoir une part équivalente à celle que l'on aurait en s'asseyant pacifiquement avec les autres pour un partage convivial est parfaitement insensé. Si le but des acteurs est seulement (et/ou s'ils ne peuvent espérer mieux que) de maximiser leur part probable du gâteau, alors ils ont intérêt à coopérer. *La rivalité ne fait sens qu'entre inégaux et pour ceux qui escomptent dominer les autres; un individu ne peut s'y engager qu'en vue d'une victoire totale sur autrui.* Autrement dit, dans les modalités de la production et du partage des richesses, deux mobiles distincts interviennent: un mobile de satisfaction des besoins ou des désirs (chacun espère avoir les meilleurs moyens possibles pour mener une existence agréable); un mobile de rivalité pour la prééminence (le désir d'être le plus fort, le plus riche, le premier, le gagnant, etc.). Ces deux mobiles sont à tort et trop souvent confondus: on considère d'ordinaire que la compétition sert à la fois à obtenir des biens et à contenter une aspiration à la distinction. En réalité, la compétition n'est que le moyen du second de ces mobiles. Si les individus veulent maximiser le gâteau dans son ensemble et optimiser leur part, ils doivent assurément coopérer; mais la coopération les prive alors du plaisir en soi de la compétition qui est une course à la grandeur. Si les individus aspirant à la grandeur se livrent au plaisir de la libre compétition, le bien-être collectif et la part du plus grand nombre d'entre eux seront plus faibles que s'ils avaient coopéré. Les deux mobiles considérés ici sont ainsi plus concurrents que complémentaires; ils ne peuvent donc être également et au mieux contentés qu'à la condition de s'exercer dans des activités différentes.

Aussi, dans une société qui se soucie tout à la fois de l'épanouissement individuel, de l'efficacité collective et de la cohésion sociale, il est sage de réserver la compétition à des objets symboliques qui ne prêtent pas trop à conséquences pratiques dans la distribution des moyens d'existence et du pouvoir. Une société vraiment humaine dit à ses membres: «Vous pouvez être les premiers dans la course à pied, mais pas dans la course aux moyens de l'existence, car vous êtes autorisés à priver d'un peu de grandeur les perdants de la première, mais vous n'avez pas le droit d'ôter des moyens de vivre aux perdants de la seconde.» Comme, de surcroît, en termes de résultats collectifs, la coopération est toujours plus efficace que la rivalité, la société a tout intérêt à laisser l'instinct de compétition s'épanouir sur des objets symboliques pour mieux le contenir dans la production des biens et services. Si cette société estime néanmoins utile de maintenir un certain degré de compétition dans la production des biens et services, elle prendra le soin de redistribuer les surplus accumulés par les gagnants, en sorte qu'au bout du compte ces derniers conservent l'honneur d'avoir gagné sans accaparer en outre des richesses produites par tous. Mais nous anticipons là sur notre prochaine discussion concernant les effets de l'inégalité. Cette discussion est ici nécessaire, car les néolibéraux ne manqueront pas de soulever une objection à notre conclusion trop favorable à la coopération. Le fait de limiter la compétition à des objets symboliques et de privilégier la coopération dans la production des biens présente en effet un inconvénient majeur, dans la logique néolibérale: la coopération mène vers des solutions plus égalitaires que la compétition; or, selon les néolibéraux, les inégalités économiques et sociales sont un stimulant nécessaire à la mobilisation efficace des travailleurs et des producteurs. Notre prochain argument entend démontrer le contraire.

2-d. Inégalité et efficacité. *Les inégalités dans la répartition finale des revenus et des patrimoines ne sont pas un stimulant indispensable à l'initiative, à la productivité et au travail.*

On connaît l'argument standard contre la réduction des inégalités : les agents économiques sont stimulés par la perspective d'avoir plus, de gagner plus ; leur incitation à travailler et à produire serait donc anéantie si les gagnants d'une compétition n'obtenaient pas plus que les perdants, si ceux qui « se lèvent tôt » pour « travailler plus » n'en retiraient aucun avantage par rapport à ceux qui font moins d'efforts.

Cet argument soulève une première difficulté qui tient à la confusion déjà soulignée entre différence et inégalité (cf. *supra* 1-d). Celui qui consent un effort s'attend éventuellement à ce que cela fasse une « différence » ; mais il ne revendique pas une « inégalité », il n'exige pas, pour consentir à l'effort, d'obtenir plus que ceux qui consentent à ce même effort ; en vérité, il revendique la justice, c'est-à-dire l'égalité de traitement, l'égale reconnaissance de la valeur de son temps et de son travail. *C'est donc en réalité la justice comme égalité qui est motivante pour les travailleurs, et l'inégalité qui est décourageante.* Si, par exemple, les salaires des patrons augmentent de 30 % et ceux de leurs ouvriers et employés de 0 %, on ne voit vraiment pas en quoi cette inégalité pourrait exercer un effet positif sur la productivité du travail !

Néanmoins, en cette matière comme en d'autres, la nature humaine est ambivalente. Si nous revendiquons pour nous-mêmes une juste égalité de traitement, nous pouvons simultanément désirer un supplément d'importance. L'inégalité constitue parfois un stimulant de l'action humaine en raison de notre rivalité pour la reconnaissance sociale. On l'a vu, le désir d'être plus aux yeux d'autrui, le désir de grandeur, se manifeste très tôt dans la compétition ludique entre proches et se développe plus encore dans les relations économiques et sociales entre étrangers (socialité secondaire). Le même moteur central de l'action humaine (être soi avec les autres) nourrit ainsi à la fois la détestation de l'inégalité (nous ne supportons pas d'être traités moins dignement que les autres) et la passion de l'inégalité (nous adorons être plus importants aux yeux des autres).

Toutefois, cette dernière passion n'apporte aucun fondement « naturel » aux inégalités économiques et sociales. En effet, *il ne faut pas confondre l'objet véritable de la rivalité humaine et les objets divers qui lui servent de support*. La perspective d'être le premier, le gagnant, et d'en retirer un supplément d'importance nous stimule certes dès notre enfance, mais ce, quelles que soient les manifestations concrètes de cette prééminence. L'objet réel de notre convoitise, c'est l'honneur et la reconnaissance manifestés selon les codes et par les instruments convenus dans la société où nous grandissons. L'accumulation d'une richesse inégale ne constitue en rien le support unique ou indispensable de cette convoitise. Ainsi, par exemple, la simple inscription au « tableau d'honneur » ou la distribution de « bons points » peuvent combler d'aise et susciter la mobilisation des écoliers. Mais, bien sûr, si l'on récompense les bons élèves en billets de banque plutôt qu'avec des félicitations, les enfants se battront pour accumuler toujours plus d'argent, puisque tel est le signe convenu de la grandeur. *La nature humaine ne veut que la grandeur; c'est la culture et le système social qui en déterminent les signes.*

Si le système social est organisé en sorte que les gagnants de la compétition, outre l'honneur de la victoire, accumulent toujours plus de richesse et de pouvoir sur autrui, la majorité des individus est incitée à la compétition pour la richesse et le pouvoir. Alors, dans ce système très inégalitaire, et paradoxalement au nom de l'égalité, les individus refuseront de travailler seulement « pour la gloire ». Les efforts qu'autrefois la société obtenait de ses membres en échange d'une médaille, elle devra désormais les payer au prix fort. C'est dire si l'inégalité moderne est économiquement inefficace par rapport à l'inégalité traditionnelle ! Inefficacité renforcée par l'effet pervers des inégalités cumulatives sur les perdants. Si les gagnants accumulent des richesses et du pouvoir, les autres auront moins de moyens et de chances de les battre dans une compétition de plus en plus inégale. Or l'inégalité n'est stimulante que pour ceux qui conservent un espoir raisonnable d'en bénéficier. Quand la masse de perdants sait qu'elle n'a aucune chance de se hisser à la hauteur d'une minorité de gagnants, la démotivation des premiers fait plus que compenser la motivation des seconds.

Par ailleurs, du côté des gagnants, à partir d'un certain seuil, c'est l'inégalité en soi et non sa croissance qui exerce un éventuel effet stimulant. Une hausse continuelle des plus hauts salaires n'a aucune chance d'entraîner une hausse comparable de la productivité. Cela n'empêche ni les intéressés de réclamer une augmentation ni un système absurde de la leur accorder. Les premiers réclament un argent dont ils n'ont pas besoin seulement pour ne pas se retrouver moins payés (et donc moins « grands ») que les autres qui, eux, et pour la même raison, réclameront une augmentation. Cet argent est dépensé en pure perte pour satisfaire les *ego* d'êtres humains dont le moi est racorni et fragilisé par la rivalité. Car il faut tout de même être singulièrement anxieux et fragile pour croire sa dignité en danger dès que l'on gagne un peu moins que ses pairs, quand on fait déjà partie des 1 % les plus riches de son pays. Et il faut aussi une atrophie singulière du moi social pour ne plus ressentir la véritable indignité que constitue l'acceptation indécente d'une fortune inutile, quand ceux-là mêmes qui la font – les autres salariés de l'entreprise – se serrent la ceinture, et quand une bonne partie de l'humanité ne dispose même pas du strict nécessaire. La facilité avec laquelle des individus souvent diplômés des plus prestigieuses écoles peuvent se laisser gagner par cette addiction pathologique aux signes monétaires en dit long sur les ravages que peut provoquer la rivalité mimétique, quand plus rien dans les institutions, les rites et la culture d'une communauté humaine n'intervient pour la réfréner et l'orienter.

Si les entreprises, ou à défaut la loi, convenaient de plafonner les plus hauts salaires, la compétition pour la grandeur ne cesserait pas: elle prendrait seulement une tournure plus efficace; les cadres dirigeants chercheraient autant qu'avant à être «les meilleurs», sans que cela coûte un centime de plus aux sociétés[128]. Qui plus est, cela dégagerait des ressources pour accorder des augmentations de salaires nettement plus productives. N'importe quel béotien en économie peut comprendre qu'une entreprise gagne beaucoup plus en augmentant de mille euros par an le salaire de ses mille employés les moins payés qu'en majorant d'un million le salaire annuel de son patron qui gagne déjà plusieurs millions d'euros. Car pour ce dernier, un million de plus ne change rien, tandis que, pour les premiers, mille euros, ça change tout, notamment le sentiment d'être reconnus pour la valeur de leur travail, sentiment qui, pour une bonne part, commande la motivation au travail.

---

128. Je traiterai plus loin, à la section pertinente, de l'objection immédiate soulevée par cette suggestion, à savoir: la compétition avec d'autres pays qui, eux, ne plafonneraient pas les rémunérations. Ne mélangeons pas les questions. Je montre ici qu'il est préférable de limiter cette compétition salariale; il est donc trivial et absurde d'objecter que cela ne marche pas si la compétition internationale n'est pas limitée! Quand la compétition débouche sur l'irrationalité, le gaspillage des ressources et une épidémie psychopathologique chez les cadres dirigeants, il faudrait de toute évidence la limiter. La question de savoir si cela est possible, et dans quelles conditions, concerne les sections sur la souveraineté et la démocratie (cf. *infra*).

En conclusion, un système économique et social efficace n'a donc pas besoin et doit même redouter un haut niveau d'inégalités dans la distribution finale des revenus et des patrimoines. Cette prédiction fondée par la connaissance de la nature humaine est confirmée par de nombreuses études empiriques : la réduction des inégalités y apparaît comme un incontestable facteur de développement[129]. Contrairement à la tarte à la crème du discours néolibéral – tarte qui est censée fondre dès qu'on commence à mieux la partager –, le « gâteau de la croissance » croît en réalité plus vite quand on le partage plus équitablement.

Une société en quête (notamment) d'efficacité économique doit donc multiplier les occasions de manifester sa reconnaissance aux individus qui excellent dans leurs activités socialement productives. Mais elle a tout intérêt à *entretenir une culture où le fait d'être reconnu par les siens a une valeur en soi qui suffit à mobiliser l'énergie des individus*. En matière de rémunérations, elle doit maintenir le minimum d'inégalités nécessaires à la gratification symbolique de la performance et au fonctionnement d'un marché du travail. Elle doit enfin éviter les inégalités de richesse cumulatives. Cela nous conduit directement à souligner la nécessité et la fonction de la redistribution.

2-e. Redistribution. *Si une certaine inégalité reste nécessaire dans la répartition primaire des revenus, il s'ensuit qu'une large redistribution secondaire est également nécessaire.*

129. Nous nous limitons ici aux effets psychologiques de l'inégalité. Mais il existe bien d'autres effets économiques et sociaux pervers qui font de l'extension des inégalités un handicap pour le développement. J'explicite cette question dans mon livre *Les Vraies Lois de l'économie*, Seuil, 2008. Voir, en particulier, le chapitre « Loi n° 18. La loi du gâteau : plus on le partage, plus il y en a ».

On vient de rappeler l'effet stimulant de la compétition pour l'honneur, pour la grandeur. Le désir d'obtenir plus de reconnaissance, d'acquérir plus d'importance est l'un des mobiles qui interviennent dans nos relations avec les autres.

Cette quête d'une inégalité symbolique se satisfait des signes de grandeur désignés comme tels par les conventions sociales: rivalité par le don dans les tribus de chasseurs-cueilleurs, course aux médailles pour les athlètes, compétition pour les bons points ou les premières places à l'école, recherche des décorations et des titres, convoitise des plus hauts salaires dans l'entreprise, etc. Mais, quel que soit son support, l'inégalité finit par exercer un effet pervers sur les motivations individuelles et sur l'efficacité collective, quand elle n'est plus seulement symbolique et se traduit aussi par une inégalité cumulative de richesse ou de pouvoir. Comme nous l'avait déjà appris l'anthropologie des communautés primitives (F17), la rivalité humaine n'est bénéfique que dans la mesure où l'objet concret de la compétition (le titre, le ballon, les biens, etc.) *circule* entre les humains. Si l'on veut préserver les bienfaits collectifs de la compétition pour la reconnaissance sociale, tout en évitant les méfaits des inégalités sociales cumulatives, il faut donc accepter certaines inégalités dans la *distribution primaire* des récompenses et procéder à la *redistribution secondaire* de ces dernières. Dans les économies de marché modernes, telle est précisément la fonction des systèmes fiscaux et des systèmes de protection sociale. Les inégalités primaires dans la distribution des revenus assurent la gratification symbolique de l'effort et de la réussite; la redistribution par l'impôt et les prestations sociales permet la circulation des richesses. La redistribution doit être d'autant plus forte que la distribution primaire est inégale.

Ce résultat tiré de l'anthropologie est compatible avec la recommandation de la théorie pure de l'économie de marché, théorie qui est pourtant censée inspirer le néolibéralisme contemporain. La théorie de l'équilibre général des marchés concurrentiels[130] a en effet démontré que, dans un tel système: 1) il faut éviter les distorsions fiscales ou réglementaires dans l'affectation primaire des ressources (pour laisser jouer les effets positifs de la compétition et assurer la vérité des prix); 2) n'importe quelle répartition finale des revenus est compatible avec un équilibre général de marchés concurrentiels. Ce dernier résultat (connu sous le nom de « second théorème de l'économie du bien-être ») signifie concrètement que, dans une économie de marché libre, le gouvernement peut théoriquement redistribuer les revenus jusqu'à l'égalité parfaite; autrement dit, du point de vue même de la science économique libérale orthodoxe, la répartition finale des revenus est une pure affaire de convention sociale et relève d'un choix politique. Ce résultat, soigneusement occulté par les néolibéraux contemporains, reflète l'indifférence totale de la théorie économique orthodoxe pour la réalité humaine. Les « agents » de cette théorie sont des atomes strictement indépendants les uns des autres n'ayant entre eux que des relations d'échange de biens et services; il n'existe entre eux aucune interaction subjective et ils ne connaissent donc aucun des sentiments humains usuels tels que l'empathie, l'envie, la jalousie, le besoin de reconnaissance sociale, etc. Par conséquent, dans la théorie standard des marchés, l'inégalité ou l'égalité de la répartition finale des revenus n'ont aucun effet sur les motivations et les comportements des agents économiques.

Ce que les néolibéraux semblent ignorer, c'est qu'en invoquant les effets stimulants de l'inégalité, ils adoptent

130. Cf. *Les Vraies Lois de l'économie*, op. cit., « Loi n° 3 » et « Loi n° 4 ».

une conception des motivations humaines qui est radicalement incompatible avec leur modèle économique de référence et qui réduit à néant toutes les prétendues «lois de l'économie» établissant l'efficacité de la libre concurrence[131]. Par ailleurs, quand on tient compte, comme les néolibéraux, des effets psychologiques de l'inégalité, on doit tenir également compte des effets de stimulation et des effets d'inhibition de l'effort individuel. Cela nous a déjà permis de démontrer que seule l'inégalité symbolique non cumulative peut exercer un effet positif pour l'individu comme pour la société. Mais en outre, cela nous conduit maintenant à établir la nécessité de réduire les inégalités primaires, et pas seulement les inégalités secondaires.

2-f. Efficacité et inégalités primaires. *Du strict point de vue de l'efficacité économique, l'inégalité des revenus primaires doit se limiter aux écarts de rémunération qu'une large majorité de la population considère comme «mérités».*

La redistribution secondaire des revenus ne suffit pas à éviter les effets pervers de l'inégalité. En effet, les inégalités primaires manifestent la valeur que la société attribue aux différentes tâches et fonctions. Ainsi, même dans le cas ou une forte redistribution réduit considérablement l'inégalité des revenus effectivement disponibles, les êtres humains restent sensibles à l'inégalité

---

131. Toute la théorie de l'équilibre général des marchés concurrentiels suppose que les préférences des agents sont strictement indépendantes les unes des autres. Si l'on admet l'interdépendance des préférences, il n'y a plus de «loi de l'offre et de la demande», plus d'«équilibre des marchés»; bref, c'est l'ensemble de la théorie des marchés qui s'effondre. Voir l'explication détaillée de ce point dans *La Dissociété*, chap. 7.

symbolique de la distribution primaire. Si une majorité d'individus considère que le bénéfice de cette inégalité est toujours réservé à une minorité et que son niveau est injustifié, elle ne déploiera pas de vains efforts productifs en vue d'une promotion sociale inaccessible, elle s'estimera fondée à limiter autant qu'elle le peut son effort, puisque celui-ci n'est pas reconnu à sa juste valeur. Du simple point de vue de l'efficacité économique, une société doit donc veiller à ce que les inégalités primaires restent dans la limite qui exercera un effet stimulant sur le travail et l'initiative du plus grand nombre. Cela n'est possible qu'à un certain nombre de conditions :

– les diverses positions sociales semblent accessibles à tous ceux qui sont disposés à consentir les efforts de formation pertinents et/ou à accumuler l'expérience nécessaire ;

– le plus grand nombre des individus pense être en mesure de bénéficier d'une promotion sociale au cours de son existence ;

– le niveau des écarts de rémunérations, de pouvoir et des autres avantages attachés aux différentes positions est considéré par le plus grand nombre comme mérité – *i.e.* comme une juste récompense des efforts, des qualifications et de l'expérience nécessaires à l'occupation de ces positions.

Par conséquent, le degré acceptable d'inégalité dans la distribution primaire des revenus est une affaire de convention sociale, de sens commun sur ce qui est mérité et ce qui est indécent ; une affaire qui ne peut de toute évidence être abandonnée au libre jeu d'un marché dont personne ne retire ce qu'il « mérite », mais seulement ce qu'il peut compte tenu du rapport des forces en présence.

Il y a quelque ambiguïté à parler de « degré acceptable d'inégalité ». Du point de vue de la justice, aucune inégalité n'est acceptable (cf. *supra* 1-d). D'ailleurs, les conditions d'acceptabilité posées ci-dessus reviennent à exiger que les «inégalités» manifestent en réalité des «différences» plus ou moins objectives, reconnues par le sens commun, accessibles à tous et qui, de ce fait, ne constituent plus au sens strict des inégalités sociales. Aussi, pour éviter toute erreur d'interprétation, je précise que ma position n'a rien à voir avec celle de John Rawls qui, dans sa *Théorie de la justice*[132], préconise de *développer les inégalités sociales tant qu'elles permettent d'améliorer le sort des plus pauvres.* Je ferai une critique radicale de cette approche dans la section consacrée à la justice (cf. chap. 8). Soulignons seulement ici que mon approche est exactement l'inverse de celle de Rawls. Je soutiens que: 1) toute inégalité est injuste; 2) l'accroissement des inégalités est économiquement inefficace; 3) certaines inégalités peuvent s'avérer inévitables, à un moment historique donné, en raison du besoin humain de distinction sociale; 4) la société doit s'efforcer de réduire les inégalités autant que possible, compte tenu des conventions sociales soutenables à un moment donné; 5) une transformation des conventions sociales en faveur de plus d'égalité constitue toujours un progrès vers la justice.

Avant de revenir sur ce débat, qui concerne le chapitre sur les finalités politiques, je dois à présent préciser les réponses à la troisième question clé d'une philosophie politique: comment les humains font-ils société?

132. *A Theory of Justice*, Harvard University Press, 1971. Traduction française: *Théorie de la justice*, Seuil, «Points Essais», 1987.

7

Comment se constituent les sociétés humaines?

Principes politiques III. Dissociété, hypersociété et société de progrès humain

La société est-elle la juxtaposition d'individus autonomes qui s'associent par intérêt ou bien une communauté d'êtres interdépendants qui vivent ensemble? La pensée néolibérale contemporaine, adossée à un large pan de la philosophie politique moderne, opte pour la première de ces deux visions. «Il n'y a pas de société, il n'y a que des individus[133] », déclarait Margaret Thatcher dans les années 1980, répétant ainsi le principe fondateur de l'individualisme méthodologique, exposé par Carl Menger en 1883[134]. Et, poursuivait la «dame de fer», «il n'y a pas de droits sans obligations», conséquence logique du précédent principe et sur laquelle reposent toutes les théories de l'harmonie sociale contractuelle depuis le XVIIe siècle. Le mythe des sujets autonomes que la raison aurait guidés vers un contrat rationnel équilibrant les droits et les devoirs de tous a ainsi traversé la modernité jusqu'à nos jours, en dépit

---

133. Extrait d'un entretien avec un journaliste cité notamment dans la biographie de Hugo Young, *One of us. A Biography of Margaret Thatcher*, Macmillan, 1989.

134. *Untersuchungen über die Methode der Sozialwissenschaften und der Politischen Oekonomie insbesondere* (Investigations sur la méthode des sciences sociales et de l'économie politique en particulier), Duncker und Humblot, 1883.

de sa triviale fausseté maintes fois soulignée par les plus grands esprits.

Cette conception contractuelle et utilitaire de la société est en effet et évidemment fausse parce qu'elle repose sur une conception fictive de l'être humain. La nature sociale de l'être humain (axiome 1) et la nécessité qui s'ensuit d'articuler en permanence le souci de soi et le souci d'autrui (axiome 2) interdisent logiquement de concevoir la société comme un accord artificiel et rationnel établi par des individus indépendants. Cette dernière conception ne fait sens qu'à condition de postuler des êtres parfaitement autonomes qui préexistent à la société. Si l'on suppose en sus que ces derniers se soucient exclusivement d'eux-mêmes, on pose les bases d'une vision très moderne mais tout à fait fausse : les individus naturellement dissociés et rivaux n'auraient pas besoin des autres pour être eux-mêmes ; ils auraient seulement besoin de s'entendre avec les autres pour contenir la violence de leur rivalité et tirer profit d'une association rationnelle (division du travail, économies d'échelles, défense commune, etc.). Selon cette vision erronée, le dilemme politique majeur serait donc de *nouer des liens sociaux entre des êtres naturellement déliés, sans détruire leur liberté naturelle*. Le dilemme réel des sociétés humaines est tout autre. On sait que les humains sont naturellement constitués par leurs liens, que la biologie de leur cerveau et les traits invariants de leur psychologie se sont forgés dans le cadre de toutes petites communautés soudées par des relations d'attachement et, enfin, que la liberté personnelle se construit grâce à la sécurité et à la diversité des liens sociaux. Le premier dilemme politique est donc de *savoir comment développer la liberté personnelle sans dénouer les liens constitutifs des êtres sociaux*. On a vu au chapitre 3 que le développement d'une grande société, en multipliant et en diversifiant les cercles sociaux, offre une issue potentielle à ce dilemme. Mais cette issue n'a rien d'automatique, car une grande société engendre une seconde difficulté politique, un défi inédit durant des millions d'années: la coexistence d'une multitude de familles, de groupes humains, de communautés locales ou culturelles, de catégories sociales, qui ne sont pas spontanément soudés par des relations de proximité, par l'attachement ou par une communauté d'intérêts. Il ne s'agit plus de sceller l'alliance des proches au sein d'une micro-communauté, il s'agit de faire coexister des groupes étrangers les uns aux autres.

Ce défi est en permanence sous-jacent aux débats qui ont accompagné la naissance de la sociologie et du socialisme au XIXe siècle, c'est-à-dire après que la révolution industrielle a ouvert la voie à une grande société urbanisée capitaliste où se délitent les liens d'antan (la tradition, la religion, les statuts sociaux hérités, etc.) et où se déchaîne la compétition des intérêts économiques contradictoires. Mais la question n'est pas alors explicitement posée en termes d'articulation et d'intégration de «communautés» différentes. Les réponses socialistes oscillent entre la quête d'une nouvelle forme de solidarité ou de fraternité *entre les individus* et la visée de l'abolition des *classes sociales*. La réponse de la sociologie naissante conçoit le plus souvent le développement d'une société moderne comme la destruction des communautés. Le débat porte alors sur l'issue de ce processus: la dislocation des liens sociaux chez Tönnies, ou bien la mutation d'une «solidarité mécanique» vers une «solidarité organique» chez Durkheim. Mais, dans les deux cas, le processus d'individuation à l'œuvre dans la société moderne est conçu comme la disparition progressive du type de liens unissant les membres des communautés traditionnelles. Au terme de ce processus, la société moderne ne pourrait donc être qu'une société des individus, un ensemble d'identités singulières en interaction, sans identités sociales collectives autres que celle éventuellement constituée par l'appartenance à la même grande société. Cette destinée est évidemment contredite par la réalité des sociétés hypermodernes où, certes, la conscience d'appartenance à des « classes sociales » a pu décliner, mais où les attachements communautaires et le tribalisme (au sens de Maffelosi[135]) restent on ne peut plus vivaces. Nous verrons donc pourquoi la réalité anthropologique interdit de faire l'impasse sur la question de la coexistence d'une pluralité de communautés au sein d'une société moderne. J'identifierai quatre manières d'affronter ce défi ; quatre dynamiques de développement d'une grande société, dont une seule est compatible avec la construction sociale de la liberté.

La discussion préalable sur la nature de la société (axiome 3, ci-après) a un enjeu méthodologique évident pour les sciences sociales. Si une société humaine n'est qu'un entrelacs de relations contractuelles rationnelles entre des individus autonomes, la société n'*existe* pas, elle n'est qu'un mot commode pour désigner ces relations ; dès lors, la science économique orthodoxe (science des choix rationnels) est la seule science sociale. Si, en revanche, comme c'est le cas, la société est un être collectif vivant, dont la vie précède et engendre la construction de tout être singulier, alors l'étude de cette société, *i.e.* la sociologie, constitue un champ scientifique pertinent dont les sciences économiques n'explorent qu'une parcelle. Mais l'enjeu de ce débat est aussi et surtout politique. La conception contractuelle et utilitariste de la société, qui inspire une bonne part de la pensée moderne (et tout particulièrement son avatar néolibéral), a des implications politiques radicales, mais radicalement fausses, et donc dangereuses, dès lors qu'elles sortent des traités

135. *Le Temps des tribus, op. cit.*

philosophiques pour inspirer des peuples et des gouvernements réels. Il n'est donc pas superflu de consacrer quelque temps à préciser une conception plus exacte de la société, celle qui se trouve fondée sur la réalité de l'être humain comme être social.

<u>Axiome 3. Nature d'une société humaine.</u> *Être social collectif en devenir permanent, la société préexiste à chaque être singulier; elle n'est donc pas le rassemblement* a posteriori *d'individus indépendants. La société est le processus dynamique et contingent constitué par l'interaction générale entre les membres d'un ou de plusieurs groupes humains, comme entre chacun de ces membres et le système social qu'ils constituent tous ensemble. Ce processus engendre des formes sociales (culture, institutions, rites et politiques) distinctes des individus mais en interaction avec eux.*

Il faut apporter trois précisions au sens donné ici au terme «société».

1) En la définissant comme un «être» social collectif, *je n'adopte pas la position singulariste* qui attribue à la société une existence autonome, indépendante des individus. Il s'agit néanmoins d'affirmer que *la société en tant que telle «existe»*: elle est quelque chose de distinct des individus et qui agit sur eux. L'interaction entre les êtres singuliers engendre des faits et des forces distincts, un *être collectif.* Cette existence collective n'est pas plus indépendante des individus que ceux-ci ne sont indépendants d'elle: l'être collectif et chaque être singulier coexistent; ils sont l'un pour l'autre à la fois acteurs et actés, producteurs et produits, déterminants et déterminés.

2) La société ne désigne pas un *état* particulier des formes sociales mais un *mouvement* perpétuel

d'interaction sociale dont ces formes sont à la fois une manifestation et un ingrédient. En ce sens, et compte tenu de ce que nous savons sur la nature sociale de l'être humain, la société est le lieu mouvant et inéluctable de toute vie humaine. Par commodité de langage, et conformément à l'usage courant, nous pouvons parler d'une société particulière (la société américaine, la société de marché, etc.) pour désigner un système politique économique et social donné. Cet usage ne doit pas occulter le fait que *la société n'est pas l'ensemble de ces manifestations concrètes ou symboliques; elle est le processus vivant qui engendre ces manifestations et se trouve en retour affecté par ces dernières.*

3) Je prends le terme dans un sens très inclusif : il comprend toutes les formes de regroupement humain. Cette définition inclusive est incompatible avec la distinction stricte entre « communauté » *(gemeinschaft)* et « société » *(gesellschaft)* introduite par Ferdinand Tönnies en 1887[136]. Sociologue allemand et social-démocrate[137], Tönnies désigne par *gemeinschaft* la communauté (ou encore le communisme) constituée par des liens naturels tels que les êtres singuliers ne se distinguent pas du tout social, ou encore de l'organisme vivant qu'ils constituent ensemble. La communauté se caractérise par le consensus, la vie commune, la fusion des consciences, la possession collective et le partage des biens, l'absence des échanges commerciaux et des contrats. En son sein se manifeste ce que Durkheim (1893) appelait la *solidarité mécanique* ; telles les molécules élémentaires

136. Ferdinand Julius Tönnies, *Gemeinschaft und Gesellschaft. Abhandlung des Communismus und des Socialismus als empririscher Culturformen*, 1887. Introduction et traduction de Joseph-Jacques Leif, *Communauté et Société. Catégories fondamentales de la sociologie pure*, PUF, 1944.

137. Tönnies a adhéré au Parti social-démocrate allemand (SPD) en 1930.

d'un corps brut, les individus suivent indistinctement le mouvement du tout social: «La conscience individuelle [...] est une simple dépendance du type collectif et en suit tous les mouvements [...] Dans les sociétés où ce type de solidarité est très développé, l'individu ne s'appartient pas [...]; c'est littéralement une chose[138].»

À première vue, la communauté de Tönnies correspond à une forme extrême de ce que d'autres appellent une société *holiste* et ne concerne que des groupes humains suffisamment restreints pour partager un espace commun et pouvoir entretenir des relations directes. Selon Tönnies, la communauté parfaite n'existe qu'au sein de la famille, mais il emploie néanmoins le même terme de «communauté» pour désigner le village ou la petite ville. Cette forme de regroupement humain serait irrémédiablement condamnée par le développement moderne: la taille croissante des groupes humains, la division du travail et l'expansion des cités finissent par engendrer la *gesselschaft*, ou «société», qui est, selon Tönnies, l'exact opposé de la communauté: la société est la juxtaposition d'individus indépendants qui n'ont entre eux que des liens contractuels et commerciaux; tout y est individuel, rien n'est commun; tandis que la communauté établissait un lien organique entre les êtres, la société est un simple mécanisme d'échange, une construction artificielle entre des individus foncièrement dissociés et rivaux et qui ne tiennent ensemble que par la force d'un État garantissant l'ordre, la propriété privée et la bonne exécution des contrats. Concrètement, la *gesselshaft* correspond pour Tönnies à la forme pure de la grande cité urbaine d'une société capitaliste moderne.

Je reprendrai plus loin la discussion des deux concepts opposés par Tönnies. Je me contente ici de préciser ma

---

138. Émile Durkheim, *De la division du travail social* (1893), PUF, 11e éd., 1986, p. 100.

différence dans l'acception du terme « société ». Je suivrai sur ce point l'usage de Durkheim pour qui *gemeinschaft* et *gesselschaft* sont deux formes de société parmi d'autres ; deux formes théoriques, archétypiques, entre lesquelles il existe un continuum mêlant des éléments que Tönnies n'attribue qu'à l'une ou l'autre exclusivement. Par exemple, l'État, les contrats et les échanges commerciaux ne sont pas l'apanage des sociétés urbaines capitalistes ; ils existent bien avant celles-ci dans les sociétés antiques traditionnelles, qui ont par ailleurs bien des traits de la communauté selon Tönnies. Inversement, les liens naturels, le poids des traditions, les relations de réciprocité non commerciales, etc., persistent dans les sociétés industrielles avancées et jouaient même un rôle prédominant à l'époque de Tönnies. La rupture radicale qu'introduit Tönnies entre la petite ville ou le village traditionnels (communauté naturelle, organique) et la grande ville moderne (société artificielle, mécanique) n'est donc pas justifiée, comme le soulignait Durkheim dans une note de lecture : « Je crois que la vie des grandes agglomérations sociales est tout aussi naturelle que celle des petits agrégats. [...] Il y a dans nos sociétés contemporaines une activité proprement collective qui est tout aussi naturelle que celle des sociétés moins étendues d'autrefois. [...] Est-il d'ailleurs vraisemblable que l'évolution d'un même être, la société, commence par être organique pour aboutir ensuite à un pur mécanisme ? [...] Il faut choisir : si la société est un fait de nature à son origine, elle reste telle jusqu'au bout de sa carrière[139]. »

Dans ma terminologie, ce que Tönnies appelle « communauté » correspond plutôt à une hypersociété où le

139. Émile Durkheim, « Communauté et société selon Tönnies », *Revue philosophique*, 27, 1889, p. 416-422.

collectif domine et détermine absolument l'individuel; ce qu'il entend par «société» est en fait une dissociété individualiste qui juxtapose des atomes humains parfaitement déliés; il faut donc éviter d'employer des termes génériques tels que «société» et «communauté» (dont le sens commun est plus large et plus souple) pour désigner ce qui constitue en réalité deux formes théoriques extrêmes du regroupement humain.

Notre définition de la société étant posée, on peut à présent examiner ses implications pour quelques questions clés de la philosophie politique. Si la société est un être collectif vivant qui préexiste à tout individu, peut-on la concevoir comme un «contrat social» entre les individus? Le pacte constituant une communauté politique est-il une *construction rationnelle* qui façonne la société ou est-il au contraire un *reflet* de la société préexistante, une «superstructure» déterminée par la vie matérielle de la société?

3-a. Contrat social, pacte politique et matérialisme historique. *La société n'est pas un «contrat social» établi par des individus rationnels en vue de mieux promouvoir ensemble leurs intérêts et d'échanger (notamment) des droits contre des obligations. La société est naturelle et non contractuelle. Elle est en revanche le lieu d'un pacte politique implicite ou explicite qui définit le champ et les règles des décisions collectives; ce pacte est à la fois socialement construit et coproducteur de la réalité sociale, dans une interaction dialectique et contingente entre les structures économiques, sociales, politiques et culturelles. Les idées et le droit sont dès lors ni plus ni moins déterminants que l'environnement matériel dans l'évolution des sociétés humaines.*

Un contrat est un acte facultatif entre des individus qui préexistent à sa signature; donc, la société n'est pas un contrat. Aucun être humain sur terre n'a eu à se demander s'il allait ou non faire société avec d'autres, comme on se demande si l'on va accepter ou non un contrat de travail dans une entreprise quelconque. Les humains naissent dans la société; ils sont, tous ensemble, la société. Individu et société sont ainsi deux réalités consubstantielles. La question n'est donc pas de savoir *pourquoi* les humains font société mais *comment*; elle est ensuite de comprendre pourquoi et sous quelles formes une société se développe ou non.

En conséquence, le socialisme méthodologique est incompatible avec la méthodologie des théories du contrat social[140]. Les humains ne font pas société par contrat mais par nature; ils ne sont jamais passés d'un «état de nature» sans société à l'état de société par un acte quelconque d'association volontaire. Certes, les théories du contrat social ont le plus souvent conçu ce contrat d'association comme une fiction théorique et non comme un événement historique; pour ces théories, il s'agissait de trouver comment les humains peuvent constituer une communauté *politique* rationnelle, et non pas une communauté *humaine* (qui existe déjà par nature). Mais alors, il serait plus rigoureux de nommer cette fiction «pacte politique». En outre, et surtout, l'intérêt pratique d'une telle fiction est très limité: elle conduit en effet à proposer comme modèle *concret* d'association politique l'accord qui *serait* conclu par des individus *abstraits* strictement indépendants les uns des autres, des êtres non sociaux qui ne seraient pas déjà pris dans le jeu des interactions sociales. En fait, peu nous

140. Je l'ai déjà longuement démontré dans *La Dissociété*, *op. cit.*, chap. 7.

chaut de savoir comment des êtres qui n'existent pas et n'existeront jamais décideraient de s'associer[141] !

À l'opposé de cette démarche abstraite, le socialisme méthodologique commande d'étudier comment les humains concrets, les êtres sociaux par nature, passent des pactes politiques (constitutions coutumières et/ou écrites) qui définissent le champ et les règles des décisions collectives. Comme Marx l'a si bien établi, ces pactes politiques sont nécessairement datés, situés et influencés par l'ensemble des rapports sociaux à l'œuvre dans la société concernée; ils expriment, à un moment donné, une synthèse dialectique des contradictions internes propres à un stade du développement matériel, technologique, écono-

141. On sait bien l'argument de John Rawls en faveur d'une telle fiction: si l'on cherche un principe normatif susceptible de guider la construction d'une société juste, on ne peut se fier aux jugements partiaux des individus concrets qui sont susceptibles de se prononcer uniquement en fonction de leurs intérêts privés; il faut donc reconstruire logiquement ce que serait le jugement d'individus impartiaux, placés sous le « voile de l'ignorance » quant à leur situation personnelle dans la société. L'ennui, c'est que cette reconstruction est impossible, si l'on parle bien d'individus humains. Le cerveau d'un humain s'éteint sans interaction sociale; la « logique » d'un être humain n'est pas indépendante de ses émotions, elles-mêmes liées à ses relations avec autrui; autrement dit, un humain ne peut pas penser de façon impartiale au sens où Rawls l'entend, c'est-à-dire indépendamment de sa propre histoire sociale. Tout ce que Rawls arrive à reconstruire logiquement, c'est la manière dont des machines à calculer strictement égoïstes (maximisant leurs gains propres) définiraient les règles du jeu social si elles ignoraient leur position effective dans la société. En plus de 700 pages, il établit ce qui peut se démontrer en quelques lignes, à savoir : des atomes en quête du maximum de jouissance, incertains quant à leur position dans un jeu collectif à venir et n'aimant pas le risque, choisiront des règles du jeu qui maximisent les gains les plus faibles (critère du maximin en théorie des jeux). Il définit donc un critère de jeu rationnel pour des machines strictement indépendantes et égoïstes, mais certainement pas un critère de justice pour des humains qui ne sont ni des machines à calculer, ni indépendants les uns des autres, ni strictement égoïstes.

mique et culturel de l'humanité. Le socialisme méthodologique exclut ici toute détermination univoque des « superstructures » politiques par l'« infrastructure » socio-économique; il postule l'interaction dialectique entre les rapports sociaux, les idées politiques et les institutions[142]. Tout nouveau pacte politique porte la marque de l'état des rapports sociaux prédominants à une époque donnée; mais, en même temps, il transforme les relations sociales et la culture, il prépare ainsi l'avènement de nouveaux rapports sociaux qui, à leur tour, peuvent appeler de nouvelles règles du jeu politique, et ainsi de suite.

Par exemple, l'extension du rapport salarial lié à l'essor du capitalisme industriel suppose l'émancipation des travailleurs et des bourgeois à l'égard de l'ordre politique féodal et monarchique. La République bourgeoise fournit ainsi au capitalisme les individus « libres » dont il a besoin pour l'expansion d'un marché du travail. Mais l'extension des libertés politiques « formelles » permet à son tour la diffusion des idées (liberté individuelle, égalité) et des instruments politiques (vote) qui engendrent une transformation des rapports sociaux (action syndicale, droits sociaux, élévation des salaires). Cette transformation sociale bouleverse les rapports de forces politiques et favorise la revendication d'institutions encore plus démocratiques (suffrage universel, vote des femmes). Le nouveau pouvoir électoral des masses soutient leur revendication d'une égalité plus réelle que formelle, autant économique que politique. Le capitalisme se trouve dès lors menacé par l'égalité politique qui l'avait un temps servi; il doit inventer de nouveaux instruments

---

142. Cette interprétation dialectique et interactive du rapport infrastructures / superstructures était celle finalement recommandée par Marx et Engels. À ne pas confondre, donc, avec une vulgate marxiste-léniniste qui a promu un déterminisme économique mécanique et linéaire.

d'asservissement ou d'adhésion des travailleurs à ses fins (consumérisme, concurrence internationale, contrôle de l'opinion par les médias, etc.). Et ainsi de suite.

Ne poussons pas plus loin cet exemple classique évoqué à traits grossiers uniquement pour souligner à quel point le pacte qui constitue une communauté politique n'est ni une construction rationnelle abstraite susceptible de déterminer mécaniquement l'évolution sociale, ni un simple instrument déterminé par et au service d'une «classe dominante». Dans les faits, les rapports sociaux, les conditions matérielles d'existence et de production, les croyances, les idées et les institutions sont en interaction permanente. Ce que j'entends par *nouveau matérialisme historique* (NMH) est précisément cette prise en compte d'une dialectique complexe, sans dominante nécessaire *a priori*, où les rapports sociaux ne sont pas seulement des relations établies en vue de la production, mais encore des interactions subjectives et symboliques où les logiques de l'honneur, du don et de l'attachement jouent un rôle tout aussi déterminant que celles de la satisfaction des besoins matériels, de l'accumulation du capital ou des gains financiers.

En réalité, ce NMH doit être pensé comme un aboutissement de la méthode initiée par le matérialisme de Marx, à condition d'exclure toute interprétation téléologique et/ou productiviste de celui-ci et de proscrire toute antinomie artificielle entre le corps et l'esprit, entre le monde des objets et celui des idées, ou encore entre la nature et la culture. Le nouveau matérialisme ne consiste pas à nier l'immatériel, mais à en saisir l'interaction avec la vie matérielle. Quand la neuro-imagerie révèle où s'allume notre cerveau au cours de telle ou telle activité intellectuelle, elle ne montre pas nos pensées qui, à la fois, restent autre chose que leur manifestation neurochimique et n'existeraient pas sans celle-ci. La vie matérielle du corps est la condition d'existence de la vie immatérielle des idées et celle-ci affecte à son tour l'existence matérielle : voilà à quoi se résume le matérialisme dont il est ici question. Celui-ci commande de penser en permanence l'interdépendance du biologique et du social, de l'objectif et du subjectif, du physique et du symbolique; en un mot, il commande de saisir toute réalité humaine à travers l'histoire vivante des êtres humains concrets.

Or, tel est en fait le renversement de perspective opéré par Marx dans *L'Idéologie allemande*. En combattant l'idéalisme allemand, Marx ne nie pas le rôle de la conscience, des idées, des croyances, etc., il rejette uniquement la philosophie qui prête à celles-ci une existence indépendante de la vie concrète des êtres humains : « Tout au contraire de la philosophie allemande, qui descend du ciel sur la terre; on s'élève ici de la terre au ciel [...]. C'est à partir des hommes réellement actifs et de leur processus de vie réel que l'on expose le développement des reflets et des échos idéologiques de ce processus [...]. Par conséquent, la morale, la religion, la métaphysique et tout le reste de l'idéologie [...] ne conservent plus leur semblant d'indépendance. Elles n'ont ni histoire ni développement; ce sont, au contraire, les hommes qui, en même temps qu'ils développent leur production et leur communication matérielle, transforment, avec cette réalité qui leur est propre, et leur pensée et les produits de celle-ci. Ce n'est pas la conscience qui détermine la vie, c'est la vie qui détermine la conscience[143]. »

On sait bien ici le biais qui a souvent brouillé l'interprétation de ce matérialisme : le biais du *productivisme* ou de l'*économisme*. L'insistance de Marx sur le rôle déterminant de la production matérielle et de l'évolution

143. Karl Marx, *L'Idéologie allemande*, in *Œuvres, III, Philosophie*, Gallimard, 1982, p. 1056-1057.

des forces productives a pu favoriser une interprétation faisant de l'évolution des moyens et des méthodes de production *le* moteur d'une histoire nécessaire, comme commandée par des forces exogènes à la volonté humaine. Ce biais a pu être renforcé par la présentation des idées, croyances, morales, etc., comme des «reflets» ou des «échos» de la vie matérielle. Ces formules, comme la négation d'un rôle déterminant de la conscience, encouragent ceux qui veulent entendre le matérialisme comme un déterminisme linéaire et univoque des superstructures idéologiques par les infrastructures matérielles. Mais c'est là une lecture sommaire de Marx. Certes, le contexte de son propos – la critique de l'idéalisme allemand – le conduit à insister davantage sur les déterminants matériels de l'idéologie que sur le poids réel des représentations dans l'histoire humaine. Mais on peut aussi lire dans ce propos l'invitation à une lecture plus dialectique de l'Histoire. Ainsi, quand Marx écrit «ce que sont les individus dépend des conditions matérielles de leur production[144]», il pourrait presque ajouter «et réciproquement». En effet, dans le paragraphe qui précède cette affirmation, Marx explique que les hommes se distinguent des animaux en produisant leurs moyens d'existence et que, ce faisant, ils «produisent indirectement leur vie matérielle». Si les hommes sont les producteurs de leur vie matérielle, ils ne sont définitivement pas de simples produits de conditions matérielles exogènes. Ils sont tout à la fois conditionnés par un environnement matériel et acteurs, transformateurs de cet environnement. Dans la «IIIe thèse sur Feuerbach», Marx conteste directement un matérialisme à sens unique: «La doctrine matérialiste de la transformation par le milieu et par l'éducation oublie que le milieu lui-

144. *Ibid.*, p. 1055.

même est transformé par les hommes et que l'éducateur doit lui-même être éduqué[145]. » Ajoutons à cela que, pour Marx, l'histoire des hommes ne se construit pas seulement dans l'interaction avec leur environnement matériel, mais aussi, et peut-être d'abord, dans l'interaction entre les humains eux-mêmes : « L'essence humaine n'est point chose abstraite, inhérente à l'individu isolé. Elle est, dans sa réalité, l'ensemble des relations sociales[146]. »

Dès lors, bien plus qu'une histoire mécanique suivant le cours creusé par l'évolution exogène des forces productives, Marx nous invite à penser une histoire des relations sociales en interaction avec des conditions matérielles de production dont elles dépendent autant qu'elles les façonnent. C'est en tout cas cette interprétation qui est la plus en phase avec l'histoire réelle de l'évolution humaine. En effet, la paléoanthropologie nous donne à voir une évolution singulière de l'espèce humaine : en quittant le refuge de la vie arboricole, les hominidés n'ont pas évolué en sorte d'être au mieux adaptés à un environnement matériel particulier ; au contraire, dans chaque environnement spécifique, il se trouvera des espèces mieux adaptées à celui-ci que nos ancêtres ; en revanche, plus que toute autre espèce, les hominidés ont développé des facultés relationnelles (communication et organisation sociale) grâce auxquelles ils ont pu collectivement tirer parti d'environnements très divers. L'espèce humaine se distingue donc par une moindre dépendance à l'égard de conditions matérielles particulières et par la maîtrise croissante de celles-ci, grâce à la coopération sociale et à des capacités cognitives, elles-mêmes stimulées par l'extension et la complexification des liens sociaux.

---

145. Karl Marx, *Notes et thèses, 1845*, in *Œuvres, III, Philosophie*, *op. cit.*, p. 1030.

146. « VIe thèse sur Feuerbach », *ibid.*, p. 1032.

Il s'est ensuivi, comme on l'a vu, que l'évolution des conditions matérielles de production n'a pas joué de rôle essentiel dans la constitution des premières sociétés sédentaires. L'apparition de ces dernières s'est au contraire opérée en l'absence de pression écologique particulière, en l'absence de compétition pour la maîtrise des ressources. Le pacte qui unit les premières sociétés en développement ne vise donc ni à mettre fin à un «état de guerre», ni à adapter une superstructure politique à l'évolution des techniques de production. Le sens des déterminismes, s'il en fut, semble avoir été longtemps inverse. C'est l'extension des relations sociales pacifiques entre humains qui a favorisé la sédentarisation nécessaire à l'exercice des rites sociaux et religieux. C'est donc l'intensification des relations sociales symboliques qui a engendré la modification des méthodes de production (de la cueillette à l'agriculture). C'est ensuite le développement de sociétés sédentaires qui a accéléré la division du travail et fait de la propriété du territoire une source de conflits internes et externes. Les besoins militaires et administratifs des États antiques ont dès lors largement orienté le progrès des connaissances et des technologies qui a pu, ensuite, agir sur les techniques de production[147]. Ainsi, la forme primitive de l'alliance entre les humains, en débouchant sur la constitution de «grandes sociétés», a engendré la guerre et les antagonismes d'intérêts économiques. Le pouvoir politique, les rites sociaux et les croyances religieuses se sont alors transformés pour maintenir l'alliance interne d'une société divisée en groupes antagonistes et pour assurer la sécurité militaire ou l'extension du territoire. À partir de là, il est évident que l'évolution des forces productives (population active, moyens de

147. Pour une synthèse récente, voir Philippe Norel, *L'Histoire économique globale*, Seuil, 2009.

production, techniques) joue un rôle essentiel dans la mutation des structures politiques et mentales; mais seul un matérialisme historique tronqué en conclurait qu'une telle évolution est *le* moteur dominant d'une histoire dès lors engagée dans une dialectique à sens unique.

L'authentique matérialisme historique exclut tout déterminisme linéaire, il commande de concevoir que, dans une spirale d'interactions sans fin, un facteur qui engendre l'impulsion décisive d'un mouvement, à un moment donné de l'histoire, est lui-même le résultat déterminé d'un ensemble d'autres facteurs, et qu'en conséquence: 1) au fil du temps, tout ce qui est «déterminé» a aussi été «déterminant» et a vocation à le redevenir; 2) la complexité d'une interaction entre des facteurs multiples, eux-mêmes transformés en permanence par ce qu'ils transforment, rend l'histoire contingente, indéterminée, ouverte aux effets du hasard comme à ceux de l'action consciente des humains pour en modifier le cours.

En conséquence, la question de savoir si, pour agir sur la société, il faut réformer les règles du jeu politique, *ou* transformer le système économique et social, *ou* encore mener la bataille des idées n'a pas de sens. La réalité est qu'il faut agir sur tout cela à la fois en visant le maximum de cohérence entre la *culture* (conception commune de la société, de la justice, du progrès, de la liberté, etc.), les *règles du jeu économique* et les *règles du jeu politique*. La discussion sur les finalités politiques et le projet de société (chap. 8) posera les bases d'une telle cohérence.

Avant cela, il nous reste à traiter d'autres conséquences majeures du rejet d'une conception contractuelle de la société. Pour commencer, la société telle qu'elle est en réalité – c'est-à-dire un système d'interaction générale entre des êtres sociaux qui grandissent dans une société déjà là – bouleverse radicalement le rapport aujourd'hui convenu entre les droits et les obligations.

3-b. Droits et obligations. *Une société humaine est constituée par des droits sans contrepartie qui donnent à chacun la possibilité même d'exister et de grandir. Les obligations sociales sont donc la conséquence et non la condition des droits; elles engendrent pour chaque être singulier une dette perpétuelle envers la société. Parce qu'elle résulte d'un don collectif et incommensurable, la dette sociale de l'individu n'est pas remboursable; l'individu ne peut jamais s'acquitter d'une telle dette; il peut seulement être à la hauteur du don collectif reçu en contribuant à la circulation de ce don et à sa transmission aux générations futures.*

Dans une société-contrat, les individus qui décident de contracter ne le font que dans la mesure où ils y trouvent un intérêt: leur apport à la société est nécessairement compensé par le bénéfice escompté, et personne ne peut revendiquer un quelconque bénéfice s'il n'apporte pas sa contribution. Autrement dit, comme dans toute relation d'échange contractuel, *il n'y a pas de droit sans contrepartie (sans obligation) et inversement.* Ce type d'arrangement caractérise la «société» du droit commercial qui désigne une association d'individus qui mettent des moyens en commun en vue de réaliser un bénéfice. Il ne concerne évidemment pas la «société» dont il est ici question. La société humaine n'est pas une association, un contrat, puisqu'elle préexiste à ses membres. C'est la raison pour laquelle, à la différence de ce qui se passe dans une société commerciale, *une société humaine est constituée par des droits sans contrepartie.* Personne ne paie un droit d'entrée dans la société pour bénéficier de la culture, de la langue, du patrimoine matériel et symbolique accumulé par les générations passées, pour survivre grâce à l'existence et au travail de tous les autres. On n'exige rien des nouveau-nés pour leur dispenser tous les soins nécessaires à leur développement; on n'exige rien de quiconque pour que tous les autres soient tenus de le secourir en cas de danger vital, etc.

Une société humaine ne subsiste que parce qu'elle commence par assurer à chaque être singulier *le droit inconditionnel d'en être membre et de n'être pas abandonné par les siens.* C'est l'extension progressive de cette base universelle qui a mené les sociétés modernes à définir explicitement des droits attachés au simple fait d'être humain *(droits de l'homme)* et des droits attachés au fait d'être membre d'une société spécifique *(droits sociaux).* L'existence de droits inconditionnels ne veut pas dire que ces droits n'entraînent aucune obligation. Ces droits créent une responsabilité plus grande (une capacité de répondre de ses actes) et une dette morale envers la société. Mais les obligations engendrées par les droits n'en sont pas la *contrepartie* (comme dans une transaction commerciale) qui permettrait d'éteindre la dette de l'individu, elles n'en sont que la *conséquence. C'est précisément parce que des droits sont dispensés sans contrepartie (de façon inconditionnelle et sans exigence immédiate en retour) qu'ils créent pour l'individu une obligation continue, une dette perpétuelle envers la société.* Dans une société (ou transaction) commerciale, chacun peut « reprendre ses billes », rembourser sa dette, céder sa part et être tenu pour quitte. Dans une société humaine, la dette envers la société n'est jamais remboursable. Comment l'individu pourrait-il rendre ce que la société lui a apporté, à savoir: la possibilité de vivre, les moyens de grandir, les facultés cognitives, le langage; bref, tous les ingrédients sociaux qui ont contribué à sa survie comme à la constitution de ses capacités et de sa personnalité? N'oublions pas la magie des biens publics: chacun reçoit la totalité d'un service à la production duquel il ne pourra jamais apporter qu'une infime contribution. Grandir dans une société, c'est profiter de toute la culture et de toutes les infrastructures produites par les générations précédentes; c'est bénéficier gratuitement de l'existence et du travail de tous les autres êtres qui rendent cette société possible et viable. Aussi, même en sacrifiant sa vie pour la société, un individu ne rembourse pas sa dette envers elle; il donne seulement tout ce qu'il a, un «tout» qui reste infiniment petit en rapport de ce qu'il a reçu. *Le don de l'existence ne se rend pas, il se transmet.* Pour un individu, la seule façon d'être à la hauteur de ce don qu'il ne saurait rendre est de participer à son tour à un don qui ne pourra être rendu: le don de l'existence à la génération suivante.

Cela me conduit tout d'abord à préciser le concept de responsabilité. En effet, la responsabilité individuelle, comme les obligations sociales, est engendrée par les droits, et non l'inverse (cf. *supra* 1-c). On peut envisager l'accès à l'état de responsabilité comme un droit de la personne. Qui plus est, dans la mesure où chaque adulte participe en tant qu'individu et citoyen à une société donnée, il se trouve coresponsable de l'accès effectif des nouvelles générations à l'état de responsabilité. On perçoit ici une dimension essentielle d'une conception socialiste de la responsabilité. Elle ne consiste pas seulement dans une *responsabilité de soi* (répondre de ses actes); elle implique aussi une *responsabilité d'autrui*: en tant que membre d'une société, chacun a sa part de responsabilité dans ce qui arrive à autrui et même dans ce que décide autrui. Par exemple, ce n'est pas seulement le délinquant qui doit répondre de son délit, c'est aussi l'ensemble de la société qui a la charge de transformer ses nouveau-nés en citoyens responsables; c'est donc aussi, à des degrés divers, l'ensemble des membres de cette société.

Par ailleurs, la conception de la dette sociale comme dette perpétuelle clarifie le débat ancien qui a opposé le principe de « solidarité » et le principe de « fraternité »[148].

3-c. Solidarité et fraternité. *La « solidarité naturelle » est le fait constitué par l'interdépendance existentielle des êtres sociaux; elle engendre une dette incommensurable et non libérable de chacun envers tous qui fonde la société à organiser par la loi une « solidarité sociale » dont les charges sont supportées par chacun à proportion de ses capacités contributives. La « fraternité » républicaine n'est ni équivalente ni substituable à la solidarité; elle en est le complément nécessaire, car des êtres sociaux ne peuvent constituer une communauté politique solidaire par la seule force de la loi ou du calcul rationnel : il leur faut aussi nourrir le désir de vivre ensemble, c'est-à-dire de considérer des inconnus comme des proches.*

Pour Léon Bourgeois[149], la doctrine de la solidarité est un accomplissement de l'idéal républicain inscrit dans la devise « liberté, égalité, fraternité » dont le dernier terme pourrait être remplacé par « solidarité ». Si la fraternité constitue un vœu louable, la solidarité a le mérite d'être un fait incontestable : l'interdépendance naturelle entre les êtres, d'où il résulte que personne n'est quoi que ce soit sans tout ce qu'il doit à la société. Dès lors, « la connaissance des lois naturelles de la solidarité des êtres conduit à une théorie d'ensemble des droits et des devoirs de l'homme dans la société[150] ». L'avantage de cette doctrine de la solidarité, selon Bourgeois, est qu'« au devoir moral

148. Plus spécialement en France à la fin du XIXe siècle. On trouvera un exposé documenté de ce débat dans Vincent Peillon, *La Révolution française n'est pas terminée*, Seuil, 2008.

149. Léon Bourgeois, *Solidarité*, Armand Colin, 1896.

150. *Id.*, *Solidarité. L'idée de solidarité et ses conséquences sociales*, présentation de Marie-Claude Blais, Le Bord de l'eau, 2008, p. 100.

de charité qu'a formulé le christianisme, et à la notion déjà plus précise, mais encore dépourvue de sanction, de la fraternité républicaine, elle substitue une obligation quasi *contractuelle*, ayant, *comme on dit en droit*, une cause et pouvant, par suite, être soumise à certaines sanctions: celle de la dette de l'homme envers les hommes, source et *mesure du devoir* rigoureux de la solidarité sociale[151] ».

Mais certains (notamment Ferdinand Buisson) contestent cette substitution de la « solidarité » à la « fraternité », parce que la doctrine de Bourgeois semble rendre la liberté de l'individu conditionnelle à l'acquittement d'une dette sociale déterminée par la société. Un républicain attaché aux droits de l'individu peut redouter l'idée selon laquelle la société détient un droit, une créance, sur les individus. Voilà pourquoi Buisson refuse de remplacer « fraternité » par « solidarité » dans une argumentation ainsi résumée par Vincent Peillon: « Si la fraternité vaut mieux que la solidarité, c'est que cette dernière relève d'une *dette à l'égard de la société, qu'il revient à la société d'estimer*, alors que la fraternité renvoie à un *devoir librement reconnu*, à une obligation que reconnaît l'individu par lui-même et de lui-même. Ce que l'individu doit à la société ne peut relever, en République, d'une contrainte extérieure à ce dernier. Il doit relever d'un acte de liberté[152]. »

Selon moi, aucune de ces deux thèses ne tient tout à fait séparément. Dans une République avertie de la réalité anthropologique, il ne faut pas choisir entre solidarité et fraternité; il faut tenir ces deux-là ensemble.

L'opposition de Bourgeois et Buisson se construit sur une compréhension erronée de la nature d'une dette

151. *Ibid.*, p. 101. C'est moi qui souligne les termes qui mettent en évidence le souci d'une construction juridique susceptible de mener vers une comptabilité des droits et devoirs opposable aux citoyens.

152. *La Révolution française n'est pas terminée*, *op. cit.*, p. 119. C'est moi qui souligne.

envers la société : ils s'en tiennent à une logique juridique ou contractuelle, quand il faudrait user de la logique du don explicitée par Marcel Mauss (trente ans plus tard, il est vrai).

L'existence d'une dette sociale de l'individu est un fait anthropologique incontournable sur lequel Bourgeois a raison d'attirer l'attention. Mais, comme je l'ai expliqué, personne ne peut s'acquitter de cette dette, car elle ne résulte pas d'un contrat ou d'un échange, elle n'est pas une dette commerciale dont on pourrait dire quel versement ou quelle action permet de s'en libérer ; elle ne peut donc être une « mesure du devoir rigoureux de solidarité sociale ». Ce que l'individu doit à la société n'est rien de moins que l'existence même et la disposition de toutes les ressources à partir de quoi il peut éventuellement devenir un être singulier. Cette dette est incommensurable et donc non remboursable, perpétuelle. Qui plus est, elle est telle précisément parce qu'elle n'est pas la contrepartie d'un échange, d'un contrat, mais l'effet d'un don inconditionnel, d'un don sans contrepartie. Du coup, l'opposition suggérée par Buisson entre une dette « qu'il revient à la société d'estimer », qui aliénerait la liberté individuelle, et un « devoir librement reconnu », qui exprimerait cette liberté, est une opposition artificielle. La dette sociale n'est pas une créance déterminée par la société et dont celle-ci demande le recouvrement à l'individu. Cette dette vient au contraire de tout ce que la société a donné à l'individu sans rien exiger en retour. Mais c'est précisément parce que le don de l'existence et des droits fondamentaux est sans contrepartie qu'il engendre un devoir « moral » de l'individu envers la société[153].

153. Si la dette sociale était la contrepartie d'une prestation contractuelle et non la simple conséquence d'une prestation inconditionnelle, elle serait l'équivalent d'une dette commerciale exigible et ne constituerait en rien une dette « morale ».

La dette sociale n'est donc pas une aliénation à quoi il faudrait substituer un devoir librement reconnu. La dette sociale est un simple fait incontournable, un trait même de la condition humaine pour des êtres sociaux dont la vie dépend de multiples dons de la société. Sans cette dette, point d'existence et donc point de devoir à reconnaître. Car sur quoi fonder le devoir envers une société à qui l'on ne doit rien? La dette sociale perpétuelle fonde un devoir moral particulier où pourra se manifester la liberté de l'individu: il ne s'agit pas de se soumettre à un quelconque remboursement prédéterminé puisque, encore une fois, personne ne peut s'acquitter d'une dette incommensurable; il s'agit pour l'individu d'entrer dans la ronde des dons sociaux sans contrepartie qui permettent aux autres d'exister. Ainsi, il acceptera de payer ses impôts sans tenir la comptabilité des avantages directs qu'il retire des dépenses publiques; il cotisera volontiers à la protection sociale de tous, à la hauteur de ses moyens financiers, et non à proportion de ses propres dépenses de santé; bref, *il ne sera pas avec la société dans un rapport d'échange, mais dans un état de vie commune.*

La dette sociale fonde une exigence de liberté et un chemin vers la liberté: c'est bien dans la conscience de tout ce que son être doit à la société que l'individu trouve l'aiguillon d'une quête de l'autonomie, le désir de montrer que sa manière d'être au monde doit aussi quelque chose à lui-même, à sa volonté propre; et, comme nous l'a enseigné Mauss, la seule façon d'éviter qu'un don non remboursable offre à la société prise sur le donataire, c'est que ce dernier donne à son tour aux autres ce qu'ils ne pourront pas rembourser; l'individu se libère, non en s'acquittant d'une dette, mais en donnant à son tour, c'est-à-dire aussi en transmettant la dette sociale.

Cela dit, Bourgeois a raison de souligner qu'en République on ne peut s'en remettre à la charité ou à la fraternité librement déterminées par les individus pour régler la question du fonctionnement de la communauté politique. En raison de la *solidarité naturelle* entre les humains, la société est bien fondée à établir des lois qui organisent le partage des devoirs et des avantages liés à la vie commune, c'est-à-dire une *solidarité sociale*. Le devoir de solidarité ne peut assurément pas être laissé à la libre appréciation de chaque individu. Et ce, pas seulement parce que la certitude que tous sont soumis à la même exigence est nécessaire pour que chacun pris séparément accepte de s'y soumettre. La loi est aussi nécessaire parce que personne ne peut par lui-même estimer les besoins de la société et la juste part qu'il en doit assumer. Seule la loi établie par les représentants du peuple est légitime pour déterminer ces besoins et la répartition des charges entre les citoyens. Quant à ces charges, elles ne peuvent être réparties qu'en fonction des capacités contributives de chacun. Personne ne sera fondé à protester qu'on exige plus de lui quand sa capacité est plus grande puisque, en tout état de cause, ce qui est exigé ne sera jamais à la hauteur de tout ce qu'il a reçu et persiste à recevoir de la société. Ici, on perçoit le danger que recèle la tournure contractuelle du propos de Bourgeois. *Dès qu'on laisse sous-entendre que les devoirs sont une contrepartie contractuelle des droits, s'insinue l'idée commerciale d'un échange entre des biens équivalents* : alors le citoyen en vient à penser qu'il « doit en avoir pour son argent », qu'il n'est pas normal de payer plus de cotisations sociales que les autres quand on n'est jamais malade, ou de payer pour la construction des autoroutes quand on n'a pas de voiture. Cette logique marchande est à l'évidence l'exact opposé de la logique solidaire, et c'est pourquoi, si l'on veut parler de solidarité, il importe d'abandonner toute référence au vocabulaire des conceptions contractuelles de la société.

L'erreur de Buisson me semble d'ailleurs refléter aussi une confusion entre ces deux logiques. En redoutant que la dette de l'individu envers la société donne à celle-là prise sur celui-ci, Buisson ignore la différence entre un don privé et un don social. L'individu est en effet aliéné s'il est contraint d'accepter un don privé qu'il ne pourra pas rendre. C'est pourquoi nous refusons un cadeau démesuré rapporté à la place que nous voulons bien reconnaître à quelqu'un dans notre vie. C'est pourquoi, nous l'avons vu, les sociétés humaines ont organisé l'alliance par le don dans le cadre d'un rituel social; celui-ci permet à chacun de recevoir de la société et de donner à la société, en sorte que personne n'ait directement prise sur autrui. En devenant social, en sortant de la logique de l'échange marchand, le don et la dette qui s'ensuit cessent d'être aliénants. Le pauvre qui bénéficie de la charité, ou de la fraternité si chère à Buisson, peut bien être aliéné par le seul fait que, en acceptant le don privé qu'il ne peut rendre, il reste impuissant à se hisser à la hauteur du donateur, à rétablir une égale dignité. En revanche, quand il reçoit la prestation sociale qui lui est due en vertu de la loi et de son appartenance à la société, il n'est rabaissé par aucun donateur; il peut être à la hauteur en satisfaisant simplement à ses obligations sociales, obligations qui ne sont pas proportionnées à ce qu'il reçoit de la société, mais à la contribution qu'il est en capacité de lui apporter. Il est, de ce point de vue au moins, l'égal du plus riche, qui, pas plus que lui, n'est capable de rendre à la société quoi que ce soit de proportionné à ce qu'il en reçoit. Ainsi, en l'espèce, c'est l'exercice du «devoir moral» librement consenti par l'individu qui aliène autrui, et c'est la solidarité sociale qui libère et fonde l'égale dignité. L'intervention de la société comme tiers transcendant toutes les relations sociales offre à l'individu la possibilité de rendre ce qui ne peut être rendu en participant à la ronde du don social, à la circulation de la dette perpétuelle qui rend tous les autres redevables à son endroit comme il l'est au leur.

La liberté de l'individu ne provient donc ni de la libération de la dette sociale, comme le croyait Bourgeois, ni de son remplacement par un devoir de fraternité, comme le soutenait Buisson. La possibilité même de la liberté individuelle est un don de la société, et donc un élément de la dette sociale, un don dont on ne s'acquitte jamais, une dette non libérable, mais que l'on peut transmettre à autrui.

Par ailleurs, j'entends bien que les défenseurs de la fraternité contre la solidarité ne s'en remettent pas tout à fait au bon vouloir des individus ; ils parlent d'une fraternité républicaine soutenue par les lois de la République. Mais cela soulève en réalité un autre problème, à savoir que la loi ne peut justement pas instituer la « fraternité » ; elle ne peut qu'organiser la solidarité.

Faut-il pour autant retirer « fraternité » de la devise républicaine ? Certainement pas. Le fait que la fraternité ne puisse être organisée par la loi donne à celle-ci toute sa place en tant qu'ambition ou idéal d'une République qui entend constituer une communauté politique réelle et pas seulement une association abstraite. En effet, les deux piliers juridiques de la République (liberté et égalité) peuvent éventuellement fonder une communauté politique entre des atomes rationnels mus par un calcul mécanique de leurs intérêts, c'est-à-dire le type d'association imaginée par les théories du *contrat* social. Mais cette communauté contractuelle fondée sur l'intérêt bien compris ne tient alors que par la force d'une loi qui réprime en permanence la rivalité naturelle des individus. On a déjà suffisamment démontré la fausseté d'une telle conception. Une communauté humaine n'est pas constituée par un contrat, mais par des liens sociaux qui unissent l'histoire singulière des individus à l'histoire des divers groupes humains dont ils partagent l'existence. Ce qui, en premier lieu, tient les individus ensemble, c'est le *sentiment* d'appartenance et la *pratique* concrète de cette appartenance à une même communauté. Or, l'ambition de la République issue de la Révolution française était de constituer une *nation* démocratique, que l'on peut caractériser, avec Dominique Schnapper, « par l'ambition, par définition jamais pleinement réalisée, de créer une société politique en transcendant par la citoyenneté les enracinements concrets et les appartenances et fidélités particulières[154] ». Toute la question est de savoir si l'on transcende les appartenances particulières à la Rousseau, c'est-à-dire en les détruisant[155], ou bien en créant les conditions pour que les sentiments nourris en leur sein puissent être éprouvés envers la communauté politique nationale.

Ceux qui, parmi les républicains, sont attachés à l'inscription de la « fraternité » dans la devise de la nation manifestent la conviction que la citoyenneté ne s'installe pas mécaniquement par la destruction des liens traditionnels et leur remplacement par l'adhésion rationnelle à des principes universels de liberté et d'égalité. Parce que la nation doit rassembler des humains, des êtres sociaux,

---

154. Dominique Schnapper, *La Communauté des citoyens. Sur l'idée moderne de nation*, Gallimard, 1994, p. 178.

155. Dominique Schnapper rappelle que la conception rousseauiste de la démocratie implique l'éradication des communautés infranationales : « Pour lui [Rousseau], la dépendance qui lie les hommes entre eux étant la source de l'inégalité, les corps intermédiaires entre l'individu-citoyen et l'État empêchaient l'homme d'être libre. Le citoyen, expression directe de la volonté générale, devait être indépendant de tous liens intermédiaires et rester en relation étroite et directe avec l'État », *La Démocratie providentielle. Essai sur l'égalité contemporaine*, Gallimard, 2002, p. 29.

et non des machines à calculer, elle ne peut être soudée que par un nouveau sentiment d'appartenance qui unit les individus par-delà la diversité de leurs croyances, de leurs intérêts, de leurs affections. Une nation démocratique ne saurait éradiquer par la violence d'État toute diversité des identités ou se résoudre à administrer la ségrégation des identités. L'égale liberté des citoyens différents doit donc être soutenue par un authentique désir de vivre ensemble et dans le respect mutuel des différences; la coexistence des identités singulières dans un monde commun constitué par la République nourrira l'intégration générale et progressive dans une identité commune.

Ce qui me paraît finalement essentiel dans l'apposition de la fraternité à la liberté et à l'égalité, c'est l'intrusion de l'anthropologie dans le droit. La prise en compte de l'humain réel, en chair et en os, oblige à penser la communauté politique en mêlant les liens juridiques et les liens d'attachement, les liens symboliques universels et les liens de proximité, l'appartenance à la République et les appartenances culturelles singulières où les individus déploient leur existence.

Cette discussion sur la solidarité et la fraternité en appelle une autre, car elle a soulevé la question de la coexistence des appartenances particulières au sein d'une même communauté politique. On ne peut avancer sur ce point sans approfondir la discussion amorcée plus haut sur la distinction entre «communauté» et «société». Cela est d'autant plus nécessaire que l'on peut se demander si les principes proposés en 3-a et 3-b ne valent pas uniquement au sein d'une communauté humaine primitive (la tribu de chasseurs-cueilleurs) ou dans le cadre de la socialité primaire (entre proches). En effet, dans une société développée qui réunit un ensemble de communautés primaires ne procède-t-on pas au rassemblement *a posteriori* d'individus et de communautés qui existaient avant la constitution de cette société? N'est-on pas alors fondé à parler d'une société-contrat, d'un *contrat social* organisant l'*échange* des droits et des devoirs entre des individus ou des groupes d'individus indépendants?

3-d. Communauté et société. *Une communauté est constituée par des liens spécifiques et des similitudes entre un ensemble de personnes qui, de ce fait, se perçoit et est perçu comme un groupe distinct au sein de la société. Parce que le développement de la société ne peut éradiquer l'aspiration naturelle des humains à se regrouper entre semblables, il n'entraîne pas mécaniquement la disparition d'appartenances sociales singulières au sein d'une même société. Ce développement ne peut donc être pensé comme la substitution d'une société à des communautés, mais doit l'être comme la coexistence de diverses communautés et l'intégration de celles-ci dans une communauté politique.*

En distinguant communauté et société, Tönnies a attiré l'attention sur une différence réelle entre deux types de relations humaines (relation d'attachement et relation d'échange), différence qui constitue la source d'une difficulté majeure dans la constitution d'une grande société. La coexistence harmonieuse est évidemment plus aisée entre des êtres déjà liés (par l'affection, le travail, les croyances, le voisinage, etc.) qu'entre des individus parfaitement déliés qui n'échangent ou ne se disputent que des objets et des places. Chaque automobiliste en fait l'expérience quotidienne. Reclus dans l'habitacle de son véhicule, le plus civilisé des individus est capable de vociférer les pires injures et de ressentir une extrême agressivité à l'encontre d'un autre automobiliste. Cette réaction violente s'adresse autant, si ce n'est plus, à *quelque chose* (une autre voiture) qu'à *quelqu'un* (le chauffeur). La bulle isolante que constitue la carrosserie renforce l'incivilité précisément parce qu'elle efface l'autre derrière sa propre bulle: la circulation met en relation des *choses* qui se disputent un espace et non plus des *gens*; on est plus spontanément enclin à prendre la place d'une autre bulle d'acier dans une file de bulles qu'on ne l'est à prendre la place d'une personne dans une file d'attente au guichet de la poste. D'ailleurs, revenons à notre chauffeur en colère: si celui-ci, une fois sorti de sa bulle, se trouve face à face avec l'autre automobiliste, il devient le plus souvent moins agressif, pour la simple raison qu'il entre dans une relation avec quelqu'un et redoute l'affrontement (F18). S'il découvre alors que la personne qu'il s'apprêtait à invectiver est une connaissance, son agressivité se mue en gêne et il se confond en excuses. Si, enfin, dès l'origine de l'incident déclenchant sa réaction, il avait su qui conduisait l'autre voiture, il aurait au plus éprouvé une surprise désagréable, mais certainement pas le besoin de proférer des injures ou de se défouler sur son klaxon.

Le défi d'une grande société est précisément qu'elle met constamment en relation des inconnus entre lesquels la rivalité et l'agressivité ne sont pas spontanément contenues par des liens préalables. Tönnies a bien compris qu'une société où l'essentiel des rapports humains serait des relations d'échange entre des inconnus courrait le risque de sa propre dissolution, malgré l'intervention croissante de l'État pour maintenir l'ordre. Avec un siècle d'avance, Tönnies a pressenti les phénomènes de déliaison sociale et d'incivilité caractéristiques d'une société capitaliste hypermoderne. Mais l'exploitation de cette intuition a tourné un peu court. Tönnies s'est laissé emporter par la fascination qu'exerçait alors la logique pure sur des sciences sociales jalouses de l'aura des mathématiques et de la physique[156]. Ce qu'il appelle « communauté » et « société » sont des concepts abstraits ne s'appliquant à aucune situation humaine réelle. Sa « communauté » est une fusion absolue des individus dans un seul et même tout social. Mais, en réalité, même dans la famille – que Tönnies décrit comme la communauté pure – il n'y a jamais fusion entre les consciences. Comme on l'a montré au chapitre 2, l'attachement entre un enfant et sa mère est en réalité plus fort et plus harmonieux quand l'amour maternel évite l'enfermement dans une relation fusionnelle et encourage l'enfant à s'ouvrir à d'autres relations. Par ailleurs, la « société » de Tönnies (censée correspondre à la société industrielle moderne) est un état de dissociation absolue des êtres dans lequel les individus n'ont plus aucune espèce de relations humaines et se considèrent mutuellement comme des choses avec lesquelles ils ne peuvent échanger que des biens ou des coups. Bref, dans ce cas, comme dans celui de la communauté, Tönnies évoque, paradoxalement et à son insu, une même conception moderne et scientiste de l'être humain : l'atome strictement indépendant d'autrui et qui, de ce fait, peut être soit fusionné avec autrui, soit isolé d'autrui. Or, qu'il y ait fusion ou isolation des atomes, dans les deux cas la relation sociale est anéantie et avec elle la notion même de société. Tönnies n'a donc pas décrit deux formes de regroupement possibles entre des êtres humains, il a conceptualisé à son insu deux formes purement théoriques de destruction d'une société humaine.

---

156. Notons ici que Durkheim, dans sa critique de Tönnies, manifeste une même fascination pour la logique pure : il met en cause l'incomplétude des concepts de communauté et société, tels qu'énoncés par Tönnies ; mais il ne remet pas en question la pertinence de ces concepts comme décrivant deux formes principales de regroupement humain.

L'intuition de Tönnies lui permet d'identifier deux pôles d'attraction fantasmatiques de l'esprit humain et des sociétés humaines (la fusion et la dissociation); mais Tönnies s'égare en prenant ces deux fantasmes pour deux états possibles du monde. Du coup, ses concepts ne permettent pas de comprendre et de décrire la grande diversité des sociétés réelles, qui évoluent dans une dialectique perpétuelle entre les divers mobiles de la vie humaine.

Le socialisme méthodologique permet ici de gagner en compréhension. Il m'a tout d'abord conduit à forger les concepts d'« hypersociété » et de « dissociété » qui rendent mieux compte de la réalité dynamique que Tönnies essayait de saisir par des concepts statiques. On sait que les êtres sociaux sont animés à la fois par le besoin d'être par et pour eux-mêmes et par le besoin d'être avec et par autrui; l'indépendance solitaire et la fusion sociale sont ainsi deux fantasmes consubstantiels, indissociables mais irréalisables: *personne ne peut être sans autrui et personne ne peut se fondre en autrui*. C'est d'ailleurs cette double tension vers deux impossibilités qui crée le mouvement même de la vie, mouvement épanouissant quand son moteur à deux temps tourne régulièrement, mouvement douloureux et pathogène quand il est déséquilibré. La communauté fusionnelle et la société des atomes parfaitement déliés sont donc des formes sociales concrètement inatteignables pour des humains. Mais ces deux formes abstraites décrivent la *limite* vers quoi *tendent* les deux aspirations constitutives de l'être humain quand elles viennent à se dissocier, quand l'individu, incapable ou empêché de construire l'alternance harmonieuse entre ses pulsions contraires, développe une fixation pathologique sur l'une d'entre elles.

L'*hypersociété* est la société qui *tend* à réaliser une fixation pathologique sur l'unité et l'intégration, au détriment de la singularité; la *dissociété* est celle qui *tend* à accomplir une fixation pathologique sur la singularité au détriment des liens sociaux. Enfin, ce que j'ai appelé une *société de progrès humain* est celle qui combat la dissociation pathologique des aspirations humaines et tend à promouvoir une articulation équilibrée entre une pulsion d'agrégation à autrui et une pulsion d'indépendance. L'avantage comparé de ces concepts, sur les deux formes sociales antinomiques forgées par Tönnies, est qu'ils sont applicables à la réalité; ils ne décrivent pas des formes théoriques pures et achevées d'un regroupement humain mais des processus dialectiques et concrets d'où peut émerger un continuum infiniment diversifié de formes sociales. Toutefois, ces concepts ne suffisent pas à rendre compte de la problématique pertinente soulevée (notamment) par Tönnies, à savoir: la difficulté spécifique d'une grande société moderne qui doit faire cohabiter une multitude d'inconnus qui n'ont pas entre eux les liens naturels établis dans les communautés traditionnelles. À quoi s'ajoute le problème négligé par Tönnies: la cohabitation de différentes communautés.

Pour gagner en compréhension sur ces questions, nous devons compléter la boîte à outils du socialisme méthodologique par le concept de «communauté», mais dans un sens très différent de celui de Tönnies. Il faut à la fois abandonner l'opposition entre société et communauté (cf. axiome 3) et adopter pour cette dernière une définition plus simple et plus réaliste.

Au sens usuel du terme, la communauté désigne *un ensemble de personnes qui ont quelque chose de commun susceptible de nouer entre elles un lien spécifique, lien assez consistant pour que ces personnes se perçoivent elles-mêmes et soient considérées par les autres comme un groupe distinct au sein de la société*. Selon ce qui est commun et ce qui fonde principalement le lien entre leurs membres, on peut à grands traits distinguer divers types de communautés, en précisant d'emblée que ces types se chevauchent en partie :

1) *La communauté de proximité*. Bien commun : la vie quotidienne et/ou la relation elle-même. Fondement du lien : l'affection, l'attachement. C'est le type de communauté formée par une famille unie, un groupe d'amis, les habitants d'un petit village, une équipe de salariés travaillant ensemble de longue date, etc.; bref, les regroupements de personnes où « tout le monde se connaît », où les uns et les autres se retrouvent régulièrement en vis-à-vis. Ce type de relations met en action les mécanismes de l'attachement ; le bien qu'il vise à partager et à préserver est en réalité la relation elle-même. On est ici dans le domaine de la socialité primaire, avec un supplément d'attachement par rapport au concept plus large de *cercle social* primaire.

2) *La communauté d'intérêt*. Bien commun : un centre d'intérêt économique, professionnel, politique, culturel, etc. Fondement du lien : la raison. Cette communauté réunit des personnes qui ne vivent pas ensemble, n'ont pas nécessairement de relations personnelles en dehors des actions communes se rapportant à leur centre d'intérêt commun (association, syndicat, parti, etc.). Le lien n'est pas d'abord de nature affective, mais de nature rationnelle, instrumentale ; les individus s'assemblent pour atteindre plus efficacement un but donné.

3) *La communauté identitaire*[157] *ou culturelle*. Bien commun : un territoire, une histoire, une langue, une manière d'être ou une croyance que les individus ressentent

---

157. Le qualificatif « identitaire » est employé ici pour sa capacité d'évocation des appartenances sociales constitutives de l'identité des individus. Cet emploi est néanmoins discutable, dans la mesure où les communautés de proximité ou d'intérêt participent aussi à la constitution des identités.

comme un constituant principal de leur identité. Fondements du lien : le désir de fusion, le mimétisme, la grégarité, la reconnaissance sociale, etc. On reconnaît ici le sentiment communautaire fondé sur l'appartenance ethnique ou religieuse, sur la défense d'un territoire (la bande de quartier) ou d'une orientation sexuelle, sur l'attachement à une tradition locale (régionalisme), sur le partage d'une sub-culture (la tribu moderne).

Si la communauté de proximité est par définition concrète, les deux autres formes de communauté peuvent être à la fois concrètes et symboliques (*i.e.* elles créent un lien symbolique entre des inconnus qui n'ont pas de contacts physiques). J'insiste sur la nature descriptive du concept de communauté au sens où je l'emploie; il s'agit seulement d'un constat anthropologique, d'un trait ordinaire et quasi trivial de la condition des êtres sociaux : ils existent et construisent leur personnalité, notamment par leur affiliation plus ou moins soutenue à divers groupes humains qui ont quelque chose en commun. La « communauté » dont je parle ci-après n'a donc rien à voir avec la fusion consensuelle imaginée par Tönnies, dont j'ai déjà souligné qu'il s'agit d'une pure fiction théorique.

Prises dans le sens précisé ci-dessus, toutes les communautés sont « naturelles »[158] : elles manifestent la tendance spontanée des humains à se rassembler (physiquement ou symboliquement) avec leurs semblables parce qu'un être social ne peut se constituer en être singulier sans autrui, il ne peut se distinguer sans s'identifier, il ne peut devenir *quelqu'un d'autre* sans l'existence solidaire

158. Ce qui, soulignons-le à nouveau, ne signifie pas qu'elles sont éternelles, immuables et prédéterminées. Elles sont des constructions sociales, historiques et contingentes. Ce ne sont pas leurs formes multiples qui sont « naturelles », c'est leur existence sous une forme quelconque qui constitue un invariant anthropologique (cf. chap. 3, p. 144-148).

avec *quelques semblables*, sans asseoir son originalité sur quelque conformisme (F6, F11). Il est donc tout sauf vraisemblable d'imaginer le développement d'une grande société comme un processus d'extinction pure et simple des communautés.

Si, dès lors, des rassemblements de type communautaire restent inéluctables au sein d'une même société, le développement de cette dernière est problématique. En effet, si les divers types de communautés évoqués plus haut se différencient par le moteur du regroupement (l'affection, la raison ou la quête d'identité), ils ont un principe commun – la *similitude* – et une vocation commune – l'unité du groupe, l'*intégration* de la singularité dans un collectif. Or, plus la similitude et l'intégration sont réalisées au sein d'une communauté, plus la *différence* et l'*exclusion* peuvent être marquées vis-à-vis de ceux qui sont extérieurs à cette communauté. Le communautarisme naturel (ou instinct grégaire) des humains a donc un effet ambivalent sur leur alliance sociale : il est incontestablement un facteur de solidarité à l'intérieur de chaque groupe, mais plus cette solidarité interne est forte, plus elle risque de désolidariser les groupes les uns des autres. Le groupe de semblables peut constituer la *base de sécurité* qui stimule et facilite l'ouverture à l'extérieur, ou bien la *base de retranchement* qui nourrit le rejet de toute étrangeté.

L'attachement communautaire constitue donc un obstacle *potentiel* à la constitution d'une grande société moderne. Mais les appartenances particulières peuvent tout autant constituer les fondations où s'enracinent la construction de toute identité commune et le socle à partir duquel les êtres humains concrets peuvent devenir les citoyens d'une communauté politique symbolique. Cette dialectique (négative ou positive) entre la communauté politique et les communautés singulières qu'elle entend intégrer a été négligée par la sociologie naissante. La relative ignorance quant au fonctionnement réel des êtres humains a favorisé la construction de concepts abstraits adaptés à la construction de systèmes de logique pure, mais inopérants pour rendre compte de la réalité humaine. C'est clairement le cas pour le concept de «communauté» employé par Tönnies et validé par Durkheim.

Si l'on admet la pure fiction que constituent des communautés aliénant toute individualité, exemptes de toute hétérogénéité, «pures» à 100 %, alors, la question de la coexistence de plusieurs communautés est exclue par la définition même de ces dernières: on ne peut concevoir leur interaction sans altération de leur homogénéité. D'où il vient, selon Tönnies, que la société moderne est la destruction de toute communauté et par là même de toute solidarité naturelle entre les humains.

La critique de Durkheim n'entame pas le concept de communauté, elle conteste seulement les conclusions pessimistes de Tönnies sur la déliaison sociale engendrée par la destruction de communautés. Pour Durkheim, la rupture entre communauté et société est moins brutale, plus évolutive et ne détruit pas les liens sociaux: la grande société n'est pas la fin de la solidarité, mais le remplacement progressif de la solidarité mécanique de la communauté par la solidarité organique entre les fonctions toujours plus diversifiées et individualisées résultant de la division croissante du travail. Mais cette théorie donne raison à Tönnies sur un point central: la société moderne engendre bien l'effacement inéluctable des communautés, effacement qui est seulement étalé dans le temps. C'est que Durkheim prend le terme «communauté» au même sens abstrait et figé que Tönnies: celui d'un groupe humain fondu dans une seule et même conscience collective, agissant et pensant comme un seul homme, animé par une solidarité mécanique. À partir de là, Durkheim explique comment la division croissante des fonctions sociales soutient un processus ininterrompu d'extension de la conscience individuelle au détriment de la conscience collective. La diversification continue des fonctions sociales rend les individus de plus en plus interdépendants de tous les autres individus, mais de moins en moins dépendants de tel ou tel groupe ou territoire spécifique au sein de la société. La solidarité fondée sur la similitude (identité des pensées, des croyances, du territoire, etc.) s'efface au profit d'une solidarité fonctionnelle d'individus de plus en plus dissemblables. Les communautés de semblables sont comme inexorablement dissoutes par leur intégration dans un réseau plus large d'interdépendances. La question de l'articulation de la société avec les divers segments qui la composent est totalement évacuée : la société moderne articule des fonctions sociales dont la multiplication a peu à peu vidé de leur substance et de leur utilité les anciens « segments » qui composaient les sociétés prémodernes.

À bien des égards, le processus décrit par Durkheim épouse assez bien le mouvement initial de la société moderne, qui a commencé par détruire les communautés traditionnelles. Mais cette description omet de souligner que, si certaines singularités communautaires (dialectes, traditions locales) ont disparu, c'est moins par l'effet d'un délitement spontané de la conscience collective qu'en raison d'une répression organisée par l'État, précisément pour forcer une intégration qui semblait tout sauf l'effet automatique de la division du travail. Cette description est de surcroît incompatible avec la réaffirmation évidente des particularismes religieux, régionaux et culturels de toutes sortes dans les sociétés modernes les plus avancées dans la division du travail.

Ce qui fait défaut ici à Durkheim comme à Tönnies, c'est l'intuition de Simmel[159] quant à l'articulation entre singularité et identification à des cercles sociaux variés. Ce défaut manifeste une erreur anthropologique qui se résume à l'antinomie artificielle entre conscience individuelle et conscience collective. Durkheim écrit: «Il y a dans chacune de nos consciences, avons-nous dit, deux consciences: l'une, qui nous est commune avec notre groupe tout entier, qui, par conséquent, n'est pas nous-même, mais la société vivant et agissant en nous; l'autre, qui ne représente au contraire que nous dans ce que nous avons de personnel et de distinct, dans ce qui fait de nous un individu. [...] Il y a là deux forces contraires, l'une centripète, l'autre centrifuge, qui ne peuvent pas croître en même temps[160].» En réalité, on l'a montré, il n'y a pas là «deux forces contraires», mais les deux temps indissociables du moteur de l'existence: «être soi» et «être avec» (F3). Ce que «nous avons de personnel» n'est en rien opposable à ce que nous avons de commun avec d'autres. La singularité ne se construit pas grâce à l'effacement progressif des similitudes, mais par la multiplication et la diversification des similitudes (F6). Ce «qui fait de nous un individu» n'est pas la disparition de nos appartenances singulières, mais la capacité de choisir ces dernières et notre manière particulière de les vivre et de les combiner.

Ainsi, en raisonnant à partir du moteur effectif de l'existence et des modalités réelles de construction de la personnalité, il devient évident que le développement spontané d'une grande société n'a aucune chance d'éliminer la diversité des appartenances particulières. On peut éventuellement s'attendre à ce qu'un tel

159. *Supra*, p. 111.
160. *De la division du travail social*, *op. cit.*, p. 99-100.

développement distende les liens d'attachement internes à chaque communauté, car il offre des opportunités nouvelles et plus variées d'attachement à d'autres communautés. On comprend aussi, comme l'avait compris Norbert Elias, qu'une communauté initiale ne s'efface qu'au profit d'une communauté plus large, et dans la seule mesure où celle-ci comble la nécessité humaine de construire le «je» dans le «nous»: «Tant que ne sont pas associés avec l'unité d'ordre supérieur des sentiments d'identité personnelle, un sens du nous, l'effacement voire la disparition du groupe de rang inférieur apparaît effectivement comme une menace de mort, une forme de déclin collectif et par conséquent une profonde perte de sens[161].» Dès lors, la marche forcée vers l'intégration nationale (par la répression des attachements communautaires) a toutes les chances de bloquer le progrès réel de l'intégration; elle peut imposer une *unité* politique, mais elle ne construit pas une *communauté* politique. *La citoyenneté ne progresse qu'au rythme où les individus reconnaissent dans la communauté politique un nouvel espace de déploiement de leur existence et non pas l'instrument d'anéantissement des espaces où elle se déployait jusqu'alors.* On ne libère pas les individus de l'obscurantisme en fermant des églises, mais en ouvrant des écoles. On ne construit pas une nation avec des individus préalablement déliés de toute fidélité singulière à des groupes et à des cultures particulières, mais en ouvrant un espace public, un monde commun élargi qui étend pour tous la capacité de nouer de nouveaux liens qui libèrent, qui offre à l'individu le moyen d'échapper à l'étouffement des communautés repliées sur elles-mêmes

161. Norbert Elias, «Les transformations de l'équilibre "nous-je"» (1987), *La Société des individus*, Fayard, 1991 (édition de poche, Pocket, 1997), p. 291-292.

en se liant à une communauté qui se distingue précisément par sa volonté d'inclure des êtres dissemblables et non celle d'imposer une identité monotone.

Or, quand ce mouvement d'intégration est bien avancé, il a pu certes commencer par effacer la force des liens communautaires anciens, mais il finit aussi par stimuler à nouveau l'attrait des appartenances singulières, et ce pour deux raisons.

En premier lieu, la liberté de mouvement physique et symbolique entre des groupes sociaux variés, au sein d'une grande société démocratique, dissipe le risque d'aliénation de l'individu par son intégration à une communauté particulière. L'individu peut d'autant plus s'adonner au plaisir de la communion d'idées, de croyances, d'affections ou de traditions dans un groupe particulier, qu'il est prémuni contre l'étouffement communautaire grâce à sa faculté de déplacement continuel d'un cercle social à un autre. Ce processus est analogue à celui de l'attachement sécurisant du jeune enfant. Cet attachement, rappelons-le, libère en réalité l'enfant de sa mère en lui donnant le courage et le goût de l'exploration du monde. Mais l'effet de cette liberté n'est absolument pas de détruire l'attachement. *Les liens qui libèrent ne sont pas détruits, mais renforcés par la liberté*. Ils rassurent l'individu quant à la possibilité de concilier la force d'un attachement singulier avec le libre développement de soi. Ils construisent ce moi solide qui autorise l'être à préserver une relative autonomie au sein d'une communauté particulière, parce qu'il est étayé par des appartenances multiples.

En second lieu, à partir d'un certain seuil de développement d'une individualité déliée de tous les attachements communautaires d'antan (la famille, l'Église, le village, la profession, etc.), l'émancipation par l'individuation atteint les limites inhérentes à la nature d'un être social. Personne ne peut supporter la charge d'être lui-même par lui seul et sans autrui. Un être parfaitement délié manquerait autant de l'air nécessaire à son existence qu'un être étouffé par une relation exclusive et envahissante. La force des liens faibles a une limite à partir de laquelle tout être social a besoin de renouer des liens forts.

Seule la fiction d'une dissociation entre l'être soi et l'être avec (ou la fiction durkheimienne des « deux consciences ») permet d'imaginer un mouvement linéaire d'expansion de l'individualité et de la conscience personnelle, au détriment des appartenances sociales et de la conscience collective. La relation entre individuation et sociation n'est pas une relation d'opposition linéaire, mais une relation d'interdépendance dialectique et cyclique. Aussi, plus l'espace social initial est étroit, confiné, étouffant, monotone, plus l'individu profitera d'un élargissement de cet espace pour s'émanciper de liens trop forts; mais plus l'extension de l'espace social détend les liens et livre les individus à eux-mêmes, plus ces derniers éprouvent la nécessité de reconstituer des liens forts, des bases d'attachement sécurisant. *Pour être respirable, l'air de la société, comme celui de l'atmosphère, ne doit être ni trop compressé ni trop dilaté.*

Ainsi, la constitution de grandes nations et la diffusion d'une culture nationale ont d'abord favorisé l'effacement des particularismes locaux et des rassemblements communautaires, avant que le succès même de ce mouvement ravive le goût des traditions locales et des singularités communautaires de toutes sortes. Qui plus est, le progrès de l'individualisme, comme volonté d'affirmer sa singularité, est, sans aucun paradoxe, un facteur de réactivation des appartenances particulières. Si, au sein de la grande société, il n'est plus qu'une seule culture ou absence de culture, qu'une seule religion ou déreligion, qu'un seul territoire indifférencié, etc., alors les individus n'ont plus la capacité de se distinguer les uns des autres par le choix d'une manière d'être au monde qui leur est propre. Un sophiste pourrait rétorquer à cela que, précisément, quand il n'y a plus que des individus déliés de toute espèce d'appartenance de groupe, il y a autant de cultures ou de religions que d'individus, autant de territoires que de mètres carrés soutenant chaque corps à un instant donné. C'est amusant, mais cela ne veut rien dire pour des êtres humains concrets qui ne soutiennent leur existence qu'au travers d'une relation à autrui, qui ne peuvent construire une identité sans un minimum d'identification à autrui, qui ne peuvent tout simplement pas vivre sans la sécurité psychique et les liens d'attachement procurés par des moments et des espaces de vie avec des semblables.

Les nouvelles communautés ne sont plus celles d'antan dans leurs formes et dans leur rapport à la société, mais elles accomplissent différemment une même fonction invariante: offrir aux individus des manières collectives de soutenir leur existence singulière. Elles ne manifestent pas une régression de l'individualisme, mais, comme l'a montré François de Singly[162], sa nouvelle modalité adaptée à une grande société ouverte où l'individu, pour échapper à l'inconsistance d'une citoyenneté abstraite et indifférenciée, tisse de nouvelles appartenances collectives qui donnent corps et singularité aux liens sociaux. Quand l'individu n'a plus besoin de s'affirmer en se détachant des appartenances aliénantes d'antan, il peut, sans crainte et plus que jamais, s'appuyer sur des collectifs, des bandes, des associations et un foisonnement de subcultures pour construire sa manière d'être au monde.

Enfin, deux siècles de modernité industrielle et individualiste n'ont de toute évidence pas éliminé les anciennes

162. François de Singly, *Les Uns avec les autres : quand l'individualisme crée du lien*, Armand Colin, 2003.

formes communautaires, fermées et aliénantes, soutenues par un urbanisme organisant le zonage social, quand ce n'est pas la ghettoïsation et la ségrégation.

La réflexion sur le développement d'une société moderne ne peut donc faire l'impasse sur l'articulation, en son sein, d'un ensemble de communautés différentes et sur la transition dynamique d'un ensemble de communautés étroitement soudées vers une communauté politique intégrée.

3-e. Les dynamiques d'évolution d'une grande société. *Selon l'intensité (forte - faible) des liens intercommunautaires (L_1) et intracommunautaires (L_2), on distingue quatre formes typiques de développement d'une grande société :*

1. Dissociété communautarisée (L_1 faible, L_2 fort);
2. Dissociété individualiste (L_1 faible, L_2 faible);
3. Hypersociété (L_1 fort, L_2 faible);
4. Société de progrès humain (L_1 fort, L_2 fort).

Dans le communisme primitif d'une société de chasseurs-cueilleurs, la question de la coexistence de communautés diverses ne se pose pas *au sein de la société*, elle n'apparaît que dans la relation *entre des sociétés étrangères*. En revanche, voici quelques milliers d'années, avec la sédentarisation et l'essor des premières cités antiques, les humains, dont la nature fut façonnée par des millions d'années d'évolution au sein d'une toute petite communauté de proximité, ont été confrontés au défi inédit d'une cohabitation de communautés diverses au sein de la même société. D'affaire *étrangère* qu'elle était autrefois, la problématique de l'alliance est devenue une affaire *intérieure*.

C'est précisément là, et encore aujourd'hui, la difficulté majeure d'une grande société. Car le développement des sociétés humaines engendre inéluctablement la multiplication et la diversification des cercles de relations sociales où peut se déployer l'être singulier. Dans une société moderne, il n'y a plus une seule communauté d'intérêts économiques, mais à peu près autant que la division du travail a introduit de professions, de statuts, de classes, etc.; il n'y a plus une seule et même religion, mais une foison de croyances; il n'y a plus un seul et même territoire, mais un ensemble de localités, de régions avec leur histoire, leurs dialectes et leurs traditions singulières, etc.

La difficulté propre à une grande société moderne n'est donc pas, comme le redoutait Tönnies, la disparition des communautés naturelles au profit d'une société d'échanges interindividuels, mais bien au contraire la multiplication et la diversification des communautés naturelles. La démarche de Tönnies a eu néanmoins le mérite d'attirer l'attention sur deux manières de concevoir la relation sociale:

1) *la manière communautaire ou associative*: elle tend à réunir des groupes humains (ou des individus) en créant des *liens* entre les êtres, c'est-à-dire une interaction subjective qui rend l'existence des êtres singuliers interdépendante et qui nourrit en eux le sentiment d'un monde commun; il s'agit de créer une nouvelle communauté qui supplée l'éventuel délitement des liens traditionnels et/ou assure l'*unité* des diverses communautés;

2) *la manière marchande ou dissociative*: elle tend à maintenir l'indépendance des acteurs (groupes ou individus) en installant entre eux des relations contractuelles et d'échange (donnant-donnant), c'est-à-dire des *connexions* sociales plutôt que des *liens* sociaux; il s'agit là de préserver les parties prenantes de toute atteinte extérieure à leur intégrité, de les isoler pour préserver leur *pureté*.

Nous identifions ainsi un premier critère de classification des divers processus de constitution d'une grande société: *l'intensité des liens intercommunautaires* (L_I), ou encore le degré d'association et d'interdépendance des communautés de base. Plus ce degré tend vers le minimum ($L_I = 0$ %), plus le regroupement humain est une dissociété; le processus ne vise pas la constitution d'une nouvelle communauté, mais la simple cohabitation de sous-groupes et/ou d'individus en quête de *pureté* (*i.e.* isolation contre les mélanges, les métissages, les relations susceptibles de brouiller l'identité initiale). À l'opposé, quand ce degré tend vers le maximum ($L_I = 100$ %), la société vise la création d'une communauté «nationale», ou encore d'un «peuple», une *coexistence* solidaire de groupes humains et d'individus en quête d'*unité*, et non une simple *cohabitation*.

Chacun de ces deux processus opposés peut en outre prendre deux directions différentes, selon qu'il tend à préserver ou à défaire les liens des individus au sein de leurs diverses communautés. Ainsi, la construction d'un lien *entre* les communautés (manière associative tendue vers un idéal d'unité) peut progresser par la répression et l'uniformisation des diverses identités communautaires (délitement des liens *intra*communautaires), ou bien par la coexistence pluraliste et l'interpénétration de ces identités.

De même, le refus de constituer des liens entre les communautés (manière dissociative tendue vers la pureté) peut aller de pair avec une forte *intégration* des individus dans des communautés séparées, ou bien avec la *désintégration* des communautés naturelles. Les idéaux de pureté et d'unité peuvent donc chacun se combiner soit avec le renforcement des *solidarités* intracommunautaires, soit avec un idéal d'*indépendance* entre les individus; le développement de la société est ainsi animé par les quatre directions représentées ci-dessous :

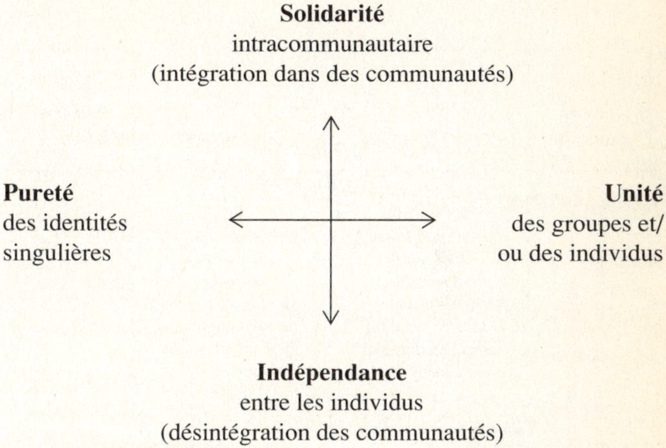

J'introduis ainsi un second critère de classification des sociétés modernes : *l'intensité des liens intracommunautaires* (L_2), ou encore des appartenances singulières et des fidélités particulières. Aux deux extrémités théoriques de ce degré, soit il ne reste plus que des individus constituant une société plus ou moins unifiée ou dissociée (L_2 = 0 %), soit les individus sont parfaitement solidaires au sein d'une multitude de communautés singulières (L_2 = 100 %). En croisant les deux critères proposés (L_1 et L_2), on peut distinguer quatre dynamiques types et quatre pôles d'attraction dans la constitution d'une grande société à partir des communautés traditionnelles (voir le graphe ci-après).

Figure 1
Les quatre dynamiques de constitution d'une société moderne

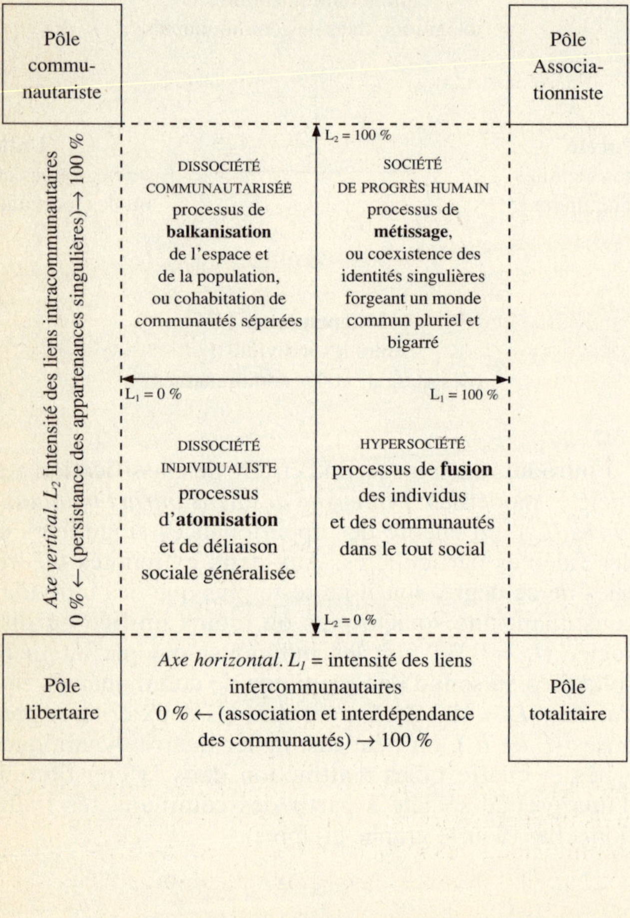

Légende du graphe

Les deux critères sont représentés par deux axes gradués de 0 % à 100 %; leur croisement définit quatre cadrans (I à IV) correspondant chacun à une orientation dominante dans la dynamique constitutive de la société.

I. Forte persistance des communautés singulières et faible intégration entre elles;

II. Délitement des communautés singulières et faible intégration entre elles;

III. Délitement des communautés singulières et forte intégration dans une communauté plus vaste;

IV. Forte persistance des communautés singulières et forte intégration de ces communautés dans une communauté plus vaste.

Les situations limites – combinant uniquement les valeurs extrêmes (0 % et 100 %) des deux critères (L_1 et L_2) – constituent quatre pôles d'attraction dans la dynamique de constitution d'une grande société à partir des communautés traditionnelles.

1) Dissociété communautarisée (L_1 faible, L_2 fort). Cette forme combine une faible intégration intercommunautaire et une forte persistance des divers liens intracommunautaires (familiaux, religieux, régionaux, ethniques, etc.). Ce mode de développement peut engendrer la multiplication de nouvelles communautés, mais celles-ci servent à isoler leurs membres et à les protéger contre les dangers de l'interaction avec les autres communautés.

Le «pôle communautariste» indique la limite *théorique* extrême de ce processus: aucune association ou interdépendance entre les différentes communautés, mais intégration totale des individus à l'intérieur de leurs communautés respectives. Comme je l'ai déjà indiqué, pour un être humain concret, la fusion totale dans «sa» communauté comme l'absence de toute interdépendance avec les étrangers sont impossibles. Mais ce qui est impossible à *réaliser* dans la vie concrète d'un individu n'est pas impossible à *concevoir* et peut nourrir les fantasmes collectifs qu'une société tend à accomplir. J'entends donc par « pôle » un point inatteignable en réalité, mais concevable comme une utopie qui exerce une force d'attraction sur le processus social[163].

La dissociété communautarisée est en quelque sorte fascinée par un idéal de pureté intracommunautaire (l'union parfaite des semblables), ce qui implique l'absence de métissage, de mélange avec les autres communautés. Le seul motif qui puisse réunir ces communautés est la nécessité économique et/ou politique d'exploiter et de défendre un espace commun : il faut bien *cohabiter*, mais il n'est pas question de *coexister*. Les relations entre membres de communautés différentes sont purement instrumentales, fonctionnelles (contrats, échanges, production, etc.). Hors de leur communauté, les individus restent des étrangers les uns pour les autres, ils *font des choses* ensemble, mais ils ne *vivent* pas ensemble.

2) Dissociété individualiste (L_1 faible, L_2 faible). Cette forme combine une faible préservation des liens intracommunautaires et une faible intégration intercommunautaire. Il s'agit donc d'un délitement généralisé des liens sociaux, un processus d'atomisation. Les individus sont encouragés à se détacher de toute appartenance pour n'être qu'à et par eux-mêmes. Le pôle d'attraction de cette dissociété est un fantasme *libertaire* : le bien premier des humains serait la liberté individuelle

163. Je ne le répéterai pas systématiquement. Cette interprétation du concept s'applique évidemment aux trois autres « pôles » décrits ci-après.

maximale, une autonomie parfaite mettant l'individu à l'abri de toute entrave à la pleine propriété de soi, à son libre arbitre. On peut encore dire qu'il s'agit d'un fantasme d'*autarcie* ou d'autosuffisance: *la capacité d'être soi sans autrui.*

3) Hypersociété (L_1 fort, L_2 faible). Cette forme combine une faible préservation des liens intracommunautaires et une forte intégration intercommunautaire. Il s'agit d'une communauté politique construite par la dissolution et la fusion progressive des identités communautaires singulières. L'aspiration au développement de la société et à son unité prime sur toutes les autres, au point de réprimer la construction de toute identité personnelle. Les individus se trouvent sommés de renoncer à leurs appartenances intimes, familiales, professionnelles, régionales, etc., pour n'appartenir qu'à la grande société, on pourrait dire à la grande famille ou la nouvelle famille que cette société est censée constituer.

L'hypersociété est ainsi un processus de double mutilation du désir d'être soi au profit d'une hypertrophie du désir d'être avec: répression de l'aspiration à l'autonomie, à la singularité, mais poussée jusqu'à l'impossibilité de choisir même sa manière d'être avec, sa façon de ne plus s'appartenir. Les individus doivent se désaffilier de toutes formes d'appartenance et de conformation sociale autres que celles qui les fondent dans une seule et unique communauté politique. Cela n'implique pas nécessairement la dissolution formelle de toutes les communautés de base. Au contraire, l'hypersociété peut conforter l'aliénation de toute individualité en s'appuyant sur une structuration en corporations ou en castes, mais ces dernières ne sont pas (comme dans la dissociété communautarisée) des communautés juxtaposées et indépendantes; elles sont les simples maillons d'une même chaîne, les pièces emboîtées d'un puzzle parfaitement ordonné et hiérarchisé; en entretenant l'illusion d'une singularité de groupe, elles facilitent l'aliénation véritable des individus dont les places sont intégralement assignées par l'hypersociété.

Le pôle d'attraction de l'hypersociété, c'est le totalitarisme, au sens du processus décrit par Hannah Arendt[164] : une atomisation préalable de la société (destruction de l'ensemble des liens d'attachement des individus au sein de leurs diverses communautés) qui autorise, dans un second temps, la fusion de tous les atomes dans un grand tout social[165].

4) Société de progrès humain (L_1 fort, L_2 fort). Cette forme combine la persistance des liens intracommunautaires dans toute leur diversité et une forte intégration intercommunautaire; son pôle d'attraction, c'est l'*association* parfaite, celle qui assure l'unité parfaite de toutes les identités singulières dans une même communauté, sans porter atteinte au libre épanouissement de chacune d'entre elles. Cette visée se confond avec *l'utopie socialiste républicaine d'une émancipation complète de l'humanité, non par le dénouement des liens entre les*

164. Hannah Arendt, *Le Système totalitaire*, (1951), Seuil, « Points Essais », 2005.

165. La tendance « hypersociétaire » est d'une certaine manière propre à toute communauté : c'est le conformisme qui se fait par définition au détriment de la singularité; on la retrouve donc au sein des communautés d'une « dissociété communautarisée ». Ce constat m'avait conduit, dans les deux premières éditions de *La Dissociété*, à parler d'une sorte de « fédération d'hypersociétés » pour désigner la combinaison d'une parfaite dissociation entre communautés et d'une hypersociation des individus à l'intérieur de leurs communautés respectives. C'était une expression maladroite qui brouillait la distinction entre dissociété et hypersociété et reflétait la nécessité de mieux intégrer la question des communautés. La typologie en quatre dimensions proposée ici permet de distinguer plus clairement le processus de la dissociété communautarisée et celui de l'hypersociété.

individus et entre les groupes humains, mais par le renforcement continu de leur solidarité.

La dynamique concrète qui tend à développer à la fois les liens personnels, les identités singulières, les liens intercommunautaires et l'intégration de toutes les singularités dans une grande communauté politique correspond à ce que j'ai défini en d'autres termes comme la « société de progrès humain ». Cette dernière a jusqu'ici été définie comme la dynamique sociale qui facilite la conciliation des deux faces du désir d'être (être soi, être avec). Or nous avons vu (chap. 3) que le seul moyen de développer une autonomie relative et une identité personnelle, sans isoler l'individu et arracher les liens nécessaires à son existence, consistait à multiplier et à diversifier les liens et les cercles sociaux, de manière à combiner des bases de sécurité nécessaires au désir de liberté avec des espaces d'évasion et d'exploration – en sorte que chaque cercle social devienne à la fois l'espace qui lie et celui qui évite l'enfermement par d'autres liens. Une société de progrès humain qui entend concilier les deux faces du désir d'être ne peut donc procéder par destruction de la diversité des communautés de base. Elle a au contraire besoin de préserver la « sociodiversité », c'est-à-dire *la coexistence de diverses communautés suffisamment consistantes pour offrir aux individus un espace d'identification et d'attachement, mais suffisamment différentes, nombreuses et ouvertes pour prémunir les individus contre l'intoxication et l'étouffement dans l'une d'entre elles.* Voilà pourquoi nous pouvons soutenir que la société de progrès humain correspond à la quatrième dynamique de notre typologie, celle qui tend à préserver à la fois les liens *intra*communautaires et les liens *inter*communautaires.

Cette formulation risque de susciter un malentendu qu'il faut dissiper aussitôt pour éviter une levée de boucliers inappropriée de la part des opposants au « communautarisme ».

Ce que ces derniers dénoncent à juste titre, c'est la combinaison d'une aliénation des libertés individuelles au sein de chaque communauté et d'un état de conflit latent entre communautés, état qui bloque l'avènement d'une société pacifiée et solidaire; leur cible est donc la dissociété communautarisée. La dynamique sociale adaptée pour sortir de cette dissociété ne passe pas par l'éradication des communautés nécessaires à l'épanouissement individuel des êtres sociaux, mais par leur diversification et leur interpénétration dans une communauté politique. Dans la dynamique sociale comme dans tout mouvement, prendre le chemin strictement opposé à la direction que l'on fuit peut bien nous ramener à ce que l'on avait fui. Ainsi, *en tentant d'échapper à l'aliénation communautariste par la destruction des communautés naturelles, on ne progresse pas vers l'émancipation, mais vers le pôle totalitaire, on revient vers l'aliénation communautaire sous une autre forme.* Car en arrachant les individus à leurs coutumes, à leurs langues, à leur territoire, à leurs croyances, à leurs traditions, bref à tous les éléments d'une identité sociale singulière, on détruit la substance sociale qui les constitue et, comme l'avait si bien compris Hannah Arendt, on les transforme en particules élémentaires désolées, déshumanisées et prêtes à la fusion dans un État totalitaire. On n'échappe donc pas au fantasme communautariste de la pureté en s'abandonnant au fantasme tout aussi destructeur d'une fusion indifférenciée des individus. On y échappe grâce à un processus d'association des singularités dans une communauté de citoyens qui tend vers l'unité, mais sans contrarier l'intensité des appartenances singulières qui fondent l'identité des individus. C'est la voie la plus exigeante, mais c'est la seule voie du progrès humain. On peut la nommer en termes politiques: une *République sociale, laïque et métissée.* C'est une part du projet de société que je vais à présent expliciter.

8

Quelles finalités? Quel projet de société?

Principes politiques IV. Progrès humain, justice, république laïque et métissée, écologie socialiste, économie humaine, démocratie générale, internationalisme

Il est temps d'installer le toit qui achève l'édifice construit au fil des chapitres précédents. J'ai écarté une démarche courante consistant à définir un bien premier, une valeur ultime de la politique, à partir de quoi on cherche les prémisses compatibles avec cette visée, au risque de découvrir finalement que tout l'édifice repose sur des fables abstraites incompatibles avec la réalité humaine. J'ai donc plutôt cherché à établir des fondations solides (ce que nous savons sur le fonctionnement des êtres humains, chap. 2 et 3) pour en déduire des principes politiques qui seraient compatibles avec leur objet d'application, à savoir: la vie des humains en société (chap. 4 à 7). À partir de là, les finalités de la politique et les axes d'un projet de société coulent presque de source.

L'humain est un être social dont le désir d'être actionne un moteur dialectique qui associe en permanence l'aspiration à être soi-même, par et pour soi-même, et l'aspiration à être avec, par autrui et pour autrui. Le cadre social peut favoriser une synergie positive entre l'individuation et la sociation, entre l'autonomie et la solidarité, au plus grand bénéfice du bien-être individuel et de la paix sociale; il peut aussi promouvoir le déséquilibre général du fonctionnement humain en soutenant une addiction pathogène à une seule face du désir d'être. Les rapports sociaux peuvent être organisés de façon à offrir à tous les membres de la société une égale capacité de réaliser leur désir d'être, ou bien en vue de privilégier la capacité d'individus ou de groupes particuliers placés en position d'exploiter et d'aliéner l'existence d'autrui. Si le cheminement *historique* des sociétés entre ces diverses options est complexe, le choix *théorique* ne paraît pas bien compliqué. À moins de postuler qu'une société humaine devrait nuire aux êtres humains et entraver leur désir d'être, à moins de supposer un droit inégal des êtres au déploiement de leur existence, on peut difficilement assigner à la société une autre fin que l'*égal épanouissement des êtres* (*i.e.* la possibilité égale pour chacun de, tout à la fois, conduire sa vie personnelle et bien vivre avec autrui). Ce que nous savons du fonctionnement humain nous a appris qu'une société propice au progrès humain devrait se tenir à égale distance d'une dissociété – qui mutile ou pervertit le désir d'association – et d'une hypersociété – qui mutile le désir d'être soi-même. Mais une telle société n'est pas naturelle; elle a tout l'air de constituer plutôt le point d'équilibre inatteignable autour duquel l'histoire dialectique des sociétés humaines ne cesse d'osciller.

L'âge de la tradition, ou prémoderne, a souvent été dominé par l'hypersociété; aussi, en réaction, *la modernité a fonctionné comme une machine à dissocier tout ce que des millénaires de tradition avaient soudé* (les fonctions sociales, les groupes sociaux, les êtres singuliers, le corps et l'esprit, les dieux et les hommes, l'économie et les relations sociales, etc.). Cette modernité dissociative a suscité au XXe siècle plusieurs réactions « hypersociétaires », des formes d'« hypersocialisme » sur-réagissant à l'individualisme destructeur des liens sociaux et à l'exploitation capitaliste des masses (que la modernité libérale était censée émanciper des jougs antiques). L'impasse totalitaire, où s'est abîmée l'hypersociété collectiviste, et l'achèvement du processus moderne d'individuation ont finalement débouché sur une hypermodernité (hyperindividualiste et hyperlibérale) qui entraîne une nouvelle poussée, mondiale cette fois-ci, de la dissociété (sous ses deux formes individualiste ou communautarisée, selon les pays). Ce nouveau coup de balancier a exacerbé, une fois encore, le déséquilibre entre l'individuation et la sociation. Il a poussé au plus haut degré le culte de la performance individuelle, de la compétition, de l'inégalité justifiée, de la société du libre contrat et du libre-échange. Trente ans de ce régime d'excès se soldent finalement comme toujours par une crise mondiale du capitalisme. Ainsi, de réaction en réaction, d'excès en excès opposé, le balancement moderne du monde passe toujours à côté de la synthèse et de l'équilibre que chaque humain a pourtant la capacité de réaliser dans sa propre existence.

Ainsi, la recherche d'un équilibre dynamique entre les aspirations humaines – la quête d'une synthèse entre l'association et l'individuation des êtres – n'a rien d'un mouvement naturel de l'Histoire, c'est un projet politique. Un projet « néomoderne », car pour sortir du balancement entre des fixations pathogènes sur l'individuation ou la sociation, il s'agit bien d'inventer une nouvelle modernité, *une autre façon de penser l'émancipation et la liberté* (4-a), celle que nous apprennent les sciences de l'homme et dont les premiers socialistes eurent l'intuition, à savoir : la construction sociale de la liberté.

Il s'agit de construire des liens sociaux qui libèrent et des libertés qui associent les humains, au lieu de les dresser les uns contre les autres. Il s'agit de concilier la diversité des appartenances sociales et la cohésion sociale, la diversité culturelle et l'intégration dans une même communauté de citoyens solidaires. En trois mots, la synergie positive entre *l'émancipation individuelle* (liberté), *la justice* (égalité des libertés réelles) et *la cohésion sociale* (solidarité et fraternité) constitue, pour l'essentiel, la finalité sociale globale que j'appelle « progrès humain » (axiome 4). On verra aussi que ce concept implique en lui-même une visée écologique et constitue la seule façon cohérente d'intégrer cette visée au projet de société.

Qu'une société humaine doive se mettre en quête du « progrès humain », c'est au fond une trivialité. Qui diable soutiendrait l'idée que la société devrait s'attacher à la « régression humaine » ? Mais cette trivialité est trompeuse. Quoique la quête du progrès humain puisse passer pour une banale évidence, aucun gouvernement et aucun média d'information ne se préoccupent de vérifier régulièrement si la société est en progrès ou non ; on s'intéresse bien davantage, voire exclusivement, à la « croissance » ou au « développement » qui, nous le verrons, n'ont pas grand-chose à voir avec le progrès humain. Ce dernier est donc une bien étrange finalité sociale : elle est tellement évidente que personne ne s'enquiert de savoir si elle est effectivement poursuivie ou non. Peut-être évite-t-on soigneusement de poser publiquement la question triviale du progrès humain parce que l'on redoute une réponse à peu près certaine, à savoir que, au faîte de leur domination historique, les démocraties libérales et les économies capitalistes sont le lieu d'une régression simultanée des libertés publiques, de la qualité de vie des individus, de l'égalité, de la cohésion sociale, de la civilité, de la sécurité des personnes et des possibilités d'épanouissement des générations futures. L'ère qui devait être celle de la mondialisation heureuse du meilleur des systèmes est peut-être en réalité celle de la « grande régression ». Il est donc temps de poser la question explicitement et de se donner les outils pour y répondre.

Dans son expression la plus générale, le concept de progrès humain ne suffit certes pas à dessiner tous les contours d'un projet de société. Mais il en constitue néanmoins le guide ultime qui – une fois son contenu explicité et reconnu par la communauté des citoyens – devrait servir à évaluer si les politiques concrètes produisent globalement un «bien» social ou un «mal» social. Cela exige bien sûr la conception d'*indicateurs* susceptibles de mesurer régulièrement le progrès humain (4-b). Ensuite, à partir de ce principe et à la lumière des résultats énoncés dans les précédents chapitres, on peut préciser les objectifs politiques intermédiaires constitutifs de, ou nécessaires à, ce progrès: une idée de la *justice* (4-c), et de l'*ordre social* (4-d), une conception écologique du progrès social et une *conception socialiste de l'écologie* (4-e), les principaux traits d'une *économie humaine* (4-f, 4-g), la nécessité d'une *démocratie générale* et d'un *nouvel internationalisme* assurant la coopération des peuples souverains (4-h, 4-i).

<u>Axiome 4. Le progrès humain.</u> *On appelle «progrès humain» le processus d'évolution d'une société qui tend à assurer à chacun la meilleure capacité à mener une vie pleinement humaine, compatible avec une capacité égale pour tous et pour les générations futures. Pour un être social, une «vie pleinement humaine» signifie la liberté et la possibilité effective de concilier harmonieusement son développement personnel (être soi) et ses liens sociaux (être avec).*

4-a. Une conception néomoderne de l'émancipation.

Cette conception du progrès est « néomoderne » en ce sens qu'elle associe en un seul projet quatre finalités le plus souvent dissociées dans la pensée moderne : l'*émancipation* de l'individu, l'*harmonie sociale*, la *justice* et la *préservation de l'écosystème* et de la vie. En schématisant à l'extrême, la modernité a d'abord consisté dans l'émancipation de l'individu à l'égard des déterminismes sociaux des sociétés traditionnelles (pouvoir des monarques, des princes, de l'Église, des traditions). Mais la dislocation de ces sociétés et des ordres anciens exacerbe la préoccupation pour l'harmonie sociale ; dès lors, au XVIIIe siècle, le dilemme clé de la pensée libérale est d'inventer les moyens de concilier la liberté individuelle avec un ordre social qui doit poser des bornes à la libre concurrence des individus. Les nouvelles inégalités et l'exploitation de la classe ouvrière ont ensuite fait du XIXe le siècle du socialisme et des luttes pour l'égalité et la justice. Enfin, bien plus tard et bien trop tard, la prise de conscience des catastrophes écologiques engendrées par le capitalisme a fait surgir le souci de l'écosystème et de la préservation d'une planète viable pour les générations futures.

Parce que la pensée humaine chemine en phase avec l'histoire concrète des sociétés et de leurs préoccupations, les quatre finalités sociales fondamentales (épanouissement des individus, ordre social, égalité, écologie) ont d'abord focalisé l'attention chacune à leur tour et non pas toutes ensemble. La caractéristique la plus prégnante de la culture politique moderne est précisément de reposer sur la dissociation de ces finalités et sur le choix d'*un* principe premier *parmi* elles, quand le progrès humain exigerait qu'on les tienne ensemble en équilibre dynamique, en synergie positive. Ainsi a-t-on pris l'habitude de caractériser et de distinguer diverses doctrines politiques par l'accent prioritaire qu'elles mettent sur l'utilité collective (utilitarisme), *ou* l'harmonie sociale (contrat social), *ou* la liberté individuelle (libertarisme et libéralisme), *ou* la justice sociale (socialisme), *ou* encore la protection de la nature (écologie).

À contre-courant de cette propension à désarticuler les finalités sociales, l'idéal républicain (liberté, égalité, fraternité et solidarité) a manifesté la conscience de leur nécessaire coexistence (en oubliant toutefois la finalité écologique). Les pionniers du socialisme de Leroux à Marx ont ouvert la voie d'une articulation des finalités républicaines en montrant que seules l'égalité réelle (dans tous les rapports sociaux) et la solidarité conduisent vers l'authentique liberté, que la liberté est une construction sociale fondée sur l'égalité et l'association solidaire des humains (et non l'inverse). *La république libérale n'engendre pas la solidarité sociale; c'est la république sociale qui engendre la liberté.* Le socialisme néomoderne, enfin, doit être l'aboutissement de ce renversement décisif de la modernité libérale par l'idée socialiste.

En effet, en sortant des fables anthropologiques de la pensée moderne, le socialisme méthodologique oblige à penser la société à partir d'une humanité concrète et complète, c'est-à-dire une humanité où s'entremêlent et se combinent toutes les aspirations, toutes les fins que le rationalisme moderne tend à isoler en même temps qu'il se met à penser l'humain en dehors de ses liens sociaux. Parce qu'elle est un processus historique d'arrachement à une société traditionnelle entravant toute forme d'autonomie, la modernité procède par éclatement de tous les liens anciens. Mais quand on dissocie les éléments autrefois soudés de la société, les dimensions autrefois indissociables du désir d'exister, alors chaque élément tend à prendre son autonomie et à coloniser la totalité de l'espace social concret et de l'espace symbolique dans la culture humaine.

Comme l'a montré Karl Polanyi, l'économie et les marchés désencastrés des relations sociales tendent à étendre leur logique et leur domination à toutes les sphères de l'activité humaine. Plus près de nous, Olivier Roy montre comment l'autonomisation de la religion par rapport à la société (à son territoire, ses conventions et sa culture) engendre un fondamentalisme impérialiste, une religion qui, parce qu'elle n'est plus encastrée dans une culture, peut prétendre à la colonisation universelle des esprits comme au primat de la croyance sur le savoir[166]. Dans la discussion ultérieure sur la justice, on verra que l'autonomisation de l'aspiration à la liberté individuelle vire au libertarisme qui ne peut s'épanouir autrement qu'en détruisant la société. À l'opposé, l'aspiration à l'égalité (ou bien à l'harmonie sociale), une fois libérée d'une contrainte d'articulation aux autres aspirations, peut nourrir des fantasmes fusionnels et totalitaires qui abolissent toutes les autres dimensions de l'humanité.

Sans doute fallait-il que la modernité commence par décomposer la société et la représentation de la vie humaine pour briser la gangue qui empêchait trop l'individualité et la singularité d'émerger. Mais une fois cette œuvre accomplie, et surtout au moment de son achèvement, quand tout ce qui dans l'humanité ne peut faire qu'un se trouve disjoint, dissocié et autonomisé, alors chaque élément du tout mute en prédateur qui entend dévorer tous les autres. Alors, il est grand temps de sonner la fin de cette première partie de la modernité pour en ouvrir une nouvelle. Tel est en réalité l'objet du socialisme néomoderne. Il s'agit en effet de réarticuler les dimensions indissociables d'une humanité éclatée par la modernité,

166. Olivier Roy, *La Sainte Ignorance*, Seuil, 2008.

et j'ai montré que cette articulation était possible grâce à la bonne compréhension de la nature sociale de l'être humain et de la construction sociale de la liberté. Mais il ne s'agit pas de les ressouder à l'ancienne, et d'abolir les progrès de l'émancipation humaine déjà accomplis, grâce à la modernité. Voilà pourquoi *le socialisme ne peut être ni moderne, puisqu'il nous faut dépasser la modernité, ni antimoderne, puisqu'il nous faut aussi préserver les acquis de la modernité*, en accomplir plus sûrement la promesse d'émancipation pour l'humanité.

Le socialisme est donc forcément néomoderne, en quête d'une nouvelle modernité. Il lui faut *une conception du progrès qui articule dans un seul et même mouvement un ensemble de finalités qui, grâce à la modernité libérale, ont pu révéler chacune leur importance en se détachant des autres, mais qui, à cause de cette modernité, ont exposé l'humanité à la perversité de leur développement autonome*. C'est précisément l'articulation proposée par le concept de progrès humain.

Ainsi, l'*émancipation* individuelle et l'*harmonie* sociale, si souvent conçues comme des finalités concurrentes, sont ici indissociables et complémentaires, parce que nous parlons de la liberté d'un être social, pour qui «émancipation» ne peut signifier destruction des liens sociaux et des attachements qui le constituent en être humain; pour qui «harmonie sociale» ne peut signifier un ordre imposé entre des individus rivaux. La liberté sans les liens sociaux (dissociété) ou ces liens sans la liberté (hypersociété) ne produisent ni émancipation ni harmonie sociale. La dissociation et la mise en compétition des aspirations humaines engendrent une tension psychique qui place l'individu devant une alternative aliénante et mutilante: se soumettre aux exigences d'un système social inhumain ou tolérer une souffrance psychique permanente. La faculté de résilience fait que la plupart des êtres humains s'adaptent pour éviter et surmonter une souffrance psychique permanente, mais on ne peut évidemment pas dénommer « harmonie sociale » un ordre social fondé sur la capacité des individus à supporter une société inhumaine !

Le projet d'émancipation moderne pèche par sa conception illusoire de l'autonomie comme indépendance à l'égard de toute influence extérieure à l'individu, étant entendu que les autres humains sont supposés appartenir à cet « extérieur » dont il faudrait précisément éviter l'intrusion dans un individu sanctuarisé. J'ai ici assez longuement rappelé que cette émancipation n'a aucun sens puisqu'elle s'applique à un atome abstrait qui n'a rien d'humain. Une conception néomoderne de l'émancipation s'impose : celle qui assume le projet d'émancipation moderne, mais en dépassant les erreurs anthropologiques de la modernité – c'est-à-dire, une fois encore, en appliquant ce projet à un être humain concret, né et grandi dans les liens sociaux.

Un être social concret, par le mouvement même de sa vie, cherche toujours à accorder son désir d'être lui-même avec la nécessité de l'être avec autrui. Ce n'est donc jamais de la « nature humaine » que surgit un conflit, voire une incompatibilité entre émancipation des individus et ordre social. Il n'y a contradiction que dans la seule mesure où l'ordre social est conçu de manière à étouffer les libertés (hypersociété) ou, inversement, si les libertés sont organisées de manière à détruire les liens sociaux (dissociété). Un cadre social qui favorise la conciliation entre les aspirations ontogénétiques des êtres sociaux implique la construction de l'harmonie sociale par l'égale capacité d'épanouissement des individus et, simultanément, l'étayage de l'épanouissement individuel sur une société pacifiée et solidaire, où les liens confortent l'individu et l'aident à se déployer. Dans une société en progrès humain, il n'y a pas rivalité mais complémentarité entre l'individuation et la sociation, entre l'émancipation personnelle et l'harmonie collective.

Le concept de progrès humain n'implique pas seulement la complémentarité du projet d'émancipation et du souci de préserver un ordre social (cf. 4-d); il exprime aussi le fait que *l'émancipation et l'harmonie sociales sont conjointement indissociables de la plus haute exigence de justice et d'une visée écologique.* En effet, si l'on admet le postulat que toute vie humaine vaut en soi autant qu'une autre, tous les individus ont un droit égal à la capacité de mener une vie pleinement humaine. Une évolution qui installe ou étend une inégale capacité des individus à mener leur vie constitue une régression sociale et non un progrès, un mouvement d'aliénation des uns par les autres, c'est-à-dire l'anéantissement simultané de l'émancipation individuelle et de l'harmonie collective. Par conséquent, toute réduction d'une inégale capacité des humains à l'épanouissement personnel est un progrès, pour autant qu'elle étend les capacités de ceux qui en sont les moins bien dotés. *Le progrès se confond donc avec une idée de la justice* sur laquelle je reviendrai bientôt (4-c). Il est un corollaire immédiat à cette exigence de justice : l'extension éventuelle d'une égale capacité à mener une vie humaine ne constitue un progrès que dans la seule mesure où elle n'est pas réalisée au prix de l'altération des moyens nécessaires aux autres générations pour disposer à leur tour de cette égale capacité. On reconnaît ici *la nature intrinsèquement écologique du progrès humain*, qui sera précisée plus loin (4-e).

Concrètement, le progrès humain consiste donc dans l'amélioration conjointe des capacités individuelles à mener une vie bonne et personnelle *(émancipation)*, de la sociabilité *(harmonie sociale)*, de l'égalité *(justice)* et de l'écosystème laissé en héritage aux générations futures *(écologie)*. Les indices mesurables de ces divers éléments peuvent dès lors servir à construire un indicateur chiffré pour guider et évaluer les politiques publiques.

4-b. Un indicateur du progrès humain (IPH).

Si le progrès humain n'est pas directement mesurable, on peut néanmoins lui associer une série de phénomènes mesurables. Chacun de ces phénomènes peut être représenté par un indice; on obtient alors un indice synthétique du progrès humain en calculant une moyenne pondérée des indices correspondant aux différents phénomènes retenus. Rappelons qu'un indice mesure une variation d'une valeur quelconque par rapport à une année de base. L'IPH vise donc à évaluer le mouvement dynamique d'un pays donné, d'une année à l'autre ou par rapport à une date quelconque; il ne permet pas de comparer des « niveaux » de progrès humain entre différents pays.

À titre de simple illustration, je suggère une liste de variables susceptibles d'entrer dans le calcul de l'IPH, en les regroupant comme suit :

– ***Développement personnel – émancipation*** (espérance de vie, satisfaction des besoins essentiels en matière de santé, d'éducation, de logement et de nutrition, indicateurs d'extension des libertés publiques, durée annuelle du travail, maladies professionnelles, accidents du travail, etc.).
– ***Sociabilité – harmonie sociale*** (indicateurs de participation à la vie sociale, unions mixtes, taux d'emploi ou de sous-emploi, taux de suicides, agressions physiques, actes racistes, taux d'emprisonnement des jeunes, mixité sociale dans l'habitat, etc.).
– ***Réduction des inégalités – justice*** (degré de concentration du patrimoine, degré d'inégalité dans la distribution des revenus, écart de rémunération

entre hommes et femmes, pourcentage des enfants d'ouvriers diplômés de l'enseignement supérieur, indicateurs sur les conditions de scolarisation et de travail des personnes handicapées, prévalence de la discrimination ethnique, etc.).

- ***Préservation de l'écosystème – écologie*** (empreinte écologique, émissions de CO_2, consommation d'énergie par habitant, taux de recyclage, état de la ressource en eau, qualité de l'air en zone urbaine, etc.).

Je rappelle qu'il ne s'agit pas là d'une proposition élaborée mais d'une simple illustration de la piste à suivre pour construire un indicateur de progrès humain; comme on va le voir, c'est la seule chose à faire dans le présent ouvrage, car l'élaboration plus précise de l'IPH nécessite un débat démocratique et pas seulement académique. Néanmoins, l'évocation sommaire du contenu de cet indicateur devrait déjà avoir le mérite pédagogique de faire ressortir: 1) ce qui n'a rien à faire dans une évaluation du progrès, et 2) la nature éminemment politique d'un tel indicateur.

En premier lieu, donc, PIB, PNB ou toute autre mesure de la *production* globale ne peuvent entrer dans l'IPH, qui se distingue ainsi clairement de l'indicateur du développement humain (IDH) publié par le PNUD[167]. C'est que

167. L'IDH est calculé par le Programme des Nations unies pour le développement (PNUD) depuis 1990. C'est un indice synthétique de quatre critères: espérance de vie, taux d'alphabétisation des adultes, taux de scolarisation, PIB réel par habitant. À la différence de l'IPH, l'IDH reflète le «niveau» (et non la variation) de ces variables et est destiné à classer et à comparer les pays en fonction de leur niveau respectif de développement. L'IPH, en revanche, est une mesure de la progression (+) ou de la régression (–) d'un pays entre deux dates. Des pays aux niveaux de développement identiques peuvent afficher des taux de progrès humain très différents, et réciproquement. Pour une synthèse sur les indicateurs de développement et de richesse des nations, voir Jean Gadrey et Florence Jany-Catrice, *Les Nouveaux Indicateurs de richesse*, La Découverte, 2005.

l'IPH n'est précisément pas un indicateur du « développement »; il permet éventuellement d'évaluer dans quelle mesure le développement de la société engendre un progrès humain.

En second lieu, l'IPH est un indicateur par nature politique. Si sa conception repose au départ sur des fondements anthropologiques solides, et en supposant même que cela soit largement admis, il reste que l'IPH incorpore une multitude de jugements sur la hiérarchie des finalités sociales et sur la façon de mesurer celles-ci. Le simple fait d'exclure un indice global de production, tandis que figurent dans l'IPH des services relationnels (éducation, santé) et des indicateurs de sociabilité, reflète implicitement l'idée que *les liens valent mieux que les biens*, soit, plus précisément, que l'essor et la qualité des relations sociales privées et collectives contribuent plus sûrement à la vie bonne que l'accumulation de biens matériels (une fois satisfaits les besoins matériels essentiels à la vie). Considérons par ailleurs la signification de la durée annuelle du travail dans le premier bloc d'indices (développement personnel – émancipation) : la seule présence de cette variable implique l'assimilation d'une réduction du temps de travail à une émancipation, à un meilleur épanouissement des êtres humains grâce au temps libre et disponible pour une multitude d'autres activités sociales. Je ne doute pas que cette affirmation fera débat et que l'on trouvera même des défenseurs convaincus de l'épanouissement par l'allongement continu de la durée et de l'intensité du travail.

Chaque indice peut être ainsi l'objet d'un débat politique, d'une bataille culturelle en réalité, puisqu'il s'agit chaque fois de forger un sens commun sur ce qui constitue une meilleure ou une moins bonne vie personnelle et collective. L'élaboration de l'IPH devra donc faire l'objet de délibérations suivies d'une validation démocratique de la liste des indicateurs qui le composent et du poids relatif affecté à chacun d'entre eux. Il ne servirait à rien d'élaborer un indicateur éventuellement reconnu dans la communauté scientifique, mais que ne pourrait s'approprier chaque citoyen comme l'information cruciale et significative qui doit se substituer notamment au « taux de croissance ». Pour parvenir à ce résultat, il est impératif de combiner l'expertise nécessaire à la construction technique d'un tel indicateur et une large participation populaire dans son institution sociale.

Une commission d'experts doit recenser une liste de variables susceptibles de composer l'IPH, chaque variable étant assortie d'un instrument de mesure et des avis contradictoires sur sa pertinence. Ce projet est ensuite soumis au débat parlementaire, à des assemblées citoyennes locales et autres forums. Au terme d'une phase importante d'information et de débat public sur la liste des critères retenus, on engage un recensement de l'échelle des priorités sociales des citoyens, en vue de classer ces critères par ordre de préférence et de déterminer ainsi leur poids relatif dans le calcul de l'IPH (par la suite, l'échelle des préférences sociales pourra être révisée à chaque recensement de la population et par une enquête annuelle entre chaque recensement).

Ce stade de hiérarchisation des critères devra trancher entre autres la question de savoir si chaque citoyen recensé classe à sa guise l'ensemble des critères proposés, ou bien s'il doit les classer à l'intérieur de blocs de critères. Par exemple, on peut limiter le choix des citoyens en regroupant les critères élémentaires, comme je l'ai fait plus haut. L'IPH est alors composé de quatre blocs de critères correspondant aux quatre dimensions du progrès humain (développement personnel, sociabilité, réduction des inégalités, écologie); chacune de ces quatre dimensions peut éventuellement être affectée d'un poids égal dans l'IPH

(25% chacune); dans ce dernier cas, le choix des citoyens ne porte que sur la hiérarchie des indicateurs proposés à l'intérieur de chaque bloc, ils ne peuvent pas décider que l'écologie compte moins ou plus que la justice, ou que le développement personnel compte davantage que la sociabilité. Cette façon de procéder peut être fondée sur le fait que le progrès humain se définit par la recherche d'une conciliation entre ces diverses aspirations sociales, notamment parce que la qualité de vie de chaque individu repose aussi sur un équilibre entre ses différentes aspirations personnelles. Cette normalisation préalable des classements individuels limite la dépendance des choix individuels à une culture dominante éventuellement déséquilibrée (*i.e.* marquée par un biais systématique en faveur d'une aspiration et introduisant de ce fait un penchant pathogène qui contrarie le progrès humain). On peut aussi procéder à un double recensement : celui des préférences brutes des citoyens, sans normalisation, et celui des préférences normalisées; il s'ensuit la publication d'un IPH brut et d'un IPH normalisé dont la convergence ou la divergence constitue un élément d'information sur l'évolution culturelle de la société.

Une autre question peut faire débat. Le quatrième bloc de critères composant l'IPH (préservation de l'écosystème – écologie) peut éventuellement être traité à part en raison de l'urgence écologique. Compte tenu du long mépris ancien pour cette dernière et des menaces qui s'ensuivent à moyen terme pour l'écosystème et la vie humaine, la société peut décider que, pour un temps du moins, un objectif prioritaire et spécifique est fixé sur le seul critère du progrès écologique qui doit dès lors être suivi indépendamment de l'indicateur général de progrès humain.

Une fois ces divers débats menés, un projet de loi précise le contenu et la méthode de calcul de l'IPH; il est soumis au débat parlementaire, et éventuellement amendé au Parlement, avant d'être adopté par référendum. Cette procédure peut sembler assez lourde, mais elle reflète la nécessité de satisfaire deux exigences: celle d'une véritable délibération publique, qui nécessite l'intervention du Parlement, et celle de l'approbation populaire directe, indispensable quand il s'agit de définir la finalité collective reconnue comme telle par la communauté politique. La double ratification est aussi une protection contre l'altération intempestive de l'IPH au gré des majorités parlementaires fluctuantes.

Enfin, on objectera peut-être que l'IPH – dans la mesure où il reflète les préférences sociales d'un pays à une époque donnée – ne pourra pas servir à des comparaisons internationales. En réalité, on pourrait tout autant estimer que les classements internationaux usuels (en termes de développement, de compétitivité, etc.) ne sont pas pertinents, précisément parce qu'ils appliquent à des sociétés et à des cultures différentes des indicateurs strictement identiques. En effet, un même niveau de n'importe lequel de ces indicateurs peut avoir des significations (en termes de bien-être personnel) très différentes d'un pays à l'autre. Or *ce n'est pas au statisticien de dire à un peuple souverain comment il doit apprécier son bien-être et la qualité de sa société. C'est au peuple souverain d'expliquer au statisticien de quels indicateurs il a besoin pour contrôler les progrès ou les régressions de la société.* L'usage croissant de classements internationaux sur la base des indices jugés pertinents par le monde capitaliste anglo-saxon est en fait une facette de l'impérialisme culturel qui vise à formater les politiques publiques et les systèmes économiques en formatant les représentations collectives. Par exemple, si les gouvernements acceptent de se référer à des classements internationaux de compétitivité établis par des grands cabinets d'audits, s'ils attachent leur fierté ou leur désarroi au fait de gagner ou de perdre quelques rangs sur une échelle de performance dans la guerre économique, toutes les politiques publiques sont alors formatées pour transformer la société en champ de bataille et les citoyens en guerriers. De tels classements ne constituent pas des outils de *comparaison* internationale, mais des outils d'*alignement* international des finalités sociales.

L'IPH, au contraire, permet la comparaison internationale, précisément parce que sa composition est adaptée à la culture et à l'échelle de préférence spécifique aux citoyens d'un pays donné. Il donne ainsi une mesure plus exacte des progrès réalisés dans chaque pays que si l'on évaluait ceux-ci sur la base d'un étalon identique, mais différemment reconnu comme un signe de progrès par les diverses populations. L'IPH permet donc de comparer le rythme de progrès humain effectif, qui ne peut consister en autre chose qu'un progrès mesuré à partir de l'échelle des préférences de la population concernée.

4-c. Justice libérale et justice socialiste.

La propriété première du concept de progrès humain, tel que je l'ai défini, est de rendre indissociables les principales finalités sociales trop souvent pensées comme des principes indépendants et donc rivaux. Il s'ensuit que ma définition du progrès humain peut aussi bien être lue comme une définition d'un idéal de justice, d'une écologie politique ou encore d'un idéal de cohésion sociale. La cohésion sociale idéale n'est-elle pas réalisée dans une société où l'épanouissement de chacun ne contrarie pas un égal épanouissement de tous les autres? L'écologie politique n'est-elle pas fondée moralement sur le souci d'une égale capacité de tous les humains, présents et futurs, à mener une vie bonne? Et n'est-ce pas là, en même temps, l'essence de la justice entre des êtres supposés égaux en dignité et en droits?

Quand on dissocie les finalités sociales en principes en soi, indépendants des autres principes, on peut développer diverses conceptions et politiques de la justice[168]. En isolant le principe d'égalité par exemple, on encourt le risque d'une politique strictement égalitariste qui peut se développer au mépris des libertés et des capacités de tous à mener une vie bonne: on peut réaliser la misère égale pour tous, l'égale privation des droits civiques, etc.

À l'opposé, en isolant le principe de liberté et en prônant la liberté maximale des individus, le projet de société se ramène à la destruction libertaire de la société: le seul moyen de mettre l'individu à l'abri de toute entrave à son libre arbitre par autrui est de tendre vers une dissociété intégrale dans laquelle chacun (à la rigueur chaque famille) vit isolé dans sa propriété privée, sans aucune relation sociale effective. C'est le fantasme d'autarcie de l'individu dont j'ai montré ailleurs qu'il est à la base de la conception libertaire de la justice[169].

Je développerai plus loin la critique de la conception libérale de la justice la plus répandue dans la culture contemporaine, celle qui est fondée sur l'égalité des chances et l'amélioration du sort des plus pauvres. Je souligne toutefois aussitôt que celle-ci (développée notamment par John Rawls[170]) procède directement des théories du contrat social qui isolent l'harmonie sociale comme finalité première: il s'agit de définir le cadre social dans lequel des individus par nature égoïstes et rivaux accepteront de

---

168. J'ai proposé un panorama sommaire de quelques grandes théories de la justice dans «Loi n° 6. La véritable efficacité, c'est la justice; la véritable justice, c'est l'égalité des libertés», *Les Vraies Lois de l'économie*, *op. cit.*

169. Voir *La Dissociété*, *op. cit.*, chap. 7.

170. *A Theory of Justice*, *op. cit.* Voir aussi note 9, chap. 7.

renoncer à leur « liberté naturelle » et à la violence prédatrice pour vivre en paix. J'ai déjà démontré la fausseté de cette approche contractuelle de la société, inspirée par la fable anthropologique de l'individu autonome, du « sujet » seul auteur et responsable de sa vie, de l'être non social préexistant à la société.

Quand on sort des erreurs anthropologiques de la pensée moderne pour considérer l'être social concret, on comprend aussitôt la nocivité de toute doctrine politique qui privilégie une finalité spécifique (l'égalité, la liberté, la solidarité, l'ordre social, etc.) au lieu de penser leur synergie dynamique. En effet, en chaque humain concret, toutes les finalités coexistent au sens plein du terme : elles ne cohabitent pas, elles constituent ensemble le mouvement même de l'existence d'un être qui recherche *en même temps* l'épanouissement de soi et l'attachement à autrui, la liberté et la fraternité, la singularité et l'identification, le supplément de reconnaissance et l'égale reconnaissance, l'aventure et la sécurité, etc. Le bien-être de l'individu dépend de sa capacité à intégrer toutes ces aspirations dans un équilibre dynamique et à éviter la fixation pathogène sur un penchant spécifique. On a vu que le développement de la société, grâce à la multiplication et à la diversification matérielle et symbolique des relations sociales, peut offrir à l'individu les moyens et l'espace pour concilier des penchants qui deviennent vite contradictoires dans un espace social trop restreint. Mais cela suppose que les conventions sociales, la culture et les politiques adoptées dans une grande société visent précisément à autoriser cette conciliation dynamique d'aspirations potentiellement contradictoires. Si, au contraire, la société est elle-même obsédée par une seule finalité, elle constitue un cadre inadapté à la quête individuelle d'une synergie positive entre les finalités.

Voilà pourquoi une société bonne (pour les humains) n'est pas celle qui vise le maximum de liberté individuelle au détriment de l'intensité des liens sociaux, ni celle qui assure le maximum de cohésion sociale au détriment des libertés et des singularités. Une bonne société est un processus grâce auquel l'extension des liens sociaux étend la liberté des individus, et grâce auquel l'épanouissement des libertés individuelles enrichit les liens sociaux; un processus qui étend la capacité de chaque être à épanouir et à concilier ses penchants à la sociation et à l'individuation, qui rend ceux-ci complémentaires et non pas concurrents. Une société «juste» ne peut dès lors être, notamment, que celle qui offre cette capacité également à tous ses membres.

Par son accent sur *l'égale capacité des individus*, cette conception de la justice fait aussitôt penser à la théorie des «capabilités» *(capabilities)* proposée par Amartya Sen[171]. Ce dernier entend dépasser les approches qui définissent la justice par l'égalité des moyens (type égalité des droits, égalité des chances) ou par l'égalité des résultats, en attirant l'attention sur le fait que des moyens (voire des résultats) identiques n'entraînent pas nécessairement une *égalité réelle* entre les individus. Ceux-ci peuvent en effet avoir des capacités (ou «capabilités») très différentes à utiliser ou à retirer une satisfaction d'un revenu, d'un bien, d'un droit civique, d'une infrastructure, etc. (on songe par exemple à la personne handicapée, à la vanité des droits politiques pour une population analphabète, etc.). La quête de la justice comme égalité doit donc se porter aussi sur l'égalisation de toutes les capacités nécessaires au déploiement d'une liberté réelle de mener sa vie (et non seulement formelle ou potentielle). Si cette approche est compatible avec ma définition du progrès humain, elle ne résume néanmoins pas ma conception de la justice, pour au moins deux raisons. En premier lieu,

171. *Repenser l'inégalité*, Seuil, 2000.

elle ne se prononce pas sur la juste répartition des résultats de l'activité humaine. En second lieu, elle ne lève pas une ambiguïté sur ce que l'on désigne par « capacité ». La discussion qui suit permettra de mieux préciser ma position sur ces deux points.

Dans la section 2-f (chap. 6), j'ai déjà explicité certaines caractéristiques attachées à ma conception de la justice : toute inégalité dans les conditions d'existence et les possibilités offertes aux individus de conduire leur vie est injuste, pourvu qu'il s'agisse bien d'inégalités au sens strict, et non de simples différences reflétant des choix réellement libres des individus. Rappelons aussi que cela n'implique pas nécessairement la possibilité d'abolir toute inégalité par de simples décrets du politique. Dans une société donnée et à un moment donné, l'état des conventions et des représentations sociales peut conduire l'immense majorité des individus à considérer un certain degré d'inégalité sociale comme acceptable, dans la mesure où les écarts de traitement entre les individus sont attachés à des causes communément admises comme un fondement légitime à de tels écarts (formation, risque, expérience, etc.). Ces inégalités « acceptables », en ce sens qu'elles sont socialement et largement convenues, sont en réalité très variables d'un pays à un autre et d'une époque à une autre ; elles ne sont donc pas justes en soi, *in abstracto*. La réduction des inégalités jusqu'à ce degré minimal socialement convenu peut constituer l'objectif d'une *justice pratique*, conforme au *sentiment de justice* le plus répandu dans la société : il s'agit donc de réduire les inégalités entre les mieux dotés et les moins bien dotés en capacités de mener leur vie, jusqu'au point à partir duquel un recul plus poussé des inégalités diffuserait dans la population un sentiment quasi général d'injustice.

Mais cette *justice pratique*, rappelons-le, n'est pas la *justice tout court*. La société quasi unanime peut éventuellement juger qu'une heure de travail d'un ingénieur polytechnicien doit être payée dix fois plus que celle d'un ouvrier spécialisé, en raison de l'écart entre les niveaux de formation et de compétence requis pour les deux types d'emploi. Mais c'est là une convention socialement construite, située et datée, sans fondement rationnel. Le supplément de compétence et de formation de l'ingénieur est principalement l'effet de tout ce qu'il a reçu de la société et plus spécialement de tous les êtres qui lui ont permis de grandir dans cette société. Cela ne lui donne pas des droits supérieurs à ceux qui ont moins reçu que lui; cela étend seulement la dette déjà incommensurable que tout être humain a envers une société qui lui donne la possibilité de vivre et de grandir. Donc, objectivement, il n'y a aucune espèce de raison de soutenir que l'ouvrier et l'ingénieur, participant ensemble à une production qui constitue toujours une création collective, devraient percevoir une rémunération différente pour une même heure d'effort consenti et de loisir sacrifié.

Cet exemple permet de lever une ambiguïté éventuelle sur le concept de «capacité». Si l'on adopte la théorie de Sen, quelle capacité faut-il égaliser: la capacité à devenir ingénieur ou la capacité à retirer un revenu d'une heure de travail? Une interprétation libérale de l'approche de Sen consiste à dire que, une fois instaurée l'égale capacité des individus à devenir ingénieurs, le fait que les individus touchent le salaire le plus élevé (celui de l'ingénieur) ou le plus faible (celui de l'ouvrier) résulte de leurs choix personnels et ne constitue pas une inégalité sociale. Cette interprétation soulève deux problèmes.

En premier lieu, il n'est ni possible ni souhaitable d'atteindre l'objectif d'une égale capacité des individus à devenir ingénieurs. La diversité et la singularité des êtres humains interdisent l'homogénéisation des capacités professionnelles, relationnelles, manuelles, intellectuelles, etc.

Et ce n'est de toute façon pas de ces capacités-là dont il est question dans ma définition du progrès humain. Celle-ci fait référence à la capacité de mener une vie pleinement humaine, c'est-à-dire à exploiter toutes les ressources disponibles (parmi lesquelles les talents, aptitudes, expériences, etc., de l'individu) pour épanouir et concilier les aspirations multiples qui composent le désir d'être. Je parle au fond d'une capacité à exister, d'une capacité à agir librement en société. La société ne peut assurément pas chercher à égaliser cette capacité-là en visant l'égale capacité de tous à déployer une aptitude particulière, et encore moins en visant l'égale capacité à déployer toutes les aptitudes possibles ! Il s'agit au contraire de *permettre à chaque individu de développer les aptitudes singulières qui sont les plus à même de participer à son épanouissement personnel* comme à son intégration sociale.

En second lieu, et en conséquence de ce qui précède : une fois que chacun dispose d'une égale capacité à épanouir au mieux *sa façon à lui* d'être au monde et donc, notamment, de travailler, l'égalité et la justice se trouvent rompues si une convention sociale stipule que ceux qui ont choisi d'être ingénieurs jouiront d'un revenu dix fois supérieur aux revenus de ceux qui ont choisi d'être ouvriers. La théorie libérale s'en tire ici en prétendant que l'écart entre le salaire horaire d'un ouvrier et celui d'un ingénieur n'est pas fixé par la société ; il serait aussi naturel et inévitable que l'écart de température entre le bureau de l'ingénieur et l'atelier de l'ouvrier ; le salaire attaché à chaque type de travail et à chaque salarié serait déterminé par leur productivité (leur contribution à la production). Tout le monde sait qu'il s'agit là d'une fable farfelue. La création de la valeur ajoutée dans une entreprise est collective et strictement impossible à décomposer en contributions de tel ou tel ouvrier, chef de service, comptable, directeur du personnel, vendeur, sans parler des contributions externes à la valeur ajoutée (les infrastructures et services publics indispensables à l'activité de l'entreprise). La seule chose dont les économistes soient à peu près sûrs en matière d'inégalités salariales est qu'on est incapable de leur donner une explication strictement économique. Pour cette raison d'ailleurs, elles sont extrêmement variables d'un pays à un autre, même entre pays aux niveaux de développement comparables. Les inégalités sont toujours et partout sociales. Elles reflètent des conventions, des rapports de force économiques entre groupes sociaux, des politiques publiques, etc. Donc, l'égale capacité des individus à choisir leur activité ne suffit pas à assurer l'égale capacité à agir; il faut en outre qu'un même temps passé, un même effort consenti dans diverses activités procurent les mêmes moyens d'agir; l'inégalité des salaires (entre catégories sociales) est par conséquent une inégalité de capacité contraire à la justice.

Généralisons le propos. En théorie, rien ne peut justifier que deux individus, égaux en droits et en dignité, disposent d'une inégale capacité à agir pour des raisons indépendantes de leur volonté et de leurs choix. Et le fait qu'un individu subissant l'inégalité «accepte» les conventions sociales qui la justifient aux yeux du plus grand nombre n'est en rien le signe de sa «volonté» ou de son «choix» de disposer d'une inégale capacité à agir. Personne ne choisit l'endroit et le moment où il naît et, par conséquent, personne ne choisit les conventions sociales déterminant ce qu'il est tenu d'accepter sous peine d'être mis au ban de sa société. La *justice théorique*, ou idéale, reste donc bien l'absence d'inégalité.

La *justice pratique* est seulement le guide momentané d'une politique qui doit composer avec l'état des représentations sociales, car celles-ci ne peuvent être bouleversées par décret. Mais la transformation progressive des représentations sociales, la transformation culturelle, est aussi un objet de la politique à moyen et long termes. En matière de justice sociale, donc, *la finalité politique à long terme est nécessairement de rapprocher la justice pratique (le minimum d'inégalité jugé acceptable) de la justice théorique (l'absence d'inégalité).*

On voit ici la différence radicale entre cette conception et la théorie libérale de la justice développée par John Rawls, dans la lignée des théories du contrat social. Selon Rawls, une société juste doit autoriser *le développement des inégalités économiques et sociales tant que l'efficacité productive supplémentaire associée à celles-ci permet d'améliorer le sort des plus pauvres*, et ce, à condition que les positions sociales soient accessibles à tous selon un principe d'*égalité des chances*. Personne, espérons-le, n'est contre l'amélioration du sort des plus pauvres et pour l'inégalité des chances! En faisant ainsi appel au bon sens compassionnel ou sportif de ses lecteurs, Rawls a pu séduire de nombreux esprits de tous bords politiques, et singulièrement une gauche qui a troqué son attachement ancien à l'égalité contre l'obsession d'apparaître «moderne».

En réalité, *la théorie de la justice de Rawls est une justification de l'inégalité* par sa prétendue productivité dans un univers de libre compétition généralisée! Si la société n'est qu'un contrat rationnel entre des individus déliés et rivaux, c'est-à-dire un champ de bataille potentiel entre des atomes en quête de la part la plus grosse, de la place la plus éminente et du pouvoir le plus fort sur autrui, alors, le moins que puissent tenter des règles poliçant cette course perpétuelle consiste à instaurer une «égalité des chances» au départ de la course. L'inégalité à l'arrivée de la course n'est dès lors censée refléter que les efforts et les talents personnels des gagnants; mais est-elle juste pour autant? Si certains individus sont plus talentueux que d'autres, c'est donc qu'il n'y a jamais de réelle égalité des chances, et que les gagnants de la compétition profitent d'un avantage qui ne doit rien à leur mérite propre. Les gains de toute compétition devraient donc, en bonne justice, être répartis entre tous les participants, les gagnants ne conservant pour eux-mêmes que l'honneur de la victoire, c'est-à-dire un supplément momentané de reconnaissance sociale, en attendant l'issue de la prochaine compétition. Et cela devrait encore être le cas, même quand les gagnants ne doivent leur victoire qu'à leurs efforts et non à quelque talent spécifique qui romprait l'égalité des chances. En effet, *pourquoi un gagnant devrait-il gagner autre chose que la victoire?* On ne voit pas sur quelle base morale rigoureuse on peut fonder l'idée que celui qui a déjà un supplément d'honneur devrait obtenir en outre des moyens d'existence supérieurs à ceux des perdants d'une compétition quelconque? De plus, si le gagnant peut accumuler des gains (moyens) supérieurs à ceux des perdants, chaque victoire détruit l'égalité des chances au départ de la prochaine compétition.

Le critère d'égalité des chances au départ ne suffit donc pas à justifier l'inégalité du partage des résultats. C'est seulement un préalable nécessaire (élimination des inégalités au départ de la course), à quoi Rawls doit ajouter un second critère: les inégalités à l'arrivée et l'appropriation privée des avantages qui y sont attachés sont justifiées, dans la mesure où et tant qu'elles permettent à la société d'améliorer le sort des plus défavorisés, des plus pauvres, des moins doués; bref, de tous ceux qui arrivent les derniers dans la course sociale.

Ce second critère repose sur le postulat erroné que l'extension des inégalités est favorable à la production globale de richesses et dégage ainsi des ressources mobilisables pour améliorer la condition des plus démunis.

Mais la réalité économique démontre le contraire : c'est la réduction des inégalités qui, à long terme, est la plus favorable au développement économique global[172]. L'inégalité n'est pas un stimulant nécessaire à l'efficacité productive, je l'ai amplement démontré au chapitre 6. L'inégalité est bien un mobile de la compétition pour la prééminence et la reconnaissance sociales ; mais en laissant libre cours à ce mobile, on disqualifie la coopération qui est toujours plus productive que la libre compétition.

Certes, en laissant libre cours à la concurrence et aux inégalités qu'elle engendre, il peut arriver que le niveau de vie des plus pauvres s'élève, et c'est là un argument facile et récurrent des adorateurs du capitalisme. Si le manœuvre chinois gagne plus grâce au capitalisme inégalitaire qu'il ne gagnait dans un régime communiste égalitaire, il faut voir là un progrès de la justice selon Rawls, en dépit de l'explosion des inégalités depuis la conversion de la Chine au capitalisme. N'importe quel degré d'inégalité serait ainsi justifiable, pour peu que les bas salaires continuent à augmenter ? Pas tout à fait pour Rawls, puisqu'il précise qu'il ne s'agit pas seulement d'améliorer le niveau de vie des plus pauvres mais de le maximiser. Soit. Mais dans une bonne société humaine (conciliant les aspirations au développement personnel et à la qualité du vivre-ensemble) :

1) les rapports économiques et sociaux ne seraient pas fondés sur un principe de compétition maximale, mais sur celui de la coopération maximale (bien plus productif) ;

2) le stimulus de la compétition pour la reconnaissance sociale jouerait pleinement sans que les gagnants aient besoin de conserver leurs gains ;

172. Voir Jacques Généreux, « Loi n° 14. La loi du gâteau », *Les Vraies Lois de l'économie*, *op. cit.*

3) finalement, le gain maximal pour les plus démunis serait atteint quand le gain est égal pour tous (excepté le gain symbolique de reconnaissance sociale).

La société juste n'est donc pas celle qui organise la compétition permanente et l'égalité des chances, mais celle qui instaure la coopération la plus efficace et le partage égal des richesses créées collectivement.

De plus, quand bien même un certain degré d'inégalité serait nécessaire à la maximisation du bien-être collectif et de celui des plus démunis, rien n'autorise à soutenir que cette inégalité est «juste». La conception libérale de la justice ne passe pas le test des questions du type: en quoi est-il juste que les enfants des ouvriers partent moins souvent en vacances que les enfants de leurs patrons? Je l'ai déjà établi plus haut: aucune inégalité n'est juste si les êtres humains sont censés avoir une égale valeur. Une certaine inégalité peut éventuellement paraître inévitable (en raison du besoin humain de se distinguer), mais cela ne la rend pas «juste» pour autant.

Si Rawls, au terme d'un monumental et laborieux travail philosophique, aboutit à une conception aussi douteuse de la justice, c'est précisément parce qu'il confond le juste et l'inéluctable (ou plutôt ce qu'il imagine inéluctable). Ignorant tout de l'économie (à l'exception de la vulgate néolibérale américaine), il est persuadé que le seul moyen d'amener au plus haut niveau possible la condition sociale des plus démunis réside dans la croissance inégalitaire, parce que, imagine-t-il, c'est l'inégalité qui stimule le travail et la production, parce que la richesse des plus riches finance les investissements, la création d'entreprises et d'emplois, etc. Autrement dit, si le PDG gagne dix fois plus qu'avant, c'est qu'il est dix fois plus productif, et c'est grâce à ce talent et à cette richesse patronale décuplée que les ouvriers peuvent gagner 5% de plus! Il ne sert à rien d'être choqué par l'écart entre le haut et le bas de l'échelle sociale, puisque c'est l'envolée du haut qui élève le bas ! Telles sont les inepties économiques qui sous-tendent la casuistique déployée par Rawls pour justifier l'injustifiable.

Le capitalisme dérégulé rémunère peut-être mieux les ouvriers que le communisme planifié, mais ce constat n'enlève rien au fait qu'un système favorisant davantage la coopération et réduisant les inégalités améliorerait bien davantage encore le sort des plus démunis. Et dans le capitalisme réel, la hausse des salaires des PDG n'entraîne pas celle du pouvoir d'achat des ouvriers. C'est plus souvent l'inverse absolu. Depuis une trentaine d'années, c'est parce que les managers contiennent les salaires, suppriment des emplois, intensifient la charge de travail, accroissent ainsi la rentabilité du capital au détriment de la rémunération, de la dignité et de la santé des travailleurs que les actionnaires sont prêts à les récompenser par des salaires pharamineux assortis de bonus et stock-options encore plus vertigineux. Et ces transferts massifs des revenus du travail vers les revenus du capital ne servent pas principalement à financer les investissements dont les pays ont le plus urgemment besoin, mais les placements spéculatifs les plus juteux qui nourrissent les bulles et les crises financières à répétition. Seuls la réduction des inégalités et le contrôle démocratique du financement de l'économie peuvent contribuer à la fois à l'intérêt général et à l'optimisation du sort des plus défavorisés.

Enfin, dans le cas où une analyse économique rigoureuse établirait qu'un certain degré d'inégalité reste nécessaire pour maximiser le revenu global et le revenu des plus pauvres, l'exigence de justice immédiate et de justice envers les générations futures peut conduire la société à préférer une production globale plus faible si elle permet simultanément de réduire les inégalités et de mieux préserver l'écosystème laissé en héritage à la génération suivante. Où l'on retrouve l'indissociabilité des finalités sociales dans une conception globale du progrès humain.

4-d. De l'ordre social à la république sociale, laïque et métissée.

L'égale capacité d'agir et de choisir sa vie n'est pas seulement conforme à la justice; elle est aussi la meilleure garante d'un espace public pacifié, du recul de la violence et des comportements antisociaux. Le progrès vers l'égale liberté est donc l'instrument de l'harmonie sociale. Pourtant, dans la pensée et dans l'histoire politique moderne, la perspective d'une égale liberté des individus est davantage apparue comme un dilemme insoluble, précisément en raison du nécessaire maintien d'un ordre social.

1) Le dilemme de l'ordre dans la liberté.

Dans *La Dissociété*, j'ai longuement établi que ce dilemme tient à la conception moderne et erronée de l'être humain comme individu indépendant d'autrui et de la société. Un être qui trouve sa consistance en lui-même et par lui-même ne peut désirer autre chose qu'être toujours plus lui-même et par lui-même. La société n'est alors qu'une collection d'atomes rivaux pour assouvir leur pulsion de vie. En inventant l'individu, la modernité a libéré les êtres singuliers entravés par de multiples chaînes religieuses, politiques et culturelles. Dans le même temps, elle a dû penser à nouveau la question de l'ordre social, mais dans un cadre d'analyse où l'émancipation s'oppose à l'ordre, et inversement. En effet, si l'on rend aux atomes humains leur «liberté naturelle», leur indépendance, on les livre par là même à leur rivalité naturelle pour l'existence. La société risque alors de se transformer en champ de bataille d'où n'émergent que la domination des gagnants et l'aliénation des perdants. L'égale liberté n'est pas soutenable : elle engendre le désordre social et, finalement, la destruction de la liberté pour les plus faibles. Il n'y a que deux issues à ce dilemme (avec des variantes). Des individus qui n'existent que par et pour eux-mêmes ne pouvant pas spontanément s'épanouir par la coopération solidaire et l'attachement mutuel, il faut soit les tenir ensemble soudés par une loi et un État assez forts pour dissuader et réprimer toute déviance sociale, soit les tenir à l'écart les uns des autres par une loi et un État plus modestes, qui se contentent de faire respecter des frontières et des contrats privés. Les théories du contrat social ont penché du côté de la première solution, à savoir une hypersociété où la cohésion du tout social l'emporte sur l'épanouissement des singularités. C'est le *Léviathan* de Hobbes (variante monarchique de l'hypersociété) ou l'aliénation volontaire de la volonté individuelle dans la volonté générale chère à Rousseau (variante démocratique). Hélas, cette façon de penser la cohésion sociale vire aisément au fantasme d'une fusion des êtres singuliers dans une identité commune ! Son pôle d'attraction, on l'a dit au chapitre précédent, c'est le totalitarisme.

Les libéraux, redoutant l'anéantissement de la liberté individuelle, au nom de la cohésion sociale, ont bien entendu penché dans l'autre direction, celle de la dissociété. Puisque des individus naturellement rivaux ne peuvent vivre ensemble sans conflits, et puisqu'il n'est pas question de forger une véritable communauté nationale, il ne reste qu'à organiser la cohabitation minimale entre les individus comme entre les communautés. La coexistence véritable n'est possible qu'au sein de communautés de semblables soudés par des liens familiaux, religieux, culturels, etc. Les individus ou groupes d'individus trop différents les uns des autres sont tenus à distance; chacun doit respecter la différence de l'autre et obtient le respect de la sienne en restant chez lui, dans son clan, dans sa classe, dans sa famille, dans son église, etc. À défaut de liens sociaux véritables entre les «différents», on espère néanmoins tenir ensemble ces derniers par l'intérêt matériel des contrats et des échanges qu'ils peuvent nouer librement sur les marchés. La dissociété va ainsi de pair avec le mythe de l'économie de marché, voire de la société de marché. Car sur un marché peuvent se nouer des relations sans liens, des échanges sans contacts, des connexions impersonnelles qui ne font circuler que des biens et de l'argent *entre* les individus. On peut dès lors rêver d'une nouvelle forme de solidarité mécanique, qui ne viendrait plus de la fusion des consciences et des vies, mais enchaînerait tout autant la foule des individus dans le seul et même mouvement imprimé par les marchés. Grâce aux marchés, l'affrontement potentiel des libertés naturelles muerait en doux commerce, car la compétition des intérêts privés entraînerait la prospérité générale. Le mythe jumeau de celui du doux commerce est celui des vertus sociales de l'enrichissement personnel, mythe indispensable à la justification morale du capitalisme, dans les sociétés puritaines où il prend son essor. Là encore, c'est grâce à l'efficience des marchés autorégulés, grâce aux vertus de la libre concurrence, que la maximisation du profit des capitalistes contribuera à l'intérêt général.

Ainsi l'État libéral peut-il écarter l'ambition liberticide de constituer une communauté politique unifiée et solidaire; il peut se contenter de faire la police entre les communautés; il compte sur l'ordre moral propre à chacune d'entre elles pour maintenir l'ordre social; il compte sur l'intérêt bien compris et l'efficacité des marchés pour contenir et transfigurer la confrontation entre les dissemblables; il ne lui reste alors qu'à faire la chasse aux irréductibles déviants qui ne respectent pas la propriété, les contrats et l'intégrité physique d'autrui. On comprend alors la nécessité sociale d'une course perpétuelle vers l'abondance matérielle. Pour garantir la liberté des individus en ayant le moins possible recours à la pression morale des communautés et à la police, *il faut que les progrès constants de la production et de la consommation viennent éteindre les tensions sociales entre les communautés et la rivalité entre les individus*; les «loups» humains gavés et repus n'auront plus ni le temps, ni l'envie, ni l'énergie pour se donner le moindre coup de griffe. Le productivisme forcené ne reflète pas que la lutte perpétuelle des capitalistes pour restaurer leurs profits. Il est aussi soutenu par le fantasme d'une abondance anesthésiant les passions mauvaises des humains. Et c'est bien par cette illusion que la modernité libérale s'enfonce dans une impasse à la fois écologique et sociale.

2) L'impasse antisociale et antilibérale de l'ordre social libéral.

L'erreur libérale initiale qui interdit de comprendre les liens qui libèrent empêche aussi de voir l'absurdité d'une société qui compte sur la croissance des biens et l'atonie des liens sociaux pour concilier la liberté des individus et la paix sociale. Dans la réalité humaine, cette voie ne peut qu'engendrer le cercle vicieux d'une société de plus en plus frustrante pour les individus, de plus en plus violente et de plus en plus répressive pour les libertés. En effet, pour des êtres sociaux, la libre compétition pour l'accumulation des biens n'apaise aucune tension. Au contraire, elle exacerbe la rivalité mimétique, nourrit une contradiction douloureuse entre l'être soi et l'être avec, détériore les liens sociaux, creuse les inégalités et suscite rancœurs et frustrations. La croissance perpétuelle des marchés ne produit pas l'abondance, elle crée une rareté absolue et irréductible. Plus les liens se détériorent, plus les individus déséquilibrés sont incités à chercher dans la consommation de biens la consolation illusoire de leur mal-être; plus la société s'abandonne à la course aux biens pour anesthésier sa douloureuse privation de liens, plus elle détruit les liens. La frustration et la déliaison sociales nourrissent la violence, l'incivilité et la criminalité dans toutes les couches de la société. Le fantasme néolibéral d'une paix sociale finale assurée par l'efficience productive des marchés s'évanouit; la main de fer de l'État doit alors remplacer la main invisible du marché pour restaurer l'ordre social. À la fin, l'ordre social néolibéral ne garantit ni l'ordre ni la liberté, il maximise le désordre social et les atteintes aux libertés publiques par lesquelles il a l'illusion de restaurer la paix.

De plus, la philosophie qui anime les artisans de la dissociété néolibérale leur interdit de penser correctement la délinquance et les comportements antisociaux; ils peuvent dès lors s'engager dans des politiques policières et judiciaires absurdes qui ne font qu'ajouter de la violence d'État à la violence de la société.

En effet, on l'a vu, le mythe de l'individu autonome engendre la philosophie de la *responsabilité individuelle* qui constitue la colonne vertébrale du néolibéralisme. Tous les actes des individus sont supposés refléter un choix rationnel et autonome dont ils sont dès lors seuls responsables. Dans ce cadre de pensée, le criminel (ou le délinquant) est un agent rationnel qui, au terme d'un calcul économique, conclut que son intérêt consiste à commettre un crime (ou un délit). Si tel est le cas, la délinquance et la criminalité sont faciles à combattre: il suffit de changer les termes du calcul rationnel des individus responsables en augmentant les peines encourues, la probabilité de se faire prendre et la pénibilité des peines. Plus de policiers, plus d'années en prison, plus de mauvais traitements infligés aux prisonniers, voilà la solution ! Et si cela ne fonctionne pas pour certains individus, c'est nécessairement qu'ils sont fous, incapables de raisonner, atteints d'une malformation génétique incurable et bons pour l'asile.

On a suffisamment accumulé d'éléments (notamment dans les chapitres 2 et 3) pour établir que cette façon de penser la délinquance et la politique de sécurité est erronée et dangereuse. Les êtres humains ne naissent pas délinquants mais le deviennent au travers d'une histoire socialement construite où leur responsabilité personnelle est entremêlée à la responsabilité collective de la société. Par conséquent, au niveau macrosocial, on ne fait reculer la violence qu'en s'attaquant à ses causes sociales et non en réprimant les délinquants. Cela ne signifie pas que la répression est inutile, mais seulement ce que j'ai dit : elle ne fait pas reculer la violence, elle est juste tout ce qu'il reste à la société pour se protéger *a minima*, quand elle renonce à combattre les racines de la violence. Une société organisée sur le principe de libre compétition est en elle-même un appel à la violence et une légitimation sociale de la violence. La délinquance s'éteint d'elle-même dans une communauté solidaire. La meilleure et la seule prévention contre la montée de la délinquance et des incivilités, c'est en fait l'ensemble du projet de société décrit dans ce chapitre. Au niveau des individus, seule la réparation des histoires sociales qui ont mal tourné et la prévention par l'intégration sociale et l'éducation peuvent arranger quelque chose. La seule issue à l'impasse néolibérale, c'est l'intégration de chaque individu dans la *république sociale*.

3) La perspective de l'intégration républicaine.

La « république sociale », chère à Jaurès, est une expression hélas tombée en désuétude dans la bouche des élus socialistes, à quelques exceptions notables près, dont celle de Jean-Luc Mélenchon[173]. Quelle est donc cette république? Elle est celle qui intègre les citoyens, non par la seule égalité politique, mais aussi par l'égalité sociale et par la solidarité sociale, celle qui attache le plus haut prix à l'éducation citoyenne de chacun de ses enfants, celle qui construit un espace public laïc transcendant toutes les appartenances singulières, non pour aliéner le droit à la différence, mais pour créer un monde commun à tous les différents, un monde où s'enracine le désir de vivre ensemble.

Je n'ai pas besoin de répéter ici pourquoi cette forme d'intégration sociale est le meilleur rempart contre tous les comportements antisociaux. Mais il faut revenir sur la question délicate de l'intégration des communautés singulières au sein de la communauté politique.

L'idée républicaine ne met pas en soi la société à l'abri de la dérive vers l'hypersociété. Je l'ai montré au chapitre 7, la volonté de construire une communauté politique peut entraîner la volonté de fondre toutes les appartenances sociales singulières en une seule, de dissoudre toutes les attaches culturelles, religieuses, etc., en une seule identité commune, celle du citoyen universel qui n'appartient à aucune autre communauté que celle constituée par le peuple tout entier. Ce fantasme de l'unité parfaite, indifférenciée, peut inspirer des républicains convaincus que toute attache culturelle singulière est le signe d'une insuffisante émancipation de l'individu à l'égard des déterminismes sociaux. Le sujet pleinement autonome n'est-il pas celui qui ne fixe plus sa règle en fonction d'une quelconque tradition, religion, éducation, mais seulement en lui-même et par lui-même? Si l'on adhère à cette conception abstraite de l'atome rationnel capable de s'autodéterminer, et

173. Jean-Luc Mélenchon, *En quête de gauche*, Balland, 2007 ; *Causes républicaines*, Seuil, 2004.

si l'on reconnaît dans cette autonomie la visée d'un projet d'émancipation, alors le projet républicain d'une communauté de citoyens peut aisément virer vers l'hypersociété intolérante à tout particularisme, à toute forme d'appartenance singulière.

Telle n'est pas la république sociale du socialisme, car elle n'entend pas fondre des atomes rationnels en une masse indifférenciée, mais nouer un lien de solidarité et de fraternité entre des êtres humains concrets, c'est-à-dire des êtres sociaux constitués par un complexe singulier d'attachements à des communautés humaines singulières. *La république socialiste ne peut pas mépriser les croyances, les cultures ou les traditions spécifiques, parce que la liberté des individus se construit et s'exprime aussi en elles, parce que l'individu en chair et en os ne s'émancipe pas en détruisant des liens sociaux, mais au contraire en les multipliant et en les diversifiant.*

Le défi d'une république des citoyens en chair et en os est donc celui de la société de progrès humain tel que je l'ai décrit à la fin du chapitre 7: concilier, d'une part, l'intensité des liens sociaux entre les individus au sein des multiples communautés singulières où s'enracine leur vie et, d'autre part, l'unité la plus grande entre ces communautés. Préserver des segments dans la société sans la segmenter! Préserver des communautés sans virer vers la dissociété communautarisée! Tel est le défi d'une république sociale, une république qui ne se contente pas d'une adhésion abstraite et rationnelle à des principes communs, une république qui veut nouer un lien solidaire et fraternel transcendant tous les autres liens, mais sans détruire ces derniers qui font la vie des êtres sociaux.

Le défi n'a rien d'insurmontable puisqu'il est surmonté au quotidien dans la vie d'un être humain. On a vu comment le développement personnel de l'individu consiste, dans l'idéal, à articuler une série d'attachements et de liens singuliers, plus ou moins forts: chaque appartenance singulière lui offre la sécurité de l'attachement et le bonheur de la communion des sentiments, des goûts, des pensées, etc.; mais chaque cercle social le libère en même temps des autres cercles; la circulation d'un cercle à l'autre permet d'assouvir le désir d'être avec et les pulsions fusionnelles, sans risquer l'étouffement et l'intoxication psychique dans un cercle particulier. Dans le corridor sans fin des relations sociales, chaque porte d'entrée dans un monde singulier est aussi la porte de sortie d'un autre monde singulier. La liberté de l'être social ne se construit pas dans la monotonie d'une communauté unique et homogène, elle se construit dans l'interconnexion d'une grande variété de communautés humaines. *La singularité de l'être social et son indépendance sont constituées d'une mosaïque de conformités et de dépendances. C'est une identité métisse.*

La république sociale laïque et métissée est la transposition de cette réalité anthropologique à la construction d'une communauté politique. L'espace public laïc est l'ultime communauté humaine qui permet à l'individu de retrouver son indépendance à l'égard de toutes les communautés, le sommet du détachement en somme, tout en lui procurant l'attachement le plus sûr, celui de la société tout entière qui le reconnaît comme l'un des siens, quelle que soit son identité singulière. Voilà pourquoi cet espace ne peut reconnaître ou soutenir aucune identité singulière, sans s'abaisser au rang de communauté particulière qui ne remplirait plus sa fonction sociale. Cet espace public laïc est le lieu privilégié de la rencontre de toutes les identités réunies par leur seule volonté de vivre ensemble. La république, en garantissant le droit de chacun à toutes les appartenances de son choix, garantit à chacun le droit de circuler entre celles-ci et de les combiner à sa guise. En ce sens, la laïcité n'est pas neutre, elle n'est pas une simple tolérance égale envers toutes les communautés qui acceptent les lois de la république. Elle est aussi une protection de chaque citoyen contre la volonté d'une communauté quelconque de limiter sa liberté de circulation dans la société. En cela, elle ouvre la voie au métissage, au brassage intercommunautaire. Ainsi se noue une communauté politique vivante, où les communautés ne sont plus des entités figées, juxtaposées et rassemblées par un simple contrat politique, mais des communautés métissées mouvantes, à la fois singulières et indissociables.

Il n'est pas d'autre voie vers une cohésion sociale respectueuse de l'égale liberté des êtres sociaux. Réprimer le désir humain de se rassembler avec des semblables et de préserver des appartenances singulières, c'est mutiler l'humanité. Laisser des communautés particulières se fermer aux autres dans un fantasme de pureté, c'est livrer leurs membres à l'aliénation et semer le ferment de l'affrontement des communautés. La voie du progrès humain, celle qui respecte l'humanité intégrale, doit construire une communauté politique qui épouse le mouvement de la vie d'un être social, qui promeut tous les liens qui libèrent et protège chacun contre les liens qui enferment.

Après l'émancipation individuelle, la justice et la cohésion sociale, il me reste à préciser la quatrième dimension du progrès humain, sa dimension écologique.

4-e. Conception écologique du progrès et conception socialiste de l'écologie.

Je ne m'étendrai pas ici sur l'urgence écologique désormais à peu près universellement reconnue. En termes d'«empreinte écologique[174]» l'extension du mode de vie d'un Américain au reste du monde exigerait 4,5 planètes équivalentes à la Terre; la généralisation du mode de vie plus économe d'un Français nécessiterait tout de même 3 planètes! Or, nous n'en avons qu'une pour assurer la survie de l'espèce humaine. La nécessité d'une *décroissance radicale* des productions et des consommations qui épuisent le stock des ressources non renouvelables, qui participent au changement climatique et qui dégradent l'environnement naturel constitue désormais une urgence vitale pour l'humanité.

Cela étant posé, je m'en tiendrai à mon sujet qui est la conception juste des finalités sociales et de leur articulation dans un projet de société. Si, à la manière de la pensée moderne ordinaire, on dissocie ces finalités d'une conception globale du progrès humain, l'écologie risque d'osciller entre deux impasses: un naturalisme radical et inopérant ou, à l'opposé, un environnementalisme superficiel uniquement voué à la survie temporaire du capitalisme.

1) Le mythe d'une écologie sans progrès humain.

Le premier écueil est celui d'une écologie déconnectée des autres finalités d'une société humaine et qui voudrait soumettre cette dernière à une seule exigence insoutenable: la protection de la «nature» ou la survie de la planète. L'humain fait partie de la «nature», et il est donc dans la nature de l'histoire de notre planète que

174. Mesure de l'impact écologique des activités humaines, exprimée en surface terrestre nécessaire pour disposer des ressources consommées par ces activités et supporter leurs déchets. En 2005, on estimait à 2,1 ha la biocapacité totale (surface disponible par habitant). L'empreinte écologique par habitant était alors de 9,4 ha aux États-Unis et de 5,6 ha en France. *Source*: WWF, *Rapport planète vivante*, 2008.

celle-ci soit transformée tout au long de son existence par l'action des êtres vivants. Il n'y a pas plus de « nature » indépendante de l'humanité qu'il n'existe une vie humaine indépendante de son milieu physique. Protéger une « nature » en soi ne peut constituer une finalité pour des humains, puisque le seul moyen d'assurer une telle protection serait d'éliminer l'espèce humaine. S'il s'agit ici de se demander quelles finalités *devraient* mobiliser l'action des sociétés humaines, alors il faut commencer par imaginer des finalités qui *puissent* mobiliser des êtres humains. Ces derniers, pour la plupart, ne changeront pas radicalement leur mode de vie et de production seulement pour « sauver la nature » ou « préserver la planète », parce que cela n'est, *en soi*, pas plus justifié que d'exploiter le monde autant que possible pour leur mieux-être. Il s'agit précisément de convaincre l'humanité que sa façon moderne d'exploiter son milieu physique n'est pas conforme à son propre bien-être.

Tant que l'écologie a consisté à dénoncer la destruction du milieu naturel et à décrire les catastrophes futures qui accableront l'humanité, elle n'a eu aucun impact sensible sur les politiques publiques et les modes de vie. Les sociétés humaines attendent d'être directement concernées pour réagir. On peut le déplorer, mais pas l'ignorer. La prise de conscience des effets immédiats de la pollution sur la santé et de ses effets à venir pour les enfants de la génération présente : voilà ce qui a commencé à mobiliser réellement l'opinion publique et, par conséquent, les responsables politiques ! Même à ce stade de la prise de conscience collective, on perçoit bien la difficulté qu'il y aura à impulser une réorientation rapide et radicale des modes de production et de consommation, en agitant uniquement la peur des catastrophes à venir. S'il s'agit seulement de limiter les dégâts (que l'on nous annonce en partie irréversibles) en acceptant dès aujourd'hui une régression sensible de la qualité de vie, où se trouve l'intérêt pour le plus grand nombre déjà confronté à la difficulté de vivre bien ici et maintenant?

Ce sur quoi j'essaie ici d'attirer l'attention, c'est le fait que la finalité écologique ne peut se soutenir toute seule, isolée des autres finalités sociales. Elle ne tient que s'il existe un sentiment réel de solidarité avec les générations futures – c'est-à-dire une haute exigence de justice –, lui-même étayé par la vie présente dans une société juste et baignant dans une culture de l'égalité. Elle ne tient que si l'on peut montrer les bienfaits d'un nouveau mode de vie et de production fondé sur la qualité des liens, des relations sociales, des services collectifs, plutôt que sur l'accumulation privée de biens matériels. La majorité peut se mobiliser pour une société plus juste, plus sûre, pacifiée par la justice et l'éducation, où l'on travaille et consomme moins pour vivre mieux, où l'on a le temps de vivre tout simplement, où la compétition ludique pour la reconnaissance sociale remplace la rivalité ostentatoire par l'excès de consommation. Ainsi *l'aspiration à une société tout simplement humaine induit en elle-même des choix qui rendent possible la nécessaire décroissance des consommations matérielles*.

Ma définition du progrès humain opère l'intégration de la visée écologique dans une synergie avec l'ensemble des finalités sociales. Une *société de progrès humain* vise la qualité de vie des individus, leur épanouissement dans une société solidaire pacifiée par l'égalité, l'intensité et la diversité des liens sociaux. Cette société donne la priorité à l'éducation, à la santé, aux services collectifs, à la distribution équitable des richesses plus qu'à leur maximisation; elle nourrit l'exigence et la culture de l'égalité nécessaire au souci des générations futures; elle exige une limitation drastique de la compétition productiviste qui est nocive pour l'équilibre psychique des individus comme pour la cohésion sociale. Cette société n'a pas besoin de « développement » au-delà du point où les besoins vitaux sont satisfaits pour tous. *Elle ne vise pas un développement durable, mais une vie humaine durable* : l'essor de l'égale liberté des individus, dans la paix et la sociabilité, est d'abord une affaire de relations sociales ; il n'exige certainement pas d'utiliser plus de ressources que l'écosystème le permet ; il exige au contraire de stopper tout développement excédant la biocapacité de la planète, puisqu'un tel excès viole le droit égal de tous les humains.

En bref, *dans une société guidée par le progrès humain, la finalité écologique n'a pas besoin d'être défendue pour elle seule, c'est le mode de vie de cette société qui est en lui-même écologique et c'est un mode de vie écologique qui participe au progrès humain.* Dans le progrès humain, chacune des quatre finalités n'est en réalité pas une fin en soi, mais le moyen des trois autres, et c'est seulement ensemble qu'elles constituent une fin.

2) Les mythes du développement durable et du capitalisme vert.

La nécessaire coexistence des finalités apparaît encore plus évidente quand on considère le second écueil d'une conception autonome de l'écologie. La défense de la nature (ou la protection de l'environnement) peut apparaître comme une contrainte universelle, indépendante du choix entre libéralisme et socialisme, entre une économie capitaliste et une économie humaine, entre une politique de gauche et une politique de droite, etc. Historiquement, d'ailleurs, c'est bien ainsi qu'est apparue l'écologie, parce qu'elle se trouvait également négligée par l'ensemble des courants politiques, tous convertis au culte productiviste de la croissance. Et, dès lors, la prise de conscience de l'urgence écologique a d'abord conduit la gauche comme la droite à chercher les voies d'une croissance ou d'un développement «durables», avant que les théoriciens de la décroissance[175] ne soulignent l'ambiguïté et les dangers d'une telle démarche. Comme par ailleurs la majorité des responsables politiques de tous bords se sont convertis au capitalisme et à l'économie de marché, le développement durable est pensé comme l'adaptation de ces derniers à la contrainte écologique.

Le concept de développement durable[176] part d'une bonne intention: concevoir un développement qui réponde aux besoins de la population présente sans détériorer la capacité des générations futures à répondre aux leurs. Mais, d'emblée, cette intention est trouble. Certains croient y reconnaître le principe de responsabilité énoncé par Hans Jonas: «Agis de telle sorte que les effets de ton action soient compatibles avec la permanence d'une vie authentiquement humaine sur la terre.» Il n'y a pourtant rien de tel dans la définition du développement durable. Celle-ci ne se préoccupe pas de la permanence d'une «vie authentiquement humaine», elle présuppose seulement qu'un développement continu est nécessaire à la satisfaction des besoins humains et que, en conséquence, il faut préserver la capacité de développement des générations futures. Il s'agit bien là de *faire durer le développement*.

Il n'est dès lors guère étonnant que le capitalisme, dont les profits ne peuvent se maintenir sans croissance, ait bien vite embrassé la religion du développement durable.

---

175. Voir notamment Paul Ariès, *La Décroissance. Un nouveau projet politique*, Golias, 2007; Vincent Cheynet, *Le Choc de la décroissance*, Seuil, 2008; Serge Latouche, *Le Pari de la décroissance*, Fayard, 2006. Et, pour un point de vue critique, Christian Coméliau, *La Croissance ou le progrès?*, Seuil, 2007.

176. Introduit par le «Rapport Brundtland », rapport présenté aux Nations unies, en 1986, par Gro Harlem Brundtland, ministre norvégienne de l'Environnement.

Cette conversion générale des politiques et des entreprises, si elle peut accessoirement manifester une prise de conscience de l'enjeu écologique, se limite au mieux à intégrer celui-ci comme une contrainte exogène au modèle capitaliste, une contrainte qu'il faudrait intégrer d'une manière ou d'une autre pour assurer la pérennité de ce modèle et tirer profit de l'évolution des préférences sociales. En effet, dans les pays riches, la demande des consommateurs se réoriente vers l'agriculture «bio», les emballages biodégradables, les produits recyclables, les économies d'énergie, etc. Cela ouvre des marchés nouveaux pour un «capitalisme vert», un «biseness» mobilisant les mêmes méthodes de gestion que le «capitalisme noir» en vue de maximiser la rentabilité du capital. Certaines des activités ainsi développées constituent une part de la solution au défi écologique; mais leur développement dans une logique capitaliste n'a aucune chance de se faire dans l'intérêt général. Le capitalisme ne peut, par définition, intégrer la visée écologique que dans la seule mesure compatible avec la maximisation des profits. Il reste dominé par une logique productiviste et consumériste, et maximise tous les «effets rebonds», c'est-à-dire la surconsommation d'énergie et de ressources non renouvelables nécessaires au développement des nouveaux produits verts. Un exemple emblématique des aberrations où peut conduire ce capitalisme vert est celui des biocarburants: des pays pauvres cèdent les terres vitales pour leur autonomie alimentaire aux multinationales qui développent les biocarburants; pour que les riches automobilistes du Nord continuent à faire tourner leurs moteurs sans pétrole, on affame les pauvres du Sud!

Le capitalisme vert est en réalité un capitalisme durable qui se résout à polluer moins pour pouvoir polluer le plus longtemps possible! Il ne s'agit pas de préserver l'écosystème pour l'humanité, il s'agit de l'épuiser rationnellement, c'est-à-dire de la manière qui maximise le profit global, avant l'extinction de l'espèce humaine.

En admettant même qu'un capitalisme vert offre à l'humanité un sursis important en ralentissant la dégradation de l'écosystème, cela ne constituerait pas un progrès pour l'humanité, puisqu'il s'agirait aussi de maintenir le plus longtemps possible la logique de compétition permanente, la course stressante à la performance individuelle, les inégalités, l'aliénation des plus faibles, la déliaison sociale et les violences qu'elle engendre ; bref, l'anéantissement des autres finalités humaines que sont l'émancipation de tous les individus, la justice et l'harmonie sociale. Peu nous importe que la vie soit quelque peu et temporairement préservée par un capitalisme verdi, s'il s'agit de préserver une vie inhumaine pour des milliards d'humains et les privilèges de quelques millions d'autres, s'il s'agit d'assurer un « stress durable », une « injustice durable », une « violence sociale durable ».

Aussi, une écologie surplombant le débat idéologique (comme si l'on pouvait mener une véritable politique écologique quel que soit le système économique et social) est une supercherie, une simple entreprise de marketing politique pour siphonner des voies « à droite, à gauche », une alliée de fait avec le capitalisme, puisqu'elle diffuse l'illusion que l'on peut réorienter radicalement nos productions sans changer le mode de production.

3) L'écologie est politique, l'écologie politique est socialiste.

Il n'y a pas de capitalisme écologique, il n'y a qu'un socialisme écologique par définition, à partir du moment où il est entendu comme le processus d'égale émancipation de tous les humains par et grâce à la qualité des liens sociaux. Si le socialisme ainsi compris est écologique par définition, son avènement reste à construire et à venir. Or l'humanité n'a peut-être plus le temps d'attendre que tous les traits d'une société de progrès humain soient enfin réalisés pour s'atteler d'urgence aux transformations radicales qu'impose aujourd'hui la dégradation de notre écosystème. Mais c'est là une raison supplémentaire pour ne pas se fier au capitalisme et aux marchés. Pour ramener l'empreinte écologique des pays riches à un niveau compatible avec la biocapacité totale, il faudrait diviser leur consommation de ressources[177] de trois à cinq fois selon les cas. Il faudrait même la réduire plus encore, car les pays émergents n'accepteront jamais de réduire la leur avant d'avoir à peu près rattrapé le niveau de développement des pays industriels du Nord, et aussi parce qu'il serait juste de dégager, pour un temps, un supplément de ressources pour soutenir les pays pauvres où même les besoins matériels essentiels ne sont pas satisfaits. Cela sera-t-il possible? On peut en douter, mais le seul objet pertinent de la réflexion consiste à comprendre dans quelles conditions ce qui est nécessaire serait possible.

Relever ce défi suppose de réorienter massivement la recherche industrielle, de la quête perpétuelle de nouveaux produits de consommation vers celle des économies d'énergie, des énergies nouvelles, des techniques de recyclage et de traitement des déchets, etc. Il faut aussi programmer la décroissance régulière des consommations de biens matériels, et assurer en même temps le plein emploi par la croissance des services collectifs améliorant la qualité de vie (encadrement de la jeunesse, éducation, formation continue, santé, assistance aux personnes dépendantes, activités culturelles, etc.). Il faudra en outre repenser l'habitat, l'urbanisation, la localisation des activités, les moyens de transport, etc. L'ampleur et la nature des transformations nécessaires sont manifestement

177. Y compris la production de déchets associée.

incompatibles avec les logiques capitaliste et marchande. Une réorientation aussi massive de la demande, des productions, des investissements et de la recherche (et par conséquent des flux financiers et du partage biens publics / biens privés) n'a aucune chance de s'opérer spontanément et rapidement grâce à la « main invisible » des marchés et à l'appétit des capitalistes pour les profits. La mondialisation de l'économie de marché et du capitalisme a, au contraire, aggravé un désastre écologique déjà programmé par deux siècles de croissance industrielle dans des sociétés indifférentes aux effets de leur développement sur l'écosystème. Dès les années 1970, on savait que le modèle de croissance moderne était insoutenable, puisque fondé sur l'exploitation exponentielle de ressources naturelles non reproductibles. Mais, au moment même où le monde prenait conscience de sa trop grande dépendance au pétrole et des dégâts écologiques de la croissance, à l'instant où il fallait penser la planification d'une économie et d'une société soutenable pour l'humanité, la révolution néolibérale a soumis le pilotage du développement aux exigences de la rentabilité financière. L'humanité a ainsi pris trente ans de retard dans la conception d'une autre voie. En outre, la mondialisation libérale a étendu à l'ensemble de la planète un modèle insoutenable; elle a dégradé l'autonomie alimentaire des pays en développement; elle a exacerbé la recherche de surplus de production exportables; elle a allongé les distances entre les lieux de production et les lieux de consommation, faisant ainsi exploser la consommation d'énergie pour le seul transport des marchandises; elle a accéléré la déforestation et le recul de la biodiversité, etc.

Il est ainsi manifeste que les mouvements *spontanés* des marchés et des capitaux ne stimulent pas les activités et les restructurations dont l'humanité a le plus urgemment besoin; ils tendent plutôt à maximiser les nuisances sociales, psychiques et écologiques. Seule la mise en œuvre d'une planification écologique *et démocratique* des investissements et des mutations nécessaires pourra opérer une réorientation rapide et continue des procédés de production et des modes de consommation. Le culte de la qualité de vie devra remplacer celui de la performance. Le goût du temps libre devra se substituer à l'angoisse des temps morts. La pression de la compétition devra donc être ramenée vers son niveau minimal nécessaire à l'humanité, celui de la compétition ludique, du jeu social qui vise à entretenir des liens plutôt qu'à maximiser des gains.

En un mot, la réorientation écologique de nos modes de vie passera nécessairement par l'institution d'une « économie humaine », en lieu et place du capitalisme et de l'économie improprement qualifiée « de marché ». L'économie humaine n'est pas conçue *pour* être écologique : elle l'est en quelque sorte par nature, comme elle est en même temps source de liberté, d'égalité et de sociabilité. Car tout ce qui est pensé pour être en accord avec le mouvement de la vie humaine ne peut être pensé qu'en termes de progrès humain et donc de telle façon que cela contribue à la poursuite conjointe des quatre finalités sociales indissociables.

4-f. Une économie « humaine » n'est ni « capitaliste » ni « de marché ».

Une économie humaine respecte les conditions d'une vie humaine pour chacun, elle est conçue en vue du progrès humain ; elle devrait donc contribuer à l'égale capacité de tous les êtres humains à mener une vie bonne, à la modération de la concurrence, à l'essor de la coopération, au recul des inégalités, à l'amélioration de la cohésion sociale, à la préservation de l'écosystème, etc. Or la mondialisation récente du capitalisme et du modèle de l'économie de marché a intensifié la concurrence, installé le culte de la rivalité et le recul de la solidarité, exacerbé les inégalités, accentué le mal-être et la servitude au travail, nourri la déliaison sociale, l'incivilité et la violence internationale, aggravé le saccage de l'écosystème.

Par conséquent, si les termes sont pris au sérieux, une «économie humaine» ne peut de toute évidence être ni «capitaliste» ni «de marché». Encore faut-il préciser ces termes pour éviter des malentendus trop répandus et fonder rigoureusement notre critique.

1) Une économie de marché n'est pas une économie dans laquelle il y a des marchés!

Des lieux et des réseaux d'échange que l'on peut appeler des «marchés» existent depuis des millénaires. En revanche, l'économie de marché pure n'a jamais existé et ce qui lui ressemble ne se développe que depuis le XIXe siècle[178]. À l'état pur, il s'agirait d'une économie dans laquelle l'essentiel des flux économiques transitent par des contrats d'échange librement négociés sur des marchés et où l'ensemble des prix reflètent un équilibre entre l'offre et la demande du bien ou du service concerné. Un tel système n'a jamais existé.

Jusqu'aux années 1970, le développement du capitalisme a plutôt éloigné les économies réelles d'un système pur de marché. La taille croissante des entreprises entraîne que la plupart des flux économiques s'opèrent au sein des firmes et non entre des entrepreneurs indépendants; de même, le marché du travail est pour une large part «internalisé» dans les entreprises. Il s'ensuit que l'essentiel des opérations économiques relèvent de procédures internes

178. On renvoie sur ce point à Karl Polanyi, *Essais*, Seuil, 2008, et à *La Grande Transformation*, *op. cit.*

de gestion et de relations hiérarchiques entre des salariés soumis à l'autorité de l'employeur, et non d'échanges négociés entre des acteurs indépendants. Même les relations d'échange externes (sur les marchés) sont réglementées ou contrôlées par les administrations publiques : les prix grevés de taxes et soumis à des planchers ou à des plafonds ne reflètent pas l'évolution continue d'un « équilibre entre l'offre et la demande » ; les nombreux tarifs publics n'ont rien à voir avec des « prix de marchés » ; la formation des salaires est encadrée (salaire minimum et conventions collectives) ; les taux d'intérêt (prix de l'argent) sont entièrement déterminés par les politiques monétaires nationales ; etc.

Bref, l'économie des « Trente Glorieuses » ressemble encore moins à une économie de marché que celle du début du XXe siècle. En revanche, depuis les années 1980, il est vrai que les politiques néolibérales et les nouvelles méthodes de management visent à nouveau l'installation d'une économie de marché. Après l'internalisation, les grandes entreprises procèdent désormais à l'externalisation de nombreuses activités vers des filiales et des sous-traitants. Après la régulation du capitalisme et des marchés, sont venues la déréglementation, les privatisations, la libéralisation des prix et des loyers, la flexibilité des salaires, des taux d'intérêt et des taux de change, etc. La logique marchande est peu à peu étendue aux services publics. À l'intérieur des grandes entreprises, on s'efforce parfois d'instaurer des relations de marché en développant la concurrence interne entre services, entre établissements ou entre salariés. Et, pour finir, les administrations publiques sont désormais sommées de fonctionner comme des entreprises soumises à la compétition sur un marché, comme si les *citoyens* et *usagers* du service public étaient des *clients*. Si une économie pure de marché (exclusivement régie à tout instant par des contrats d'échange entre individus indépendants) reste impossible, elle est redevenue le fantasme dominant l'imaginaire des managers et des gouvernements néolibéraux.

Retenons pour l'instant que l'on peut parfaitement avoir une économie «avec des marchés» qui n'est pas une économie «de marché», à la fois parce que l'essentiel des actes économiques sont décidés hors des marchés et parce que les marchés jouent un rôle subordonné à des règles politiques ou à des conventions sociales. Il importe aussi de comprendre qu'une «économie de marché» n'est pas forcément une «économie capitaliste»: la régulation par des contrats librement négociés sur des marchés peut être organisée (ou fantasmée) entre des entreprises publiques aussi bien qu'entre des sociétés de capitaux; inversement, comme je viens de le rappeler à propos des «Trente Glorieuses», une économie où dominent les entreprises capitalistes peut s'éloigner considérablement d'une économie de marché.

2) Une économie capitaliste n'est pas seulement une économie dans laquelle il existe principalement des entreprises privées.

Les entreprises privées peuvent être des mutuelles, des coopératives, des sociétés autogérées, des entreprises individuelles, voire, au sens large, des associations qui produisent des services sans but lucratif. Toutes ces organisations se distinguent de la firme capitaliste, dans laquelle la propriété des capitaux confère à leurs détenteurs:

– un droit de propriété exclusif sur la production et les résultats financiers engendrés par le travail des salariés;

– le pouvoir exclusif de direction et de gestion de l'entreprise.

La firme capitaliste est un avatar extraordinaire (au sens propre) de l'histoire humaine. Elle confère à un seul des acteurs multiples de la production (le capitaliste) le pouvoir exorbitant d'imposer ses choix à tous les autres et la pleine propriété des richesses créées par tous ! La nature extravagante de ce mode de production échappe peut-être à beaucoup de lecteurs contemporains, tant il est aujourd'hui commun et banalisé ; mais elle saute aux yeux si l'on prend seulement la peine de regarder vraiment en quoi il consiste.

Dans une entreprise privée, toute production mobilise quatre « acteurs de production[179] » participant conjointement au résultat final : les travailleurs fournissent leur temps, leur énergie, leur savoir-faire ; les entrepreneurs créent les organisations productives et/ou contribuent principalement à la coordination des différents acteurs et à l'orientation stratégique des choix de production ; les détenteurs des capitaux apportent des moyens financiers ; la société fournit les biens publics nécessaires à toute production (infrastructures, territoire, éducation, cadre juridique, etc.). Mettez un paquet de capitaux « au milieu de nulle part », vous n'aurez pas une entreprise ! Réunissez des travailleurs, sans capitaux, sans territoire et sans quelques entrepreneurs parmi eux, ou bien encore installez le plus brillant des entrepreneurs sur une île déserte, vous n'aurez toujours pas une entreprise. Bref, seule l'interaction de tous les acteurs constitue l'entreprise et engendre la production et les revenus de celle-ci.

Une articulation harmonieuse entre l'épanouissement des travailleurs, la gestion efficace de la production, les apports en capitaux et les biens publics supposerait un équilibre des pouvoirs entre les acteurs, qui empêcherait l'un d'entre eux d'imposer son intérêt à tous les autres.

179. Je propose de substituer une approche en termes d'« acteurs » à l'approche standard de la science économique orthodoxe en termes de « facteurs de production ».

Tous ces acteurs devraient donc être représentés dans les organes de gestion et exercer conjointement la direction. Cela aurait pour effet d'orienter les décisions vers des solutions conformes à l'intérêt général des acteurs. Par ailleurs, la production résultant de la contribution conjointe de tous les acteurs, rien ne justifie le fait que l'un d'entre eux soit le seul propriétaire des résultats. La règle de répartition devrait donc être convenue par l'ensemble des acteurs ou par la loi.

Eh bien, à l'opposé de ces quelques principes de bon sens, le statut extraordinaire de la firme capitaliste confond la propriété du capital (un paquet d'argent) avec la propriété de l'entreprise (en réalité constituée par l'interaction des quatre acteurs), donne les pleins pouvoirs aux seuls détenteurs des capitaux et réserve à ces derniers la propriété exclusive des résultats produits avec et par tous les autres!

Il n'y a évidemment aucune espèce de chance pour que des acteurs rationnels et dotés d'un pouvoir de négociation à peu près équivalent conviennent spontanément de s'associer selon des règles aussi extravagantes. Aussi, comme nous l'ont expliqué Marx et Polanyi (à un siècle d'intervalle), le mode de production capitaliste est tout sauf une forme ordinaire et «naturelle» de l'association humaine dans la production. Il est absent de la quasi-totalité de l'histoire humaine. Il s'impose à un moment où, d'une part, une masse de travailleurs «libérés» par l'effondrement du mode de production féodal se trouve à la merci de bourgeois possédant les capitaux et où, d'autre part, le développement des machines industrielles laisse aux seuls détenteurs de capitaux la capacité de posséder les outils de production. Il s'impose d'autant plus vite que la modernité libérale a nourri (de plus longue date) une nouvelle culture individualiste et une conception contractuelle de la société et des relations sociales.

La liberté libérale repose sur le droit de propriété, la libre initiative des individus, la liberté des échanges et des contrats; elle met ainsi en place toutes les conditions juridiques et culturelles propices à la domination des plus forts et des plus riches.

3) Les trois âges du capitalisme.

À partir de là, l'économie autrefois encastrée dans les relations sociales et subordonnée aux conventions sociales prend son autonomie comme sphère spécifique de l'activité humaine et, sous l'impulsion des détenteurs du capital en quête d'un espace toujours plus étendu pour accumuler et valoriser le capital, tend à englober la société et à subordonner les relations sociales à la quête du profit maximum. *Quand un système économique est principalement composé d'institutions où les détenteurs de capitaux ont le pouvoir d'orienter les choix de production et la distribution des revenus en fonction de leurs seuls intérêts, il ne peut pas être au service de l'égale liberté des individus, de la justice, de la sociabilité et de la préservation d'une vie humaine pour les générations futures; il est capitaliste, et par là même contraire au progrès humain.*

L'inhumanité intrinsèque d'une économie capitaliste explique que, dès son *premier âge* (au XIXe siècle), elle suscite la résistance de ses victimes (la classe ouvrière) et le premier renversement de la pensée moderne (le socialisme). Par ailleurs, l'inefficacité économique intrinsèque d'une économie guidée par les seuls intérêts des capitalistes se manifeste par les crises économiques récurrentes, qui fondent plus encore la résistance de la société et l'aspiration à un autre mode de production. Au début du XXe siècle, l'avènement du communisme et de l'économie planifiée en Union soviétique soutient cette aspiration, d'autant plus que ce nouveau modèle semble plus performant que le capitalisme, au moment où celui-ci s'enlise dans la Grande Dépression des années 1930.

Aussi, le désastre économique et social du capitalisme, combiné à la guerre mondiale qui s'ensuit, crée les conditions d'un nouveau rapport de force et d'un nouveau consensus, qui engendrent un *deuxième âge du capitalisme*, du milieu des années 1940 au milieu des années 1970. Durant ces «Trente Glorieuses», s'installe un nouveau système hybride notamment caractérisé par:

– le keynésianisme: les politiques budgétaires et monétaires, comme la protection sociale, doivent garantir un niveau de demande adéquat pour assurer la croissance et le plein emploi;

– la gestion managériale: les managers salariés, et non les actionnaires, doivent diriger les entreprises en vue de leur développement à long terme;

– le fordisme: les gains de productivité doivent être largement partagés avec les salariés, en sorte de soutenir la demande finale;

– l'économie mixte: certaines activités stratégiques ou de services collectifs doivent être exclusivement confiées à des entreprises publiques;

– un cadre international assurant la stabilité des changes (grâce à la coopération des banques centrales et au contrôle des mouvements de capitaux) et engageant une libéralisation partielle (marchandises) et progressive du commerce international.

Ce deuxième âge du capitalisme s'achève à la charnière des années 1970 et des années 1980. Les récessions et l'inflation engendrées par les chocs pétroliers (1975 et 1979), l'effondrement du système monétaire international (1971-1973), l'épuisement du modèle fordiste de croissance, la crise des finances publiques consécutive au ralentissement de l'activité ont nourri une critique centrée sur l'excès de régulation, de rigidités et de charges fiscales et sociales. Par ailleurs, la culture ambiante des années 1970 n'est plus celle des années 1930 : l'individualisme et le consumérisme ont progressé, les revendications de la jeunesse ne sont pas d'abord sociales mais libertaires, personne ne soutient alors que la société manque de règles et de contrôle public. Enfin, la planification soviétique a cessé d'incarner un projet alternatif. À la fin des années 1980, l'effondrement de l'Union soviétique efface la peur du communisme qui avait longtemps retenu les pulsions néolibérales.

Les conditions sont dès lors réunies pour l'avènement d'un *troisième âge du capitalisme*[180], caractérisé par le retour en force des idées libérales et par la victoire politique de gouvernements néolibéraux déterminés à rompre tous les compromis de l'après-guerre, décidés à rendre le pouvoir au capital et à étendre la logique marchande à l'ensemble des activités humaines.

4) La mondialisation d'une économie inhumaine.

Depuis les années 1980, pour briser les résistances prévisibles à la contre-révolution néolibérale, les gouvernements soumettent la planète entière à une pression inédite de la compétition internationale.

La libre circulation internationale des capitaux donne aux détenteurs du capital le pouvoir d'exiger des taux de rendement immédiats exorbitants, sous peine de délocalisation de leurs placements et investissements. La généralisation du libre-échange exerce la pression nécessaire pour imposer la privatisation des services publics, ainsi que les réformes sociales et fiscales conformes aux intérêts du capital. En effet, le dumping fiscal et le dumping

180. Pour une analyse moins sommaire des mutations opérées depuis les années 1970, voir les trois premiers chapitres de *La Dissociété*, *op. cit*.

social, inhérents à la libre concurrence sans harmonisation des réglementations imposées aux compétiteurs, entraînent la remise en cause du droit du travail et la privatisation rampante de la protection sociale. *La concurrence ne porte plus seulement sur les produits, elle porte sur les systèmes sociaux et fiscaux*; ces derniers, dont la définition relèverait en démocratie du choix souverain des peuples, voient désormais leur évolution commandée par les marchés; *le pouvoir de l'argent se substitue à celui du citoyen*. La pression de la compétition mondiale est aussi exploitée pour justifier l'extension de la logique marchande à des biens et services autrefois considérés comme des biens publics à préserver absolument de la course aux profits: l'éducation, la santé, les transports publics, l'eau, l'énergie, et même la vie (avec la brevetabilité du vivant).

Grâce à cette mondialisation libérale, les patrons disposent en outre d'un pouvoir de chantage inédit face aux travailleurs. Ceux-ci n'ont désormais que le «choix» entre la soumission volontaire aux exigences des actionnaires et la suppression des emplois pour défaut de compétitivité et de rentabilité. Fort de ce bouleversement du rapport de force, à partir des années 1980, le patronat restructure radicalement l'organisation de la production pour maximiser le taux de rendement du capital: recentrage sur le «cœur de métier» et externalisation des activités périphériques, développement de la sous-traitance, délocalisations, production à flux tendus pour éliminer les stocks, «qualité totale», etc. Ce nouveau mode de production induit une révolution dans la gestion de la main-d'œuvre. Celle-ci est soumise à la flexibilité, l'intensification du travail, l'exigence d'une performance accrue avec des moyens plus limités, la précarité des contrats (CDD, intérim), la généralisation de la concurrence interne entre salariés (individualisation des carrières et des salaires), entre ateliers ou entre services. Le tout bien sûr accompagné par le recul des bas salaires et l'envolée de la rémunération des dirigeants.

Cette révolution managériale franchit un nouveau palier dans l'aliénation du travail, car elle entend passer de la domination pure d'antan (soumission forcée de la classe ouvrière) à la servitude volontaire de salariés isolés par la rivalité généralisée et la peur permanente du déclassement[181]. La contrainte ne doit plus s'exercer par la surveillance du contremaître, elle doit être intériorisée par le salarié lui-même : il doit se sentir coupable du moindre défaut de performance qui mettrait en retard et sous pression tous les autres salariés dans un processus à flux tendus, il doit redouter l'humiliation d'une mauvaise « évaluation » du chef de service, il doit se sentir en guerre économique pour consentir à tous les sacrifices qu'impose la nécessité de gagner la guerre.

Il ne faut pas chercher ailleurs que dans cette mutation du capitalisme les racines de la nouvelle crise mondiale contemporaine. La libéralisation financière et le libre-échange ont à la fois nourri l'extension des revenus du capital au détriment des revenus du travail, permis l'explosion des activités spéculatives nécessaires à l'emploi des revenus du capital, et laissé libre cours aux banques pour piéger les ménages dans la dette. Le soutien artificiel de la consommation par le crédit était en effet indispensable pour éviter une explosion sociale et soutenir la croissance. Mais la fuite en avant par des crédits dont le remboursement n'est pas garanti par la croissance du revenu réel des emprunteurs n'est jamais soutenable à long terme. Il a suffi du retournement du marché de l'immobilier américain pour que le château de cartes artificiel de

181. Cf. Jean-Pierre Durand, *La Chaîne invisible. Travailler aujourd'hui : flux tendu et servitude volontaire*, Seuil, 2004.

la croissance s'effondre et emporte le système financier mondial dans sa chute. Ce n'est pas la conséquence de quelques comportements déviants, de « mauvais capitalistes » qui auraient perverti le fonctionnement d'un « bon capitalisme ». C'est le destin nécessaire d'un système qui a redonné le pouvoir au capital et dès lors organisé le fonctionnement de l'ensemble de la société en fonction de l'exigence de rentabilité du capital.

Mais les méfaits du capitalisme ne se limitent pas à la crise économique. Plus on s'est rapproché d'une économie de marché et d'une économie capitaliste, plus se sont affirmées les manifestations d'une régression sociale et morale profonde, d'une « catastrophe anthropologique », disais-je dans *La Dissociété*. Le primat absolu de la valorisation du capital a engendré la précarité du travail, l'explosion des inégalités et la fin du progrès moderne, grâce auquel chaque génération s'attendait à un sort meilleur pour la génération suivante. De plus, les nouvelles méthodes de management ont fait peser sur les seuls salariés une exigence croissante de performance et le poids des risques économiques, tout en réduisant leurs moyens pour atteindre les objectifs imposés et leur part dans la valeur ajoutée. Il s'ensuit une profonde dé-légitimation du travail, qui redevient un instrument d'aliénation, et un développement exponentiel du stress (et autres maladies professionnelles) dont le coût social représente désormais plusieurs points du PIB. Tel est le coût humain de l'excellence[182].

Dans une société qui ôte au plus grand nombre de travailleurs la possibilité d'une promotion sociale par le travail, qui étend les inégalités et qui parque les populations défavorisées dans des ghettos, le culte de la

182. Cf. Nicole Aubert et Vincent de Gaulejac, *Le Coût de l'excellence*, nouvelle édition, Seuil, 2007.

compétition, de la marchandise et de la réussite individuelle ne peut que nourrir les frustrations et la violence. La morale civique ne contient la montée des incivilités et des comportements antisociaux que dans la mesure où chacun peut se penser comme membre d'une société solidaire envers laquelle il a une dette sociale, une société où l'autre n'est pas un ennemi potentiel, mais un concitoyen, une société qui valorise la coopération, etc. Or, le néolibéralisme détruit la solidarité, dénigre les liens sociaux et fait l'apologie permanente de la rivalité entre les individus.

Au lieu d'investir dans des politiques de la ville et des politiques sociales qui auraient du moins contenu les méfaits du nouveau capitalisme mondialisé, les néolibéraux ont limité ces dépenses, en sorte de pouvoir financer les aides aux entreprises et les baisses d'impôts sur le capital et les hauts revenus. Au lieu de solliciter les classes aisées pour financer des politiques sociales, les néolibéraux prélèvent davantage sur les bas revenus pour alléger l'impôt des riches. Le néolibéralisme répand une culture perverse de la responsabilité individuelle qui vise à présenter les pauvres et les chômeurs comme responsables de leur situation. Une fois installée dans la culture ambiante, l'idée que chacun est seul responsable de son sort sert à convaincre chacun qu'il n'est en rien responsable du sort d'autrui et que, en conséquence, il n'a pas à « payer pour les autres ». Ainsi se met en place la justification d'une réduction et d'une privatisation des prestations sociales.

Le recul de la solidarité, l'explosion des inégalités, la ghettoïsation, tous ces facteurs entraînent toujours la montée de l'incivilité et de la violence. Alors, *face à la délinquance engendrée par leur « modèle » de société, les néolibéraux soutiennent une politique de répression policière et pénale croissante et parfaitement inefficace puisque, par définition, elle ne s'attaque pas aux sources de la violence.*

Au cours des trente dernières années aux États-Unis, le taux d'emprisonnement des jeunes hommes noirs a explosé au fur et à mesure que régressaient les dépenses sociales. L'«État pénitence» remplace l'«État providence». En Europe, nombre de gouvernements de tous bords se sont engagés sur la même voie, en multipliant les lois pénales visant plus spécialement à renforcer la répression et l'emprisonnement des jeunes et des mineurs. On recrute des gardiens de prison, mais on supprime les postes d'éducateurs. La violence provoquée par les politiques au service du capital sert de prétexte au recul des libertés publiques et à l'instauration progressive d'États policiers qui enferment au lieu d'éduquer. Et comme cette politique est par nature impuissante à enrayer l'incivilité et la violence, la persistance de ces maux nourrit une grande régression obscurantiste qui va du recours aux communautés religieuses comme instrument de l'ordre social aux thèses nauséabondes sur l'origine génétique de la délinquance.

Ainsi, l'hyperlibéralisme se solde à la fin par une société antilibérale! L'hypermodernité se solde par une régression vers l'obscurantisme prémoderne et l'état de guerre incivile d'où la modernité nous avait extirpés!

Jamais l'économie n'a été autant capitaliste et aussi proche d'une économie de marché; et jamais elle n'a autant régressé vers l'inhumanité primitive d'un système qui traite l'humain comme une chose au service du profit de quelques-uns. Les défenseurs du capitalisme ne manqueront pas de souligner tous les progrès sociaux accomplis depuis l'avènement du capitalisme. Ils omettent seulement de signaler que tous ces progrès sont nés de la résistance au capitalisme et des entraves mises au développement d'une économie de marché; plus on s'éloigne de celui-ci et de celle-là, plus on progresse vers l'économie humaine, et inversement.

Le chemin vers une société du progrès humain passe par la sortie du capitalisme et de l'économie de marché. Je sais qu'en écrivant cela aussi tranquillement, je laisse nombre de mes lecteurs incrédules ou tétanisés par la démesure du chantier ainsi annoncé. C'est bien naturel, après un siècle de propagande patronale et gauchiste qui a diffusé la certitude incongrue que ce chantier supposait la révolution, le collectivisme, la fin de la démocratie; bref, un anéantissement brutal de la société en place. La section suivante devrait les rassurer : la sortie du capitalisme, c'est précisément la transition paisible et démocratique vers une société plus libre et plus solidaire, c'est une poignée de lois parlementaires qui suffisent à ouvrir la voie nouvelle vers l'économie humaine.

4-g. Économie humaine et démocratie.

J'insiste à nouveau sur la nécessaire rigueur dans l'emploi du vocabulaire économique. Comme je l'ai expliqué ci-dessus, une économie principalement composée d'entreprises privées échangeant des biens sur des marchés n'est pas pour autant une économie capitaliste de marché; on ne peut la qualifier ainsi que dans le cas où : 1) la part essentielle de l'activité est le fait d'entreprises capitalistes au sens strict; 2) les relations marchandes s'étendent à la plupart des activités humaines; 3) la propriété du capital confère à leurs détenteurs un pouvoir supérieur à celui des autres acteurs pour orienter la production et la répartition des revenus en fonction de leurs seuls intérêts; 4) les marchés intérieurs et extérieurs fonctionnent selon le principe de la libre concurrence; 5) tous les prix (des biens, des services, du travail, des actifs, du crédit, etc.) fluctuent librement au gré des variations de l'offre et de la demande.

Sortir du capitalisme et de l'économie de marché consiste donc à mettre en place un système économique qui écarte les caractéristiques que je viens d'énumérer, système dans lequel, néanmoins, *la plupart des entreprises peuvent être privées et la plupart des marchés peuvent subsister.* La «sortie» dont il est ici question est donc tout sauf une révolution abolissant la société en place; c'est une transformation démocratique et radicale des règles du jeu économique et social qui vise à instaurer une économie humaine (*i.e.* au service du progrès humain).

Dans le chapitre 3, à travers l'étude des sociétés premières, j'ai proposé une première approche très générale du concept d'«économie humaine» comme «une économie qui inscrit la production et la distribution des biens dans les instruments de l'alliance entre les humains, c'est-à-dire, plus profondément, qui épouse le mouvement même de la vie humaine [...]» (F19). Je vais à présent donner au concept un contenu plus opérationnel en développant chacune des caractéristiques suivantes: c'est une économie plurielle, démocratique, qui garantit la propriété privée, la propriété sociale et une sécurité sociale intégrale; une économie où la concurrence et les inégalités reculent au profit de la coopération et de la justice, où la loi démocratique contrôle la répartition des revenus, le financement de l'économie et l'orientation progressiste et écologique des choix industriels à long terme, où, enfin, le libre-échange cède le pas à la coopération internationale des peuples souverains.

1) Une économie plurielle.

Une économie plurielle est constituée par une grande variété d'organisations productives: associations d'économie solidaire, coopératives, mutuelles, entreprises individuelles, PME privées, grandes entreprises publiques ou mixtes, sociétés de personnes et de capitaux, etc. Le progrès humain passant notamment par la sociodiversité et le progrès de la coopération, les politiques publiques doivent favoriser la libre création de formes multiples d'organisations productives fondées sur l'association et la solidarité de leurs membres.

2) La démocratie économique.

La « démocratie économique » ne désigne pas la pure transposition des instruments de la démocratie politique au monde économique. Elle exige d'appliquer aussi à l'économie les principes d'égalité et de souveraineté qui constituent l'essence de la démocratie.

Le principe d'égalité impose l'égalité de pouvoir, de droits et de dignité pour chaque membre de la société. Aucun citoyen ne doit être en capacité de dominer un autre citoyen du fait de sa position sociale, économique, hiérarchique, etc.

Cela implique notamment *un nouveau droit des sociétés privées qui distingue l'entreprise (bien commun à tous les acteurs) des capitaux (propriété privée de leurs détenteurs) et qui assure la participation de tous les acteurs de la production à la direction de l'entreprise et à l'affectation de ses résultats*[183]. Une économie humaine ne peut comporter aucune institution dans laquelle un seul des acteurs en présence peut imposer sa domination sur tous les autres et se voir attribuer la propriété privée d'une production collective. Cette seule réforme est en soi la fin de la firme capitaliste au sens strict.

L'égalité nécessite aussi un *renforcement des droits sociaux* dans toutes les formes d'entreprises, capitalistes ou non. En effet, les relations d'autorité hiérarchique (non

183. Pour une réflexion stimulante sur ce sujet voir : Daniel Bachet, *Les Fondements de l'entreprise*, Les Éditions de l'Atelier, 2007.

démocratiques) sont le plus souvent inévitables pour des raisons pratiques. La rupture d'égalité (et donc de dignité) qui leur est associée doit donc être compensée par un renforcement de la protection des salariés contre une rupture abusive du contrat, un traitement condescendant ou humiliant, le harcèlement psychologique, de mauvaises conditions de travail, etc. La réalité de ces droits suppose, notamment, des moyens et des *droits renforcés pour les représentants syndicaux* des salariés, une administration du travail dotée des moyens de contrôle et des effectifs nécessaires.

Par ailleurs, *le principe de souveraineté impose que le peuple est seul souverain pour décider (*via *ses représentants ou directement) de l'ensemble des règles organisant la vie de la société.* Appliqué à la vie économique, ce principe a quelques conséquences majeures:

– les lois et règlements appliqués aux activités économiques ne peuvent émaner que d'autorités élues par le peuple et responsables devant lui (ce sont ces lois et règlements que je désigne ci-après par «la loi démocratique»);

– la loi démocratique décide des activités qui appartiennent à la sphère privée ou publique, à la sphère marchande ou non marchande;

– il n'y a pas de «libre concurrence»; seuls les citoyens ont un droit à la liberté; la loi démocratique décide le champ d'application (les secteurs) et les modalités de la concurrence;

– la propriété d'un actif quelconque ne confère à son détenteur aucun droit sur autrui ou sur la société autre que le droit à la protection de cette propriété par la loi (voir les développements sur la propriété à la section suivante);

– *la loi démocratique est toujours supérieure aux contrats,* c'est-à-dire à l'ensemble des arrangements particuliers négociés entre des individus ou des organisations privées ou publiques.

Quoique les principes ci-dessus semblent aller de soi, ils constituent en réalité une révolution complète de la culture économique dominante. Celle-ci considère aujourd'hui que la règle économique de base, dans une société démocratique, c'est la liberté individuelle d'agir, de marchander, de contracter, de s'organiser, etc. La loi (ou domaine de la décision politique) est en revanche perçue comme le « mal » nécessaire. « Mal », car c'est une entrave à la liberté individuelle. « Nécessaire », car la rivalité naturelle des atomes humains conduirait au chaos social et à la guerre en l'absence d'une loi et d'un État pour la faire respecter. Fondée sur cette anthropologie et cette philosophie libérales, la science économique orthodoxe définit un « domaine réservé » à l'intervention de l'État : tout ce que les entreprises privées et les marchés ne peuvent réaliser correctement. Le domaine d'action économique du politique est donc précisément délimité, comme complément de la liberté des individus, des entreprises et des marchés. Fort de cette logique, l'hyperlibéralisme contemporain amène à considérer que, dès l'instant où une activité peut techniquement être développée par des acteurs privés, elle doit tomber dans le domaine des échanges marchands. L'État idéal, État minimum, se résumerait ainsi progressivement au rôle de policier, de juge et de geôlier, pour contenir la violence physique, protéger la propriété privée et régler les différends dans l'exécution des contrats. Dans ce fantasme hyperlibéral, la société passe de la démocratie (littéralement « pouvoir du peuple ») à la « mercatocratie » (pouvoir du marché) ; le pouvoir du peuple ne s'exerce plus que sur la solde des gendarmes et des juges ou sur les peines infligées aux délinquants et aux criminels.

L'erreur initiale de ce raisonnement libéral est, rappelons-le, anthropologique. Les individus ne sont pas des atomes originellement libres qu'il s'agirait de faire vivre ensemble grâce à la contrainte d'une loi qui devrait néanmoins rester aussi modeste que possible. Les êtres humains sont des êtres sociaux, engendrés dans et par leurs liens sociaux; il s'agit donc d'instituer entre eux des lois, non pas tant pour les tenir ensemble que pour ouvrir l'espace d'une liberté personnelle qui ne détruit pas les liens. Cette construction sociale de la liberté, du lien qui unit les membres de la communauté politique tout en étendant leur liberté, est l'objet et l'essence de la loi démocratique. Loin d'être un « mal nécessaire », cette loi est un « bien contingent »; « bien » premier et « bien » commun par excellence, puisqu'elle construit, dans un même mouvement, et la communauté politique et la liberté de l'individu; bien « contingent », parce qu'elle n'a rien d'une nécessité mécanique; elle suppose d'être pensée par les humains, voulue par eux et instituée par le combat politique contre tous les intérêts et les pouvoirs particuliers qui ne veulent précisément pas d'une égale liberté pour tous.

Ainsi, le défi d'une société démocratique n'est pas de protéger une liberté naturelle fictive des individus en limitant le champ de la loi, il est de construire une égale liberté réelle des individus grâce aux lois démocratiques qui, précisément parce que leur champ d'application couvre la société tout entière, sont seules à même de garantir la meilleure protection des libertés privées. Ainsi, quand on raisonne juste, d'un point de vue anthropologique, on comprend qu'un espace privé, un espace de liberté individuelle, est une construction sociale qui suppose une loi démocratique dont le domaine n'est limité que par la frontière qui définit un peuple distinct d'un autre, qui dessine le périmètre de la communauté politique. En matière économique donc, il n'y a pas de domaine « réservé » aux biens publics et au contrôle politique, puisque la société tout entière constitue le champ de souveraineté du peuple. Et seul ce souverain peut décider de l'étendue des espaces ouverts, voire réservés, aux échanges privés, aux contrats libres et à la concurrence.

Le libéralisme et l'essor du capitalisme marchand, en cantonnant le politique dans une « réserve » toujours plus étroite, livrent une part croissante de la société au face-à-face des pouvoirs et des intérêts privés, c'est-à-dire à l'aliénation des faibles par les forts ; en réduisant le champ d'application des libertés publiques (de la démocratie), ils racornissent d'autant celui des libertés privées réelles. Inversement, la république démocratique, en étendant le champ de souveraineté du politique à toutes les sphères de l'activité humaine, rend aux citoyens le pouvoir d'étendre et de garantir leurs libertés privées. De même, comme je vais mieux l'établir ci-dessous, la protection de la propriété sociale ne s'oppose pas au droit de chacun à la propriété privée.

3) Le respect conjoint de la propriété privée et de la propriété sociale.

La propagande capitaliste assimile la sortie du capitalisme avec l'abolition de la propriété privée, histoire de dissuader les masses d'une aventure « anticapitaliste ». Au contraire de cette manipulation, je soutiens que *la sortie du capitalisme permet de défendre le droit de propriété jusqu'au bout*, c'est-à-dire de faire en sorte que personne ne puisse indûment s'approprier le bien d'autrui, y compris les biens communs.

La propriété doit être comprise comme ce sur quoi une personne morale est souveraine, c'est-à-dire ce sur quoi aucune autre qu'elle n'a le droit d'agir sans son autorisation. Tout être humain, pour devenir lui-même, pour épanouir sa façon singulière d'être au monde, doit pouvoir disposer à sa guise de choses et d'espaces physiques ou symboliques, à l'abri de toute injonction, et disposer ainsi de « son monde à lui » au sein du monde commun. Il est évident que ce *monde propre* ne peut lui être garanti que par son appartenance à une communauté politique qui entend offrir à tous une égale capacité de déployer son existence sans altérer la capacité d'autrui. *Il s'ensuit qu'il n'est aucune propriété en soi, pas même celle de soi-même, car la propriété n'a de consistance que par la société qui l'institue et la protège.* Pour un être social, aucun « monde à soi » n'existe en soi ; le monde à soi de l'individu est construit dans et par le monde commun de la société, par l'interaction entre son désir d'être lui-même, le désir de ses éducateurs de le voir grandir et les possibilités d'émancipation offertes par la société.

La propriété – comme la liberté dont elle est un des attributs – est un don de la société. Mais la société, sauf à violer la visée d'une égale capacité pour tous, ne peut reconnaître à quelqu'un la propriété sur un bien commun indivisible, et qui de ce fait appartient à tous, constitue une *propriété sociale*. Elle ne peut pas davantage, sauf exceptions dûment justifiées, octroyer à un citoyen ou à une organisation quelconque une propriété sur autrui, c'est-à-dire un droit d'agir sur le monde propre d'autrui (par exemple le droit de déterminer son emploi du temps, ses croyances, sa façon de penser, ses relations, etc.)[184].

Une fois rappelés ces quelques principes élémentaires, on comprend, j'espère, qu'un des méfaits du capitalisme et de l'économie de marché est précisément qu'ils ne

184. Les « exceptions dûment justifiées » à peu près universellement reconnues sont, par exemple, l'autorité des parents sur les enfants et les restrictions de liberté imposées aux délinquants ou aux malades mentaux. Il s'agit en fait de situations où la société considère que quelqu'un ne peut pas encore ou ne peut plus disposer de la pleine capacité de citoyen.

protègent ni la propriété privée ni la propriété sociale! Le rapport salarial instauré dans la firme capitaliste est un rapport de domination (seulement tempéré par des droits sociaux), qui se traduit par une emprise considérable de l'employeur sur le monde propre du salarié (son emploi du temps, son stress, son estime de lui-même, sa liberté de parole, sa vie de famille, voire sa culture, etc.). Il ne tient qu'au bon vouloir des employeurs de prendre conscience ou non de l'inhumanité intrinsèque de toute relation de subordination d'un être à un autre, et de s'efforcer ou non d'humaniser leur relation aux employés. Mais il est évident, en théorie comme en pratique, que plus l'économie est «capitaliste» et «de marché», plus la pression de la concurrence et les exigences du capital font passer l'humanité du travailleur au dernier rang des préoccupations; il faut donc sortir du capitalisme et de l'économie de marché pour faire passer celle-ci du dernier au premier rang et s'efforcer de *rendre à chacun la propriété de sa propre vie*.

Par ailleurs, *le capitalisme et l'économie de marché violent systématiquement la propriété sociale*. L'entreprise et la richesse créée collectivement par tous les acteurs de la production sont leur propriété collective; la firme capitaliste est, dans son principe même, une expropriation des acteurs autres que les détenteurs de capitaux. En outre, la pression interne et internationale des marchés comme les exigences de rendement du capital poussent à l'alignement des systèmes sociaux et fiscaux sur les standards les plus bas, privant ainsi les citoyens de leur droit de propriété collectif sur la société où ils vivent, de leur souveraineté inaliénable pour décider des modalités du vivre-ensemble. Cette pression pousse aussi toujours plus à la privatisation et à la marchandisation des services collectifs, c'est-à-dire à l'aliénation d'une propriété sociale par des acteurs privés.

Il va de soi que les *biens publics purs* (défense nationale, police, etc.)[185] relèvent de la propriété et de la production publiques. C'est pourquoi l'économie politique la plus libérale inclut ces derniers dans le domaine réservé de l'État. Les *biens publics mixtes* (éducation, santé, transports collectifs, accès à l'eau et à l'énergie, télécommunications, services postaux, etc.) peuvent *techniquement* être confiés à des opérateurs privés. Mais, s'agissant de services collectifs essentiels à la vie de chacun comme à la vie de la société, ces biens publics mixtes constituent un bien commun de la société dans son entier, une propriété sociale par nature. Peut-on sérieusement arguer que l'eau ou les réseaux de communication entre les humains, par exemple, appartiennent à tel ou tel individu ou organisation plutôt qu'à tout le monde? *Un service collectif indispensable à tous et participant à la vie commune de la collectivité est un «service public» dont la propriété inaliénable revient à la société.* Cela n'interdit pas aux citoyens de convenir démocratiquement que des acteurs privés concourent à la production ou à la distribution de ce service. Mais cette concession d'une mission de service public, nécessairement temporaire et récusable, ne peut ni aliéner la propriété sociale du service public ni échapper au contrôle du souverain.

---

185. L'économie publique distingue les *biens publics purs* et les *biens publics mixtes* (ou «impurs»). Les biens publics sont des biens consommés collectivement ou encore «non rivaux»: chaque usager peut profiter du service sans que sa consommation réduise celle d'autrui. Les biens publics «purs» sont en outre «non excluables»: un producteur privé ne peut exclure les usagers qui ne veulent pas payer le service (exemples: la défense nationale, la justice, etc.). Les biens publics mixtes sont «excluables»: un producteur privé peut aisément réserver l'accès du service aux usagers payants (exemples: une place de cinéma, l'accès au réseau électrique, le droit d'inscription à une école, etc.).

4) La sécurité sociale intégrale.

Le progrès humain a besoin des systèmes de sécurité sociale publics ou parapublics: ils contribuent à l'égale capacité des individus à mener leur vie, indépendamment des accidents de la vie; ils instituent une solidarité générale entre les citoyens (et non une simple logique d'assurance personnelle); ils sécurisent les moyens d'existence (des chômeurs, des retraités, des malades).

Néanmoins, les systèmes concrets de protection sociale ont connu un développement incomplet (quand ils n'ont pas de surcroît régressé). La protection reste en effet souvent dépendante de l'existence ou de la durée d'un emploi rémunéré, alors même que ces dernières ne sont pas garanties. Une économie humaine doit aller plus loin dans les garanties apportées aux citoyens. Une société humaine, ai-je écrit, est d'abord constituée par des droits sans contrepartie, à commencer par le droit inaliénable de rester membre de la société, à égalité de dignité sociale avec tous les autres membres. Cela exige plus qu'un système d'assurance sociale pour la maladie, le chômage et la retraite.

L'étape suivante du progrès humain, c'est la *sécurité sociale intégrale* qui garantit le droit inconditionnel à l'existence sociale (éviter la relégation aux marges de la société), à la dignité sociale (éviter la position d'assisté dépendant) et à la capacité sociale (la possibilité de participer vraiment et d'être utile à la vie de la société). Cela passe concrètement et notamment par:

– le *droit à l'emploi* (à la fin d'un emploi, la société est toujours en mesure d'offrir au salarié soit un nouvel emploi stable, soit une formation professionnelle qualifiante et rémunérée, soit une mission de service public ménageant un temps suffisant pour la recherche d'emploi);

– le *droit effectif au logement* (ce qui suppose la construction de logements locatifs avec des loyers fixés en proportion du revenu de l'occupant, la construction de maisons d'accueil pour les personnes en recherche d'un logement stable);

– le *droit aux moyens d'existence* (maintien du revenu et des droits sociaux entre deux emplois, revenu d'existence minimum pour les étudiants, retraite minimale au moins égale au salaire minimum).

Concrètement, toute personne (et sa famille) dispose d'un logement, de droits sociaux équivalents et d'un revenu lié à son activité sociale (emploi, formation-reconversion, mission de service public) ou à sa retraite. Il n'y a pas d'autres chômeurs que les chômeurs volontaires au sens strict : ceux qui refusent le revenu d'activité garanti par la société et comptent sur leurs propres moyens pour assurer leur transition entre deux emplois. En règle générale, les prestations sociales, comme les conditions d'accès aux services publics, devraient être indépendantes des ressources des ménages, tandis que leur financement est assuré par des contributions progressives en fonction des ressources des ménages. Ainsi se trouve instaurée à la fois l'égalité des droits réels (à chacun selon ses besoins) et la juste solidarité (de chacun selon ses capacités). Les entreprises abondent les fonds affectés au financement de la sécurité sociale intégrale par une contribution proportionnelle à leur valeur ajoutée.

Un tel système n'est pas seulement plus juste socialement, il est aussi le plus efficace économiquement et donc le plus à même de générer les ressources nécessaires à son financement. En effet, la sécurité est ce qui assure la capacité d'initiative et d'exploration des options incertaines (le risque); elle permet d'accepter la souplesse nécessaire dans le travail et l'organisation de la production; elle permet aux entreprises en difficulté économique réelle (dûment contrôlée par l'administration) de réduire leurs effectifs sans surcoûts et sans effet dépressif sur l'activité économique globale; cela, en retour, élimine toute réticence des employeurs privés à créer des emplois dont la pérennité est incertaine.

La mise en œuvre de la sécurité sociale intégrale est d'autant plus nécessaire que l'impératif écologique exige des restructurations considérables dans l'organisation et la localisation de la production comme dans l'affectation des investissements et de la main-d'œuvre entre les différents secteurs. Ces nouvelles restructurations auront certes un motif bien plus conforme aux exigences du progrès humain que les anciennes (motivées par la rentabilité financière), mais elles n'exigeront des travailleurs pas moins d'efforts d'adaptation, de formation, de reconversion et de mobilité professionnelle ou géographique. La société peut être d'autant plus exigeante, et les salariés d'autant plus capables de répondre aux exigences légitimes de la société, que celle-ci garantit absolument à chacun la sécurité sociale intégrale tout au long de la vie.

5) Compétition symbolique et coopération maximale.

Pour ce point et le suivant (6), je renvoie aux larges développements du chapitre 6 sur la concurrence (2-c) et les inégalités (2-d, 2-e et 2-f), dont je rappelle seulement ici les résultats (voir aussi F16, F17, F18).

Entre des êtres sociaux, la coopération est toujours plus efficace (économiquement) que la libre compétition. Mais un contexte social inadapté aux solutions coopératives (coûts de transactions, défaut de communication, défiance, etc.) peut conduire des individus rationnels à opter pour la compétition irrationnelle. La politique doit donc installer les infrastructures, les institutions et la culture les plus propices au développement des solutions coopératives. Il s'agit pour l'essentiel de mettre en place un cadre social sécurisant et favorisant les relations de confiance entre les acteurs au détriment des relations d'affrontement et de rivalité systématique.

Néanmoins, il existe un goût humain de la compétition pour elle-même; compétition pour l'honneur, pour la reconnaissance sociale, pour la prééminence; rivalité mimétique qui pousse chacun à vouloir ce que possède autrui. Ce goût de la compétition est, à la fois, une source potentielle de violence destructrice pour la société et un instrument potentiel de consolidation des liens sociaux, comme on peut l'observer dans la compétition ludique. Il résulte de tout cela qu'une économie soucieuse du progrès humain évitera la violence en limitant la rivalité mimétique acquisitive et en favorisant les solutions coopératives et la «compétition solidaire». Dans le même temps, elle préservera les bienfaits d'une compétition ludique sans violence, en limitant l'objet de la compétition économique à un objet symbolique: l'honneur de la victoire, du travail bien fait, de l'entreprise réussie, etc. Par les institutions, l'éducation et la culture de la citoyenneté, une société de progrès humain façonne un nouvel objet au goût pour la compétition: le désir d'être reconnu par les siens pour l'utilité sociale de sa présence au monde, le désir d'être reconnu non plus pour ce que l'on accumule, mais pour ce que l'on donne à la société.

Pour que la compétition soit juste, elle suppose que tous les compétiteurs se voient appliquer les mêmes lois et règlements, ce qui exclut la libre compétition entre des États dont les systèmes sociaux, normatifs et fiscaux, sont très divergents. Cela exclut aussi que les gains des individus les plus performants leur procure un avantage cumulatif par rapport aux perdants.

6) Inégalité minimale et redistribution.

Toute inégalité sociale est injuste en soi, et l'inégalité n'est pas un stimulant nécessaire à l'efficacité productive, hormis, dans une certaine mesure, l'inégalité symbolique qui réserve aux plus performants un supplément de reconnaissance sociale. Une économie en quête d'efficacité économique et de justice doit donc à la fois « multiplier les occasions de manifester sa reconnaissance aux individus qui excellent dans leurs activités socialement productives, [...] maintenir le minimum d'inégalités nécessaires à la gratification symbolique de la performance et au fonctionnement d'un marché du travail [...], éviter les inégalités de richesse cumulatives » (cf. *supra*, p. 227).

« Il faut donc accepter certaines inégalités dans la distribution primaire des récompenses et procéder à la redistribution secondaire de ces dernières. [...] Les inégalités primaires dans la distribution des revenus assurent la gratification symbolique de l'effort et de la réussite; la redistribution par l'impôt et les prestations sociales permet la circulation des richesses. La redistribution doit être d'autant plus forte que la distribution primaire est inégale » (cf. *supra*, p. 228).

La répartition des revenus est donc un bien public dont l'évolution ne peut être abandonnée au pouvoir décisif de tel ou tel acteur, ou aux pressions concurrentielles de tel ou tel marché. Il s'agit à la fois de poursuivre l'objectif de justice, dont se détourne spontanément la logique de libre concurrence, et d'échapper à l'absurdité économique du capitalisme qui réprime les revenus du travail pourtant absolument nécessaires pour vendre les biens et services produits par le travail.

La régulation démocratique de cette répartition suppose donc : une législation sur le salaire minimum et le *salaire maximum*, une fiscalité progressive appliquée à l'ensemble des revenus et des successions en vue de réduire l'inégalité globale, l'éradication de toute inégalité de traitement entre hommes et femmes comme de toute autre forme de discrimination. À court terme, la politique des revenus et des droits de succession vise à converger vers le degré minimal d'inégalité conforme au principe de *justice pratique* (cf. *supra* 4-c). À long terme, les conventions sociales devraient converger vers un degré d'inégalité de plus en plus bas.

7) La monnaie et le financement de l'économie sont des biens publics et relèvent donc d'un contrôle public.

Ce principe concerne d'abord la création et la circulation des instruments financiers. Des agences publiques spécialisées (et sous le contrôle des parlements) sont chargées d'autoriser les instruments financiers reconnus d'utilité publique et d'assurer l'évaluation et la notation des établissements financiers. Les gouvernements doivent contrôler les mouvements internationaux de capitaux en vue d'interdire les transferts vers des « paradis fiscaux », d'autoriser ou non les placements spéculatifs[186], d'empêcher l'acquisition par des résidents d'instruments financiers étrangers non autorisés, etc.

Le contrôle public impose un service public bancaire de base accessible de droit à tous les citoyens dans l'établissement de leur choix.

Le contrôle public s'exerce ensuite sur la quantité et l'orientation du crédit. Une politique sélective du crédit permet aux autorités publiques d'orienter les financements vers les secteurs et les projets prioritaires. Ce contrôle peut se faire soit directement par la propriété et la gestion publique des établissements financiers, soit par les instruments de la politique monétaire et la réglementation du

186. Toute spéculation n'est pas socialement inutile. La couverture des risques économiques suppose l'intervention d'acteurs disposés à supporter le risque, c'est-à-dire à faire des paris sur la valeur future et incertaine des actifs échangeables (ce qui est la définition même de la spéculation).

crédit. Conformément au principe d'économie plurielle évoqué plus haut, le système le plus adapté me semble être la combinaison d'une palette diversifiée de solutions : un pôle public de banques nationales spécialisées, un secteur coopératif et mutualiste, des banques privées encadrées par des politiques publiques, etc.

8) Une planification écologique et démocratique. Les choix de production et d'investissement à moyen et long termes sont encadrés par *un processus démocratique de planification écologique*, mobilisant tous les moyens financiers, fiscaux et réglementaires pour opérer la reconversion des procédés de production, de la structure du produit global et des modes de consommation (cf. *supra* 4-e).

À ce stade, on doit affronter l'objection principale qu'opposent les néolibéraux à tout ce qui précède. Aussi fondée que puisse être l'exigence d'un contrôle démocratique de l'économie en vue du progrès humain, celle-ci se heurte aux limites qu'impose la nature désormais mondiale de l'économie. Une démocratie ne pourrait exercer pleinement son contrôle souverain qu'au sein d'une économie fermée au reste du monde ; elle ne peut pas vraiment imposer sa loi à des marchés, des entreprises et des flux économiques qui se déploient désormais sur un espace mondial, supranational. Sauf à mettre en place une démocratie mondiale et un gouvernement mondial, la capacité du politique à mettre en place une économie humaine n'est-elle pas irrémédiablement anéantie par la mondialisation du capitalisme et de l'économie de marché ? On comprend, au simple énoncé de cette question, que le problème des relations économiques internationales ne peut être traité indépendamment d'une réflexion sur la démocratie et la souveraineté.

4-h. Démocratie, protectionnisme et internationalisme.

Longtemps, promoteurs et détracteurs de la mondialisation libérale se sont implicitement entendus pour répandre l'idée que seul un pouvoir politique mondial pourrait reprendre le contrôle d'un espace économique désormais mondial. Toutes les impuissances politiques de ces dernières décennies seraient l'effet d'une inadéquation entre le champ de souveraineté du politique (cantonné à des espaces nationaux étroits) et le champ d'exercice des activités économiques. Cette « tarte à la crème » a suffi à nourrir les esprits à l'appétit déficient, tant chez les « pro- » que chez les « anti- »mondialisation libérale. Les premiers insistaient sur la vanité des résistances politiques nationales, les seconds mobilisaient pour organiser de nouveaux contre-pouvoirs à l'échelle mondiale, et tous évacuaient ainsi des esprits une troisième piste, et, selon moi, la seule vraiment pertinente *pour le temps présent*.

Avant d'explorer plus avant cette troisième piste, je la résumerai comme suit. Il est insensé de se résoudre à la généralisation du pire des systèmes. *Si la mondialisation de la libre compétition rend l'économie inhumaine et non contrôlable par le peuple souverain, c'est la compétition qu'il faut limiter et non l'humanité, c'est la démocratie qu'il faut protéger et non le libre-échange.* Aussi, au lieu de chercher à étendre le système démocratique national à un fantasmagorique peuple mondial soumis à un gouvernement mondial, il est plus sensé d'employer la force politique des nations pour étendre aux relations économiques internationales la logique de l'économie humaine. Si le libre-échange est incompatible avec la démocratie et le progrès humain (1), et pour éviter le retour chaotique d'un protectionnisme nationaliste, il faut mettre en œuvre une *protection mutuelle internationale* contre les méfaits de la guerre économique (2).

1) Le libre-échange est incompatible avec la démocratie. Des échanges internationaux au service du progrès humain peuvent remplir deux fonctions sociales : premièrement, une meilleure satisfaction des besoins essentiels des peuples qui commercent entre eux ; deuxièmement, le renforcement de l'amitié et de la coopération entre les peuples grâce à l'intensification de leurs relations.

La première fonction justifie l'extension des échanges *interindustriels*, grâce auxquels les pays peuvent importer les biens qu'ils ne peuvent pas produire eux-mêmes. Cette impossibilité peut tenir à l'inégale répartition géographique des matières premières naturelles ; elle peut aussi se présenter, pour les plus petits pays, quand la taille minimale efficace d'une industrie dépasse la capacité d'absorption du marché intérieur. Hormis ces cas spécifiques, et à partir d'un certain stade de développement, les pays sont *potentiellement* en mesure de produire toutes les sortes de biens et de services et d'entrer en concurrence sur les mêmes gammes de produits (échanges *intra-industriels*).

La seconde fonction (coopération) justifie l'extension de tous les échanges (y compris intra-industriels), à la seule condition que ceux-ci participent au progrès social et écologique commun et au rapprochement des peuples. Cette condition exclut le libre-échange entendu comme liberté intégrale du commerce sans aucune forme de limitation de la concurrence et de protection des marchés intérieurs. En effet, une compétition internationale illimitée engendre de multiples effets pervers :

– elle ne peut servir d'autres finalités que la maximisation du profit des compétiteurs et installer la culture et les contraintes de la guerre économique qui ne participent en rien au rapprochement des peuples;

– elle peut détourner les producteurs nationaux des biens les plus essentiels pour la population locale au profit de biens exportables dont la seule utilité est de gonfler les revenus des exportateurs;

– la quête permanente de surplus exportables exacerbe un productivisme incompatible avec la contrainte écologique;

– elle allonge les distances entre les lieux de production et les lieux de consommation, provoquant ainsi un gaspillage insensé d'énergie et de matières premières pour le conditionnement et le transport des marchandises, etc.

Enfin, la compétition internationale illimitée est incompatible avec la démocratie. Quand la concurrence oppose des pays dont les systèmes sociaux (salaires, droit du travail, protection sociale) et fiscaux sont très différents, ce sont ces systèmes eux-mêmes, autant que les produits, qui sont mis en compétition. L'impératif de compétitivité conduit inévitablement au dumping fiscal, social et écologique. Les pays les plus avancés en matière de satisfaction des besoins collectifs (biens et services publics), de droits sociaux, de protection sociale et de préservation de l'écosystème subissent la concurrence déloyale de biens dont le principal avantage comparatif repose sur le fait qu'ils sont produits dans des pays qui traitent moins bien leur population et leurs travailleurs et qui polluent davantage. La pression de la compétition internationale sert alors à justifier la régression sociale, les privatisations et le recul des biens publics.

Il ne s'agit pas ici de stigmatiser les pays les moins avancés, mais de souligner que le progrès ne saurait consister à aligner progressivement les standards des plus avancés sur ceux des moins avancés. Il s'agit surtout de comprendre l'inacceptable transfert de souveraineté opéré par la compétition illimitée. Dès lors que les systèmes sociaux et fiscaux doivent être adaptés en fonction des exigences de cette compétition, ce sont les marchés qui déterminent ces systèmes en lieu et place des citoyens. Et quand ces derniers ont la claire conscience de cette aliénation, ils en viennent parfois à nourrir des sentiments nationalistes et à accueillir comme un réconfort tous les discours populistes qui attisent la peur, voire la haine de l'étranger. La guerre économique n'a rien du doux commerce censé répandre la paix; elle dresse les peuples les uns contre les autres.

Entre libre-échange et paix, entre libre-échange et démocratie, il nous faut donc choisir.

2) Un néoprotectionnisme: la protection mutuelle internationale.

Si l'on choisit la démocratie, nous ne sommes pas pour autant contraints de renoncer à toute liberté du commerce. Il nous faut simplement fixer par les lois et par la négociation internationale le degré de liberté du commerce qui reste compatible avec la souveraineté des peuples quant au choix de leur modèle de société, avec le progrès commun et pacifique des peuples, avec les relocalisations désormais nécessaires pour réduire radicalement notre empreinte écologique.

À défaut d'un tel processus, toute période de ralentissement économique débouche sur le mauvais protectionnisme: les réactions nationalistes en chaîne de pays cherchant, chacun pour soi, à défendre ses emplois et ses industries sans se préoccuper des effets macroéconomiques dépressifs de telles réactions. Mais l'antidote au nationalisme n'a jamais été le mépris de la souveraineté nationale, bien au contraire. Toute communauté humaine qui se sent menacée par l'existence d'une autre communauté se retranche, se protège et se prépare à la guerre. On échappe au nationalisme par l'internationalisme, c'est-à-dire par la construction d'une interaction vertueuse entre les nations, grâce à laquelle chaque nation voit dans son ouverture extérieure une autre façon d'exister plus sûrement et plus librement. Où nous retrouvons l'invariant anthropologique des liens qui libèrent sans se défaire, de la construction sociale de la liberté.

Pour éviter le jeu non coopératif du repli nationaliste, les nations doivent convenir de s'en prémunir collectivement en renonçant à la guerre économique et donc au libre-échange! *Seul un nouveau protectionnisme peut mettre les nations à l'abri du nationalisme.* Ce néo-protectionnisme optimal se distingue de l'ancien par ses objectifs et par ses instruments.

L'objectif du néoprotectionnisme n'est pas la protection des intérêts économiques nationaux; c'est la protection collective (internationale) contre les méfaits de la guerre économique qui rend l'économie inhumaine et anéantit la démocratie. Le néoprotectionnisme assigne par conséquent de nouvelles finalités à l'organisation du commerce international. Ce commerce vise la satisfaction des besoins des peuples et non la maximisation des parts de marché. Il doit d'abord permettre à chaque pays de dégager par ses exportations les ressources nécessaires à l'importation des biens qu'il ne peut produire lui-même. Il peut ensuite offrir aux pays accusant un retard dans la satisfaction des besoins de leur population des moyens supplémentaires pour financer leur développement.

Au niveau des instruments, cela suppose une réorientation radicale de l'action de l'Organisation mondiale du commerce. Il ne s'agit plus de *libéraliser* les échanges mais de les *organiser* en vue de permettre à chaque pays d'équilibrer ses paiements extérieurs. Il s'agit aussi d'aider les nations moins développées à rattraper les standards sociaux des pays plus avancés, sans soumettre ces derniers à une pression concurrentielle telle qu'ils se trouvent contraints à la régression sociale. Cela suppose un effort de solidarité financière de grande ampleur des pays riches envers les pays pauvres (annulation de dettes et aide publique au développement). Cela peut être complété par un système de *montants compensatoires sociaux*: les produits exportés par un pays pauvre à faibles standards sociaux sont grevés d'une taxe qui réduit l'écart de prix avec les biens produits dans le pays importateur (une limite au dumping social et fiscal); les taxes ainsi prélevées abondent un fonds destiné au soutien d'un programme de convergence des normes sociales dans le pays exportateur.

Entre pays aux niveaux de développement comparables, le principe de liberté du commerce peut être maintenu mais borné par deux limites.

En premier lieu, le commerce ne peut avoir pour finalité l'accumulation d'excédents commerciaux vis-à-vis d'un autre pays (logique de guerre commerciale à prohiber). L'apparition d'excédents (et donc en regard de déficits) structurels déclenche une procédure de conciliation sur les mesures à prendre pour restaurer l'équilibre. À défaut, le pays structurellement déficitaire est autorisé à prendre des mesures de protection tarifaires ou non tarifaires, sans droit de rétorsion pour le pays structurellement excédentaire. C'est là le type d'organisation du commerce que prévoyait la charte de La Havane de 1948, charte qui ne fut hélas jamais ratifiée.

En second lieu, la libre concurrence n'a de sens et, éventuellement, de vertus qu'entre des producteurs soumis aux mêmes règles du jeu. Dans ce cas, en effet, la concurrence porte sur la qualité des produits et leur adaptation aux besoins. En revanche, un avantage compétitif résultant de ce qu'un producteur est soumis à des normes environnementales, sanitaires, sociales ou fiscales moins contraignantes constitue une concurrence déloyale. Une organisation coopérative du commerce devrait donc autoriser des taxes compensatrices rétablissant à peu près une concurrence loyale. Ce système combine le respect de la souveraineté des peuples (chacun est libre de fixer ses standards sociaux et fiscaux), la liberté du commerce (pas d'entraves à la circulation des biens) et une concurrence loyale sur la seule qualité des produits.

Enfin, la protection internationale mutuelle contre la guerre économique peut prendre une forme encore plus aboutie dans le cadre d'une Union économique régionale du type de l'Union européenne. Un ensemble de pays s'entendent pour constituer un marché unique où circulent librement les biens, les services, les capitaux et les travailleurs, en sorte que chaque pays tire avantage de son accès à un vaste marché sans frontières. Bien entendu, pour qu'il s'agisse là d'un progrès humain, cela suppose que cette union renforce la coopération (et non la compétition) entre les peuples, n'aliène pas la souveraineté des citoyens en matière de règles du jeu économique et social, accélère la convergence des pays les moins avancés vers les standards sociaux les plus hauts et évite la concurrence fiscale.

Pour atteindre ces objectifs, l'Union européenne devrait au minimum :

– être dotée d'institutions vraiment démocratiques : toutes les politiques relevant de son domaine de compétence sont conduites par un gouvernement issu de la majorité politique au Parlement européen et responsable devant ce Parlement ;

– être dotée d'un budget suffisant pour financer la convergence rapide des pays les moins avancés vers les standards sociaux des plus avancés, pour mener des politiques macroéconomiques conformes à l'intérêt général des peuples ;

– fixer des normes sociales et environnementales conformes aux exigences du progrès humain et engager un programme de convergence vers ces normes ;

– viser le développement des synergies et des coopérations industrielles au sein de l'Union plutôt que la compétition pour le profit maximum ;

– laisser chaque peuple souverain décider des activités qui doivent relever du secteur privé ou public, marchand ou non marchand, concurrentiel ou non concurrentiel (*cf. supra* le détail des exigences de la démocratie économique) ;

– engager tout son poids dans les négociations commerciales internationales pour mettre en place les principes coopératifs présentés plus haut.

L'Union européenne aurait pu prendre cette voie et constituer ainsi une alternative à la mondialisation de la guerre économique déclenchée par le capitalisme et le néolibéralisme anglo-saxon. Hélas, à partir du milieu des années 1980, l'Union européenne s'est au contraire transformée en instrument de soumission des Européens à la mondialisation libérale. Au lieu du néoprotectionnisme, elle a choisi le libre-échange ; au lieu de l'harmonisation fiscale, elle a encouragé la concurrence fiscale ; au lieu de l'harmonisation sociale, elle a laissé libre cours au dumping social ; au lieu de la protection des services publics, elle a imposé leur ouverture à la libre concurrence ; au lieu de la démocratie, elle a opté pour le gouvernement technocratique ; au lieu de promouvoir la coopération des peuples, elle a livré ceux-ci à une guerre économique d'autant plus redoutable que, dans le même temps, elle a désarmé ses États membres en leur retirant tous les instruments d'intervention économique employés par les autres puissances (déficits, aides publiques, taux d'intérêt, taux de change, protections douanières, etc.).

L'histoire de l'Union européenne – comme celle déjà évoquée de la mondialisation du capitalisme – met en évidence les choix politiques qui ont donné aux relations internationales les traits d'une guerre économique sans fin qui entrave la capacité des peuples souverains à imposer leur aspiration à un monde pacifié, à la justice et à une économie humaine. Mais la grande question, celle-là même qui m'a conduit à écrire *La Dissociété*, est de savoir comment, dans des «démocraties», les gouvernements peuvent imposer des choix politiques contraires aux aspirations des peuples. L'une des réponses qui s'impose est qu'en réalité cela n'est pas possible! Si l'ensemble des prétendues «démocraties libérales» ont pu, en une poignée d'années, compromettre tous les progrès sociaux accomplis jusqu'alors, c'est qu'elles ne constituaient encore en réalité qu'une ébauche fragile de la démocratie.

4-i. La démocratie jusqu'au bout.

Je l'ai déjà dit: la mondialisation d'une économie inhumaine n'est pas tombée du ciel. Elle résulte de choix politiques gouvernementaux (libre-échange, déréglementation de la finance, privatisations, etc.). Ces choix n'étaient imposés par aucune force surnaturelle; ils reflétaient un rapport de force singulier à un moment particulier de l'Histoire et tel qu'une minorité avide de profits privés se trouvait en mesure de façonner les règles du jeu à son avantage et au détriment de l'intérêt général. Le fait est que la tournure prise par la mondialisation a fini par réduire les marges de manœuvre des gouvernements. Mais il ne faut jamais oublier que ce sont ces gouvernements eux-mêmes qui ont souhaité qu'il en soit ainsi, précisément parce que leur but était, non pas d'affaiblir l'État, mais de le privatiser, de le placer au service d'intérêts privés et non plus au service du peuple. Si donc on évite le contresens habituel sur cette Histoire récente, la mondialisation n'a en réalité pas fait reculer d'un pouce le pouvoir politique; les formes qu'elle prend sont au contraire l'expression d'un pouvoir politique considérable, celui de décider contre l'intérêt des peuples dans des nations où ces derniers sont censés être souverains! Si cela fut possible, c'est que, en dépit du droit de vote égal pour tous, le pouvoir effectif de changer le monde était entre les mains d'une oligarchie et non entre celles des simples citoyens. *Ce n'est pas la mondialisation libérale qui a affaibli la démocratie; c'est la faiblesse de la démocratie qui a permis la mondialisation libérale*.

Pour que le souverain soit en capacité réelle de faire entendre sa voix et d'imposer une autre voie, il ne suffit manifestement pas d'instituer le *droit* de vote. Encore faut-il instituer le *vote effectif* du peuple tout entier (obligation de vote), la *capacité* de vote (éducation, information plurielle, etc.), la *pluralité des options* politiques soumises au vote, le *pouvoir décisif* des électeurs (capacité des citoyens à décider directement ou à contrôler les décisions de leurs représentants), la *souveraineté* des choix démocratiques dans tous les aspects de la vie de la société (économiques, sociaux, internationaux, etc.), l'*indépendance* des choix de la communauté politique à l'égard de toute pression extérieure, le *contrôle* et le *contre-pouvoir* des citoyens dans toutes les activités et organisations où s'exerce un pouvoir sur autrui ou sur la société. Bref, Jaurès nous avait prévenus: «Le socialisme, c'est la démocratie jusqu'au bout.» Le projet d'émancipation de l'humanité dans une société solidaire *commence* avec la révolution des droits de l'homme et le droit de vote; mais si elle devait s'arrêter là, ce serait une *révolution inachevée* qui, expliquait Jaurès, aurait fait du citoyen un homme libre dans l'arène politique en le laissant esclave dans son travail, à l'usine, au champ ou au bureau. Dépasser la modernité libérale pour entrer dans la nouvelle modernité socialiste, c'est accomplir l'émancipation intégrale de l'humanité dans toutes les relations et toutes les activités humaines.

La démocratie jusqu'au bout, c'est ce que j'ai appelé une « démocratie effective et générale » ou ce que Takis Fotopoulos[187] dénomme « démocratie inclusive ».

La démocratie est « effective » si le vote majoritaire des citoyens a, d'une manière directe ou indirecte, le pouvoir réel d'orienter la décision publique. Cela ne suppose au fond qu'une seule chose : le peuple des citoyens a le dernier mot en matière de législation. La démocratie effective peut combiner à des degrés variables les instruments de la démocratie directe, représentative et participative, mais, *in fine*, quand la décision n'a pas été directement votée par le peuple, celui-ci reste souverain pour accepter ou refuser cette décision ; il dispose donc d'un *droit d'initiative populaire* pour exiger un référendum de ratification d'une loi quelconque. C'est donc ainsi au peuple souverain lui-même de décider ce qui reste délégué à ses représentants (tant qu'il s'estime correctement représenté) et ce qui doit faire l'objet d'un débat national sanctionné par le suffrage direct de tous les citoyens.

La démocratie doit en outre être « générale », c'est-à-dire s'appliquer non seulement dans la sphère des institutions politiques au sens strict, mais aussi dans les relations sociales, dans les échanges économiques, dans les administrations, dans les écoles, dans les entreprises, dans les

---

187. *Towards an Inclusive Democracy: the Crisis of the Growth Economy and the Need for a New Liberatory Project*, Continuum International Publishing Group, 1996. Version française abrégée : *Vers une démocratie générale, une démocratie directe, économique, écologique et sociale*, Seuil, 2002.

médias d'information qui participent à la formation des préférences politiques, dans les organisations internationales, partout où des individus sont en position d'exercer un pouvoir sur autrui ou d'engendrer des effets externes déterminants sur le reste de la société.

Je n'ai pas besoin, ni la place, d'expliquer à nouveau pour chacun de ces domaines en quoi consiste leur démocratisation; je l'ai fait suffisamment à propos de la *démocratie économique*. Il ne s'agit pas d'installer un système électoral partout et à tout propos, puisque, précisément, je viens de rappeler que le droit de vote en lui-même ne suffit pas à la pleine démocratie. Il s'agit de généraliser des principes démocratiques. Par exemple, le principe d'égale dignité et d'égal pouvoir de tout citoyen face à un autre citoyen conduit à éradiquer la possibilité d'un rapport de domination dans tous les types de relations. Cela a des implications sur l'entreprise, on l'a vu, mais aussi sur les administrations, sur la famille, sur l'école et l'université. Par ailleurs, la démocratie générale est nécessairement écologique: le peuple est souverain pour contrôler toute activité qui a des effets externes sur l'ensemble de la société (pollution, changement climatique, etc.); le droit égal des êtres futurs à mener une vie humaine implique l'intervention immédiate du peuple pour le faire respecter. Le droit de contrôle de toute forme de pouvoir sur la société implique aussi la démocratie dans les médias, pour éviter la concentration et la marchandisation de l'information qui placent quelques groupes d'intérêts en capacité de manipuler l'opinion, ou tout simplement de limiter la liberté et la pluralité effectives d'expression publique des diverses options politiques. Les médias sont désormais un élément du pouvoir politique, mais sans autre contre-pouvoir que la libre concurrence sur le marché de l'information. La liberté de la presse ne pourra pas indéfiniment être brandie pour jeter l'anathème sur toute tentative de contrôle plus démocratique des médias. D'autant que la presse serait assurément plus authentiquement libre si elle était surveillée par des citoyens plutôt que contrôlée par des actionnaires.

Enfin, la démocratie générale, c'est aussi et d'abord la passion de la démocratie dans les esprits des citoyens et de leurs représentants. C'est là sans doute ce qui a le plus fait défaut, dans la dernière phase de la modernité libérale, y compris à gauche. La démocratie et avec elle le socialisme démocratique furent peut-être victimes de leur succès même. Après tout, au XXe siècle, d'immenses progrès sociaux ont été accomplis grâce au simple vote des citoyens pour des partis de gauche. Les «Trente Glorieuses» pouvaient même entretenir l'illusion d'une victoire définitive des idées et de la stratégie réformiste du socialisme démocratique: extension de la protection sociale et des services publics, socialisation partielle de la production, réduction des inégalités, progression accélérée du pouvoir d'achat ouvrier, réduction du temps de travail, extension des droits sociaux, démocratisation de l'éducation, etc.

Les «Trente Glorieuses» ne sont pas pour autant un paradis perdu qu'il s'agirait de restaurer, précisément parce qu'alors la relative prospérité matérielle et les premiers succès des idées socialistes ont occulté la nécessité d'un approfondissement radical de la démocratie et la nécessité d'une rupture plus marquée avec la modernité libérale. Ces «Trente Glorieuses» sont le moment où se généralisent un consumérisme et un productivisme indifférents à la préservation de l'écosystème et de la vie. C'est aussi l'époque où les progrès matériels servent de fait à anesthésier la contestation du pouvoir du capital et la revendication d'une démocratie plus réelle. La gauche s'est intellectuellement endormie sur ses succès, la citoyenneté s'est dissipée dans la course à la consommation et la croissance a entretenu l'illusion que la solidarité sociale ne coûtait rien, n'exigeait pas d'efforts, ni la volonté farouche de placer le progrès des liens sociaux au-dessus de l'accumulation des biens.

Le progrès matériel et social sans progrès de la démocratie générale et sans remise en question du pouvoir du capital dans l'entreprise a préparé le retour en force d'un capitalisme sans limites. Car les compromis d'alors ne tenaient que par le mélange de peur et d'attraction inspiré par le communisme; la facilité avec laquelle ils ont été défaits nous prévient qu'aucun progrès n'est acquis tant que le destin des peuples n'est pas vraiment et complètement entre leurs mains.

9

Épilogue[188]

Un autre monde est possible aujourd'hui, comme hier. Il n'appelle aucun coup de force, aucune révolution non démocratique emmenée par une avant-garde qui saurait mieux que le peuple tout entier quelle est la voie du progrès. Le projet du progrès humain esquissé dans ces pages correspond à l'aspiration du plus grand nombre et peut donc simplement s'appuyer sur le vote de la majorité des citoyens. Il ne lui manque en fait que d'être enfin porté par toutes les forces progressistes. Si les électeurs des vieilles démocraties rechignent depuis quelques décennies à voter pour les socialistes et les sociaux-démocrates, ce n'est pas que le peuple soit durablement et largement passé à droite, dans le camp du néolibéralisme et du capitalisme, c'est qu'il a des raisons de penser que c'est la gauche qui n'est plus dans son camp, aux côtés des travailleurs, dans le camp de l'égale liberté pour tous, dans le camp de la coopération et de la solidarité.

---

188. Au moment où j'achevais la première édition du présent volume, le capitalisme s'engageait dans sa première crise mondiale du XXIe siècle. Si cette crise n'est pas davantage évoquée dans la présente édition, c'est qu'elle est largement décryptée dans le troisième volet de ma recherche sur le progrès humain : *La Grande Régression*, Seuil, 2010.

En effet, qu'ont donc entrepris les socialistes et les sociaux-démocrates pour combattre la lente mise à mort de la démocratie et du progrès? À partir du milieu des années 1990, les socialistes et sociaux-démocrates gouvernaient ou participaient au gouvernement dans la plupart des pays de l'Union européenne. Ils étaient donc en capacité de compléter le marché unique et la monnaie unique par le nécessaire supplément de démocratie, de puissance publique et d'harmonisation fiscale et sociale. Or, loin de combattre la constitution d'une Europe des marchands, ils y ont prêté main-forte. C'est que la victoire du néolibéralisme, à partir des années 1980, n'est pas la simple victoire d'une nouvelle droite réactionnaire sur une gauche traditionnelle. Elle s'accompagne d'une victoire culturelle dont l'ampleur se révèle dans la facilité avec laquelle l'idéologie toxique du néolibéralisme a contaminé les élites de la social-démocratie européenne.

Toutefois, avant même de dénoncer cette dérive idéologique, il faut reconnaître que l'avancée du néolibéralisme et le recul de l'idée socialiste ont été favorisés par l'effondrement des espoirs nés de la révolution d'octobre 1917 et de l'expérience de la planification centrale dans les pays qui se réclamaient du socialisme. Le stalinisme a durablement souillé dans les esprits l'image de l'idéal communiste d'égalité et de fraternité dans une société sans classes. L'échec de la planification centrale a ancré l'idée que l'économie de marché était, au pire, le moins mauvais des systèmes économiques. Dans les années 1970, l'échec des stratégies d'industrialisation inspirées du modèle soviétique a conduit bien des pays en développement à un processus de libéralisation, avant même que les plans d'ajustement structurels du FMI ne généralisent ce mouvement. La conversion du Parti communiste chinois à l'économie de marché inclinait aussi à penser que le temps d'une économie socialiste était bel et bien révolu. En somme, dans les années 1980, tout semblait condamner le pilotage de l'économie et de la société par l'État et valider la revendication d'un système laissant plus de place à la liberté des contrats et des échanges.

Mais c'était là, en réalité, un gigantesque contresens, car les méfaits éventuels des régimes communistes (tout comme les méfaits du système capitaliste) ne provenaient en rien d'un poids ou d'une intervention excessifs de l'État, mais de l'absence de démocratie. Dans les pays prétendument communistes d'antan, comme dans les pays capitalistes d'aujourd'hui, l'État était de fait privatisé, c'est-à-dire au service quasi exclusif d'une classe particulière. Autre contresens, la relative prospérité du «camp capitaliste», durant les «Trente Glorieuses», fut imputée à la supériorité de l'économie de marché. Or, elle résultait au contraire des compromis imposés au capitalisme, après la guerre, et qui avaient installé des économies partiellement socialisées, où la plupart des prix étaient administrés (y compris les salaires, les loyers, les intérêts), où le financement de l'économie était piloté par les ministères des Finances, où les capitaux ne circulaient pas librement, où la distribution primaire des revenus était largement corrigée par la redistribution sociale et fiscale; bref, un système qui ressemblait à tout sauf à une «économie de marché».

Ce double contresens historique a été habilement exploité par les néolibéraux. La conversion quasi générale des élites politiques à la critique de l'État et aux vertus de l'économie de marché a permis la mise en œuvre des politiques néolibérales, dont l'effet n'a jamais été de réduire le poids et les pouvoirs des États, mais seulement d'achever la privatisation de l'État au service d'une minorité privilégiée. Et, tandis que l'on se rapprochait vraiment d'une économie de marché, disparaissaient les quelques progrès qu'une économie administrée avait rendu possibles.

Des socialistes, des travaillistes, des sociaux-démocrates qui n'auraient pas, depuis la guerre, négligé la réflexion doctrinale auraient pu déjouer ces contresens et défendre une autre grille de lecture, fondée sur une démocratisation plus poussée de l'État et de l'économie, et non sur la soumission croissante des peuples aux lois du marché. Mais, faute d'avoir approfondi leur propre culture, les élites dirigeantes de la social-démocratie ont abordé la mondialisation du capitalisme avec une grille de lecture à peine différente de celle des néolibéraux. Elles en sont venues à interpréter la crise de croissance des années 1970 comme le signe d'un excès de régulation publique et de charges fiscales entravant la compétitivité dans une économie désormais mondialisée.

Certes, la compétition internationale accrue rendait plus compliquée la conduite de politiques nationales. Certes, la concurrence de nouveaux pays industriels à faibles coûts salariaux mettait en difficulté les entreprises européennes. Mais aucune loi naturelle de l'économie n'imposait de réagir à ce nouvel état du monde en exacerbant davantage encore la compétition mondiale par l'extension du libre-échange et par la déréglementation des mouvements de capitaux. La seule question pertinente, pour une gauche digne de ce nom, était alors de trouver les moyens de restaurer la capacité des peuples souverains à soumettre leur économie aux exigences écologiques et sociales pressantes. Au lieu de cela, la plupart des dirigeants de la gauche européenne ont renoncé au combat pour le progrès social. Ils ont admis comme un fait de nature le nouvel état de guerre économique, qui était en fait produit par les choix politiques des néolibéraux relayés par les institutions financières internationales. Ce postulat étant posé, une politique de gauche ne pouvait avoir d'autre ambition que de panser les blessures d'une compétition sauvage, en attendant que le dumping fiscal et social lui ôte jusqu'aux moyens de financer les pansements.

C'est dans ce contexte qu'est apparue la volonté de «moderniser» le socialisme. Mais la nouvelle génération à la tête de la social-démocratie est «convertie» à l'économie de marché comme à l'air du temps libertaire; elle est aussi anticommuniste. Elle réactive un faux débat entre réforme et révolution, pour stigmatiser en dangereux utopistes ceux qui, dans ses rangs, prônent un approfondissement du chemin emprunté durant les «Trente Glorieuses», une rupture plus marquée avec la logique guerrière et antisociale du nouveau capitalisme. Ainsi, sous l'apparence théorique d'un réformisme moderne défaisant un marxisme étatiste imaginaire, les prescriptions effectives de la «troisième voie» ont consisté à intégrer dans les politiques de gauche la panoplie complète des politiques néolibérales (privatisations, libéralisation financière, libre-échange, baisses d'impôts, recul des droits sociaux, etc.). La social-démocratie a aussi développé une sociologie politique imaginaire: le déclin de la classe ouvrière, l'essor des classes moyennes et la montée de l'individualisme commandaient de gouverner au centre, de dépasser le clivage gauche-droite et de rechercher un consensus pragmatique sur les politiques «qui marchent». La conversion quasi générale des grands partis de gauche à ce centrisme pragmatique a conduit presque partout à leur échec électoral.

Face à la crise systémique du capitalisme, et compte tenu du renoncement d'une partie de la vieille gauche «moderne» à proposer une autre voie, les néolibéraux et les conservateurs qui gouvernent aujourd'hui l'Europe n'ont aucune intention de sortir des impasses où leur système nous a conduits. L'effondrement de ce système les contraint à des mesures d'urgence, pour colmater les brèches, et à afficher un discours très interventionniste, qui tranche momentanément avec leurs discours d'hier sur les vertus de la régulation par les marchés. Mais d'ores et déjà, leur conception de la sortie de crise vise clairement à sauver le capitalisme face à la légitime rancœur des peuples, et non à prémunir les peuples contre les méfaits du capitalisme. Ils entendent « réformer », « refonder » ou « moraliser » le capitalisme, c'est-à-dire sauver la maladie plutôt que les malades !

Cette obstination à soutenir un modèle insoutenable fait peser la menace d'une crise politique grave si n'émerge pas une autre voie politique crédible proposant une sortie pacifique de la société capitaliste de marché vers la société du progrès humain. Une lourde responsabilité pèse donc sur les forces progressistes. Le pire scénario est celui où l'électorat populaire, avide d'une autre voie, n'aurait à choisir qu'entre une gauche molle, peu décidée à rompre avec le système en place, et une extrême gauche refusant tout compromis de gouvernement et comptant sur le pourrissement plus avancé de la société pour préparer un coup de force lui offrant les pleins pouvoirs. Le peuple resterait alors orphelin d'une authentique représentation politique, privé d'une réelle capacité de choisir une autre politique. Il reste à construire un nouveau front des forces de gauche décidées à transformer radicalement et démocratiquement la société. Il n'est plus temps pour ces forces de s'enliser dans l'exégèse comparée de leurs textes fondateurs et de leurs versions du socialisme. Il est seulement temps d'être à la hauteur des attentes de celui à qui est destinée leur action politique : le peuple souverain. Si leur diagnostic sur les méfaits du capitalisme et de l'économie de marché est commun, si leur conception d'un programme de gouvernement alternatif est semblable, voilà qui suffit au rassemblement et exige le rassemblement. Et chacun pourra garder son histoire, sa culture et poursuivre avec les autres, et, pour leur édification commune, le débat idéologique.

La pierre que j'ai tenté ici d'apporter à ce débat indique d'ailleurs que bien des traditions de gauche peuvent se retrouver sous l'éclairage nouveau d'une réflexion anthropologique. L'essentiel de ce que j'ai déduit d'une réflexion sur les fondements anthropologiques des principes politiques est compatible avec des conclusions essentielles du socialisme républicain, du marxisme, du socialisme humaniste, du socialisme démocratique, etc. Un socialisme tourné vers une nouvelle modernité, un socialisme néomoderne, devrait précisément être celui qui regarde moins en arrière, vers le foisonnement initial de ses sources, qu'en avant, vers une réunification fondée sur les connaissances d'aujourd'hui.

Le projet que j'ai présenté est crédible et réalisable parce que, s'il répond à la révolte contre l'injustice et la nocivité écologique, politique et sociale du capitalisme, il n'est pas inspiré par la révolte, mais par la raison, la connaissance et l'exigence démocratique. À la différence des tenants de la vulgate néolibérale dominante, je n'exprime pas des dogmes indiscutables ou des préjugés sans fondement, mais uniquement des arguments fondés sur l'état présent des connaissances et sur un projet de société que je soumets au débat public et que des partis progressistes devraient soumettre à la sanction du vote populaire.

Ce projet de société ne se résume en aucun état définitif de celle-ci, en aucune illusoire « fin de l'histoire »; c'est celui d'une société dès à présent et perpétuellement en mouvement dans le sens du progrès humain, à savoir: la capacité croissante et égale pour chaque être humain de conduire sa propre vie, dans une société pacifiée par l'égalité et la solidarité, et selon des modalités qui préservent le droit égal des générations futures à la liberté et à la vie. Autrement dit, c'est tout simplement le progrès d'une égale liberté pour tous, le progrès de la justice et de l'émancipation dans un écosystème préservé. Cet idéal d'égalité et de liberté est en réalité le plus universel qui soit dans toute l'histoire de la pensée humaine. Hormis les idéologies racistes, toutes les philosophies politiques ont postulé l'égale valeur de chaque être humain, d'où il découle que la seule société idéale concevable est celle qui offre à tous une égale liberté réelle, et que la seule société concrète honorable est celle qui progresse vers cet idéal.

La voie libérale des droits de l'homme, de l'économie de marché et du capitalisme a accompli, jadis, sa part du chemin vers l'émancipation, en abolissant des sociétés prémodernes qui aliénaient les individus par leur soumission à un ordre social et religieux immuable. Mais cette voie, construite en réaction à la répression des individus, a commis l'erreur de croire qu'il suffirait de libérer la raison et l'initiative individuelles pour construire une nouvelle harmonie sociale. Cette illusion fut habilement exploitée par les riches et les puissants, avertis qu'une société fondée sur la liberté contractuelle entre des individus déliés assure en réalité le règne du plus fort.

Deux siècles de capitalisme ont amplement illustré que cette voie libérale finit par abolir le progrès humain et la promesse moderne de la liberté individuelle. Aujourd'hui, au sommet de leur achèvement, le capitalisme et le libéralisme engendrent les inégalités, la violence, la pauvreté, l'aliénation des travailleurs et la destruction d'un monde viable pour les générations futures; bref, l'exact opposé du progrès humain. Tous les pionniers du socialisme (ouvrier, républicain, associationniste, marxiste, idéaliste ou matérialiste), de Leroux à Jaurès, en passant par Marx, tous ont eu ceci en commun qu'ils ont saisi l'essence de l'erreur libérale: on ne construit pas une bonne société en se contentant de libérer les individus et les échanges; bien au contraire, on construit la vraie liberté des individus en les associant dans une bonne société fondée sur la coopération plutôt que sur la compétition, sur la solidarité plutôt que sur la rivalité. Tel est le renversement socialiste du monde, accompli dans la pensée voici plus de cent cinquante ans, et qui reste à accomplir dans la réalité.

Les tentatives historiques pour accomplir ce renversement socialiste nous ont appris une première chose : la transformation sociale ne peut progresser que dans et par la démocratie. La société ne se transforme pas par l'autorité brute et l'anéantissement des libertés publiques. Le socialisme imposé d'en haut par la contrainte s'est toujours abîmé dans la dictature, voire le totalitarisme, avant de s'effondrer. Le dévoiement de l'idée socialiste dans le collectivisme et la dictature d'un parti a longtemps servi d'épouvantail pour ancrer la certitude que le capitalisme et le libéralisme constituent au pire le moindre mal et la seule voie compatible avec la liberté. Mais c'est là un double sophisme. Car l'épouvantail n'était pas une société socialiste mais une « hypersociété » écrasant les libertés au profit d'une minorité au pouvoir. Car l'hyperlibéralisme détruit aussi la liberté du plus grand nombre et installe une « dissociété », qui délie les humains et les livre à la loi du plus fort.

Non, nous ne sommes pas contraints de choisir entre l'aspiration à l'autonomie des individus et l'aspiration au bien-vivre ensemble, entre la liberté et l'égalité, entre le tout-marché et le tout-social. Entre l'hypersociété qui nie l'individu et la dissociété qui détruit les liens sociaux, il y a la société du progrès humain, une société tout simplement humaine qui noue entre les hommes des liens qui libèrent.

Table

Du même auteur

La Grande Régression
Seuil, 2010

Le Socialisme néomoderne ou l'Avenir de la liberté
Seuil, 2009
Nouvelle édition à paraître sous le titre L'Autre Société,
« Points Essais », 2011

Pourquoi la droite est dangereuse
Seuil, 2007

Les Vraies Lois de l'économie
Édition intégrale
Seuil, 2005
Réédition en « Points Économie », n° 60, 2008

Sens et Conséquences du « non » français
Seuil, 2005

Manuel critique du parfait Européen
Les bonnes raisons de dire « non » à la Constitution
Seuil, 2005

Chroniques d'un autre monde
Seuil, 2003

Quel renouveau socialiste?
Entretien avec Philippe Petit
Textuel, 2003

Les Vraies Lois de l'économie II
Seuil/France Culture, 2002

Les Vraies Lois de l'économie I
Seuil/France Culture, 2001

Une raison d'espérer
L'horreur n'est pas économique, elle est politique
Plon, 1997; 2e éd., Pocket, « Agora », 2000

L'Économie politique: analyse économique
des choix publics et de la vie politique
Larousse, « Textes essentiels », 1996

Les Politiques économiques
Seuil, « Mémo », n° 6, 1996

Droite, gauche, droite…
Plon, 1995

Chiffres clés de l'économie mondiale
Seuil, « Points Économie », n° 37, 1993

Chiffres clés de l'économie française
Seuil, « Points Économie », n° 36, 1993

Introduction à la politique économique
Seuil, « Points Économie », n° 35, 1993,
3e éd. mise à jour, 1999

Introduction à l'économie
Seuil, « Points Économie », n° 31, 1992,
3e éd. mise à jour, 2001

Économie politique
1. Introduction à l'analyse économique
Hachette, « Les Fondamentaux », 1990, 5e éd., 2008

Économie politique
2. Microéconomie
Hachette, « Les Fondamentaux », 1990, 5e éd., 2008

Économie politique
3. Macroéconomie
Hachette, « Les Fondamentaux », 1990, 5e éd., 2008

Enjeux du monde
Panorama de l'économie mondiale
(dir.).
Hachette, 1988

RÉALISATION : CURSIVES À PARIS
IMPRESSION : NORMANDIE ROTO IMPRESSION S.A.S. À LONRAI
DÉPÔT LÉGAL : FÉVRIER 2011. N° 103479 (110159)
Imprimé en France